Zu diesem Buch

Der am 5. Juli 1905 in Budapest geborene Gábor von Vaszary ist einer der erfolgreichsten und amüsantesten ungarischen Erzähler. Seit langem schon hat er sich auch in Deutschland mit dem vorliegenden Buch und seinen Romanen «Sie», «Wenn man Freunde hat» und «Zwei gegen Paris» (rororo Taschenbücher Nr. 53, 89 und 99) einen großen Leserkreis geschaffen. «Sie» wurde mit Marina Vlady, Walter Giller und Nadja Tiller in den Hauptrollen unter der Regie von Rolf Thiele erfolgreich verfilmt. Ein weiterer verfilmter Roman «Mit 17 beginnt das Leben» ist als rororo Taschenbuch (Nr. 228) erschienen. 1929 hält sich Vaszary als Karikaturist für Tageszeitungen und Wochenschriften, Illustrator, Plakat- und Porträtmaler längere Zeit in Paris auf, und von da an gehört seine Liebe der Seinestadt, deren Atmosphäre seine Bücher mit all ihrem Charme und ihrer Beschwingtheit einfangen. Die ihm eigene Mischung von chaplineskem Humor, lächelnder Melancholie und liebenswerter Herzenswärme macht ihn zu einem der wenigen wirklich originalen Erzähler.

INHALT: *Monpti ist der Kosename, den die kleine Pariserin Anne-Claire dem jungen ungarischen Studenten gibt, dem sie auf rührende Weise angehört und der auch sie mit ihrem bescheidenen Putz, ihren kleinen Lügen und ihrer reinen Seele glühend liebt. Mitten im tosenden Paris, in Schmutz und Armut, im Lampenschein der großen Boulevards blüht das Wunder zwischen zwei großen Kindern auf, und wir erleben alles, was die Liebe ausmacht: kleinen Streit, unsinnige Probleme, Szenen der Eifersucht, innige Versöhnung. Das alles ist von hinreißendem Schwung, anmutig, voll Geist, voll Hunger und leiser Trauer und damit so reizvoll und kühn, daß es wie das erlebte Paris den Leser mitten ins Herz trifft. Der Roman wurde unter der Regie von Helmut Käutner als Farbfilm der Neuen Deutschen Filmgesellschaft (Herzog-Film-Verleih) mit Romy Schneider und Horst Buchholz in den Hauptrollen erfolgreich aufgeführt.*

Weitere deutsch vorliegende Werke des Autors: «Heirate mich, Chéri» (rororo Nr. 268); «Drei gegen Marseille» (rororo Nr. 277); «Adieu mon amour» (rororo Nr. 318); «Die Sterne erbleichen»; «Sommerliches Intermezzo». In Vorbereitung befindliche Werke: «Himmel wegen Renovierung geschlossen»; «Verdammte Jugend»; «Der Teufel schläft nicht»; «Mädchen in Hosen».

GÁBOR VON VASZARY

MONPTI

ROMAN

ROWOHLT

*Titel der ungarischen Originalausgabe «Mcnpti»
Deutsch vom Verfasser
Umschlagentwurf Karl Gröning jr. / Gisela Pferdmenges*

rororo TASCHENBUCH AUSGABE

1.— 50. Tausend	Januar 1951
51.—100. Tausend	Oktober 1952
101.—125. Tausend	Juni 1953
126.—150. Tausend	März 1954
151.—175. Tausend	Oktober 1954
176.—200. Tausend	Juli 1955
201.—225. Tausend	Februar 1956
226.—238. Tausend	September 1956
239.—250. Tausend	Juni 1957
251.—263. Tausend	September 1957
264.—288. Tausend	Oktober 1957
289.—313. Tausend	November 1957
314.—338. Tausend	Januar 1958
339.—363. Tausend	März 1958
364.—375. Tausend	Juli 1959
376.—400. Tausend	April 1960

*Ungekürzte Ausgabe
Veröffentlicht als rororo Taschenbuch
mit Genehmigung des Rowohlt Verlages, Hamburg
Gesetzt in der Linotype-Cornelia
Gesamtherstellung Clausen & Bosse, Leck
Printed in Germany*

Das Hotel Riviera liegt in der Sankt-Jacobs-Strasse.

I Die Sankt-Jakobs-Straße ist eine elende Gasse. Das Riviera-Hotel ist ein schäbiges Hotel. Alles, was wahr ist.

In der Sankt-Jakobs-Straße gibt es seltsam geformte Häuser. Das eine krümmt sich, als wollte es niesen und wäre bei diesem Geschäft vom Schlag getroffen worden, das andere lehnt sich wie ein alter Bettler an schwarze Balken, um nicht umzusinken.

Dieser Teil der Sankt-Jakobs-Straße ist voller Lebensmittelgeschäfte, Prix-Fixe-Läden und Garküchen, und die schmalen Gehsteige neben den Häusern sind mit weggeworfenen Salatblättern, Bananenschalen, faulem Obst und Zeitungsblättern bedeckt. Arabische Straßen müssen so schmierig und gerüchedurchtränkt sein. Kaum vorstellbar, daß der strahlende Boulevard Saint-Michel nur einige Schritte entfernt ist und weiter oben, es ist nur ein Katzensprung, das Pantheon steht, wo die zur Unsterblichkeit Ernannten ihren ewigen Schlaf tun.

Das Tor des Hotel Riviera mündet in einen langen, fensterlosen, dunklen Korridor, der an Katakomben erinnert. An seinem Ende liegen die morsche Holztreppe, die zu den Stockwerken führt, und das Hotelbüro. Durch dessen schmutziges Fenster mustert jeden Ankömmling ein spähend-forschender Blick. Der Blick des «Fliegenäugigen».

Der Hotelbesitzer, schmierig und kahlköpfig im muffigen und spärlich erleuchteten Büro sitzend, wirkt nämlich mit seinen hervorstehenden Augen wie eine große Fliege. Eine Fiebervision, dieser Fliegenäugige!

Im Hotel Riviera gibt es vier Stockwerke und jedes hat seinen eigenen Geruch. Ich glaube, wir tun besser daran, uns diesen Gerüchen zuzuwenden, als die Bewohner zu charakterisieren. Die Bewohner zu charakterisieren hätte wenig Sinn; einerseits haben sie keinen Charakter, andrerseits werden wir ihnen sehr selten begegnen, während die Gerüche in den Etagen von Dauer sind und das Riviera-Hotel besser kennzeichnen.

Der erste Stock riecht nach Käse. Ursprung des Geruchs ist die Witwe eines gottseligen Käsehändlers in tiefer Trauer. Der zweite Stock riecht nach Fischen. Das ist überraschend, denn es wohnen keine Fischer im Hotel und der nächste Meeresstrand ist drei Bahnstunden weit. Der dritte Stock riecht hauptsächlich nach Mäusen. Quelle des Mäusegeruchs ist eine zweiundachtzigjährige alte Frau, die eine erstaunliche Tüchtigkeit bewies, als sie den ursprünglich vorhandenen Sauerkrautgeruch schon am zweiten Tag nach ihrem Einzug so gut wie vollständig beseitigte. Die Zweiundachtzigjährige geht selten aus, aber wenn sie einmal das Haus verläßt, genügt ein leichtes Schnuppern in die Luft, um uns zu informieren, wohin sie sich gewendet hat. Die Wege der alten Frau begleiten nämlich, ähnlich wie die großen Ozeandampfer auf stillen Gewässern, sogenannte Geruchswellen, die für Sekunden sogar sichtbar werden. – Die Eigentümlichkeit der vierten Etage ist die Geruchsmischung: der Geruch-Cocktail. Es gibt Tage, an welchen es hier nach gebranntem Kalk riecht mit einer leichten

Beimischung von Erde, an anderen Tagen spürt man eher die Ausdünstung feucht gewordener Kleider, gemischt mit etwas Terpentin und einer Spur Tigerdunst. Ich wohne leider im vierten Stock, in einem Riesenkäfig, den man Zimmer nennt.

Wenn man auf der Schwelle des Riviera-Hotels noch von einer relativen Eleganz sprechen könnte — man kann es nicht —, so wird man, bis zum vierten Stock gelangt, nicht die geringste Spur mehr davon finden. Die Schönheit der Stockwerke geht stufenweise flöten, und nach dem vierten Stock kann man sich einen fünften gar nicht mehr vorstellen.

Mein Zimmer ist drei Schritt breit, fünf Schritt lang und mit den nötigsten und wackligsten Möbeln ausgestattet. Unter anderem habe ich auch einen Kamin. Der Kamin ist eine sehr vornehme Sache; wenn ich Briefe schreibe, erwähne ich ihn auch öfters: «Diesen Brief schreibe ich vor meinem Kamin sitzend...»

Auf der garstigen Tapete blühten einst blutrote Rosen, aber die wohltätige Hand des Schmutzes hat längst die wilden Farben gemildert. Hier und dort ist die Tapete auch abgerissen und hängt in langen Fetzen herunter. Knapp oberhalb des Fensters berühren sich zwei große Stücke, gleichsam einen Baldachin bildend, der bei dem kleinsten Hauch, der von draußen hereinweht, einen raschelnden Ton von sich gibt.

Wenn man sich mit der Zeit am Interieur sattgesehen hat, blickt man durchs Fenster auf einen Hof. Auf dem recken sich berußte Baumstämme gen Himmel. Sie sind mit dicken Schnüren aneinandergebunden, auf denen ewig Wäsche trocknet. Die Frau des Fliegenäugigen — eine jegliche Schönheit mit Mut entbehrende Person — hängt die selbstgewaschenen Bettlaken und Handtücher des Hotels hier zum Trocknen auf. Mit diesen weißen Flecken sieht der Hof aus wie eine Leichenkammer mit aufgebahrten Leichen.

Am Ende des Hofes steht ein kleines Gebäude mit zwei Zimmern. Auch das gehört zum Hotel. In dem einen Zimmer wohnt ein Neger, der jeden Abend, sobald er von seiner Arbeit kommt, im offenen Fenster gräßliche afrikanische Lieder zur Laute singt und zeitweise ohne jeden Grund so schmerzlich aufkreischt, als hätte man ihm einen Fußtritt versetzt. Das zweite Zimmer bewohnt ein Beamter, der ständig im Bratenrock ins Büro geht und beim Kommen und Gehen jedesmal ausspuckt. (Ein Magistratsbeamter.)

Über unsern Hof hinweg kann man zu den Nachbarn hinübersehen. In der Mitte des gegenüberliegenden Hofs ist zum Beispiel eine Tischlerwerkstatt. Links sehe ich einen Zipfel vom Garten eines Mädchenpensionats, rechts die Feuermauer des Nebenhauses. Zwei Fenster dieses Hauses haben ihre Aussicht auf mich. Vor dem einen Fenster hängt ein Vogelbauer mit einem schmutzig-grauen Kanarienvogel darin. Dieser Vogel gibt jeden Augenblick einen lauten und verzweifelten Quietscher von sich. Es klingt wie der Pfiff einer fernen Eisenbahn; einer Eisenbahn, die niemals ankommen wird. Im Vogelfenster erscheint von Zeit zu Zeit eine zahnlose Alte, die immer an etwas kaut, wobei sich ihr ganzes Gesicht wie das einer wiederkäuenden Kuh bewegt. Im andern Fenster schüttelt eine knochige Frau jeden Vormittag Salat, nachmittags lehnt ein kahlköpfiger Mann in Hemdsärmeln mit einem erloschenen Zigarettenstummel im Mund heraus und betrachtet den Himmel. Sie müssen verheiratet sein, denn sie sprechen so gut wie gar nicht miteinander. Die Frau schüttelt den Salat nur am Vormittag, der Mann betrachtet den Himmel nur am Nachmittag.

Im Pensionat wohnen junge Mädchen. Ich sehe sie selten, nur wenn sie gerade in dem Winkel des Gartens auftauchen, den ich von hier aus überblicke. Aber auch dann sehe ich nur die hellen Flecke ihrer Kleider durch das Laub. Dafür höre ich deutlich ihr lustiges Lachen und die lauter gesprochenen Worte.

Die Pensionatsglocke ertönt in regelmäßigen Abständen. Man läutet zu Beginn der Unterrichtsstunden, zur Pause und vor den Mahlzeiten. Diese verschiedenen Glockenzeichen erinnern mich an drei Dinge: an das Alleinsein, an die Vergänglichkeit und an das Essen. Die letzte Mahnung ist zweifellos die unangenehmste und zugleich unnötigste.

Nach der Pause gehen die Mädchen ins Lyzeum und die Höfe werden auf einmal still wie Kirchhöfe.

Zuweilen fliehen Glockenschläge der Kirche Saint-Jacques-du-Haut-Pas aus dem Lärm des brausenden Lebens draußen hierher, um mich, der hier unter den Rauchfängen lebendig begraben ist, zu trösten.

Nachmittags setzt sich die alte Frau mit dem Kanarienvogel an ihr Fenster und näht irgend etwas. Im Viereck des Fensters sehe ich in regelmäßigen Abständen nur ihre Hand, die sich hebt und senkt. Diese Hand ist wie der Pendel einer Uhr, der unermüdlich geht und an die schwindende Zeit gemahnt.

Nach zehn Uhr werden die Haustore geschlossen. Wer herein will, klingelt, wer hinaus will, ruft zum Hausmeister hinein:

«Le cordon, s'il vous plaît. Die Schnur, bitte.»

Die Schnur hängt unmittelbar neben dem Bett des Hausmeisters, er braucht bloß die Hand auszustrecken. Sperrgeld gibt's hier nicht. Abends, wenn ich diese «Le cordon, s'il vous plaît»-Rufe höre, habe ich, der Fremde, in dieser traurigen Umgebung das Gefühl, als wollte jemand die Schnur haben, um sich aufzuhängen.

So vergehen die Tage in eintönigem Gleichmaß. Im Nachbarhof ist allwöchentlich Rattenfang, hier bei uns muß man allmonatlich die Miete bezahlen. Das sind die einzigen Ereignisse.

Wenn ich mich weit zum Fenster hinausbeuge, sehe ich sogar, wie genau unter mir im Fenster des zweiten Stockes ein Spitzenhöschen trocknet. Sooft die Sonne scheint, trocknet in diesem Fenster ein Damenhöschen.

So ist das Leben.

Ein Stück Himmel schließt das Bild ab. Ein schmutziger, grauer, müder Fleck, der mit romantischer Hoffnungslosigkeit über Dächern und Kaminen liegt.

Jetzt will ich vom Rattenfang bei den Nachbarn rechts erzählen. Auch vom Hof dieses Hauses sehe ich ein Stück. Hier wird jeden

Samstagnachmittag — da arbeitet niemand und man hat Zeit, sich ein wenig umzuschauen — unter großem Hallo eine Ratte gejagt. Dann wird es rundherum lebhafter. Die Alte mit dem Vogelbauer erscheint beim ersten lauten Wort am Fenster, läßt die Augen hurtig hin- und herspringen und verfolgt mit ihren welken alten Händen nervös den Weg der aufgescheuchten Ratte. Deshalb hört sie aber nicht auf zu kauen, bewegt den zahnlosen Mund nur langsamer.

Das Salat-Ehepaar erscheint gleichzeitig am Fenster. Der Mann hebt ausnahmsweise zu reden an und sagt zu seiner werten Gemahlin: «Man muß sie mit einem Schlag hinmachen.»

Wenn man drüben auf die hingestreckte Rattenleiche losdrischt, umarmt der Gatte mit feinem Lächeln um die Lippen die hagere Frau; so bleiben sie eine Zeitlang, auch wenn das Ereignis vorüber ist.

Denen genügt, daß man in der Nachbarschaft eine Ratte erschlägt, um sich zu finden. Nach einiger Zeit nimmt der Mann die Hand von der Schulter der Frau und sagt im Gefühl der besonderen Situation nur:

«Na, Hasi, morgen wird es schön.»

Oder eventuell auch:

«Na, Hasi, morgen wird es regnen.»

Und zieht sich hoffnungslos in die Tiefe des Zimmers zurück.

Die vollständig unhasemäßige Frau bleibt noch eine Weile am Fenster und betrachtet die Feuermauer gegenüber, starr, mit unnachahmlicher Trauer und unendlich trotziger Gleichgültigkeit.

Bei der Rattenjagd erscheint auch der Fliegenäugige im Hof und macht laute Bemerkungen:

«Bei uns gibt's keine Ratten. In einem anständigen Hotel existieren keine Ratten. Nein.»

Das ist für die Mieter bestimmt, die am Fenster stehen und kein Wort erwidern, wiewohl sie wissen, daß der Fliegenäugige empörend lügt; sie wissen bloß nicht, was am nächsten Ersten sein wird, deshalb schweigen sie weise. Nebenbei: Auch der Fliegenäugige weiß das, will nur seine Macht zeigen und geht dann beruhigt in sein muffiges Büro zurück und spart weiter.

Die Rattenleiche liegt zwei Tage lang auf dem Hof. Nach zwei Tagen findet sie eine herumstrolchende, schmierige Katze, leckt an ihr und geht gelangweilt weiter. Später nimmt eine dicke Frau diese Katze auf den Schoß, streichelt und küßt sie, geht dann seelenruhig auf den Markt und faßt alles an. Die Hökerin redet ihr sogar zu:

«Greifen Sie diesen Käse mal an, meine Liebe! Der ist richtig reif!»

Nach ein paar Tagen spielt jemand mit der Ratte Fußball und schleudert sie in irgendeinen Nachbarhof. Nur um sich zu zerstreuen. So sieht man wenigstens die weitere Entwicklung der Dinge nicht — ich will aber doch darüber berichten.

Die Nachbarn bemerken das und schmeißen mit dem Ruf: «Ah! Ça, c'est malin!» die Ratte in einen anderen Hof. So würde das in die Unendlichkeit fortgehen, träte nicht die Verwesung dazwischen. Doch die Verwesung tritt dazwischen und sagt: Pst! Das andere ist dann das Werk der Fliegen, der niederträchtigen Fliegen, die nach getaner

Arbeit direkt auf Früchten, Backwaren und Fleischsorten spazierengehen. Diese Lebensmittel, auf der Straße vor den Läden ausgestellt, sind nur mit einer wohltätigen Staubschicht und nichts anderem zugedeckt. Daß wir trotzdem noch nicht alle an verschiedenen Seuchen zugrunde gingen: das ist der Zauber von Paris.

Wochentags ist das Hotel Riviera ziemlich still; es wohnen hier Arbeiter und kleine Beamte, die tagsüber nicht zu Hause sind. Morgens scheuchen mich die schnarrenden nahen und fernen Weckuhren aus dem Schlaf. Dann hört man mächtiges Gähnen: das sind keine degenerierten Gähner, sondern ehrliche, gründliche; man hört sogar die Kiefer krachen.

Den Aufbruch der anderen ins tägliche Leben höre ich von meinem Bett aus. Ich schlafe viel, weil ich viel zu Hause bin. Mein Hotel-Riviera-Dasein führe ich, als säße ich im Wartezimmer eines Zahnarztes, oder als ob ich ein verirrter Wanderer wäre, der die Hoffnung, jemals wieder aus einem Wald herauszukommen, aufgegeben hat — er setzt sich also auf die Erde und und wartet, weiß selbst nicht worauf, und tut, als denke er nach, um sich selbst zu beruhigen. Manchmal pfeift er sogar.

Ein paar Minuten nachdem die Wecker geschnarrt haben, knirschen schon die Treppen unter dem Gewicht der Schritte. Inzwischen haben sich die Leute gewaschen, angezogen und auch gefrühstückt.

Bis halb eins ist absolute Ruhe im Hotel, nur eine Tür wird in kurzen Abständen zugeschlagen und man hört wenige Minuten jemanden in den Zimmern herumhantieren. Das Hotelstubenmädchen räumt die Zimmer auf. Das Stubenmädchen räumt dreißig Zimmer in ein paar Stunden auf. Man kann sich das Stubenmädchen während und die Zimmer nach dem Aufräumen vorstellen!

Um halb eins wird's im Stiegenhaus etwas lebhafter. Die in der Nähe arbeiten, kommen zum Essen nach Hause. Das Mittagsmahl solcher alleinlebenden, arbeitenden Menschen besteht aus kalten Speisen oder aus irgendeiner Kleinigkeit, die sie sich rasch zurechtmachen. Jeder spart und jede Mahlzeit wird als notwendiges Übel betrachtet, das möglichst rasch überstanden werden muß. Die hier wohnen, erwarten nichts Besonderes mehr vom Leben.

Gegen Abend steigert sich die Stimmung im Stiegenhaus, jetzt kommt jeder heim und verbringt den ewig gleichen Feierabend des Wochentags. Mein Nachbar zur Linken, ein kahler Herr, der sich krebsrot rasiert und aus dessen Ohren kurze Borsten hervorgucken, räuspert sich von Zeit zu Zeit und putzt sich geräuschvoll die Nase. Manchmal höre ich seinen Stuhl krachen oder ein Zündholz knistern. Schlag zehn Uhr legt er sich nieder. Das Aufschlagen seiner beiden Schuhe am Fußboden zeigt an, daß er sich jetzt auszieht; knarrend nimmt das Bett ihn auf.

Samstagnachmittag bietet das Hotel ein völlig verändertes Bild. Von Samstagnachmittag bis Montagfrüh ist jeder frei. Elegante, schlanke Frauen kommen ins Hotel Riviera, um ihre Liebhaber zu besuchen. Flinke Frauenfüße laufen die Treppen hinauf, trommeln mit ihren hochhackigen Schuhen einen ungeduldigen Takt auf den alten Holzstufen. Türen fallen zu. «Me voilà, chéri. Hier bin ich», sagen blutrote Frauenmünder und die Wände widerhallen von Küssen.

Bei meinem linken Nachbarn verzwitschert eine Frau mit einer entzückenden Stimme die Samstagnachmittage, manchmal auch den Sonntag. Zwischendurch gehen sie mittagessen, nachtmahlen, eventuell auch ins Kino, aber die aufregendsten Sachen passieren zu Hause, und ich muß das mit anhören.

Die Dame mit der sympathischen Stimme sagt zum Beispiel:

«Komm her, du unmöglicher kleiner Kahlkopf, und sag deiner kleinen weißen Katze sofort etwas Nettes.»

Bei meinem Nachbarn zur Rechten nimmt man das Leben ernster...

«Hast du mich betrogen?»

«Du Affe, ich schwöre bei dem Leben meiner Mutter.»

(Die arme Mama.)

Unten girrt jemand unermüdlich.

«Chouchou... Chouchou... Schatzi... Schatzi... Schatzi... Schatzi...»

«Ach, was wär' ich für dich nicht imstande, du Mausi!»

Man müßte nach allen Richtungen hinüberklopfen:

«Mesdames et Messieurs, meine Damen und Herren, ich bitte um ein wenig Erbarmen und Einsicht. Ich bin ein alleinstehender, armer junger Mann. Wenn die Sache schon nicht zu umgehen ist, ersparen Sie mir wenigstens die Einzelheiten.»

Ganz bestimmt hören auch sie einander, aber die stört scheinbar nichts. Einmal bemerkte allerdings eine Frau, Gott weiß, in welchem Zimmer:

«Chéri, diese Mauern sind aber sehr dünn.»

Worauf eine brummende Männerstimme:

«Qu'est-ce que ça peut me foutre, à moi? Das kümmert mich einen Schmarren.»

Mit einem Wort, ich wohne im Hotel Riviera. Ich bin ein gutaussehender vollendeter Gentleman; einer meiner Ahnherren ist am Hofe König Matthias' ein großes Tier gewesen.

Augenblicklich ist, leider, nicht davon die Rede.

Es ist fast ein halbes Jahr her, daß ich zu einem vierwöchigen Studienaufenthalt nach Paris kam.

Der einzige Grund meines längeren Aufenthalts: ich habe kein Geld für die Rückreise. Die Studienfahrt kann nicht beendet werden. Das kommt manchmal so.

Von zu Hause kann ich keine Hilfe erwarten, nach den Briefen, die ich um der Seelenruhe meiner Eltern willen geschrieben habe. Es bleibt nichts übrig, man muß diesen ungewöhnlich vertieften Studienaufenthalt fortsetzen; die Gnade der Vorsehung wird ihm wohl irgendeinmal ein Ziel setzen. Wenn ich von zu Hause Geld verlangte, würde man es mir unbedingt schicken. Aber wenn mir dieser Gedanke kommt, fällt mir immer die Großmama ein, die einmal von mir gesagt hat:

«Ihr werdet sehen, dieser Junge wird in seinem Leben nicht einmal das klare Wasser selbst verdienen.»

Ich kann schon mit Rücksicht auf die Großmama von zu Hause kein Geld verlangen. Allerdings, die Großmama lebt höchstens noch zehn Jahre. Ich weiß nicht, lohnt es sich wegen dieser paar Jahre? Letzten Endes bin ich ja ein Charakter. Jedenfalls hoffe ich zu Gott, daß diese Studienreise in einem Spital und nicht auf dem Friedhof enden möge.

Ich lebe allein, habe niemanden, der mir helfen könnte. Ich hatte zwar einen Freund in Paris, dem ich noch zu Beginn des Studienaufenthalts dreihundert Franken geliehen habe, aber durch diesen unbedachten Schritt ist es mir gelungen, ihn endgültig loszuwerden.

Aus dem vornehmen Hotel, in dem ich im ersten selbstvergessenen Rausch abgestiegen bin, landete ich bald im Hotel Riviera, nachdem ich, wie der Ballonfahrer auf offenem Meer, aus meinem Korb — will sagen, aus meinem Koffern — alles Bewegliche, das heißt Verkäufliche, entfernt habe, um mein Leben zu fristen.

Meine ersten Eindrücke in der Sankt-Jakobs-Straße waren so grauenerregend, daß ich ohne Hut in die Sainte-Geneviève-Bibliothek lief, um nachzusehen, wer dieser heilige Jakob war.

Der Unselige ist in Nisibis Bischof gewesen und starb mit achtzig Jahren. Nach seinem Tod haben's ihm die Franzosen aber tüchtig gegeben: sie benannten die Sankt-Jakobs-Straße nach ihm.

Im Hotel Riviera ist das Leben langweilig, besonders, wenn man weder Geld noch ein Ziel hat und nur auf irgend etwas wartet, wovon man selbst nicht weiß, ob es gut oder schlecht sein wird.

Um elf Uhr morgens stehe ich auf, weil mir das Schlafen zu fad wird, besser gesagt: der wirre Halbschlummer dieser Morgenstunden, in die nur die Klingel des Mädchenpensionats etwas Wirklichkeit bringt. Mittags gehe ich in dem nahen Luxembourg-Garten spazieren und bleibe bis zwei Uhr dort; indes räumt das Stubenmädchen mein Zimmer auf und der Fliegenäugige nimmt beruhigt zur Kenntnis, daß ich außer Haus esse.

Um zwei Uhr gehe ich nach Hause. Unterwegs kaufe ich einen Liter Milch, einen halben Meter Pariser Brot und eine Dose Normandiekäse. All dies verstecke ich unter meinem Mantel und schmuggle es ins Zimmer. Laut Hotelreglement ist es verboten, in den Zimmern zu kochen, trotzdem tut's jeder — insgeheim und verstohlen, auf das geringste Geräusch achtend. Manchmal kommt der niederträchtige Fliegenäugige ohne jeden Grund und klopft an, um zu inspizieren.

Ich habe einen Schnellkocher, da mache ich mir einen Liter Milchkakao zurecht. Die Hälfte trinke ich zu Mittag, die Hälfte hebe ich mir zum Nachtmahl auf. Ebenso bleibt die Hälfte von Brot und Käse für den Abend. Nach dem Kakaokochen wasche ich den Kochtopf niemals aus; diesem Umstand verdanke ich es, daß sich mit der Zeit im Topf eine dicke Schicht des überflüssigen Kakaos bildet, die ich dann abkratzen, zermahlen und wieder verwenden kann.

Nach dem Normandiekäse kann man die Normannen nicht ins Herz schließen.

Die französischen Gourmets kennen dreihundert Sorten Käse; die billigste von allen ist der Normandiekäse. Es ist der dreihundertste. Ich glaube, ich bin der einzige im ganzen Bezirk, der ihn ißt. Dem Greißler ist das auch schon aufgefallen (leider kann man so etwas nicht ohne Aufsehen kaufen) und er erkundigte sich einmal, ob ich diesen unerbittlichen Käse auf ärztliche Verordnung esse.

Wenn schon von meinen Ausgaben die Rede ist, muß ich auch ein Paket Marylandtabak, Zigarettenpapier und Zündholz aufzählen. Der Tabak ist schwarz wie Tee und ebenso stark. Es gehört eine ziemliche Übung dazu, die sägespänartigen Stücke, die ins Zigarettenpapier leicht ein Loch reißen, während des Drehens geschickt zu legen. Ein Zug aus einer Marylandzigarette erweckt das Gefühl, als bearbeite man seine Kehle mit Schmirgelpapier.

Seit langen Monaten lebe ich auf mathematischer Grundlage, die billigsten Kalorienmengen berechnend. Auf diese Weise ist das Essen kein Genuß mehr, sondern eine Arbeit, ja eine Pflicht.

Nachmittags schlendere ich über den Boul' Mich' und sehe die schlanken Frauen an, die im sicheren Bewußtsein ihrer Überlegenheit diskret ihre Hüften wiegen, mit der einen Hand den Mantel strammziehen, damit man alles sieht, was zu sehen ist, und mit der anderen Ruderbewegungen machen. So irrlichtern sie versonnen und unbesonnen inmitten des Gewühls. Nur sie allein wissen mit tödlicher Sicherheit, warum wir Männer leben und was unsere Bestimmung hier auf Erden ist.

An manchen Abenden gehe ich ins Café du Dôme.

Auf der Terrasse stehen die kleinen Tische dicht aneinandergedrängt, dazwischengepfercht die verschiedensten Geschöpfe, von denen neunzig Prozent Ausländer sind. Es gibt Inderinnen, in bunte Seidentücher gewickelt; sie sehen mit ihrem pechschwarzem Haar wie frischgewaschene und gebügelte Zigeunerinnen aus. Kleingewachsene Japanerinnen, die immer traurig und allein und lautlos bei einem Glas amerikanischen Grog sitzen, das kummervolle Gesicht gen Osten gewendet. Die Negerinnen zeigen immer ihre schimmernden Zähne und vermeiden auffällig ihre Rassenbrüder. Dann Spanierinnen mit wollüstigem Körper und schmalem, magerem Gesicht, großen, tränenfeuchten Augen, über die sich die dichten Wimpern wie ein Baldachin legen, als wunderten sie sich immer über etwas. «Ah, Señorita... Por que? Te dice que no..., Bueno!» Und Italienerinnen mit lustvollem Lächeln auf ihren blutrot geschminkten Lippen: «O, mio caro...» Die Nordländerinnen sind verfeinerte Vamps in kleinbürgerlicher Packung und lassen die Beine, unschuldig lächelnd, über dem Abgrund völligen Verkommens baumeln.

Na und die Amerikanerinnen, unverwüstlich heiter, die allein über den Ozean kommen und Pariser Liebeserinnerungen sammeln, um sie ihrer Sammlung alter Métrobillets, Speisekarten und Theaterprogramme einzuverleiben... «Hallo, old boy! — Lovely! — Gehen wir morgen nach Versailles? Was gibt's dort zu trinken?»

Nur die französischen Kokotten sitzen still und diskret in der Nähe des Eingangs, ihr Blick flammt erst auf, wenn jemand sie ansieht.

Blauer Zigarettenrauch schwimmt auf der Terrasse wie eine zackige zerflatternde Wolke.

Der Junge mit den Süßigkeiten — meist ein Ungar — hält sein Tablett hoch und arbeitet sich wie ein Dschungelforscher kühn und mutig zwischen den Lianen der Stühle und Beine vorwärts: «Cacahuettes... Cacahuettes!» Ein beruhigendes Gefühl, festzustellen, daß das Geld noch existiert und es manche mit vornehmer Lässigkeit zu handhaben wissen.

An besonderen Abenden sitze ich hier bei einem Café-crème und blicke sehnsüchtig in die strahlenden Augen schöngewachsener Frauen. Ich versuche, mich in ihr Leben zu versetzen. Leider gehen die schönen Frauen auf und davon; sie fahren sogar mit Autos fort. Der diskret devote Chasseur schließt hinter ihnen bums den Wagenschlag. Das Auto springt mit süßem, gleichmäßigem Geratter an und huscht lautlos den buntbeleuchteten Boulevard Montparnasse hinab, und ich gehe nach Hause — gehe ins Hotel Riviera, um zu existieren.

Auf dem Heimweg mache ich einen Umweg über die Rue Vavin, die Rue Bréda, den dunklen und stillen Luxembourg-Garten entlang, nur um dieses vornehme Viertel länger zu genießen. Vom Park dringt der Duft der Bäume zu mir herab und begleitet mich, das mächtige Eisengitter entlang, an dessen Steinfries lautlos, unsichtbare Vorgänge plötzlich anstarrend, eine herrenlose Katze ihre nächtliche Runde macht. Bei der Rue de Fleurus durchschneidet eine mächtige Allee den Garten. Von der anderen Seite sieht man die glitzernden Bogenlampen der Rue Soufflot; sie erwecken zwischen den dunklen Sträuchern und dem dunklen Laub eine mystische Stimmung, als wären die schimmernden Lichtpunkte zur Erde gefallene Sterne und als trieben Barries Feen ihr geheimnisvolles Wesen im verstummten Park.

Die vornehmen Mietpaläste des Luxembourgviertels schlummern mit geschlossenen Fensteraugen; nur manchmal stört der Schritt eines verspäteten Passanten die Stille.

Vor mir hebt ein junges Mädchen flink die Beine und wendet sich erschrocken um. Ihre kleinen Brüste tanzen atemlos bei der großen Eile. Man kann sich die Mama dazu vorstellen, die zu Hause aufrecht im Bett sitzt und den Wecker hypnotisiert, erschrocken und herzklopfend.

Radfahrpolizisten gleiten lautlos über den Asphalt, der das Licht der Bogenlampen reflektiert, mit kleinen Röckchen am Rücken, die aussehen, als wären sie plötzlich aus ihnen herausgewachsen.

Die Turmuhr von Saint-Sulpice schlägt Mitternacht. Aus den kleinen Kaffeehäuschen fällt noch Licht auf die menschenleeren Straßen; wie sterbende Glühwürmchen sieht es aus. Eine rote Leuchtzigarre über dem Laden: Tabac, Bière Dumesnil. Ici on consulte le bottin.

Um diese Zeit ist die Sankt-Jakobs-Straße ganz und gar ausgestorben. Ein, zwei voneinander recht weit entfernte Lampen mühen sich vergebens, die Finsternis zu verscheuchen, Ratten, vom Geräusch meiner Schritte aufgescheucht, rennen über den Fahrdamm.

Einmal sah ich zwei riesige Ratten, die sich rauften. Sie sprangen hoch in die Luft und fuhren gewaltig aufeinander los. Es war ein lautloser, furchtbarer Kampf, der nicht auf der Stelle blieb; der Kampfplatz verschob sich manchmal um zehn, zwanzig Meter.

Wenn ich so spät komme, begegne ich auch im Treppenhaus des Hotels Riviera einer alten Ratte; meist schlüpft sie zwischen meinen Füßen durch. Manchmal aber duckt sie sich und sieht mich an. Ich habe das Gefühl, sie überlegt, ob sie mich beißen soll oder nicht. Dann sieht sie ein, daß es sich nicht lohnen würde.

Die schwarzen Ratten erinnerten mich plötzlich an meine Hemden.

Die Notwendigkeit, meine Wäsche reinigen zu lassen, überfällt mich meist, wenn ich kein Geld dafür habe. Ein Unglück kommt selten allein; meist sind alle Lebensmittel gleichzeitig alle, ja sogar die Zigaretten. — Diese letzteren zu verschaffen, erfordert so viel Kraftanstrengung, daß für die Hemden nichts mehr übrigbliebt.

So ist das relative Hemd entstanden.

Ein relatives Hemd entsteht, wenn man ein normales Hemd hervorholt, anzieht und zwei Tage ohne Gewissensbisse trägt. Sodann zwei weitere Tage lang mit Gewissensbissen, — nebenbei: man trägt gar nicht das Hemd, sondern nur mehr die Folgen. Jetzt zieht man es aus und spricht nicht mehr von ihm. Ein zweites Hemd wird hervorgeholt. Man tut damit desgleichen. Schließlich werden alle so behandelten Hemden hervorgenommen, und jetzt kommt die Relativität. Man sieht nach, welches Hemd das sauberste unter allen ist und zieht es ruhig wieder an. So kommt ein Hemd nach dem andern nach der eben erläuterten Methode an die Reihe. Mit Rücksicht darauf, daß es schon im ersten Turnus gelungen ist, die absolut weiße Farbe auszuschalten, stumpft das Gewissen nach und nach ab; ohne sicheren Stützpunkt verliert jede Unruhe ihre Daseinsberechtigung. So hat die Relativitätstheorie auch ihre schönen Seiten. — Dann gibt's natürlich kein Halten mehr; da die weiße Farbe nach kurzer Zeit, physikalischen Gesetzen gehorchend, völlig verschwindet, abstirbt, existiert sie als Problem nicht mehr. Amen.

Das eigentliche Unglück besteht darin, daß man diese Hemden nie mehr richtig rein kriegen kann; man kann ihre Farbe höchstens mit Puder ein wenig dämpfen. Am liebsten würde man sie alle begraben, irgendwo jenseits der Fortifikationen, in einer gewitterschwülen Nacht, wenn der Mond sein gedunsenes gelbes Gesicht hinter fahrenden Wolkenfetzen verbirgt. Eine Turmuhr schlägt Mitternacht, und man zieht den Mantel leicht fröstelnd enger. Folge mir auf dem Fuß, Archibald! Der Fluch des Himmels sei mit uns.

2 HEUTE HAUCHTE MEIN SCHNELLKOCHER MIT EINEM LETZTEN AUFflackern seine Seele aus, die Milch rief der Herr zu sich, der Kakao biß ins Gras, der Tabak entschwand ins Gefilde der Seligen und sogar das Brot wurde von hinnen gerufen. Den Zucker ereilte dieses unerbittliche Geschick schon gestern. Ich bin so gut wie ruiniert.

Kein Zweifel, der Herrgott würde mir helfen, wenn er bloß dazu käme; er liebt keine Wunder; sicher würde auch ich erschrecken, wenn er an mir ein Wunder versuchen wollte. Tjaja, so ist der Mensch.

Ich gehe in den Luxembourg-Garten, um mich auszuruhen und nachzudenken.

Es ist Altweibersommer im Luxembourg-Garten.

Durch die langen Alleen rennt der Herbstwind und bemüht sich, die rostbraunen und gelbgrünen Blätter von den Bäumen zu pusten. «Buhuhuh», sagt der Herbstwind, und seine Stimme ist voll des Jammers verwunschener alter Weiber, die keine Zeit mehr hatten, ihre Jugend durch nachträgliche Gebete zu läutern. «Buhuhu», sagt der Herbstwind und rührt die trockenen Blätter um, die auf der Erde liegen; rasch, wie die Köchin die halb angebrannte Suppe.

Eigentlich war's schade, das niederzuschreiben, denn bei Licht besehen gibt es augenblicklich noch gar keinen so ausgewachsenen Herbstwind. Es gibt nur einen kleinen, ganz kleinen, unschuldigen, harmlosen Herbstwind, und dem Wind folgt eine seufzende alte Jungfer durch die Allee, mit einem schwarzen Samtbändchen um den Hals, ihre Handtasche gespreizt vor sich haltend, als ob sie aussätzig wäre. Warum signalisieren alte Frauen durch ein schwarzes Samtband, daß ihr Hals welk ist? Solche alten Weiber sind komische Geschöpfe Gottes, — ebenso wie die alten Herren, die immer eine weiße Pikeekrawatte tragen.

Noch gräßlicher, wenn das schwarze Samthalsband so einer Alten auch noch puderfleckig ist. Die Abgetakelte, die hier durch die Allee spaziert, hat zum Beispiel solche Puderflecke.

Aber wir wollen das alte Fräulein nicht allzusehr beobachten. Sie spielt auch gar keine Rolle, sondern statiert bloß im Stimmungsbild.

Mit einem Wort, ich sitze hier im Jardin du Luxembourg auf einer Bank, an diesem schönen Herbstnachmittag. Für die Bank, auf der ich sitze, muß man nicht bezahlen. Für die Stühle müßte man schon. Die Stühle werden als Lockspeise auf die schönsten Plätze gestellt, unter schattige Bäume oder vor nackte Statuen. Man kommt nichtsahnend, setzt sich auf einen Stuhl, da erscheint eine Tante, schwarz gekleidet, mit einer schwarzen Haube und sagt:

«Fünfundzwanzig Centimes.»

Die Sache ist furchtbar unangenehm.

Auf der Gratisbank, auf der ich sitze, sitzen noch eine alte Frau und ein alter Herr. Die alte Dame strickt und liest gleichzeitig. Der alte Herr tut nichts; der alte Herr läßt traurig den Kopf hängen. Er hat eine lila Krawatte um, die sich hinter seinem windschiefen Kragen hervorwindet; es sieht aus, als wäre er mit einem Stückchen Strick um den Hals vom Galgen losgekommen und erlebte das Entsetzen jetzt erst.

Auch mit mir wird's in fünfzig Jahren schlimm aussehen. Auch aus mir wird so ein wackeliger alter Herr werden. In schmutzigem Rock, mit vertrockneten, leberfleckigen Händen, werde ich ebenso traurig den Herbst betrachten. Nur wird mir das weher tun als diesem Alten da; denn ihm tut's gar nicht mehr weh. Augenblicklich kehrt er seine falschen Zähne mit der Zungenspitze und übt Kontrolle an seinem Organismus aus.

Hinter den Bäumen taucht plötzlich ein schlankes junges Mädchen auf. Sie kommt die Allee entlang; der Wind bläst ihren Rock an die schöngeformten Schenkel; unter dem kleinen Hut guckt das blonde Haar hervor. Sie kommt, kommt in ihrer frischen Jugend, sieht uns Gratissitzer mit leichtem Staunen an und setzt sich dann auch auf die Bank.

Ein ganz feiner Parfümduft vermischt sich mit dem Geruch der feuchten Blätter.

Ihre Augen sind wunderbar schön. Das Gesicht ist nicht regelmäßig, aber unendlich sympathisch. Sie lehnt den Kopf zurück und betrachtet den Himmel mit leichter Traurigkeit.

Der alte Mann steht auf und geht. Adieu, Großpapa!

Die alte Frau unterbricht die Lektüre und spricht das junge Mädchen an:

«Ich habe einen sehr interessanten Roman gelesen, Mademoiselle. Wollen Sie ihn vielleicht haben?»

Sie reicht ihr ein billiges Romanheft.

«So etwas kommt auch im Leben vor. C'est quelque chose de vécu. Richtig aus dem Leben geschöpft.»

«So?» sagt das junge Mädchen höflich lächelnd und greift mit leisem Ekel nach dem Heft.

«Das ist das Leben selbst!» beteuert die Alte. Dies gilt aber schon mir; sie erwartet, daß ich mich an dem Gespräch beteilige, wie das ein Franzose an meiner Stelle täte, zum Beispiel so:

«Sie haben recht, Madame. Ich kenne den Roman zwar nicht, aber Sie haben ihn gelesen; das genügt mir. Der Roman ist wie das Leben, Madame, das heißt, das Leben ist wie ein Roman, wie ein Roman in Fortsetzungen. Sie sind jedenfalls eine Frau von Geist; wie Sie das gemerkt haben! Je vous en félicite. Ich gratuliere Ihnen.»
— Oder auch: «Enchanté, Madame. Ich bin entzückt, meine Dame!»

Das Mütterchen spricht weiter von der Sache. Sie pflegt sonst keine Romane zu lesen, aber sowie sie dieses Heft auf der Gratisbank erblickte, hat sie sich sofort gesagt:

«Tiens, ça m'intéresse. Ei, das interessiert mich.»

Das junge Mädchen, das indes den Roman hier und dort überflogen hat, verzieht den Mund und gibt das Heft zurück.

«Interessant, nicht?»

«Sehr!» sagte die Junge. Steht auf, zupft ihr Kleid zurecht und geht. Sie geht und ich werde sie nie mehr wiedersehen.

Über ihre schlanken Beine spannt sich der Seidenstrumpf, der Rock schlägt raschelnd gegen ihre Knie, sie geht und wiegt den schmalen Körper diskret zum rhythmischen Takt ihrer Schritte.

Man müßte ihr nach, müßte sie bitten, nicht fortzugehen, ich bin ja ohnedies schon so unglücklich.

«Mademoiselle, machen Sie sich mit Vorurteilen nicht wichtig! In hundert Jahren sind wir beide nur noch Knochen, und Klee (Trifolium vulgaris) wird auf unsern Gräbern wachsen. Ich bin ein Fremder und lebe allein in Paris ... Gehen Sie doch nicht! Sagen Sie mir irgend etwas ganz Einfaches ... Deshalb können Sie ja noch weiter anständig bleiben. Sagen Sie nur: es ist schönes Wetter; mir genügt vorderhand auch so viel. Ich halte die Einsamkeit nicht länger aus. Ich bin schon so weit gekommen, daß ich fremde alte Leute laut grüße — «Bon jour, Monsieur» — aus Angst, ich würde stumm. Alte Leute kann man ungestraft grüßen, die erinnern sich nicht einmal, was sie zu Mittag gegessen haben, falls sie sich überhaupt noch erinnern, daß sie gegessen haben. Ich kämpfe gegen das niederdrückende Gefühl der Verlassenheit. Ich gehe zum Beispiel zu Fuß ins Warenhaus und schreibe auf dem Gratisbriefpapier an mich selbst einen Brief, erkundige mich liebevoll ermutigend nach meinem Befinden und Wohlergehen. — Wenn ich die Stille schon gar nicht mehr vertrage, spreche ich laut mit mir selbst im Zimmer, aber nur in den Vormittagsstunden, wenn das Hotel leer ist...»

Man müßte diesem jungen Mädchen nachgehen und sie kennenlernen.

Diese goldige alte Tante hier auf der Bank hat mir noch geholfen, indem sie vorhin mal zu mir, mal zu dem Mädchen sprach. Ich hätte mich nur am Gespräch beteiligen müssen. Liebe alte Tante, ich kann nicht dafür, ich bin ein Idiot, Sie haben umsonst geholfen.

Aber es ist noch immer nicht zu spät.

Man müßte ihr sofort nachgehen, sie ansprechen.

Los!

Ich werde zu ihr sagen:

«Mademoiselle, was sagen Sie zu dem schönen Wetter? Und was sagen Sie zu dieser vollkommen vertrottelten alten Frau?»

Dann nehme ich ganz einfach ihren Arm und wir spazieren eingehängt durch die Allee zwischen fallenden, wonneraschelnden Blättern (sim-sim), hören unser Herz klopfen (tak-tak) und sehen uns tief in die Augen. O du Süße, du!

Nachher kommt sie zu mir herauf, wirft den Hut auf das Bett und sagt:

«Du wohnst aber ziemlich schäbig, mein Lieber. Na, komm, küß mich!»

«Ach, Mademoiselle, Sie sind die klügste Frau meines Lebens. Wenn die Frauen wüßten, wie entsetzlich es ist, die Zeit abzuwarten, mit der sie das Gewicht ihrer Tugend messen, in der Annahme, sie seien um so tugendhafter, je länger sie uns quälen! Sie vergessen, Mademoiselle, daß einer, der zu viel von der Vorspeise bekommen hat, auf den Braten nicht mehr neugierig ist.»

Ich spreche sie an. Was kann geschehen? Höchstens gibt sie mir keine Antwort.

Da vorne geht sie. Ich ihr nach.

Also jetzt.

Vor einem Springbrunnen geht's nicht. Warten wir, bis sie unter den Bäumen ist. Hier kann ich's nicht tun, die Beleuchtung ist schlecht.

Jetzt geht sie auf die Terrasse hinauf und bleibt oben stehen.

Na, jetzt könnte ich sie ansprechen, aber auf die alte Frau kann ich mich nicht mehr beziehen. Das ist schon eine Viertelstunde her. Man muß es irgendwie anders anfangen. Zum Beispiel so:

«Mademoiselle, Sie lieben vermutlich keine Romane...»

Geht auch nicht. Nebenbei: etwas Gescheites kann ich ihr sowieso nicht sagen. Soll ich vielleicht von Descartes sprechen oder von Bergson?

Ich habe das Gefühl, daß ich ein Feigling bin.

Ich könnte diese Frau nur kennenlernen, wenn sie etwa plötzlich niederfallen würde, und ich ihr zu Hilfe käme. Man könnte ihr eventuell auch ein Bein stellen. Nachher gäb's Gesprächsthemen genug. Sie würde mich von der materiellen Seite des Lebens befreien. Richtiges Elend ist gar nicht möglich, wenn man mit einer Frau beisammen ist. Abends könnten wir an der Seine spazieren gehen. Sie würde mich streicheln und ich würde ihr den großen Bären zeigen.

«Was ist deine Lieblingsblume?»

«Die Lilie. Und deine?»

«Die Nelke.»

Ach, wären das glückliche Tage. Die Frau ist die Hoffnung, die Poesie, die Träumerei. Du lieber Gott, gib mir diese Frau, wenn's mir schon so schlecht geht und ich nichts zu essen habe.

Wir verlassen den Garten.

Auf dem Boul' Mich' bleibt sie einen Augenblick stehen und dreht sich um.

Jetzt hat sie mich bemerkt. Jetzt fühlt auch sie, daß uns das Schicksal füreinander bestimmt hat.

Sie geht über den Boulevard, bleibt plötzlich stehen, zögert eine kurze Weile, dann kehrt sie in ein kleines Café ein und vergißt vollständig, daß mich das Schicksal für sie ausgesucht hat. Sie sucht sich einfach irgend etwas anderes aus.

«Liebste, du ahnst gar nicht, daß der Schritt, der dich ins Café führte, dich aus meinem Leben entführt. Ich danke dir letzten Endes auch dafür, du hast mir meine Seelenruhe wiedergegeben, jetzt bin ich wenigstens überzeugt, daß es nicht an mir gelegen hat. Ja, es ist entschieden besser so, morgen habe ich dich vergessen.»

3   Arbeit macht das Leben süss. Ich kann mir allerdings nicht vorstellen, daß zum Beispiel ein Eisendreher am Wochenende zu seiner Frau sagt:

«Na, Mutter, jetzt bin ich wieder um eine Woche süßer, und man bezahlt sogar dafür. Was meinst du dazu?»

Arbeit!

Es liegt etwas aufregend Neues, etwas Perverses in dieser Idee.

Kurz und gut, ich werde arbeiten.

Welche Arbeit soll ich mir aussuchen? Ich verstehe keine. Nebenbei bemerkt ist das teils-teils beruhigend — meine Hände sind nicht gebunden, und ich kann mich nach jeder Richtung hin frei entfalten.

Die meisten Pariser Ungarn verdienen ihr Brot mit irgend etwas, wovon sie früher keinen Schimmer hatten.

Sie melden sich mutig irgendwo.

«Verstehen Sie was von der Sache?»

«Na, und ob!»

Sie machen sich gestempelte Arbeitsbewilligungen und sind für die abwegigsten Beschäftigungen zu haben. Fünfmal wirft man sie hinaus, das sechstemal bekommen sie von der Sache einen Begriff, das zehntemal sind sie Sachverständige.

Mein Tisch lahmt, deshalb pflege ich unter das eine Bein fünf Kupfersous zu legen, dann steht er fest. Diese fünfundzwanzig Centimes hole ich jetzt hervor und kaufe mir ‹Le Journal›. Da gibt's viele Anzeigen.

Es handelt sich um folgendes: Bote gesucht. Packer. Tripoteur. Kindesvater. Liftjunge. Theaterdirektor mit Kapital. Buchbinder. Piqueur-Ponceur. Austräger. In einem Inserat sucht man sogar einen soliden Taucher. Vorzustellen da und da.

Bisher ist das die seriöseste Annonce.

Die nächste gibt mir geradezu einen Stich:

«Wir bitten dringend alle, die rasch reich zu werden wünschen, sich im eigenen Interesse zu melden. Lerchengasse 1. Verein ‹Der Weg zum Glück›.»

Auch dem unglücklichsten Menschen lacht einmal im Leben das Glück. Dann heißt es natürlich handeln und nicht lange überlegen.

Comme on fait son lit, on se couche — wie man sich bettet, so liegt man, sagt das Sprichwort.

Die Lerchengasse liegt außerhalb der Fortifikationen und besteht nur aus zwei Häusern. Das entsetzlichere ist das Haus Nummer eins. Oberhalb des Kellereingangs hängt seitlich eine Tafel:

«Der Weg zum Glück.»

Ich bin gerade dabei, die Kellertür zum Glück aufzustemmen, als aus einem Fenster eine Frauenstimme ertönt:

«Was gibt's denn, haben Sie die Kohlen gebracht?»

«Nein, bitte, ich suche den Verein ‹Der Weg zum Glück›.»

«Das ist das zehnte Rindvieh heute», sagt irgendwo eine tiefe Männerstimme.

Sodann steige ich in den Keller hinab, ordne aber zuvor meine Gedanken.

Im Keller ist es stockfinster, nirgends eine Tür. Nach einer Viertelstunde Auf- und Niedertorkelns — ich wollte nur noch wissen, wo ich eigentlich hineingekommen bin? — springt von irgendwo ein Mann zu mir heran und führt mich in ein Zimmer.

An der Wand steht ein altes Sofa mit heraushängenden Sprungfedern. Daneben ein schäbiger Tisch; ein sehr magerer junger Mann beugt sich darüber und kratzt irgend etwas.

«Bitte Platz zu nehmen», sagt der Mann, der mich hereingeführt hat, und verschwindet.

Auf dem Sofa nämlich.

Mit einer schlauen und raschen Bewegung gelingt es mir, mich zwischen zwei Sprungfedern zu zwängen.

Grauenvoll.

Stille. — Grauenvolle Stille.

Von Zeit zu Zeit blickt der magere junge Mann auf und kratzt weiter. Ich sehe ihm schon seit einer halben Stunde zu; er kratzt, als wollte er einen großen, dunklen Fleck aus seinem Leben herauskratzen. Ich sitze bloß still und leidend auf dem Sofa und fühle, ich muß einer Nebenfigur Fra Angelicos ähnlich sehen.

Plötzlich tritt ein blondes Fräulein ein.

«Wer ist an der Reihe? C'est à qui le tour?»

Das andere Zimmer, in das ich geführt werde, hat ebenfalls kein Fenster. Und in der Mitte des Zimmers sortiert ein kleiner alter Herr Papierschnitzel, recht aufgeregt.

Es sind Namen. Ob von den Leuten, die schon reich wurden, oder nur von Vorgemerkten? Wer kann das wissen?

«Ach, Sie sind's also?» sagt er, ohne sich umzuwenden. «Sie wünschen?»

«Wegen der Annonce...», sage ich unsicher.

«Tja», sagt er. «Also, womit wollen Sie reich werden?»

«Bitte... vielleicht... indem daß...»

«Na, das sind bloß Formalitäten, mein Herr, pure Formalitäten, ich frage nur und vergesse es sofort. Diskretion zugesichert.»

(Wieviel Jahre Zuchthaus stehen darauf?)

«Warum wollen Sie reich werden?»

«Mein Gott... ein Familienzug... ich dachte, es wäre vielleicht doch besser...»

Er läßt mich nicht ausreden.

«Wie reich wünschen Sie zu werden?»

Plötzlich wendet sich der kleine Mann mir zu und breitet die Arme mit den Zetteln aus, als wollte er mich segnen. Wenn das nur nicht zu spät kommt! Wenn das kein Wahnsinniger ist, ist es am Ende ein sehr präziser Mann; also genau das, was ich brauche.

«Ich bitte um den höchsten Reichtum, ich möchte nämlich nicht noch einmal zurückkommen.»

«Den höchsten?! Warten Sie mal... ja, das macht, alles in allem, neunundvierzig Franken und fünfundneunzig Centimes.»

«Ist das alles, was ich kriege?»

«Nein, das ist nur, was Sie bezahlen. Dafür bekommen Sie Ideen, — mein Herr, Sie ahnen nicht, was für Ideen Sie bekommen! Sie werden entzückt sein!... Ah, je vous dis, moi, sans me flatter... et puis... pas besoin de comprendre!... Ah, ich sage Ihnen, ohne mir zu schmeicheln... und dann... es ist nicht nötig, daß Sie's verstehen!»

«Ideen kaufen tun Sie nicht?»

Er hört mir gar nicht zu, so froh ist er, daß auch mir geholfen werden soll.

«Für diesen Betrag stehen Ihnen sämtliche Hefte, Erläuterungen und Ratgeber zur Verfügung, in welchen ich eine Menge Möglichkeiten aufzähle, wie man rasch zu Geld kommt, und alles genau erkläre.»

«O ja», sage ich mit ersterbender Stimme.

«Es gibt auch billigere Ausgaben, mein Herr. Nur nicht verzagen. Neunzehn Franken und fünfundneunzig Centimes... Aber die enthalten bloß die Erwerbsmöglichkeiten bis zu tausend Franken im Monat. Damit kommen Sie ja gar nicht aus.»

«Mit einem Wort, man muß diese Dinger nur lesen und schon...»
«Nana!» sagte er. «Passen Sie auf! Die Sache ist furchtbar einfach! Wenn man entsprechend begabt ist...»
«Wie erfährt man denn das?»
«Zum Beispiel... ein Beweis dafür ist... daß Sie da sind. Sie machen einen Versuch. Sie bezahlen neunundvierzig Franken fünfundneunzig Centimes und...»
«Und wer ist unbegabt?»
«Der es nicht einmal mit Hilfe unserer Richtlinien zu etwas bringt. Mais, jeune homme, je n'm'en occupe pas de ces détraqués-là. Ah, mon Dieu, faut se faire du mal pour le bien des gens. Junger Mann, ich befasse mich nicht mit solchen Trotteln. Du lieber Gott, was man ausstehen muß, wenn man Gutes tun will.»
Ich denke, ich kann nach Hause gehen.
«Machen Sie sich keine Sorgen, ich schicke das Geld mit der Post.»

4 Im Jardin du Luxembourg nehmen die Bäume Sonnenbad. Dieser Garten ist mein einziger Trost, deshalb komme ich so oft hierher.

Ein altes Weib watschelt die Blumenbeete entlang. Wie seltsam es in so einer alten Schachtel aussehen mag. Ich stelle mir vor, was die zu Hause alles sagt: «Putzen Sie sich bitte die Schuhe ab! — Schon wieder liegt überall Zigarettenasche. Willst du, daß ich mich zu Tode rackere, deinetwegen?! Weshalb kommst du so spät? Ich werde das Essen nicht hundertmal aufwärmen!»

Gewiß: alte Weiber kochen gut, aber sie sparen sehr und quälen einen gleich nach dem Mittagessen mit dem, was es zum Nachtmahl geben soll. Sie kehren die Brotkrumen auf dem Tischtuch zusammen: «Du lieber Gott, wann lernst du endlich, dir so viel Brot abzuschneiden, wie du aufißt?»

Was wird mit solchen Weibern im Jenseits geschehen?

Ein kleiner Sperling hüpft im Staub.

Ein kleiner, schmutziger Federball mit glänzenden Pechaugen. Man sagt, die seien frech und müßten ausgerottet werden. Die Winterkälte vertragen sie nicht, sie gehen daran zugrunde. Ein kurzes kleines Leben. So ein Spätzlein kommt, hüpft auf dem Weg und sucht zwischen verstreuten Autobus- und Métrokarten nach etwas Eßbarem. Das ist sein ganzes Lebensprogramm. Der liebe Gott sorgt für die Vögel des Himmels, aber das darf man nicht wortwörtlich nehmen.

Der Spatz flattert in diesem Moment hoch und jagt nach einem Schmetterling. Verzweifelte, wilde Flucht über Blumenbeete. Küssen will er ihn nicht, vermutlich. Die Natur ist wunderbar schön, aber gar nicht beruhigend.

Wie ist das mit dem Taucher-Inserat?

Ich werde doch das Taucher-Handwerk ergreifen.

Wie steht es mit meiner Vorbildung?

«Jeder Körper verliert so viel an Gewicht, wie das von ihm verdrängte Wasser wiegt.»

Und damit soll ich jetzt Taucher werden?

Na, egal.

Zu Hause suche ich mein Impfzeugnis hervor und schreibe sorgfältig und gewissenhaft darüber: «Certificat de scaphandrier. Taucher-Legitimation.»

Ich werde mich matrosenmäßig benehmen. Gentlemanlike geht's nicht, sonst schöpft man Verdacht und feuert mich hinaus.

Im Taucherbüro ist außer mir kein einziger Bewerber. Es scheint nicht viel stellungslose Taucher in Paris zu geben.

Ein gutes Zeichen.

Ein magerer Herr stochert in seinen Zähnen herum und lehnt sich gegen eine Landkarte an der Wand, ein dicker Herr sitzt vor dem Schreibtisch und schreibt; er sieht aus wie ein Henkersknecht vor Gebrauch, der andere ist der Galgen neben ihm.

«Monsieur, ich komme in Angelegenheit des Taucherinserates.»

«Haben Sie ein Taucherzeugnis?»

Ich reiche ihm mein Impfzeugnis.

«Was steht denn da drauf?»

«Da steht drauf, Monsieur, daß Sie einen solchen Taucher, wie mich, Monsieur, noch nie im Leben gesehen haben, Monsieur. Ich bin geradezu ein Untertaucher. Übertaucher, s'il vous plaît, das ist meine Spezialität. Je suis comme ça.»

Auch der magere Herr kommt hinzu, jetzt sehen sie sich beide mein Zeugnis an.

Die Stampiglie des Stadtphysikus hat einen großen Erfolg.

«Waren Sie auch früher Taucher?»

«Schon meine Mama war eine Taucherin.»

«Wo haben Sie gearbeitet?»

«Auf der Donau. Die ist zehnmal so breit wie die Seine, ja sogar zwanzigmal, wenn man's genau besieht.»

«Wo?»

«Überall. Schauen Sie mich nur an, meine Herren, was ich alles leisten werde! Wie tief tauchen wir?» fragte ich lässig.

«Melden Sie sich morgen früh um fünf Uhr auf dem und dem Kai zu einem Probetauchen.»

«Mes hommages, Messieurs.»

5 ICH STELLE MEINEN WECKER EIN, DAMIT ER UM VIER UHR MORgens klingelt; dann gehe ich sofort schlafen. Es ist noch nicht acht Uhr. Im Pensionat hat man noch nicht zum Abendbrot geläutet. Was die Backfische heute wohl nachtmahlen werden?

Eigentlich ist diese Tauchergeschichte kein guter Witz, o nein, das möchte ich nicht gerade behaupten. Lassen wir diese Kindereien. Man läßt mich ins Wasser hinunter, ich schau mich ein bißchen um, dann zieht man mich herauf und ich stecke das Geld ein. Eine kleine Dose Kakao, ein Kilo Zucker. Auch Zigaretten braucht der Mensch...

Wie gestaltet sich das Privatleben des Tauchers? Ist ihm seine Familie zugetan? Wie wirkt er auf die Frauen, wenn er aus dem Wasser kommt? Und was macht der Taucher, wenn er unter Wasser ‹mal hinaus› muß? Wieviel ungelöste Probleme...

Ich stehe schon um halb drei auf und mache mich leise schaudernd auf den Weg.

Das Hotel Riviera schnarcht, ächzt, stöhnt und knirscht noch mit den Zähnen.

«Und da wird sein ein Heulen und Zähneklappern...»

Wenn ich eventuell sterbe, komme ich direkt in die Hölle. Blödsinn. Die Taucher sterben selten unter Wasser. Ja, aber bin ich denn ein Taucher?

In der ersten Volksschulklasse hatte ich bloß einen Dreier. Es lohnt sich nicht...

Man muß sich vor einem mißtrauischen Brettergebäude am Seineufer melden.

Es ist neblig.

Drei Männer stehen neben einem Schlepper, der mit Kieselsteinen beladen ist, und sehen ihn an. Eine Art Hütte ist auf dem Schlepper aufgebaut; von Zeit zu Zeit kommt ein Kerl heraus, spuckt seelenruhig ins Wasser und geht wieder zurück. Der hat's gut. Irgendwo bimmelt eine Glocke; wie ein Ziegenglöckchen klingt's. In diesem Augenblick geben sicher die Ärzte viele Leute auf; sie sagen mit auswärts gedrehten Händen:

«Wir stehen alle in Gottes Macht!»

Auch die anderen drei Männer melden sich als solide Taucher. Der eine ist solider als der andere. Sie schlendern auf und ab und weichen einander in weitem Bogen aus. Schon jetzt plagt sie die gegenseitige Eifersucht. Diese Taucherei war eine gute Idee. Es gibt kein großes Gedränge. Aber weshalb nur die Kerle alle Angst haben?

Der erste Delinquent wird aufs Schiff geholt und fertiggemacht. In seinem Taucheranzug sieht er wie ein Golem aus. Aus dem dünnen, blonden Mann ist ein furchterregender Maschinentrampel geworden. Wenn man seine langsamen Bewegungen sieht, bleibt einem das Herz stehen. Was die Leute nicht alles erfinden!

Der Taucher wird hinuntergelassen. Er steigt nicht auf einer kleinen eisernen Leiter ins Wasser, wie im Film; man läßt ihn an einer Schnur wie ein Lot in die Tiefe. Das Wasser formt breite Ringe, während er hinunterklatscht. Dann steigen noch lange Luftblasen auf.

Diese ganze Sache gefällt mir nicht. Warum blubbert das Wasser? Da stimmt was nicht... Hält der Taucheranzug nicht dicht? Man müßte einen der Herren fragen, weshalb das Wasser blubbert. Wie fragt man ‹blubbern› auf französisch?

Man müßte ganz leichthin fragen: — «Dites-donc, ces petites machines sur l'eau, cela va nous faire quoi?» — ... Was hab' ich bloß gestern abend gegessen? Nichts, aber sicher war's ranzig.

Der Taucher kommt nicht zurück; wir, Gentlemen und solide Taucher auf dem Ufer, werden langsam unruhig. Ich kann mir denken, wie unruhig erst der Taucher ist. Die ihn hinuntergelassen haben, beunruhigen sich nicht ein bißchen. Endlich wird er hochgezogen. Er hält sich kaum auf den Beinen. Man schält ihn aus dem Taucheranzug. Wie ein nasser Lappen... Plötzlich springt er auf und sagt in reinstem Ungarisch:

«Hol euch alle der Teufel, ihr Hunde!»

Und rennt davon. Der eine Taucherkandidat setzt ihm sofort nach.

«Halt, Bruder, wie ist das mit den Hunden zu verstehen?»

Auch ein Ungar. Rendezvous der Ungarn!

Der Taucher brüllt zurück:

«Machen Sie da nicht mit, Landsmann, wenn Ihnen Ihr Leben lieb ist! Es ist das reinste Grab. Sie sehen nicht, Sie hören nicht, stehen bis zum Hals im Schlamm. Kruzitürken noch einmal! Sie haben den Fremden an mir gerochen.»

Der zweite Taucher in spe geht aufs Schiff und debattiert lange mit den Totengräbern.

Der dritte wartet noch neben mir am Ufer, tritt dann plötzlich zu mir:

«Bon jour, Monsieur.»

«Bon jour, Monsieur.»

Er dreht sich um und geht auf und davon.

Auch der zweite Taucherkandidat verläßt das Schiff und geht. Alle gehen. Auch mir ist die Lust vergangen. Jetzt verabschiedet sich der klare Menschenverstand von mir.

Ich muß Taucher werden. Ich kann nur zwischen zwei Todesarten wählen: entweder sterbe ich im Schlamm, infolge Luftmangels, stehend, oder auf dem Trockenen, infolge Nahrungsmangels, liegend. Die erstere Todesart ist kurz, doch peinlich. Aber im Mittelalter hat man die Menschen aufs Rad geflochten und geviertelt, und sie bekamen nichts dafür bezahlt.

«Hallo, Sie Tepp!» ruft es vom Schlepper.

Das gilt mir.

Ich gehe. Die Augen lasse ich mir nicht verbinden. Man hätte zur Beichte gehen sollen, aber darauf kommt's jetzt nicht mehr an. Man beginnt mich einzukleiden, wie eine Jungfrau, deren Knie wanken. Na, jetzt werde ich gleich erfahren, wie das ist.

Man sagt mir irgend etwas, was ich unten machen soll. Mit einem Wort, nervös gemacht wird man auch noch. Tante Ilka fällt mir ein, eine entfernte Verwandte. Sie trägt eine dicke goldene Kette um den Hals. Sie kommt immer zu Besuch, wenn Papa und Mama zerkracht sind; dann erscheint sie und spricht vom Wetter.

Meine Kindheit zieht nicht an mir vorüber, auch meine Sünden nicht. Das ist merkwürdig und geradezu verdächtig. Das Wasser plätschert, man läßt mich hinunter.

Impressionen unter Wasser:

1. Die da oben sparen mit dem Sauerstoff.

2. Vorsichtsmaßregeln wurden nicht getroffen. Weder eine Alarmglocke noch eine Notbremse vorhanden. Der Taucher ist in Gottes Hand, aber Gott trägt ihn nicht auf Händen.

3. Neuerliche Sauerstoffverminderung. Man hätte beichten sollen.

Meine Herztätigkeit läßt zu wünschen übrig. Aber die Geschichte kann auch durch Gehirnembolie enden. Aber! ... Na, na! ...

4. Es riecht so komisch. Als säße ich im Mund eines schlechtriechenden Friseurs. Auch der Fliegenäugige war ein braver Mann.

5. Höllische Finsternis. Irgend etwas saust. Liebe gute Tante Ilka, ich werde nicht am Galgen enden.

6. Ich griff mit zufällig an die Brust, da flammte eine elektrische Lampe auf. Ein böses Omen. Mein Grab wird nicht begossen werden.

7. Schmierige, schleimige Dinger schwimmen an meinen Augen vorüber. Von weitem bleiben kleine Fische im Wasser stehen und winken mit ihren Schwänzen. Sollten die es schon wissen?

8. Neuerlicher Sauerstoffschwund. Nach dem Tod gibt's kein Leben. Und wenn auch, so höchstens ein ganz kleines. Also ja oder nein? Wegen dieser paar Minuten lohnt sich's nicht.

9. Plötzlich fällt mir ein: ich las irgendwo, daß die Matrosen von Unterseebooten sich regungslos auf den Schiffsboden werfen, wenn der Sauerstoff zu Ende geht. Hätt' ich nur dieses blöde Buch nie gelesen, oder wär's mir wenigstens nicht eingefallen. Fast wäre ich vor der Zeit gestorben.

10. Du sollst nicht begehren deines Nächsten Haus, Feld, Knecht, Magd, Vieh — ja nicht einmal seine Taucherei. Amen. Achtung, Hauptsache ist die gute Laune. Ich werde eine optimistische Leiche.

Der Grund der Seine ist ziemlich vernachlässigt. Entsetzliche Zustände. Nirgends eine Bank. Was soll ich sagen: nicht einmal ein großer Stein, auf den man sich setzen könnte.

Gewiß haben die droben die Sauerstoffsendungen eingestellt. Seit einer halben Minute markiere ich nur mehr das Atmen, damit kein Malheur passiert.

... Au ... so schlecht ist das ... O weh ... schnell ... die Beichte ... Der Tod ... das jüngste Gericht ... — Der zerzauste junge Mann mit dem dunklen Haar soll sich hier links herstellen ...

Als ich wieder zu mir komme, werde ich hochgezogen, aus dem Taucheranzug geklaubt und auf den Kai zu den Säcken geworfen.

Man gibt mir keinen Groschen für die Taucherlaufbahn. Ich rase nach Hause. Vielleicht muß ich noch was draufzahlen.

Wir wollen folgendes feststellen: jeden traurigen Menschen müßte man wenigstens einmal im Monat auf dem Grund der Seine spazierengehen lassen, damit sein Lebensmut wiederkehre. Ebenso auch die allzu heiteren, damit sie etwas ernster werden.

Über den Boul' Mich' eilen geschäftige Leute. Frauen mit ungebügelten Hosen und blutroten Mündern hasten zu den Métrohaltestellen. Autos hupen, Tramways klingeln, Autobusse rattern nach allen Richtungen mit Leuten, die eine feste Beschäftigung haben und jetzt tun, als ob sie die ganze Sache langweile.

Und Sauerstoff, wie viel Sauerstoff! Er stinkt, ist aber gut.

Jemand packt von hinten meinen Arm.

«Sie junger Mann!»

Ein Mensch im blauen Arbeitskittel hält mir zehn Franken unter die Nase.

«Spazieren Sie möglichst so, daß Sie Ihr Geld dabei nicht verstreuen, — autant que possible, hein?»
«Ich...? Mein...?»
Ich starre ihn entsetzt an.
«Faut être idiot, tout de même. Muß doch ein Trottel sein.»
Er dreht sich um und geht weiter.
Ich habe schon seit einer Woche keine zehn Franken, also gehört dieses Geld nicht mir. Gewiß streifte ich mit dem Fuß den Zehnfrankenschein, der auf dem Boden lag, und dieser wackere Arbeiter dachte, das Geld gehöre mir.

Mir ist, als habe man mir in fernen Kindheitstagen allerlei klapprige Geschichtchen erzählt. So unter andrem von einem braven kleinen Jungen, der das gefundene Geld dem Schutzmann übergibt; sodann erfüllt sein Herz wohltuende Wärme. (Nicht das Herz des Schutzmanns, wie man meinen sollte, sondern das Herz des Jungen.)

Der Polizist salutiert ehrerbietig und sagt:
«Ewig währt am längsten.»
Ich glaube, dieser kleine Junge war blöd.
Ich stelle das Geld gleich auf die Probe, ob es nicht falsch ist. In einer Bar kaufe ich ein Paket Marylandtabak; man gibt mir ganz ernsthaft heraus.

Mit zwei Schritten stehe ich am Ausschank und bestelle einen Cafécrème und ein Hörnchen. Dann zünde ich mir eine Zigarette an, schlage eine Zeitung auf und studiere die neuesten freien Posten.

Setzen kann man sich nicht, sonst wird das Frühstück gleich teurer. In Paris pflegen nur die reichen Leute zu sitzen; die Mehrzahl davon in der Santé. So heißt dort das Gerichtsgefängnis.

6 O DU LIEBER GOTT, WIE KOMISCH IST DAS LEBEN!

Man weiß gar nicht, was man damit beginnen soll. Es gibt nicht viel Zeit zum Grübeln: ob es so besser wäre oder so; denn man wird auf einmal alt, kriegt falsche Zähne, eventuell auch ein Bruchband, wenn man in seiner Jugend zu viel herumgesprungen ist.

Bestimmt gibt es reiche Leute in Paris, die im Augenblick gar nicht wissen, was sie mit ihrem Geld beginnen sollen. Es war überhaupt eine blödsinnige Idee, das Geld zu erfinden. Buntes Papier mit allerlei Ziffern zu bedrucken und zu guter Letzt alles so zu arrangieren, daß manche nichts davon kriegen.

Es gibt so viele junge, tatkräftige Seelen, die den größten Teil ihres Lebens antichambrieren und warten. Bestimmt bin ich nicht der einzige im Weltall, der sich langweilt. Ich will ja nichts sagen; im großen und ganzen ist es ganz gut eingerichtet. In Urzeiten jedenfalls, da war's genial. Wenn der Urvater hunrig war, ging er in seinem schlichten Haarkostüm einfach in den wilden Schoß der Natur hinaus und schlug einen Diplodokus nieder; manchmal kam's auch umgekehrt und der Diplookus erschlug ihn. Jedenfalls hatte einer von ihnen zu fressen.

Na und erst die Liebe! Wenn er eine Frau brauchte, winkte er bloß einer Urmutter zu, — sie philosophierten nicht lange: — «Ach, Lenchen, ich möchte Ihnen so gerne etwas ins Ohr sagen... gestatten Sie?» — «Neeein... aber... das schickt sich nicht.» — Nein, das wurde kurz und bündig erledigt. Den Urvater interessierte nicht das Seelenleben der Urmutter noch, was neun Monate später daraus wird. — «Kurtchen, ich bin in anderen Umständen, weil du leichtsinnig bist und nie einen Groschen hast.»

Der Urvater kümmerte sich um so etwas nicht, er setzte sich nur vor seine Höhle und verdaute. Den regte keine Miete und keine Gasrechnung auf, er wußte nicht, was es heißt, hinter einer Tür herzklopfend eine Silhouette zu beobachten: Das wird der Gasmann sein; daß du nicht aufmachst, du Idiot. —

Und was für Frauen die Urfrauen waren! Gesunde Weibstiere mit schweren Leibern, mächtigen, großen Brüsten mit Knospen wie Nüsse daran und zwei Meter breiten Hüften. Ihre Knochen krachten, wenn sie sich in Bewegung setzten. Sie knurrten im haushohen Gras, wenn sie sich paarten, und Ichneumonides hymenopterise schwirrten um ihre dunstschwitzenden Körper. (Ich möchte im voraus erklären: es soll sich ja kein Gelehrter einfallen lassen, mir einen Brief zu schreiben, wie's in Urzeiten herging, denn ich werde nicht darauf reagieren. Eine Retourmarke kann aber allenfalls beigelegt werden.)

«Hohuuuuuderuicpiktschauuuuu...»

So brüllten die Urväter nach der Befriedigung in die Dämmerung hinein, am Rande eines sonst unbeschäftigten Felsens stehend.

Diese schönen Zeiten sind vorüber.

Hochstirnige, kahlköpfige bebrillte Menschen kamen zur Welt, die sogar das bißchen Mühe scheuten, Früchte vom Baum zu schütteln. Lieber haben sie die Zivilisation erfunden.

Das übrige wissen wir.

Na, wir wollen uns die heutigen freien Stellen ansehen. Jeden hergelaufenen Posten nehme ich nicht an.

«Wochenblatt sucht Karikaturisten.»

Das kann mit keiner Lebensgefahr verbunden sein — dagegen habe ich noch nie im Leben gezeichnet. Tja, bin ich vielleicht je Taucher gewesen? Man kann sich's nicht aussuchen. Wo gibt's einen Bleistift und ein Stück Papier? Also, das wird schon gehen. Bei Karikaturen kommt's ja nicht aufs Zeichnen an. Gerade was nicht gelingt, ist amüsant, und was nicht amüsant ist, das... Was ist im Leben überhaupt amüsant?...

Ich nehme meinen Hut und gehe sofort zum fraglichen Wochenblatt.

Ein kleiner schwarzer Mann mit einem Eidechsenkopf empfängt mich.

Sie brauchen pikante Zeichnungen und die Witze müßte ich auch dazu erfinden. Je früher ich die Zeichnungen brächte, um so besser.

«Herr, sehen Sie mich an, Sie kennen mich nicht. Nachmittag sind die Zeichnungen da.»

Ich kaufe eine Menge Papier, Tusche, Federn und setze mich gleich an die Arbeit.

Um fünf Uhr nachmittags hatte ich zehn Zeichnungen fertig.

Ich arbeitete so fieberhaft, daß ich die Tusche über die Tischdecke schüttete.

Du lieber Gott! Jetzt muß ich dem Fliegenäugigen das ganze Hotel ersetzen. Ich komme noch ins Schuldgefängnis, so etwas gibt's in Paris. Man muß den Fleck mit Seifenwasser herauswaschen. Ich versuch's. Der Fleck verbreitet sich immer mehr, wie die Krebskrankheit. Ich wasche die ganze Decke. Das Wasser wird entsetzlich schmutzig davon. Diese Samtdecke ist bestimmt noch nie gewaschen worden. Der Fliegenäugige kann mir direkt dankbar sein, aber er ist gewiß begriffsstutzig.

Es wurde eine ganz, ganz kleine Decke daraus. Eine nette, winzige Decke. Sie bedeckt kaum den Tisch. Ich kaufe diesem herzlosen Fliegenäugigen sowieso eine viel schönere dafür, wenn man mir die Zeichnungen bezahlt hat.

Der Redaktionssekretär sagt, als ich ihm die Illustrationen übergebe, ich soll noch zwei machen, sie kaufen mehr, wenn die Auswahl größer ist. Mit einem Wort, heute wird noch nicht gezahlt. Na, tut nichts. Morgen nehm' ich das Geld auch.

Bis zum nächsten Nachmittag – ich arbeitete auch während der Nacht – gelang es mir, weitere zwanzig Zeichnungen zusammenzubringen. Das war am Mittwoch. Donnerstag soll ich mir Bescheid holen.

Donnerstag – ich will ganz kurz sein – empfängt mich ein dicker Herr; sein Bart ist so lang, daß er die Krawatte verdeckt. Er gibt die Zeichnungen verachtungsvoll zurück. Er braucht sie nicht.

Zwei Tage habe ich gearbeitet, um das zu erfahren. Wäre ich doch lieber zu Hause liegen geblieben und hätte mich mit dem Geld, das nutzlos für Zeichenrequisiten vergeudet wurde, redlich ernährt. Der Redaktionssekretär empfahl mir zwei illustrierte Wochenblätter, wo ebenfalls solche Genrebilder gesucht werden. Auch dort bin ich gewesen. Man hat meine Zeichnungen gar nicht angesehen und schon gewußt, daß es nichts für sie ist. Zeichner zu werden, das war eine schlechte Idee. Jetzt ist es schon egal. Auf dem Rückweg entdeckte ich noch eine Redaktion, auch dort habe ich die Zeichnungen eingereicht. Man sagte mir, ich solle in einer Woche vorsprechen.

Fünf Zeichnungen sind mir geblieben – nicht mal zum Ablehnen hat man alle angenommen – die hänge ich mir an meine Zimmerwand.

Na, jetzt habe ich einen freien Beruf ergriffen.

7 MAN FEIERT EINE FETE D'ARRONDISSEMENT – EIN FEST IM BEZIRK. Das ist wie eine Kirchweih in weltstädtischem Ausmaß. Den Gehsteig entlang werden Buden und Zelte aufgestellt. Es gibt Glücksräder, Schießbuden, japanisches Billard, das krokodilhäutige Weib, Flugzeuge, Ringelspiele, Vampire, in alten Grüften gefangen, Fakire, Wahrsagerinnen, Glasscherbenschlucker, russisches Ballet von unten zu betrachten, einen Musiksaal mit pikanten Schränkchen, in die man, zwei Sous einwerfend, hineinstarren darf, um sich dann aufge-

wühlt zu entfernen. Es gibt einen Zirkus mit Tigern, Ringkämpfern und Athleten.

Der Feuerschlucker hat kein Zelt, er breitet einen zerfetzten Teppich auf den Boden, stellt eine Flasche Petroleum daneben und einen Tampon, der an einem langen Draht befestigt ist.

«Mesdames et Messieurs, die Vorstellung beginnt sofort. Ich werde Petroleum trinken und zünde es dann an. Die Produktion ist lebensgefährlich. Erst veranstalten wir eine kleine Sammlung. Wenn hundert Sous beisammen sind — das ist nicht viel, wir müssen einsichtig sein, ich muß schließlich auch fressen —, beginnt die Vorstellung... Merci... merci... na, es fehlen noch zweiundneunzig Sous... merci, also noch sechsundachtzig Sous... Die Frankenstücke zählen nicht, meine Herren, die werden als Ehrengabe gerechnet.»

Bevor es zur Vorstellung kommt, erscheint ein Schutzmann. Der Feuerschlucker schluckt kein Feuer, den Feuerschlucker verschluckt die Menge.

Straßenverkäufer bieten unglaubliche Sachen an: echte achtzehnkarätige goldene Armbanduhren zu fünf Franken, und als Draufgabe einen Platinring. Man begreift nicht, wie sie das machen können. Gewiß zahlen sie drauf.

An der Ecke verbreiten Straßensänger die neuesten Schlager:

«Auprès de ma blonde... qu'il fait bon... fait bon... fait bon... auprès de ma blonde qu'il fait bon dormir. Neben meiner Blonden ... O wie gut... o wie gut... wie gut ist's neben meiner Blonden zu schlafen.»

Kleine Dämchen ziehen über ihre trägen Formen die Mäntel stramm und sehen einem blinzelnd und zwinkernd ins Gesicht; wie Kurzsichtige, die ihre Brillen zu Hause vergessen haben.

Es gibt furchtbar viel Amüsantes auf so einer Fête, und ich habe auch schon beobachtet, daß ich nie Geld dafür habe. So oft man zu dieser Riesenkirchweih gerüstet hat und begann, die Buden und Zelte zu errichten, wußte ich schon: bis die fertig sind, habe ich kein Geld mehr. Deshalb verdüstere ich mich sofort, wenn ich irgend etwas Zeltähnliches sehe, oder einen weißen Fleck, ein Bettlaken oder eine sonnenbeschienene Feuermauer.

Auch jetzt besitze ich bloß fünfunddreißig Centimes.

Vor der einen Bude steht die Menge besonders dicht.

«Meine Damen und Herren! Eine Nummer kostet bloß fünfundzwanzig Centimes, und passen Sie auf, was man damit alles gewinnen kann! Eine große Einkaufstasche, in die wir folgende Sachen legen: eine Stange Lyoner Salami, ein Kilo Butter, eine Dose Zucker, ein Paket Makkaroni, eine Dose Kaffee, eine Tafel Schokolade, ein Paket Reis, eine Dose Sardinen, einen Käse, eine Fleischkonserve, eine Zuckererbsenkonserve, eine Schachtel Datteln, ein Glas Kompott und schließlich eine Flasche Sekt. All das können Sie haben, für nur fünfundzwanzig Centimes. Es gibt auch Trostpreise. Los, meine Damen und Herren, approchez-vous, kommen Sie doch näher!»

Alles reißt sich um die Nummern.

Erst will ich mir das ansehen; vielleicht wird gemogelt?

Es wird nicht gemogelt.

Man weist auf eine dicke Frau, die schon seit einer halben Stunde vor der Bude steht und grinst. Sie hat bereits so eine Einkaufstasche gewonnen!

«Her mit einer Nummer, auch für mich!»

Ich bekomme die 132.

Ich stelle mich vor den Ausrufer, blicke starr in seine wasserfarbenen Augen und suggeriere ihm: Zieh die Nummer 132, du Hund...
132...

Man mußte eine gute halbe Stunde warten, bis so viel Idioten beisammen waren, daß sich die Ziehung lohnte.

«Nun, meine Damen und Herren, wir haben alle Nummern verkauft, jetzt kommt die Ziehung.»

Nervöse Unruhe.

«Der erste Gewinner: 132.»

Ich klammere mich an den Hut einer alten Frau:

«Das bin ich... ich! Lieber Gott!»

«Bitte die Nummer. Ja, 132. Wir haben nicht betrogen. Bitte, meine Herrschaften, sehen Sie sich diesen Herrn an, er ist ganz blödsinnig vor Freude. Bitte die Einkaufstasche nicht zu berühren. Zuerst werden die Trostpreise verlost. Hier haben Sie den Trostpreis.»

Man gibt mir nur eine längliche Schachtel. Was ist das?

Ist das der Trostpreis?

Mich kann's nicht trösten.

Die Einkaufstasche gewinnt wieder die dicke Dame von vorhin. So ein Viechsglück! Ich schaue mir meine Schachtel an. Drauf steht: «Nährmittel zur Stärkung des Knochensystems von Säuglingen. Man gebe einen gehäuften Löffel voll Nährmehl in die Milch oder Suppe des Kindes. Das Nährmehl hat keinen Geschmack. Sie werden von der Entwicklung des Kindes überrascht sein.»

Ich habe noch zehn Centimes; auch damit müßte man was anfangen können. Jetzt gehe ich nach Hause. Ich weiß bloß nicht, was ich zu Hause machen werde.

Es ist halb eins.

Wenn ich schon an dem Jardin du Luxembourg vorbei muß, will ich hineingehen, um mich ein wenig auszuruhen.

Eine schöne Herbststimmung. Kraftlose Sonnenstrahlen streicheln Bäume und Menschen. Die Alleen sind voll gefallener Blätter. Die Sonne scheint hübsch bequem, als hätte sie sonst nichts auf der Welt zu tun.

Ich gehe mit dem Trostpreis spazieren.

In solcher Stimmung versöhnt man sich mit seinen Erinnerungen. Man kann an eine schönere Zukunft glauben, die bestimmt kommt, man muß sie nur erwarten können. Geduld! Schließlich wird auch diese entsetzliche Gegenwart einmal schön sein, und ich werde mich selig an sie zurückerinnern. Einst werde ich feststellen: ich bin doch glücklich gewesen. Mit einem Wort, ich bin auch jetzt glücklich, kann es nur nicht zur Kenntnis nehmen.

Unter den Bäumen gehen Gouvernanten herumlaufenden, spielenden Kindern nach; sie haben die Aufgabe, ihnen die Kindheit durch allerlei herzlose Bemerkungen möglichst zu verleiden:

«Du darfst keine Steinchen in Ninettes Nase stecken!»

«Du darfst nicht aus dem Sand Kot machen und damit Paulettes Kopf massieren!»

«In der Handtasche der Erzieherin darf man nicht Wasser tragen!»

Ja, was darf man denn?

Scharen von Tauben schwirren durch die Luft. Am Rand des grünen Rasens blühen noch die Blumen... Es riecht so gut nach Gras. Fremde stelzen vorsichtig, mit dem Stadtplan in der Hand, daher, als gingen sie bloßfüßig über Stoppeln, und schnuppern gewissenhaft alles ab.

Ich setze mich auf eine Gratisbank. Ein junges Mädchen sitzt schon hier und liest Zeitung. Ihre Figur bildet im Sitzen eine hübsche, gebrochene Linie. Interessant. Alle jungen Mädchen haben beim Sitzen hübsche Figuren. Ich sehe mir von der Seite ihr Profil an.

Man müßte mit ihr anbandeln: «Mademoiselle, ich kenne Sie ja!» — «Ich auch.» — «Mich?» — «Oh! Nicht Sie — diesen Trick.»

Ein hübsches kleines Mädchengesicht. Wie sie wohl mit Vornamen heißt? Wie ist ihre Stimme, wenn sie spricht? Was sind ihre Gewohnheiten? Leben ihre Eltern noch? Ist sie noch unschuldig, oder trägt sie schon die geheime Bitterkeit in sich, die jede erste Liebe mit sich bringt — die jedes junge Mädchen verheimlicht, denn jede glaubt, das wäre nur ihr allein passiert.

Ihre schönen, langen Finger rascheln nervös mit der Zeitung. Sie sieht sich die Anzeigen an, gewiß sucht sie eine Stellung. Das ist eine verwandte Seele, die könnte man heiraten. Jetzt sieht sie zu mir auf und kräuselt verächtlich die schönen, fleischigen Lippen. Die Zeitung legt sie zusammengefaltet neben sich auf die Bank, steht auf, streicht sich das Kleid glatt und geht. Man kann ihre Gestalt genau sehen: Sie ist das, was die Frauen ein bißchen dick und die Männer ein bißchen mager nennen. Mein Fall. Am Ende der Allee biegt sie ein, und ich sehe sie nicht mehr.

Ihre Zeitung liegt vorwurfsvoll auf der Bank neben mir; wenn sie sprechen könnte, würde sie sagen: «Guter Mann, die Frauen verachten nur, wenn sie zu lieben keine Gelegenheit haben.»

Wen werde ich in fünf Jahren lieben? Das ist mir so ganz plötzlich eingefallen. Nebenbei: das weiß auch die Frau noch nicht. Sie knüpft unverdrossen Verhältnis nach Verhältnis an und ahnt nicht, daß sie mir einmal Rechenschaft über ihre Vergangenheit ablegen muß.

Um zwei Uhr gehe ich nach Hause.

Die übriggebliebenen zehn Centimes ärgern mich. Ich sehe sie mir an: geprägt im Jahre 1921. Es steht darauf: Liberté, Egalité, Fraternité. Freiheit, Gleichheit, Brüderlichkeit.

Ich werfe sie zum Fenster hinaus. Jetzt bin ich viel beruhigter.

Ich lege mich auf das Sofa, um mein französisches Wörterbuch zu lesen. Sonst habe ich keine Lektüre.

Plötzlich höre ich ganz ungewohnt lebhaftes Treiben und helles, vergnügtes Lachen auf dem Hof.

Wochentags nachmittag ist das im Hotel Riviera äußerst selten.

Ich sehe zum Fenster hinaus; eine Menge festlich gekleideter Neger, Männer und Frauen, drücken dem Laute spielenden Neger die Hand.

Der Lautenspieler hat geheiratet.

Mir ist dieser Neger schon gestern früh aufgefallen. Er setzte sich in den Hof, sonnte sich und grinste laut. Das war das erste verdächtige Zeichen. Das zweite, daß er seine Miete für zwei Monate voraus bezahlte.

Einzug der guten Freunde des Negers.

Es wird eine Menge zu essen und trinken geben; der gedeckte Tisch füllt fast das ganze Zimmer. Von hier oben kann ich das alles bequem sehen. Die Ärmsten, wie viel die essen werden.

Die Neger aßen und tranken drei Stunden lang — es dunkelte schon, als sie nach und nach gingen und das junge Paar allein ließen.

Bald wurde das Licht verlöscht und das Fenster zugemacht.

Was macht dieses Schwein von einem Neger jetzt dort drin?

Der Kerl hat bestimmt eine korrekte Ehe geschlossen.

Ich lehne mich aus dem Fenster und betrachte das kleine Stück Sternenhimmel, das hinter Dächern und Kaminen hervorlugt.

Zu Hause spielt jetzt Papa bestimmt Schach mit irgend jemand, die Asche ist an seiner Zigarre geblieben...

«Jetzt komme ich.»

Großmama sitzt still in einem Lehnstuhl, legt die Hände in den Schoß und tut, als denke sie nach. Sie macht aber ein Nickerchen.

Mama läßt im großen Eßzimmer den Tisch decken, das Mädchen klappert mit dem Besteck — die Gläser klirren leise in ihrer Hand. Auf dem Gang draußen schwenkt eine das Plätteisen: «Leb wohl, mein kleiner Gardeoffizier...»

Ein Herr mit einem Kneifer auf der Nase putzt sich lange die Schuhe, bevor er hereintritt: «Jö, Paulchen, na, aber so eine angenehme Überraschung!...»

Und erst das Nachtmahl...

Na, gehen wir schlafen. Nebenbei: wir essen im Hotel sehr spät zu Abend. Im Pensionat wird schon zum Schlafengehen geläutet. Die Mädchen stellen sich in Reih und Glied und gehen in den gemeinsamen Schlafsaal. Lauter halbwüchsige Mädel mit großen Händen und Füßen, nur in ihren Augen blitzt schon die Gemeinheit der Zukunft auf. Man weiß nicht mal, welche von ihnen schön und fesch wird; das alles schläft noch unter der doppelten Hülle ihrer Institutskleider und ihrer Backfischzeit. Sie ziehen sich schön langsam aus, legen ihre Kleider ab, lassen das Hemd herunter und steigen aus dem weißen Kreis. Im Saal brennt nur eine rote Glühbirne, die Surveillante spaziert die Bettallee entlang, bis ihr der gleichmäßige Atem der Mädel anzeigt, daß alles in Ordnung ist. Dann geht sie mit leisen Schritten hinaus.

Eine Flüsterstimme aus einem Bett:

«Nimm dich in acht, Jeannette, Gott wird dich strafen!»

«Taratata!»

32

Ich lege mich nieder. Wie kalt die Bettwäsche ist.

Auf einem fernen Dach weint eine verliebte Katze. Jemand will aus dem Nachbarhof hinaus und ruft zum Hausmeister hinein:

«Die Schnur, bitte!»

Ich werde bestimmt verhungern.

8 Heute bin ich den ganzen Tag im Luxembourg-Garten spazierengegangen, trank viel Wasser, rauchte am Abend meine letzte Zigarette und beobachtete das Negerehepaar. Es geschah aber nichts Besonderes.

Bis Mitternacht bin ich wach gewesen. Bis zum Buchstaben «C» habe ich mein Wörterbuch durchgelesen. Dann ließ ich es müde in meinen Schoß fallen und hörte im Finstern dem Krachen des alten Schrankes zu.

Das Fenster ließ ich offen, weil das Wetter ganz angenehm war und ein frischer Wind die merkwürdig riechenden, gelblichen Vorhänge blähte.

Meine Kindheit fiel mir ein. Die Vergangenheit kam auf Zehenspitzen zurück und streichelte mir sanft die Stirn. Alles, was schön war, ist in mir wieder aufgestiegen. Ich hatte das Gefühl, als sei ich schon sehr, sehr alt.

Ein — zwei Sterne sieht man auch von meinem Bett aus, wenn ich auf dem Rücken liege und den Himmel betrachte.

Heute habe ich die Pensionatsglocke noch nicht gehört. Komisch. Wenn ich nur einmal den sehen könnte, der sie läutet.

FREITAG.

Gegen sechs Uhr morgens schnarrt bei einem meiner Nachbarn laut der Wecker. Dann ein Klirren. Etwas klatscht an die Wand, und der Nachbar, der um diese Zeit allein ist, ruft:

«Je suis malade, salaud! Ich bin krank, du Schwein!»

Das gilt dem Wecker, den der Alte niedergeschlagen hat, weil er ihn weckte.

Der Wecker schnarrt irgendwo am Boden dumpf weiter, immer müder, apathischer, wie ein angeschossener Vogel, schließlich wird er still.

Ich kann nicht wieder einschlafen. Mein Magen brennt. Ich stehe auf und trinke Wasser. Das Wasser ist warm und schmeckt so eigenartig. Ich lege mich zurück und höre den Geräuschen des erwachenden Hotels zu.

In der nahen Kirche Saint-Jacques-du-Haut-Pas läuten die Glocken.

Warum läutet man heute die Glocken? Wie schön das ist — ich liebe Glocken sehr. Ist jemand gestorben?

Im Namen des Vaters, des Sohnes und des heiligen Geistes, Amen. Jetzt steht der Tote vor Gottes Thron. Brrr. Wenn mir das nur nicht auch passiert!

Plötzlich fällt mir das Nährmittel ein, das ich auf der Fête gewonnen habe. Seit zwei Tagen schon wohne ich mit dem Nährmittel zusammen und habe ganz daran vergessen.

Mit entschlossenen Gebärden ziehe ich mich sofort an und hole den Trostpreis hervor. Es wird nicht schaden, meine Knochen ein wenig zu kräftigen; ich fürchte allerdings, das kommt jetzt ein bißchen zu spät.

Ich reiße die Schachtel auf. Ein weißes Mehl. Riecht nach gar nichts. Was soll ich damit machen? So, wie es ist, dieses Mehl, wird's nicht gut zu essen sein. Man erstickt daran. Ich werde es in ein wenig Wasser auflösen und so essen.

Ich schütte das ganze Ding in meine Tasse und mache mit Wasser einen Brei daraus. Er hat gar keinen Geschmack. Tut nichts. Ist auch nicht wichtig. Das Essen ist für mich schon lange kein Genuß mehr. (Das Leben ist ein Fiebertraum. «Fieberträume glücklich. Meinem lieben Mutzichen von ihrer treuen Freundin Putzichen.»)

Ein — zwei Löffel davon könnte man allenfalls versuchen. Mein Magen nimmt das Nährmittelmäßige zur Kenntnis und hört auf zu knurren.

Man kann nicht viel vom Nährmittel essen; nach dem fünften Löffel wehrt es sich und würgt mich. Ich trinke zwei Glas Wasser nach, und die Sache ist in Ordnung.

Irgendwie wird's schon werden.

Heute beginne ich ein nützliches Leben.

Ich lerne aus meinem Larousse-Wörterbuch alle Wörter, die mit X beginnen — davon gibt es die wenigsten.

«X, der dreiundzwanzigste Buchstabe und achtzehnte Konsonant des Alphabets.»

Das hab' ich gern, das sind genaue Leute, sie zählen alles nach, lassen sich nichts vormachen. Auch das wäre ein Posten. — Warum habe ich keinen solchen Posten?

Wenn es ein deutsches Wörterbuch wäre, stünde auch drin, daß X von hinten der zweite Konsonant und der dritte Buchstabe des Alphabets ist. Tja, mein Lieber, die Deutschen...

«Xantrailles, ein Edelmann aus der Gascogne, starb 1461 in Bordeaux.»

Das ist aber herzlich wenig. Woran ist er denn gestorben? War er vorher lange Zeit krank?

Wenn ich nächstens Geld habe, kaufe ich mir ein riesiges Lexikon und spüre der Sache genauer nach.

Entweder man ist Intelligenzler oder nicht.

Die Intelligenz braucht man eigentlich nicht selbst, sondern die anderen, deshalb verzeihen sie es einem auch nicht, wenn man dumm ist.

Zunächst muß ich mir über Xantrailles genaue Daten verschaffen.

SAMSTAG.

Zum Teufel, woraus ist dieses Nährmittel gemacht? Ich muß den Namen dieses Präparates unbedingt aufschreiben. Aber ich finde die Schachtel nicht. Das Zimmer wurde aufgeräumt, die leere Schachtel weggeworfen. Wozu wird hier überhaupt noch aufgeräumt, als wäre nichts geschehen? Die wissen noch gar nichts, lenken bloß die Geschicke der Welt. Eines Tages wird man auch mich aufräumen, wenn man mich in der Mitte des Zimmers wie eine vertrocknete, krepierte Fliege findet, auf dem Rücken liegend, alle viere von mir gestreckt.

Ein großes Pech, daß man nicht einmal etwas zu rauchen hat. So eine Zigarette würde mich bestimmt beschwichtigen. Hungern ist peinlich, am meisten aber fürchte ich die Folgen. Wenn es mir nur nicht ergeht, wie einem, der ebenfalls zu einem vierwöchigen Studienaufenthalt nach Paris kam... Er ging hungrig über den Boulevard, grüßte jemanden und der Wind trieb sein Haar in dichten Strähnen von seinem Kopf. Es war allerdings ein ordentlicher Sturm, aber bei leichtem Wind konnte er gar nicht mehr gehen, nur mit Rückenwind, so geschwächt war er.

Ich versuche, an meinem Haar zu zerren — es fällt noch nicht aus. Deshalb muß man das Nährmittel essen. Auch die Haarwurzeln wollen genährt werden. Die armen Haarwurzeln, die würden kein Wort sagen. Aber mein Haar hält noch gut. Man kann sogar daran ziehen.

SONNTAG.

Morgens erwache ich müde und gebrochen. Mir träumte, daß ich zu Fuß nach Budapest zurückging. Ich habe mich wohl die Beine während der ganzen Nacht bewegt. Das ist ein arger Fehler. Überflüssige Kraftvergeudung. Kurz, wir sind zu einem neuen Tag erwacht. Nur keine Angst! Bei nüchternem Magen funktioniert der Verstand klarer. Folglich werde ich täglich gescheiter. Es fragt sich, wie lange man so was steigern kann?

Es ist halb neun Uhr und Sonntag. Was fange ich mit diesem Feiertag an? Was soll ich feiern? Es gibt Leute, die sich über den Sonntag freuen. Sie gähnen und strecken sich beim Erwachen und begrüßen den Morgen mit tierischen Lauten. Dann waschen sie sich, prusten und schnauben und reiben sich rot mit dem kalten Wasser und ziehen frischgewaschene, bügelfeuchte Wäsche an.

«Hol's der Teufel, schon wieder hat mir jemand meine Hemdknöpfe verkramt.»

Aus dem Kragen schwillt rot der Hals; auf den breiten Schultern spannt sich krachend der Rock.

«Susanne, wo bleibt mein Frühstück?»

Susanne bringt den Milchkaffee mit den knusprigen Semmeln. Man schlürft ihn in großen Schlucken — der Kaffee ist heiß und dampft noch. Rechts und links bleibt eine kleine Spur auf dem nikotingelben Schnurrbart kleben.

«Ah!»

Man holt sich eine Zigarette hervor, klopft das Ende mit dem Mundstück auf die zugeklappte Tabatière. Die Zündholzschachtel wird geschüttelt, bevor man ein Streichholz herausnimmt. Durch Mund und Nase strömt der Rauch; mit wässerigen, tränensackumrahmten Augen wird die bessere Hälfte angeschaut, die im Schlafrock in einem Fauteuil sitzt und das Ende eines Hörnchens in eine große Tasse Kaffee tunkt. Scheußlich, dieses Frauenzimmer. Du lieber Gott, so was hab' ich geheiratet!

«Na, ich geh' jetzt zum Friseur.»
Das ist ein richtiger Sonntag.

Mir bleibt von alldem nur das Waschen. Wozu wasche ich mich überhaupt noch immer? Der reinste Energieverlust. Was ist das schon wieder für ein Wahnsinn? Auch die Mannschaft auf dem Taucherschiff... aber lassen wir das:... nein, warum denn, wenn einer in den Tod geht, soll er nur ruhig seine letzten Gedanken aussprechen. Was ist denn los, mein Junge, wie war das mit der Tauchermannschaft? Die Mannschaft legt sich platt auf den Bauch und rührt sich nicht, wenn der Sauerstoff knapp wird. (Diesen Blödsinn hast du schon einmal erzählt.) Ich müßte mit den Bewegungen auch sparsamer sein. Es wäre zwar besser gewesen, beizeiten mit dem Geld zu sparen. Aber so ist das, wenn einer...

Herrgott noch einmal! In der Kirche Saint-Germain-des-Prés werden sonntags nach der Neunuhrmesse kleine Semmeln unter die Gläubigen ausgeteilt. Diese kleinen Semmeln sind geweiht, man kann sie auch gleich essen; deshalb werden sie ja verteilt. Wir wollen nicht nachforschen, weshalb sie eigentlich verteilt werden, dazu ist jetzt keine Zeit, Hauptsache ist, daß es geschieht. Es ist eine gute Sitte.

Ich springe entschlossen aus dem Bett und beginne mich in fieberhafter Eile anzuziehen. Die Semmelchen sind zwar sehr klein, immerhin sind es Semmelchen. In zehn Minuten bin ich fertig, in zehn Minuten bin ich dort. Bei der Semmelverteilung werde ich's schon so einzurichten wissen, daß ich drei Semmeln bekomme. Eine hebe ich für morgen auf.

Ich bin fertig und sehe mir den Wecker an: halb neun. Erst halb neun? Vorhin war's genau so viel. Sofort fällt mir Josua ein. Aber man ist argwöhnisch.

Genauer besehen, stellt es sich heraus, daß die Uhr stehengeblieben ist. Ich sehe zum Fenster hinaus, man sieht von hier auf eine Turmuhr: es ist dreiviertel zehn.

Die Messe ist aus. Die Semmeln wurden längst ausgeteilt. Die Gläubigen haben sie auch schon gegessen. Alle hatten gebetet. Und all das ist Vergangenheit, Imparfait. Sogar Plus-que-parfait — die ältere Vergangenheit.

Darf das sein? Darf man am Sonntag bis dreiviertel zehn schlafen? Wer nicht einmal ein wachsames Auge darauf halten kann, wo man Semmeln verteilt, soll nur verhungern.

Was soll ich jetzt anfangen? Angezogen wär' ich. Soll ich spazierengehen? Auf der Straße gehen jetzt Leute, die schon gefrühstückt haben, ja sogar gestern gegessen hatten; solche Menschen sind mir widerlich. Im Grunde genommen wimmelt's überall von charakterlosen Leuten.

Man muß sich bloß zu beherrschen wissen, das ist wichtig. Die Energie macht viel aus. Man darf sich nicht gehenlassen. Ein bißchen schwedische Gymnastik wäre auch sehr nützlich. Dann geht man mit langen, entschlossenen Schritten spazieren, als hätte man schon gefrühstückt. Alles ist nur Einbildung. Zur Zeit, als ich noch zu essen hatte, habe ich schließlich auch nicht jeden Moment gegessen. Lächerlich. Ich muß mir einzig und allein einbilden, daß ich soeben erst mein Mahl beendet habe, und schon ist es gut.

Wie einfach ist eigentlich alles im Leben, man kommt nur nicht drauf.

Beim Weggehen gucke ich durch das schmutzige Fenster der Bürotür: ist Post für mich da?

Jeder Gast hat einen kleinen Verschlag, darüber wird der Schlüssel gehängt, der abgegeben werden muß, wenn man fortgeht. In den Verschlag kommen die Briefe.

Jeden Tag erwarte ich einen Brief, eine Hilfe, die eines Tages ja doch kommen muß. Ich weiß nur nicht, woher und von wem?

Es ist kein Brief da, leider. Gott schläft.

Bis zwei Uhr gehe ich im Luxembourg-Garten spazieren.

Sonntags bietet der Garten ein völlig verwandeltes Bild. Alte Herren spielen mit Vorwand-Kindern Segelboot beim Springbrunnen, schnattern aufgeregt mit ihren falschen Zähnen und rennen mit großen Rohrstäben um das Bassin herum.

Ein ernster, bärtiger Onkel kommt daher, stellt vorsichtig ein großes Segelboot nieder. Es ist das genaue Modell eines riesigen Segelbootes, mit allem, was dazu gehört. Er putzt es liebevoll mit einem Flanellappen, reibt es, schnuppert daran, endlich entschließt er sich, es ins Wasser zu setzen. Wenn es so weit ist, schnauft eine Menge von vielleicht fünfzig Leuten mit vorgestrecktem Kopf um ihn herum. Auch viele Kinder, aber die mag der Alte nicht.

Sonntäglich herausgeputzte, starräugige Kinder reiten auf Eseln und fahren im Ziegengefährt spazieren; hinter ihnen kommt in knarrenden Schuhen der Papa, den Schirm mit dem Elfenbeingriff in der einen, die Zeitung in der anderen Hand. Im Mund die erloschene Zigarette.

Sonntags ist der Garten voll strahlender Frauen. Sie sind schön und elegant. Kleine Midinetten in dem einzigen, vom Mund abgesparten Kleid nach letzter Mode, mit Augen, blau wie Bergseen, zartem Blumenteint, blutroten Lippen und herrlichen Reklamezähnen. Kleine Mädel, die einmal wöchentlich in der Waschschüssel zusammengekauert baden und mit dem Frottierhandtuch ihren Körper rot reiben, wobei sie kleine schwarze, kümmelartige Gebilde von der Haut entfernen. Die Mama, das alte Schlachtroß, die allein einen Liter Wein aussäuft, schaut und schaut und sagt nur:

«Was zum Kuckuck hast du vor, daß du dich so fein machen mußt? So gib schon endlich die Schüssel her, wir brauchen sie zum Salatwaschen.»

Wo die gewundenen Pfade am heimlichsten sind, zwischen Bäumen und Sträuchern, sitzen Liebespaare und schmiegen sich aneinander. Er starrt vor sich hin, und sie sieht mit glänzenden Augen zu ihm auf und flüstert nahe an seinem Mund. Sie macht ihm den Hof. Drückt seine Hand oder greift in seinen Rockärmel, und er läßt die Händchen diskret auf seinen Knien ruhen und sieht sie dabei an... es ist wie der Blick eines Todkranken, der sein Altarbild ansieht und weiß, daß er in höchstens vierundzwanzig Stunden der beste Gatte, der unersetzlichste Freund, der liebevollste Familienvater gewesen sein wird...

Am besten, ich gehe nach Hause. Allerdings... um diese Zeit tobt auch im Hotel Riviera die Liebe.

Na, macht nichts.

Ich bin müde, werde mich ausruhen, lege mich auf das Bett.

Der Geruch frischgebratenen Fleisches erfüllt den Hotelkorridor. Ein feiner Duft. Für seinen Magen spart der Fliegenäugige nicht. Zwei lachende junge Mädchen laufen an mir vorbei. Sie nehmen zwei Stufen auf einmal, flüstern miteinander, drehen sich um und lachen mich an. Mich laßt aus dem Spiel, meine Süßen. Ich habe zu allem Lust, nur zu den Weibern nicht. Ich befasse mich nur mehr mit mir selbst, wie ein Brahmane. Obwohl... auch Brahmanen essen manchmal eine Kleinigkeit, bevor sie sich in die Rätsel des Lebens vertiefen.

Nachmittags umwölkt sich plötzlich der Himmel, es beginnt zu regnen. Die Passanten fliehen in Torbögen, auf Kaffeehausterrassen; von dort aus betrachten die Sonntägler den Himmel.

«En voilà un dimanche emmerdant.» Und es fällt ihnen der Montagmorgen ein.

Hinter geschlossenen Fenstern, neben den vergilbten, merkwürdig riechenden Gardinen stehend, sehe ich mir von meinem Zimmer aus den müden Herbstregen an. Leise klatschend stäubt er über das schmutzige Glas kleine Tropfen. Die Tropfen gehen auf die Wanderschaft, vereinigen sich mit anderen und rinnen im Zick-Zack abwärts.

Glocken läuten irgendwo. O mein Gott, wie gräßlich ist es so allein!

Die still gewordenen Zimmer beleben sich wieder. Der Regen treibt die Bewohner mit ihren Geliebten nach Hause. Na, gleich geht der Zirkus los.

Der Regen hat inzwischen aufgehört, wird aber gleich wieder anfangen.

Die Luft ist frisch und feucht. Alles ist hoffnungslos langweilig. Was soll ich machen? Am besten, ich gehe wieder aus. Wohin? Das Leben hat keinen besonderen Sinn. Man macht sinnlose Sprünge zwischen Wiege und Sarg, bis man sich plötzlich lang hinstreckt. Die anderen graben einen schnell ein, denn man kriegt bald einen Geruch. Ach, wir wollen nicht philosophieren. Ich nehme meinen Mantel und gehe die Treppe hinunter.

Vor dem Hoteleingang bleibe ich stehen.

Die Geschäfte sind auch sonntags offen. Manche schließen zwar Sonntagnachmittag. Zwar... das ist ein schönes Wort. Schön und vornehm. Es paßt zu Leuten mit einem Siegelring und einer Pension. Solche Worte darf ich nicht benützen, sonst kippt mein seelisches Gleichgewicht um.

Von irgendeiner Straße her klingt ein langgezogener, singender Ton. Eine traurige Männerstimme. Das wird ein Kleiderhändler sein, ein ‹Handlee›, wie man bei uns sagt. Die Pariser Handlees singen so. Sie schieben einen kleinen Karren vor sich hin und singen:

«Ich kaufe alte Kleider... tralalala... tralalalala... ich bin ein Handlee.... Tralalala...»

Und mein Mantel? Plötzlich bekomme ich starkes Herzklopfen. Warum nicht?

Besser ein mantelloser Lebender als morgen eine bemantelte Leiche. Ich werde ihn verkaufen. Sofort ziehe ich den Mantel aus, lege ihn über den Arm und gehe in der Richtung des Tones dem Handlee nach.

Viele kleine Straßen kreuzen sich hier. Gott allein weiß, aus welcher der Ton kommt.

Während ich so ausluge, kommt mir eine Frau entgegen. Sie hat einen schönen wiegenden Gang, ihre Brüste erzittern leise bei jedem Schritt. Beim Vorbeigehen sieht sie mich an und spaziert weiter. Auch von hinten ist sie schön, die Formen wiegen sich auch aus dieser Perspektive im Takt der Schritte. Gott, könnte ich jetzt eine Schüssel Sülze auffessen!

Der Lebenswille schlägt in mir hoch.

Ich danke dir, lieber Gott, daß mir der Mantel eingefallen ist. Wie schön ist so ein Sonntag. Ich werde nie mehr leichtsinnig sein. Für das Geld, das ich für den Mantel kriege, kaufe ich auf Vorrat Brot.

Ich suche den Handlee, finde ihn nirgends. Er ist verschwunden. Was will der liebe Gott damit? Das muß doch wieder einen besonderen Sinn haben.

Eigentlich ist es auch besser so. Es ist ja gar nicht mein Mantel. Papa hat ihn mir für die Reise geliehen. Es ist ein feiner, kurzer Jägermantel. Allerdings, Papa geht nicht mehr auf die Jagd. Aber wie dieser Handlee verschwunden ist! Letzten Endes... ja, auch das ist eine elegante Redewendung.

Ich darf den Mantel nicht verkaufen.

Sofort kehre ich um. Ich werde hungrig sein, kann aber ohne Gewissensbisse ruhig dem Blick des scheußlichen Fliegenäugigen standhalten. Das wird ein ungeheuer beruhigendes Gefühl sein. Dann esse ich sofort ein bißchen vom Nährmehl. Durstig bin ich sowieso. Wie ich dieses Nährmehl kenne, wird es noch eine Woche lang reichen. Es ist wie eine Medizin. Zwei Löffel genügen vollkommen. Das Nährmehl hält es aus, es fragt sich nur, ob auch ich... Der Mantel wird nicht verkauft. Ich bin eine ethisch und moralisch hochstehende, feinfühlige Natur. Ein moralisches Nährmittel meiner selbst.

Mir kommt es vor, als höre ich wieder die Stimme des Handlees.

Leichtes Zittern überfällt mich. Herr, du mein Gott, weshalb versuchst du mich...?

Fein und leise summend, wie Grillengezirp in schönen Sommernächten auf der Wiese, nähert sich mir der Ton und küßt mich: «Na, komm!»

Man steigt nach.

Ich rase durch kleine Gäßchen.

Überall feiertäglich gekleidete Menschen. Ehepaare, die wortlos nebeneinander durch die Straßen ziehen. Es hält sie nur der Sonntag und das Sakrament der Ehe zusammen, aber wenigstens sind sie satt.

Mit einemmal erblicke ich den Handlee.

O du mein Gott! Ihn nur nicht aus den Augen lassen. Dort geht er am Ende einer kleinen Straße, schiebt sein Wägelchen vor sich hin. Er geht und singt genau so, wie man es von einem ernsthaften Handlee mit Recht erwarten kann.

«Tralalala... tralalalala... ich bin der Handlee... und kaufe braven Kindern ihre Kleider ab... Tralalala...»

Jetzt gehe ich zu ihm hin und verkaufe meinen Mantel.

Ja, ja, aber das geht doch nicht so einfach. Zuerst warte ich einen günstigen Augenblick ab, wenn wenig Leute auf der Straße gehen.

Ich will zu ihm hin und werde ihm ganz leichthin sagen:

«Herr Handlee, was geben Sie für meinen Mantel?»

Diesen Satz werde ich so ganz allgemein hinwerfen, wie einer, dem die ganze Sache nicht wichtig ist, der nur zufällig einen Handlee sieht und sich sagt: Wollen mal sehen, wie wär's, wenn ich ihm meinen Mantel verkaufen würde? — Nicht der Not gehorchend, sondern aus purer Langeweile.

Das ist ganz schön, aber der Handlee wird es gleich ausnützen. Er wird sofort weniger geben wollen. Im Gegenteil; man muß ganz traurig zu ihm hintreten: ‹Jawohl, damit Sie's wissen, ich habe das Geld bitter nötig!› Vielleicht erbarmt er sich meiner.

Der Handlee hat kein Herz. Damit zu rechnen? Vergebliche Liebesmühe. Man muß mit festen Schritten auf ihn zu; muß ihn anschnauzen, damit er sieht, mit wem er's zu tun hat.

Was, wenn ihm der Mantel nicht gefällt? Er wird lügen. Man muß ihn bloß ansehen, ein Blick auf seinen Rücken genügt — der hat im Leben noch kein wahres Wort gesprochen. Was es für Leute gibt!

Ich merke, daß mir ein abgerissener Kerl folgt. Was will denn der? Er kommt gesenkten Hauptes, demütig zu mir und sagt:

«Ich hab' seit drei Tagen nichts gegessen...»

Wieso gerade seit drei Tagen? Warum nicht seit vier Tagen oder seit zwei Tagen? In jedem Märchen haben die Leute seit drei Tagen nichts zu essen gehabt. Wie soll ich ihm das jetzt glauben?

Er sieht mich nur an und senkt den Kopf. Also auch einer, der nichts zu essen hat. Eine verwandte Seele, er ist nur anders angezogen als ich. Wenn ich diesen Mann jetzt nicht sofort begreife, wie sollen ihn erst die verstehen, die zu essen haben?

«Na, kommen Sie nur mit, ich werde Ihnen schon was geben.»

Wir gehen beide dem Handlee nach, der vor uns geht und singt. «Tralalala... tralalala...»

Dieser Bettler ist eigentlich ein Sendbote Gottes. Gott ist erwacht und ergreift seine Maßnahmen. Der Bettler wird meinen Mantel verkaufen.

«Sehen Sie, Herr Bettler», sage ich, «was meinen Sie zu diesem Mantel?»

«Ein schöner Mantel.»
«Aber die Farbe?»
«Sehr schön.»
«Herr Bettler, das ist ein Stück Mist. Einfach ein Stück Mist. Ich mag diesen Mantel nicht mehr. Il commence à m'embêter. Verkaufen Sie ihn diesem Handlee.»
«Um wie viel?»
Das ist ein kluger Kerl. Sein Vater hat gewiß das Gymnasium besucht. So etwas vererbt sich ja doch...
«So hoch es geht.»
Er nimmt den Mantel, trägt ihn zum Handlee. Ich ziehe mich diskret zurück. Der Handlee greift nach dem Mantel, besieht ihn genau. Ich höre, wie er sagt:
«Ich gebe vierzig Franken dafür.»
Ich habe ganz vergessen, dem Bettler zu sagen, daß er handeln muß. Ich habe noch nie im Leben gehandelt, aber so kann das nicht weitergehen, das ist ja purer Wahnsinn. Man muß unbedingt ein neues Leben beginnen. Er gibt vielleicht fünf Franken mehr. Mit fünf Franken kommt man einen Tag auf Basis der Vitaminlehre aus. Ohne Vitamine mit drei Franken.
Entschlossen trete ich zu den beiden; neugeboren — zum Feilschen entschlossen; es ist die Morgendämmerung eines neuen Lebens. Hosianna!
«Der Mantel gehört mir. Fünfunddreißig Franken.»
«Vierzig», antwortet er unsicher.
«Fünfunddreißig!» brülle ich.
Der Handlee erschrickt, bezahlt fünfunddreißig Franken und geht.
«Was war denn das?» fragt der Bettler.
Wirklich, was war das?
«Er wollte vierzig dafür geben.»
«Also, sagen Sie jetzt selbst, Monsieur le Bettler, haben Sie schon so einen gemeinen Filou gesehen? Gehen Sie ihm sofort nach und verlangen sie die fünf Franken von ihm. Ich bin fremd und kenne hierzulande nicht die Sitten und Gebräuche. Je suis étranger, Monsieur.»
Der Bettler rennt dem Handlee nach. Ich renne dem Bettler nach.
Die beiden beginnen herumzugestikulieren und weisen auf mich. Ich höre, daß von den Eltern des Handlees gesprochen wird.
Die Leute bleiben stehen und beginnen sich zu interessieren. Das gefällt mir nicht.
Dem Bettler muß ich mindestens fünf Franken geben. Durch den Mantelverkauf ist sein guter Ruf im ganzen Bezirk zugrunde gerichtet. Die fünf Franken, die er jetzt herausschlägt, sollen ihm gehören. Worauf warte ich eigentlich noch? Und wenn er sie nicht kriegt, soll ich ihm noch was von meinen fünfunddreißig geben? Soll der Bettler *seines* Vaters Jagdrock verkaufen! Und wenn der keinen hat? Wieso keinen hat? Keinen Vater oder keinen Mantel? Ach, was steh' ich hier noch lang herum?
Ich spaziere diskret bis zur Straßenecke, dann rasch nach Hause und stürme die vier Stockwerke hinauf.

Warum bin ich denn nach Hause gekommen?

Wo ist dieses Nährmittel? Gott sei ihm gnädig. Ich stürze das Ganze auf ein Blatt Papier, drücke es zusammen und werfe es zum Fenster hinaus. Es fällt genau auf das Dach der Werkstatt gegenüber.

Na, das wäre erledigt, jetzt gehen wir essen.

Ich greife in meine Tasche, um das Geld nachzuzählen — es ist nicht da. Ich suche sämtliche Taschen durch: einfach fort. Ich bete ein Vaterunser und suche nochmals. Zehn Vaterunser. Noch immer kein Geld. Was heißt denn das?

Mein Atem stockt. Wo sind die fünfunddreißig Franken? Der Handlee hat dem Bettler gezahlt, und der Bettler hat mir das Geld noch nicht gegeben. Da haben wir's. Nur das Geld haben wir nicht.

Der Hunger hat mich vollkommen verwirrt.

Ich renne die vier Stock hinunter und auf die Straße hinaus zur Stelle, wo wir den günstigen Mantelhandel abgeschlossen haben.

Nirgends ein Handlee, nirgends ein Bettler. Ich wage nicht anzunehmen, daß die beiden in der Zeit verschwunden sind, während ich betete.

Wie sah dieser Bettler aus? Ich erinnere mich nicht. Ich weiß von ihm nur, daß er seit drei Tagen nichts gegessen hat, aber jetzt ist es vielleicht nur noch die Frage von Sekunden, und er ißt.

Ich suche die beiden eine volle Stunde lang; vergeblich.

Aus, erledigt.

Ich kehre in mein Zimmer zurück und setze mich verzweifelt auf einen Stuhl.

Wenn ich den Bettler nicht im Stich gelassen hätte, könnten wir jetzt beide irgendwo Mittag essen. Der Bettler würde mir seine Lebensgeschichte erzählen; gewiß sind ihm interessante Dinge passiert. Er wird bestimmt essen, aber sicher nicht in diesem Bezirk.

Ich sehe zum Fenster hinaus.

Das Nährmittel liegt auf dem Dach der Werkstatt gegenüber, in Papier gewickelt. Es ist auch besser so. Seitdem ich und das Nährmittel im selben Zimmer geschlafen haben, klopften Schlag Mitternacht die Ratten des Hotels Riviera aufgeregt an meine Tür. Na, jetzt wird endlich wieder Ruhe sein.

Der Himmel ist schön grau, und Vögel flattern über den Häusern. Hinter den Fenstern leben Menschen. Glückliche und Unglückliche. Tjaja, es gibt eine Menge Unglückliche. Wenn einer sich nur den Magen verdirbt, ist er schon unglücklich. Vielleicht weint er sogar. Ich bin nicht unglücklich. Wenn es so ist, warum sitze ich denn so traurig da? Man muß heiter sein.

Man müßte etwas singen.

Ein kleines, einfaches Lied, das sogar ich singen kann, um mich zu beruhigen. Ich kenne aber kein Lied. Doch: die Hymne. Aber die ist traurig; außerdem müßte man dabei aufstehen. Ich kenne auch ein anderes: ‹Alles neu macht der Mai.› Aber das ist ja Unsinn.

Man müßte lieber den Himmel betrachten. Er ist schön grau und Vögel fliegen unter ihm herum.

Auf ihm oder unter ihm?

Die Vögel haben's auch gut, sie flattern und fressen. Was geschieht, wenn sie sich aufs Nährmittel verlegen? Es scheint, daß ich noch gar nicht recht erfaßt habe, was es heißt, daß das Nährmittel nicht mehr da ist, denn ich sitze ganz ruhig da.

Die Vögel werden das Nährmittel aufpicken. Grauenvoll.

Das Nährmittel ist vielleicht nicht gut, aber nähren tut es, das sagt schon sein Name: ein Mittel zur Nahrung.

Achtung, ganz darf man sich das Essen nicht abgewöhnen.

Ich gehe wieder hinunter und sage zum Fliegenäugigen:

«Ich bitte Sie, vorhin habe ich ein Päckchen fallen lassen; es fiel auf das Dach der Werkstatt.»

«Der Werkstatt? Die ist in der Nachbarstraße. Wieso ist es dorthin gefallen?»

«Ja, es war ein ganz leichtes Päckchen, ich wundere mich gar nicht darüber. Der Wind hat es erfaßt und trug es dorthin. Ich habe Jugenderinnerungen in diesem Päckchen. Meine Tante, als sie noch ganz klein war...»

«Heute ist Sonntag, da ist die Werkstatt geschlossen. Fragen Sie morgen nach; Sie kriegen es bestimmt. Dem Päckchen wird nichts geschehen.»

Morgen.

Im Grunde genommen ist das kein Unglück. Wenigstens habe ich's länger. Und der Organismus braucht ein wenig Ruhe. Auch der Magen muß einmal rasten. Vielleicht überanstrengt ihn so ein Nährmehl? Kann man wissen?

Ich gehe in mein Zimmer hinauf.

Das Nährmittel liegt noch immer auf dem Dach.

Was könnte man hier machen? Jedenfalls muß festgestellt werden: das einzig Eßbare ist das Nährmittel, das auf dem Dach liegt.

Man müßte an das Ende einer langen Schnur eine gebogene Stecknadel befestigen, sie mit einem Gewicht beschweren und aufs Dach hinüberschleudern; damit könnte man das Päckchen angeln.

Eine Schnur habe ich nicht, aber eine Spule Zwirn ist da. Man muß den Zwirn dreifach nehmen und an verschiedenen Stellen knüpfen, damit er hält.

Mein Gott, ich habe eine Beschäftigung! Wenn sie nur recht lange dauert.

Ich biege eine Stecknadel und binde sie fest.

Womit diesen Köder beschweren? Mit dem Zimmerschlüssel, der ist hübsch schwer.

Die Hauptsache ist das richtige Zielen. Welches Auge muß man beim Zielen schließen? Ich verstehe das gar nicht, in allen wichtigen Augenblicken kommt mir ein idiotischer Gedanke. Los! Das ist ja gleichgültig.

Beim drittenmal gelingt's.

Ich habe den Schlüssel in großem Bogen fortgeschleudert, er flog sogar über das Dach der Werkstatt hinaus.

Jetzt aufgepaßt und den Zwirn langsam angezogen.

Er gibt nicht nach.

Das Ende der Stecknadel muß irgendwo steckengeblieben sein. Wenn ich zu fest am Zwirn zerre, reißt der Schlüssel ab. Der Schlüssel muß aber ersetzt werden. Erst unlängst gab's zwischen dem Fliegenäugigen und einem Mieter, der seinen Schlüssel verlor und keinen neuen machen lassen wollte, einen Krach. Schließlich und endlich mußte er zahlen. Den Verlust des Schlüssels kann man nicht verheimlichen. Denn die Tür hat außen keine Klinke, und man kann das Zimmer, auch wenn es unversperrt ist, nur mit dem Schlüssel öffnen.

Wenn der Schlüssel verlorengeht, kann ich nicht mehr von hier fort und bin hier wie in einer Gruft eingesperrt; ich kann das Zimmer nicht offenlassen, wenn ich fortgehe.

Vergeblich probiere ich, den Schlüssel zu befreien, es geht nicht.

Mein Gott, wäre nur der Schlüssel da, ich wäre schon zufrieden. Was geschieht, wenn der Schlüssel abreißt? Wollen mal nachdenken. Ich kann nicht erklären, wieso der Schlüssel dorthin kam — auch nicht, was hier eigentlich vorgegangen ist. Ich kann nicht gestehen, daß es wegen dieses Päckchens geschah; man macht es sonst auf und sieht, es ist eine Art Brei drin; untersucht es chemisch, und wenn sich's herausstellt, daß es nicht eßbar ist, sperrt man mich ins Irrenhaus. Das liegt aber in Charenton.

Wie könnte man das Ganze ungeschehen machen?

Ich ziehe verzweifelt an meinem Zwirn; plötzlich gibt er nach, und der Schlüssel erscheint auf dem Dach. Ich ziehe ihn hübsch vorsichtig in die Nähe des Nährmehlpakets. Jetzt liegen sie nebeneinander. Aufregende Momente. Na, jetzt freuen wir uns ein bißchen; dann geht die Arbeit weiter.

Der Schlüssel liegt über dem Päckchen und zieht es. Das Nährmehl hat also angebissen. Langsam kommt das Ding hoch, das Papier öffnet sich, das Nährmehl plumpst heraus; jetzt liegt's auf dem schmutzigen Blechdach.

Aus. Ich hab's ja gewußt... macht nichts... im Gegenteil; ganz gut so... mit einem Wort, jetzt...

Der Schlüssel ist doch gerettet. Na, wenigstens ist diese ganze Sache mit dem Nährmehl ein für allemal erledigt. Sprechen wir nicht mehr davon. Ich ziehe rasch den Zwirn mit dem Schlüssel hoch. Schon wieder bleibt er hängen. Ich beuge mich hinaus und sehe, daß die Stecknadel sich im zweiten Stock des Hotels in ein Wäschestück verfangen hat, das zum Trocknen im Fenster liegt. Ich versuche loszukommen, es geht nicht; ich ziehe, ich zerre; nichts zu wollen. Der Schlüssel kann aber auch dort nicht bleiben. Auch diesen Leuten kann man nicht erklären, wie die ganze Sache zusammenhängt. Es bleibt nichts übrig; man muß dieses Wäschestück hochziehen und dann in den Hof werfen. Man wird glauben, daß es hinuntergefallen ist.

Ich ziehe rasch an.

Ein kleines Damenspitzenhöschen.

Aus dem Fenster beugt sich sofort eine Frau.

«Et ma culotte? Und mein Höschen?» fragt sie und starrt verzweifelt auf den Hof. Sie schaut auch zu mir herauf.

Ich tue, als ob ich den Himmel begutachte. Nur kaltes Blut, das ist die Hauptsache. Ich strecke sogar die Hand aus, um festzustellen, ob es nicht regnet. Die Sonne scheint herrlich. Ausgerechnet jetzt muß sie scheinen. Vorhin regnete es noch.

«Haben Sie meine Hose nicht gesehen, Monsieur?»

Auch ein Mann erscheint am Fenster und brüllt:

«Bei wem suchst du deine Hose?!»

«Ich kenne ihn gar nicht.»

«Das ist nicht wahr, sonst würdest du nicht fragen. Welche Dame fragt fremde Männer, wo ihre Hose ist?! Antworte, sonst erwürge ich dich.»

Die Frau gibt keine Antwort. Er wird sie erwürgen. Morgen stehen wir in den Zeitungen, alle drei. (Mit einem weißen Kreuz bezeichnet: der junge Mann, mit dem Spitzenhöschen in der Hand.)

«Sie!» schreit der Mann zu mir herauf.

Ich ziehe mich zurück und halte die Hose noch immer starr in der Hand.

«Der traut sich nicht, seine Visage zu zeigen! Ist aber gar nicht nötig, ich hab' sie mir gemerkt! Wenn ich Sie irgendwo erblicke, mache ich aus Ihnen Haschee.»

(Mit zwei weißen Kreuzen bezeichnet: der junge Mann als Haschee.)

Wohin mit der Hose? Ins Bett? Dort würde man sie finden. In den Schrank? Dort findet man sie auch. Der Schrank hat keinen Schlüssel. Soll ich sie in der Nacht in den Hof hinunterwerfen? Am besten, ich stecke sie in die Tasche und lege sie dann in einem geeigneten Augenblick vor die Tür der Besitzerin. Aber welche Tür ist die ihre? Fragen... das geht nicht. Lieber soll die ganze Hose der Teufel holen. Man muß sie einfach irgendwo liegenlassen. Vorderhand läßt sich heute sowieso nichts mehr machen. Ich trinke einen Liter Wasser und lege mich angezogen aufs Bett.

Es ist schon sieben Uhr, und der Gatte erscheint noch immer nicht. Er will seinen Besuch wohl auf morgen verschieben.

Ich werde ein wenig im Wörterbuch lesen und dann schlafen.

Es ist von Natur weise eingerichtet, daß ein Hungriger gut schlafen kann. Wenn man nicht einmal das könnte... Jetzt bin ich nicht hungrig. Warum bin ich nicht hungrig. Sollte das Nährmittel so nahrhaft gewesen sein? Ich bin nicht hungrig, weil dies das Ende ist. Der Organismus hat den Kampf mit dem Schicksal aufgegeben. Der letzte Moment wird so plötzlich kommen, daß mir nicht einmal Zeit bleibt, zu schreien. Ich werde mit einemmal nicht mehr auf die Beine kommen, und fertig. Man darf sich nicht ins Bett legen; ich darf mich überhaupt nicht hinlegen. Ich will mich in den Fauteuil setzen, von Zeit zu Zeit aufstehen und versuchen, ob ich noch gehen kann.

Meine Beine sind so schwach wie die eines Rekonvaleszenten. Vielleicht ist das schon Muskelschwund der Beine. Jetzt habe ich eben beobachtet, wie merkwürdig ich atme.

Ich halte es nicht länger aus.

Genug gehungert!

Herrgott, das lasse ich mir nicht gefallen. Es war genug. Ich meutere. Hast du verstanden? Hast du gehört? Die Revolution ist ausgebrochen! Bitte Maßnahmen zu ergreifen. Menschen erschaffen und nicht für sie sorgen, das geht nicht. Wenn das mit den Vögeln des Himmels wahr ist, die du ernährst... was ist los? Hat jemand etwas gesagt?... Ja... das geht so nicht weiter... ich will essen.

ICH WILL ESSEN!

Ich mag aber keinen Kakao und keinen Normandiekäse. Ich will ein richtiges Mittagessen haben. Wenn du für die Vögel des Himmels sorgst, dann tue das gefälligst auch für mich. Wir wollen nicht länger in Symbolen sprechen. Bitte meine Verhältnisse endlich zu ordnen. Rückwirkend, wenn ich bitten darf. Was ich bisher nicht gegessen habe, das habe ich erspart! Das will ich jetzt alles auf einmal essen!

Es ist genug. Genug. Ich mache einen solchen Skandal, daß... mit mir wirst du nicht spielen... ich werde es dir schon zeigen...

Wie ich den Sessel packe, schlägt das Stuhlbein die Fensterscheibe ein; die Scherben klirren.

Oh!

Ich blicke vorsichtig in den Hof hinunter.

Es ist alles still, kein Geräusch. Man hat nichts bemerkt. Gegen das Eindringen der Kälte werde ich mich nicht schützen können; ich werde in Zugluft sterben.

Mein Gott, lieber, lieber Gott, ich bin nicht schlecht, nur unglücklich.

Du weißt es recht gut, ich bin bloß nervös. Seit Monaten schon lebe ich von Brot und Kakao. Das halten meine Nerven nicht aus. Du weißt das, du hast ja diesen ganzen Quatsch mit dem Nervensystem erfunden... Du lieber Gott, eine Woche lang lebte ich von Nährmehl und Wasser...

Man sollte beten.

Bittet, so wird euch gegeben.

Gott, alter Herr, Vater, irgendwo im Weltall, eine Tasse Tee ohne Rum, eine Scheibe Butterbrot. Die Butter braucht nicht dick aufgetragen zu sein, lieber soll das Brot ein bißchen größer sein; wenn es nicht ganz frisch ist, macht es auch nichts, und auf die Butter kann ich schließlich ganz verzichten. Eine halbe Tasse Tee genügt auch. Das Butterbrot hat bis morgen Zeit. Oder nur eine Zigarette... Herrgott... Vater...

«... sitzend zur Rechten Gottes...»

Ich kann nicht beten. Ich will nur andächtig an dich denken. Du brauchst auch kein Wunder zu tun. Innerhalb der gesetzlichen Grenzen, ohne jedes Aufsehen ginge es auch. Ja, wie denn...? Nur kein Aufsehen.

Ich werde mich jetzt plötzlich an eine Zigarette erinnern, die ich einmal weggelegt und dann vergessen habe.

Mit einem Wort: so ähnlich.

Ich habe ein kleines Marienmedaillon, das lege ich auf den Tisch. Ich lege den Kopf auf die Arme und versuche, mich an eine Zigarette zu erinnern.

Mein Ehrenwort, ich habe eine Zigarette irgendwo hingelegt. Aber wohin? Wohin? Ich schwöre, auch ein Butterbrot habe ich aufgehoben. Es ist noch keine Woche her.

Ich suche auf dem Tisch, in der Schublade. Nichts, nirgends. Ich suche auch die relativen Hemden durch.

Wie ich eins von den Hemden ansehe, entdecke ich einen großen, blutigen Fleck. Auf einem andern auch. Frische Blutflecke. Jetzt auch hier, wo vorhin noch nichts gewesen ist.

Ich sehe meine Hand an.

Von meiner rechten Hand rinnt das Blut. Der Rockärmel ist ganz blutig — ein dunkler purpurfarbener, großer, schmutziger Fleck.

Was ist mit mir geschehen?

Ich laufe entsetzt zur Tür.

Wohin laufe ich denn? Will ich vor mir selber fliehen? Das ist vorhin mit der Fensterscheibe passiert.

Jetzt verstehe ich ja alles.

Ich werde immer schwächer, auch das bißchen nährende Reserveblut verläßt mich.

Doch Gott ist unendlich gut. Ich darf mich nicht fürchten, alles bestimmt eine große, große Weisheit. Gott will kein Wunder tun.

Er will Gutes tun, aber nicht so. Auf irgendeine andere Art, so daß ich selbst nichts davon weiß.

Ich werde jetzt rasch sterben. Schnell und mit wenig Schmerzen — dann werde ich als steinreicher Mann wiedergeboren.

Leiden läutert und adelt. Man muß leiden, auch hungern.

Beten müßte man ebenfalls. Aber warum sind die Pfaffen so rot und dick?

Gelobt sei Jesus Christus.

Ich weiß nicht, wann ich eingeschlafen bin, aber mitten in der Nacht weckt mich ein wildes Geschrei.

Es sind weibliche Schreie. Eine Frau wird geschlagen; man schlägt sie in der Nacht. Eigentümlich! Übrigens, warum eigentümlich? Ein Mädel kann es nicht sein, Mädchen prügelt man nicht in der Nacht. Das ist selten und kommt höchstens nach Bällen vor.

Ich schaue zum Fenster hinaus, man hört auch andere, weniger laute Geräusche. Die Fenster sind alle dunkel. Keinen interessiert die Sache. Jetzt könnte man die Hose in den Hof werfen; aber wer weiß, vielleicht wird gerade die Hosenbesitzerin geprügelt. Entsetzlich. Das Schreien wird immer lauter, wilder — und nirgends jemand, der sich einmischt, bevor man diese arme Person ganz und gar erschlägt. Interessiert das keinen, oder hört es niemand?

Ein gräßlicher Gedanke steigt in mir auf. Das hört niemand, nur ich. Deshalb kommt kein Mensch. Ganz klar: Das ist eine Halluzination, eine Folge des Hungerns. Ich muß meinen Organismus sofort beruhigen und ihm erklären, daß ich auch nichts höre. Es werden sich noch fürchterliche Dinge ereignen. Man darf sich darüber nicht wundern und darf es niemandem erzählen. Niemandem erzählen. Der Schrank wird auf den Waschtisch zugehen und sich vor ihm verneigen. Und lauter solche Sachen. Schrecklich. Man darf sich auch nicht wundern, wenn das Nährmehl zum Fenster hereinkommt und laut feixt. Man muß das Fenster schließen, solange es noch nicht zu spät ist; aber dann hört man meine Hilferufe nicht. Ich darf ja gar nicht um Hilfe schreien, das sind ja bloß Visionen, und wenn sich das herausstellt, sperrt man mich ins Irrenhaus! Das ist aber in Charenton. Mit einem Wort, es gibt keine Hilfe. Ich setze mich auf den Bettrand nieder und erwarte die Visionen.

Ein leises Summen von fern, als käme ein Zug näher. Ich höre sogar, wie die Eisenbahn die Weichen passiert. Es nähert sich. Also einen ganzen Zug soll ich auch noch kriegen. Wie wird der hier hereinkommen? Nur keine Nervosität. Man muß das Ganze wie eine Fata Morgana auffassen und darf den Visionen nicht widersprechen. Nur zu allem ja sagen...

> Müde bin ich, geh zur Ruh,
> Schließe meine Äuglein zu.
> Vater, laß die Augen dein
> Über meinem Bette sein.
> Hab' ich Unrecht heut' getan,
> Sieh es, lieber Gott, nicht an...

und beschütze Eltern, Geschwister, meine Feinde, den Herrn Katecheten...

Nein, der Katechet kommt früher. Er kommt mit dem Zug und ist gleich da. Der Katechet war in seiner Jugend Husarenoffizier und kommt mit einem Säbel. Er wird das Nährmehl töten.

Was ist das wieder für Unsinn?

Hilfe!

Das alles stimmt ja gar nicht. Knut Hamsun hat über solche Visionen nie geschrieben. Nein? Also kommt der Horla. Über den wurde geschrieben. DER HORLA. Es handelt sich um die Möbel. Das wird jetzt gleich einen Umzug geben.

Erschreckende Stille.

Wieso ist alles plötzlich so still?

Ein heller Streifen erscheint am Rand des pechschwarzen Himmels.

Merkwürdiges, gleichmäßiges Klopfen dringt von draußen herein. DAS NÄHRMEHL! Herr im Himmel!

Man muß ihm entgegengehen und die Sache verhindern. Irgendein Ding... eine Waffe... Ich torkele zum Fenster. Über den Nachbarhof geht ein Mann, ein ganz normaler Mann. Er spuckt aus und zündet sich eine Zigarette an. Irgendwo wird ein Fenster geöffnet.

Es dämmert.

Er ist im letzten Augenblick gekommen, wie die Befreier in amerikanischen Filmen:

Der Morgen.

Ich falle über das Bett.

MONTAG.

9 Die Sonne scheint durchs Fenster und ein Lichtstreif fällt auf mein Bett, gibt aber keine Wärme. Ich liege im Bett und habe nicht die geringste Lust, mich zu rühren. Jetzt wird alles so sonnenklar. Alles findet seine Erklärung. Eine große, tiefe Ruhe kommt über mich; ich muß sogar lächeln, weiß aber nicht, warum.

Eine Fliege kriecht am Fenster. Sie bleibt stehen, zwirbelt die Vorderbeine und wischt sich den Kopf; einmal, zweimal...

Die Tapete mit dem Baldachin ist ganz abgerissen. Ich habe sie gestern aus Langeweile gepackt, und jetzt hängt sie wie der Flügel eines erschlagenen Riesenadlers von der Wand herunter. Die Wand dahinter ist nackt und fröstelt. Das auch noch!

Und was hat diese kleine Fliege in meinem Zimmer zu suchen? Hier kann sie nichts zu essen finden. Diese kleine Fliege kam von draußen und wird morgen nicht mehr da sein. Wie lange verträgt so eine kleine Fliege Hunger? Ist es eine männliche oder eine weibliche Fliege? Diese Fliege ist die Seele eines Verstorbenen und kam, um mich zu trösten.

Die Fliege putzt und putzt sich.

Diese Fliege ist das Verhängnis. Jedes ihrer Beine trägt sechstausend Bazillen, sechsmal sechs macht sechsunddreißigtausend Bazillen; den Kopf, die Flügel, das übrige gar nicht mitgerechnet.

Die Fliege ist der Tod.

Ich greife langsam nach einem Schuh. Die Fliege fliegt im Zimmer herum und würde sich nicht um die Welt irgendwo niederlassen. Ihr Gewissen ist nicht rein. Na, jetzt sitzt sie auf der Glühbirne. Ohne zu überlegen, schlage ich zu und zerschmettere mit lautem Knall die Glühbirne.

Elektrisches Licht gibt's jetzt auch nicht mehr.

Unter dem Schutzmantel der Nacht werden die Visionen auftauchen. Was soll hier in der Nacht werden? Visionen im Dunkeln...

Ich muß unbedingt Geld für eine neue Glühbirne auftreiben.

Wie gut, daß ich diese Birne zerbrochen habe: dadurch sind meine Lebensgeister wieder erwacht. Ich lege mich auch nicht mehr nieder; dieses viele Liegen macht so schlapp. Plötzlich werde ich nicht mehr aufstehen können. Von nun an sitze ich lieber im Fauteuil und stehe von Zeit zu Zeit auf, um ein bißchen zu gehen; ich will immer kontrollieren, ob ich noch Kraft dazu habe. Ja, das habe ich mir schon gestern vorgenommen.

Es heißt, um jeden Preis Geld auftreiben. Ich gehe auf die Straße und betrachte aufmerksam das Pflaster, vielleicht finde ich Geld. Paris ist groß, und täglich verlieren eine Menge Menschen Geld. Wieso ist mir das bisher noch nie eingefallen? Ich träume dahin und warte auf das Wunder, anstatt mich um reale Sachen zu kümmern. Wer weiß, wie oft ich schon an Geld, das auf der Straße lag, vorbeigegangen bin?

Ich gehe mit entschiedenen Schritten hinunter. Geld werde ich haben, das ist sicher; ich weiß nur noch nicht, wie ich es einteilen soll, und wie viel es sein wird?

Der Fliegenäugige sagt, jetzt arbeite man drüben in der Werkstatt, ich kann also mein Paket holen.

Ein charakterloser Kerl.

Ich marschiere über die Straßen und beachte jeden Papierfetzen genau, vielleicht ist Geld darin eingewickelt. Man muß nur geduldig und mit Ausdauer auf die Suche gehen. Überall kann schließlich kein Geld herumliegen, und das ist gut so, denn sonst würden es viele suchen. Man muß aufpassen und es finden. Es gehören zwei dazu: einer, der es verliert, und der zweite, der's findet. Der Erfolg ist zu fünfzig Prozent gesichert, denn einen haben wir schon: nämlich mich, der sucht.

Nach zwei Stunden Herumstreifens gehe ich müde ins Hotel zurück. Erst halb zwölf. Gegen ein Uhr kann ich scheinmittagessen gehen. Warum gehe ich so viel herum? Mein Leben lang bin ich nicht so viel herumgegangen wie in diesen Tagen. Ich fliehe vor dem Tod. Mein Zimmer sieht ja jetzt schon wie eine Gruft aus.

Ich gehe in dieser Gruft auf und ab wie einer, der die Auferstehung versäumt hat und nicht wagt, die Sache zu forcieren.

Plötzlich wird energisch an meine Tür geklopft, und schon tritt ein breiter, vierschrötiger Kerl ein. Er sagt nicht guten Tag, schiebt mich beiseite, geht zum Fenster, macht es auf und schaut hinunter.

«Ja, da war's», sagt er. «Wo ist das Höschen meiner Frau?»

Also, wir wollen's ganz genau erklären.

«Bitte sehr, da war nämlich ein Nährmehl...» (Morgen sterbe ich sowieso.)

«Wo ist das Höschen meiner Frau?»

«Bitte sehr, da war nämlich ein Nährmehl. Den Namen weiß ich nicht mehr, weil die Schachtel verlorengegangen ist. Ich wollte mich schon immer nach der Adresse erkundigen; jetzt könnte man dort anrufen, und man würde Ihnen die Wahrheit bestätigen. Nein. Man müßte in der Fabrik anfragen, das heißt der Fête und nicht im Laden. Ich war Nummer 132. Der Trostpreis.»

«Ist das Höschen meiner Frau hier oder nicht?»

«Nein!»

Er greift in meine Rocktasche und zieht das Ding heraus.

«Was ist das?»

«Ich habe das Nährmehl verloren, wissen Sie, es fiel aufs Dach, und ich habe den Schlüssel geholt, aber vorher gab's noch eine Spule Zwirn, bitte sehr. Ich will mich ganz kurz fassen...»

Nein, man kann das nicht erzählen.

«Was ist das?»

Er hält mir das Höschen unter die Nase und brüllt mich an:

«Hier ist das Monogramm meiner Frau!»

Das hätte sie nicht hineinsticken lassen sollen.

«Was ist das?!»

«Ich bitte Sie, ich schwöre bei allem, mir ist es schon egal, aber glauben Sie ja nicht, daß ich das nur deshalb sage, und wenn auch ... Ich wollte das Nährmehl mit dem Zwirn heraufziehen; die Stecknadel blieb, ich bitte Sie, an der Hose Ihrer werten Frau Gemahlin, der gnädigen Frau, hängen, bitte, richten Sie ihr meinen Handkuß aus. Das Höschen wollte und wollte nicht herunterfallen. So kam es zu mir, und ich stand eben im Begriff, es zurückzutragen, doch da beliebten Sie loszubrüllen, was wiederum die Stimmbänder angreift, bitte sehr. Es gibt ein gutes Mittel dagegen. Mein Freund ist Student der Medizin und könnte es ganz billig beschaffen, ja sogar umsonst, bitte sehr. Ich gehe auch gleich zu ihm; noch im Laufe des Vormittags... das hilft sicher — Sie werden sehen, es ist Balsam für die Kehle...»

«Kennst du meine Frau?»

Er zieht sein Taschenmesser und klappt den Korkzieher auf. Der will mich morden, noch dazu mit dem Korkzieher. Es wird ein langsamer Tod sein.

Betrogenen Ehemännern darf man nicht widersprechen.

«Ich kenne sie.»

«Na, schieß los, was habt ihr miteinander gehabt?»

«Nichts Besonderes.»

«Deine Privatansicht interessiert mich nicht; ich will Tatsachen hören.»

«Ja, das ist ein bißchen merkwürdig.»

«Was ist merkwürdig?»

«Brüllen Sie doch nicht so, bitte sehr, Sie sollen Ihre Tatsachen haben. So weit sind wir noch lange nicht.»

«Bleiben wir bei der Sache.»

«Wer bleibt denn nicht bei der Sache? Ich will doch wirklich nicht abschweifen. Ja, so eine Sache... bei Licht betrachtet, was ist eigentlich eine Sache?»

«Was ist hier vorgefallen, du Veilchenfresser?!»

(Veilchen fressen... du lieber Gott... im Herbst...)

«Susanne, sag' ich eines schönen Tages zu ihr...»

«Meine Frau heißt Marie-Louise.»

«Aber ich nannte sie immer Susanne. Es war eine dumme Gewohnheit, zugegeben, aber so war es nun mal, — wir wollen uns nicht den Kopf darüber zerbrechen, wieso eigentlich. Menschliche Dinge sind manchmal, wie die Fata Morgana beispielsweise... etwa fünfzig Meter hoch vom Wüstenspiegel... wie verhält es sich jedoch mit der Zusammensetzung des Wüstensandes?... Was ist ein Sandkorn, nicht wahr?!»

Er schlägt auf meinen Tisch, daß es nur so kracht.

«Was ist geschehen?»

«Ich will ganz aufrichtig sein.»

«Los!»

«Nebenbei: hören Sie lieber nicht zu, was ich sage — der Schmerz hat mich um den Verstand gebracht.»

«Seit wann kennst du sie? Seit langem?»

«Nicht lange.»

«Kennst du sie seit einem Jahr?» brüllt er.

«Ja... also seit einem Jahr.»

«Du lügst, du kennst sie schon zwei Jahre.»

«Meinetwegen, zwei Jahre.»

«Mit einem Wort, der kleine Louis ist von dir», sagt er heiser.

«Welcher kleine Louis?»

«Dein Sohn», röchelt er, steht langsam auf und geht langsam aus dem Zimmer. Warum hat er nicht gegrüßt? Ich kann nur eines nicht begreifen: warum hat er nicht gegrüßt?

Eine Viertelstunde später klopft es; der Mann erscheint, stellt zwei große Koffer neben die Tür und geht wortlos hinaus. Kleidungsstücke hängen aus den Koffern heraus. Man sieht, das ist rasche Arbeit gewesen. Nach kurzer Zeit erscheint er wieder, diesmal mit einem Wickelkind im Arm, legt es aufs Bett, bleibt einen Augenblick vor ihm stehen und sagt mit wuchtiger Stimme, indem er auf mich weist:

«Dein Vater.»

Er dreht sich um und verschwindet. Gleich nach ihm kommt der Fliegenäugige und erklärt, daß er das Zimmer an zwei Personen nicht um hundertfünfunddreißig Franken vermieten könne. Entsetzlich.

Nach fünf Minuten stürzt eine reichlich aufgewühlte junge Frau in mein Zimmer.

«Er hat ihn getötet!» schreit sie und wirft sich über das Kind. Das Kind brüllt wie am Spieß. Die Frau weint, beruhigt sich aber mit der Zeit und sieht mich mit ihrem blassen, tränenfeuchten Gesicht an:

«Jetzt können Sie verstehen, mein Herr, was ich an der Seite dieses Schuftes zu leiden habe. Seine Eifersucht ist die reinste Hölle. Er verdächtigt mich, daß Sie der Vater meines Kindes seien, und wir sehen uns heute doch zum erstenmal... C'est une tragédie, Monsieur! Ich verreise noch heute in die Provinz. Gestatten Sie, daß ich bis zum Abgang des Zuges hierbleibe. Es ist nicht ratsam, mit Wahnsinnigen zusammenzubleiben. Sie sind ein Mann.»

«Ja.»

«Würden Sie mir einen Gefallen erweisen?»

«Mein Leben gehört Ihnen.»

«Bin ich Ihnen sympathisch?»

«Kann ich vor dem kleinen Louis sprechen? Er beobachtet uns scharf!»

«Reden Sie!»

«Ich kann nur bedauern, daß Ihr Herr Gemahl nicht recht hat. J'en suis désolé, Madame.»

«Wirklich?» fragt sie leise, fast wie ein Hauch.

Sie senkt den Kopf, ihre Hände spielen verlegen mit einer Rüsche an ihrem Kleid.

Der kleine Louis auf dem Bett paßt auf wie ein Haftelmacher. Er wartet nur darauf, reden zu lernen, um dann sofort alles seinem Vater hinterbringen zu können.

Die junge Frau wendet sich langsam von mir ab, öffnet ihre Handtasche, holt die Puderdose hervor und macht sich zurecht; zieht auch den Mund mit einem Lippenstift nach. Jetzt kann ich sie mir genau ansehen. Sie ist schlank, hochgewachsen, — das Kleid verbirgt ihre

Formen so diskret, daß nur ein so verlassener und verwilderter Kerl, wie ich es bin, sich daran aufregen kann.

Sie wendet sich mir zu und ergreift meinen Arm:

«Tun Sie mir einen großen Gefallen. Ich verreise mit dem Abendzug. Meinen Mann will ich nicht mehr sehen. Außerdem sagte er mir auch, ich soll nicht mehr in die Wohnung kommen, denn er sitzt der Tür gegenüber, mit einem offenen Rasiermesser in der Hand. Bitte, gehen Sie zu ihm hinunter und verlangen Sie von ihm meine Mitgift zurück. Versuchen Sie gar nicht erst, die Geschichte zu erklären. Das muß einmal ein Ende nehmen. Im Grunde genommen haben Sie eine glückliche Frau vor sich», sagt sie, und Tränen stürzen ihr aus den Augen.

«Welches ist Ihr Zimmer?»

«Zweiter Stock, zwölf.»

Ich richte mir die Krawatte. Also gut, ich gehe hinunter. Wenn der Gatte mir eine Ohrfeige gibt, versetze ich ihm einen Fußtritt und erwürge ihn. Das heißt, die Reihenfolge ist genau zu beachten, zuerst erwürge ich ihn, dann kann ich in aller Ruhe auf ihn einhauen.

Ich gehe hinunter und klopfe an der Tür Nummer zwölf im zweiten Stock. Keine Antwort, ich trete ein.

Der Mann sitzt am Tisch und schreibt einen Brief.

«Bitte, geben Sie mir die Mitgift Ihrer Frau heraus.»

«Was für eine Mitgift?» fragt er zurück und sieht mich ganz sanft an.

«Was ist das für eine freche Frage? Dieses Benehmen lasse ich mir nicht gefallen!»

«Nehmen Sie Platz, ich zeige Ihnen sofort die Belege, wie das Geld investiert wurde.»

«Ich bin auf Ihre Investitionen nicht neugierig. Die Mitgift ist nicht für Schuftereien dagewesen.»

Er geht aus dem Zimmer, bringt eine Flasche Wein, zwei Gläser.

«Herr, wir wollen miteinander, Mann zu Mann, sprechen. Ich bin bereit, die Mitgift ratenweise zurückzuzahlen, par tempérament.»

Er schenkt in die Gläser ein und hält mir seine Tabatière hin. Die Hand zittert.

«Wo ist die Mitgift?»

«Oh», sagt er und beginnt die Tischplatte zu streicheln.

«Ist kein Centime mehr von ihr übrig?»

«Sicherlich.»

«Was soll das bedeuten, sicherlich? Geben Sie her, was da ist!»

«Zigarette gefällig? Wollen Sie nicht den Wein kosten?»

«Herr, ich bin jetzt amtlich hier, mich kann man nicht bestechen.»

«Müssen wir uns befehden?»

«Nein», brülle ich.

«Na also! Servus! Trink!»

«Servus!»

«Fünftausend Franken kann ich geben. Auf dich bin ich ja nicht böse. Du kannst gewiß nichts dafür. Prost!»

«Wo sind die fünftausend Franken? Ich möchte sie in den allerkleinsten Scheinen bekommen.»

«Nachmittag gehe ich zur Bank und schicke das Geld abends hinauf. Na, so trink doch!»

Eine unerwartete Wendung. Plötzlich spaltet sich der Kopf des Gatten, dann wird er wieder ganz. Was ist das schon wieder? Was ist mit mir los?! Mir kommen Gedanken... entweder ich erwürge oder ich umarme ihn...

Ich bleibe nicht länger. Ich gehe sofort hinauf, denn wenn ich noch ein bißchen zuwarte, muß ich auf allen vieren in meine Kemenate zurückkriechen.

10

DIE FRAU GIET DEM KLEINEN LOUIS GERADE ZU TRINKEN. «WAS hat er gesagt?»

(Oh, wie schön ihre Brust ist!)

«Abends ist das Geld da, nur Ruhe.»

Ruhe hätte eigentlich nur ich allein nötig.

Sofort verlege ich mich auf das Ordnen von Schriftstücken.

Ich kann ihr nicht sagen, daß ich nichts zu tun habe.

Ihre Brust ist so schön... ein schöner, weicher, weißer kleiner Hügel. Sie sticht so hell von der dunklen Farbe des Kleides ab und steckt ihr duftendes Köpfchen hervor wie eine erwachende Blume im Frühling... Eine kleine rosa Knospe... Die Muttermilch hat Nährwert.

Plötzlich begegnen sich unsere Blicke im Spiegelschrank. Die Frau nimmt den kleinen Louis langsam von der Brust. Mit einem leichten Achselzucken verbirgt sie ihre Brust im Kleid und sitzt weiter wortlos am Bettrand, die Hände im Schoß.

Mir wird mit einemmal so schwindlig, eine unglaubliche Mattigkeit packt mich.

«Madame... ich... in einer wichtigen Angelegenheit... ich muß jetzt fort.»

«O bitte, wenn ich Sie störe... verzeihen Sie... es ist vielleicht doch nicht recht, daß ich hier bleibe.»

«Ich bitte Sie, zu bleiben... ich komme unbedingt zurück... ich weiß noch nicht, wie... aber unbed...»

Ich glaube, jetzt wird mir übel. Ich will nicht, daß mir vor einer Frau übel wird. Einerlei wohin, nur fort von hier.

Das Zimmer dreht sich mit mir. Jetzt wird sich gleich etwas Schreckliches ereignen; etwas Entsetzliches. Ich sterbe eventuell, aber auch bis dahin, der Übergang... wenn irgendeine Hilfe käme... wer kann mir helfen? Mein Gott... Ich taumle zur Tür hinaus und klammere mich an das Treppengeländer.

Mein Kopf schwirrt, mein Herz klopft wild.

Ich weiß nicht, wie lange ich so stand. Ich weiß nicht, was mit mir geschah.

Ich taste mich vorsichtig abwärts; von Stufe zu Stufe.

Die frische Luft tut gut. Nun stehe ich vor dem Hoteleingang; bin schon ganz ruhig. Nur meine Gedanken sind unklar.

Meine Gedanken sind sehr unklar.

Plötzlich pflanzt sich der Ehemann vor mir auf:
«Hallo, da bin ich!»
«Guten Tag!»
«Wohin gehst du? Ich begleite dich. So wie du bist, ohne Mantel, kannst du wohl nicht weit gehen.»
«Ich gehe zum Essen...»
«Iß mit mir!»
«Ich esse immer allein...»
«Wir können unsere Sache bei Tisch bequem besprechen. Nun?!»
Er nimmt einfach meinen Arm.
«Sag nur einfach Louis zu mir. Ich kenne hier ein sehr gutes Restaurant. Wenn du gut essen willst, frage nur einen Chauffeur. Darauf verstehen die Chauffeure sich besser als aufs Autolenken. Sie kennen Paris wie ihre Tasche.»
Im Restaurant stellt man einen Teller, ein Glas, Eßbesteck vor mich hin.
Louis stellt das Menu zusammen. Wir sollen zweierlei Wein haben. Einen Apéritif soll es auch geben.
Vorspeise, Austern, Poularde, heurige Kartoffeln, Reis, Krebse, Mehlspeise, Käse, Obst. Der Himmel!
«Ich bitte dich», sagt er nach dem schwarzen Kaffee und bietet mir eine Zigarette an, «ich bin nicht in der Lage, die Mitgift zurückzugeben. Sage meiner Frau, daß ich ihr verzeihe... dir habe ich auch schon verziehen! Hol's der Teufel, laß sie zurückkommen! Den kleinen Louis bekommst du.»
Den kleinen Louis kriege ich. Der kleine Louis ist ein Geschenk Gottes in der Not.
Er wartet eine Weile, beugt sich näher, flüstert mir zu:
«Liebst du sie sehr?»
«Ach... nein...»
«Warum habt ihr es denn getan?»
«Der kleine Louis ist nicht von mir.»
«Willst du damit sagen», versetzt er heiser, «daß sie auch dich betrogen hat?»
«Nein... Ich... bitte, lies das.»
«Was ist das?»
«Mein Reisepaß.»
«Was soll ich damit?»
«Wenn du ihn aufmerksam ansiehst, kannst du feststellen, daß ich vor zwei Jahren noch gar nicht in Paris war. Wie käme ich zum kleinen Louis?»
Er sieht mich starr an.
«Louis, habe ich dich gekränkt? Sei nicht böse. Es war nicht so gemeint.»
«Wie ist das Höschen meiner Frau zu dir gekommen?»
Na, er fängt schon wieder an.
«Ich habe es heraufgezogen.»
«Du hast es heruntergezogen... willst du wohl sagen. Schau. Jetzt ist es ja doch einerlei. Ich hätte nicht heiraten sollen.»

«Ich habe es heraufgezogen.»

«Na schön, du hast es heraufgezogen, nachdem es schon unten war. Du wirst mir doch nicht einreden, daß du es heraufgezogen hast, ohne es herunterzuziehen? Das ist doch physisch unmöglich. Und überhaupt, wie kommst du dazu, daß ich die Hose...»

«Ich will dir alles gestehen — ich sehe, mit dir muß man offen reden. Du bist ein Mann.»

Er schüttelt mir herzlich die Hand.

«Also weißt du, ich habe mich in deine Frau wahnsinnig verliebt. Darf ich ganz offen sein?»

«Versteht sich.»

«Ich habe gesehen, daß diese Frau mit einem alten Trottel zusammenlebt. Das warst du. Ich dachte: man müßte die Dame kennenlernen, aber so, daß du nichts davon weißt. Wenn ich sie auf der Straße anspreche, erzählt sie es vielleicht dir, und du bringst mich um.»

«Unbedingt...»

«Mit einem Wort, ich habe lange darüber nachgedacht. Schließlich kam mir eine gute Idee. Die nette kleine Hose deiner Frau hängt immer im Fenster. Ich wollte sie stehlen und unter dem Vorwand, sie zurückzugeben, wollte ich mich ihr vorstellen. Darüber hätte sie kein Wort gesagt, weil es sehr unwahrscheinlich klingt. Du bist ein kluger, verständiger Mensch. Warum bist du nicht Minister geworden?»

«Ja. Na und?»

«Eines Nachts kletterte ich die Wand hinunter... Hörst du?... Ich kroch vorsichtig die Wand hinunter und stahl das Höschen.»

«Hattest du keine Angst, daß ich mich gerade aus dem Fenster beuge, dich erwürge und in den Hof werfe?»

«Doch.»

«Weiter. Hast du meine Frau kennengelernt?»

«Nein.»

Lähmende Stille.

Wir zünden uns neue Zigaretten an.

«Hast du keine leichtere?»

«Welche Sorte willst du haben?»

«Eine ‹Jaune›.»

«Kellner, eine Schachtel Maryland Jaune, aber rasch, und noch eine Pulle von diesem anständigen Wein.»

Er beugt sich zu mir; unsere Nasenspitzen berühren sich.

«Liebst du sie sehr?»

«Sehr — aber jetzt nur mehr insgeheim.»

«Weißt du was? Ich gestatte dir, sie zu küssen. Du kannst es ihr sagen. So ein Ehemann bin ich! Ich erlaube es dir! Du verdienst es!»

«Sie wird es nicht zulassen.»

Er grinst verklärt.

«Wir können sie ja beide lieben. Ober, zahlen!»

In der Tür des Restaurants trennen wir uns. Louis hat dringend zu tun. Er werde erst spät nach Hause kommen. Die Frau soll mit dem Nachtmahl nicht auf ihn warten.

«Sage ihr, daß ich meinen Direktor getroffen habe und mit ihm sein muß. Hier sind zehntausend Franken, die gehören dir. Der Kaiser von China läßt dich grüßen. Alexander Petöfi lebt noch immer.»

Louis kreischt fröhlich auf, erhebt sich in die Wolken und verschwindet hinter den Dächern der Sankt-Jakobs-Straße.

«Hat er Ihnen weh getan?»

Ich verstehe nicht, was mit mir geschehen ist. Ich liege auf meinem Bett. Vorhin stand ich noch im Hoteltor. Ein kalter Umschlag liegt auf meiner Stirne, improvisiert aus einem kleinen Spitzentaschentuch.

Zwei traurige Augen sehen mich forschend an.

«Hat er Ihnen sehr weh getan?»

Ich bin müde. Schließe die Augen. Die Umrisse seltsamer Formen schwirren vor meinen geschlossenen Lidern, dehnen sich aus, ziehen sich zusammen; jetzt tut nichts mehr weh. Ein wohliges Gefühl, sich langzustrecken und auszuruhen, nichts als auszuruhen.

«Hat er Ihnen weh getan?»

Ich erinnere mich — nebelhaft, wie an ein Traumbild — daß ich in mein Zimmer heraufkam... — Oder nicht? Mein Kopf brummt, das Nachdenken strengt an.

Töne, weiche, süße Töne kommen auf mich zu; sie kommen von weit her, laufen zu mir und summen freundlich.

«...den Tee müssen Sie trinken... ich werde Ihnen helfen... Mein Gott, sind Sie müde?... wenn ich gewußt hätte...»

Was für ein netter, schöner Traum. Ich öffne meine Augen nur halb, damit er nicht davonfliegt.

Ein runder, weißer Frauenarm vor meinem Gesicht. Leiser Frauenduft umschmeichelt mich.

«Ich habe mich zu Ihnen gesetzt, auf den Bettrand...so, es geht schon...»

Sie legt den Arm vorsichtig unter meinen Kopf und hebt ihn sanft höher.

«Noch ein wenig Tee...so.»

Wohltuende Wärme überflutet mich. Ich fühle, daß mein Gesicht brennt.

«Was ist geschehen?»

«Das frage ich auch... Sie sind heraufgekommen... und plötzlich hingefallen... Ihre Stirn blutet ein wenig... Mein Gott, wie Ihre Hand zittert...»

Ihre Finger huschen leicht über mein Haar.

Langsam komme ich ganz zu mir. Ich setze mich im Bett hoch. Der feuchte Umschlag rutscht mir ins Gesicht.

«Warten Sie, ich will ihn richten.»

«Danke, jetzt geht es wieder ganz gut.»

Die junge Frau steht lächelnd vor mir. Wie heißt sie nur? Marie-Louise... Ja... ich kenne sie. Aber das Kind sehe ich nirgends. Ich bin ein bißchen schwindlig, möchte aber aufstehen. Ich greife nach vorn, um eine Stütze zu suchen, da stellt sie sich vor mich hin und mein Arm umfängt ihre Taille. Ein warmer, schöner Frauenkörper. Es ist also kein Traum. Keine Vision. Sie rückt das Spitzentaschentuch auf meiner Stirn zurecht. Plötzlich bleiben ihre Finger stehen, sie rührt sich nicht. Unter ihrem runden nackten Arm sehe ich auf den Tisch:

Weißes Brot... Schinkenscheiben in dünnem Papier... Butter... Käse...

Ich möchte ihr Gesicht sehen, aber sie hält mich zärtlich gefangen. Mit meiner Stirne spüre ich das leise Heben ihrer Brust. Plötzlich gleitet ihr Gesicht zu mir herunter. Das schöne, runde Kinn zittert, die Linie ihrer Lippen wölbt sich leicht, als wollte sie weinen. Sie nähert sich mir immer mehr. Die warmen Arme legt sie mir um den Hals, sie streichelt mit den Wangen mein Gesicht. Sie streichelt mich halb fraulich, halb wie eine erregte Jungfrau. Dann ist sie fort. Ich höre das leise Rascheln ihrer Kleider; sie steht schon in der Türe und sagt:

«Adieu.»
«Marie-Louise!»
«Nun?»
«Ich bin ein unglücklich-anständiger Mensch... verzweifelt und hoffnungslos anständig... und...»

Sie kommt ganz nahe, ihr Körper schmiegt sich fein und leicht an mich. Sie spielt mit den Fingern in meinem Haar. Die Augen halb geschlossen, den Mund halb geöffnet, flüstert sie erstickt:

«Jetzt ist es genug... genug... wir dürfen uns nie mehr sehen...»
«Warum nicht?»
«Weil... es ist schöner so... ich will es so... Adieu!»
Langsam schließt sich die Tür hinter ihr.
Vor dem Bett, auf dem Boden, liegt aufgeschlagen das französische Wörterbuch. Auf dem Tisch das Brot, der Käse, der Schinken, die Butter...

Nachts wurde mir sehr schlecht.

Die Arme, die Beine, später auch der Kopf, sind mir stückweise eingeschlafen.

Die Brust ist wie eingezwängt, ich kann kaum atmen. Entsetzlich. Ich beuge mich durch das Fenster hinaus dem schwarzen Himmel entgegen. Hilfe!

Kam's davon, weil ich so plötzlich gegessen habe?

Ich hätte nicht essen sollen! Warum habe ich gegessen!? Lieber Gott, sei genau so gut gegen mich, wie du gegen Knud Hamsun gewesen bist.

Es dämmert schon, als die Beklemmung weicht. Das taube Gefühl geht vorüber, ich kann die Arme richtig bewegen.

Langsam schleppe ich mich ins Bett zurück und betrachte das immer heller werdende Viereck meines Fensters und die herabhängenden Tapetenstücke an der Wand.

WIE SPÄT KANN ES SEIN?

II Mein Wecker ist stehengeblieben.

Ich setze mich vorsichtig im Bett hoch und sehe nirgends meine Schuhe. Auch der Stuhl, auf dem sonst meine Kleider liegen, ist leer. Jemand hat sie gestohlen, während ich geschlafen habe. Herrgott, jetzt werde ich nackt verhungern. Mit einem wahnsinnigen Ruck fliege ich aus dem Bett; alles verdunkelt sich vor mir. Was war das?

Ein Anfall von Schwindel. Nur nicht erschrecken! Ich stehe vollkommen angezogen, in Schuhen vor dem Bett. Richtig, ich habe mich ja gar nicht ausgezogen gestern abend.

Meine Krawatte ist verrutscht, das Haar hängt mir ins Gesicht. Die zerbrochene Spiegelscheibe verzerrt mein Gesicht so komisch. Man müßte sich eigentlich auch waschen.

Das Wasser ist kalt, als stächen mich kleine Nadeln, wenn ich die Hand eintauche; aber nachher ist mir so schön warm.

Wie ich mir die Hände trockne, geschieht etwas Entsetzliches. Ich bemerke, daß aus meiner Tasche etwas Weißes hervorguckt. Ich ziehe es heraus. Das Spitzenhöschen.

Mein Herz beginnt mit einem Male wild zu hämmern.

Ich hab's in die Tasche gesteckt, als ich's heraufgezogen hatte... Mit einem Wort?... mit einem Wort, nichts ist seither geschehen. Der Mann, die Frau, das Kind: nie haben sie gelebt. Ich leide an Halluzinationen. Ich bin wahnsinnig geworden.

Kein Zweifel.

Sofort fühle ich einen starken Druck im Hirn. Ich bin wahnsinnig. Deshalb sind mir meine Beine, Arme und der Kopf eingeschlafen.

Was soll ich jetzt tun?

Was soll ich jetzt tun? Da stehe ich mit einem Verrückten. Was gibt's da für Vorsichtsmaßregeln? Ich kann ja vielleicht auch mir selbst gefährlich werden. Man müßte die Flucht ergreifen. Das heißt, ich müßte aus meinem Körper entfliehen.

Die Verrückten kuriert man mit kaltem Wasser. Kalte Waschungen. Ich ziehe mich in fieberhafter Eile aus. (Eine Zwangsjacke müßte ich mir auch machen lassen.) Vielleicht ist es noch nicht zu spät. Mit zitternden Händen stelle ich die Waschschüssel auf den Boden, fülle sie mit kaltem Wasser und stelle mich hinein. Das heißt, man muß ja auch das kalte Wasser auf den Kopf... Ich stehe auf, mein Blick fällt auf den Tisch.

Du lieber Gott, da liegt ja noch das dünne Papier... ich möchte weinen vor Freude... in diesem Papier lag der Schinken... es gibt auch Krumen... und eine Käserinde... Es ist also doch wahr. Das sind Beweise. Das Papier kann man angreifen, die Brotkrumen auch.

Ich ziehe mich ruhig an und gehe hübsch langsam, vorsichtig die Treppe hinunter. Meine Knie schlottern bei jedem Schritt. Die Luft auf der Straße ist scharf und stark. Ich setze die Beine mechanisch vor; habe das Gefühl, daß das gar nicht von mir abhängt, vielleicht kann ich nicht stehenbleiben, wenn ich will, oder nicht mehr losgehen, wenn ich einmal stehengeblieben bin. Dem Schlimmsten bin ich jedenfalls entronnen. Sterben ist kein Unglück, aber verrückt werden!

Soll ich zählen, wieviel Schritte Länge die Sankt-Jakobs-Straße hat? Nein, das ist zu anstrengend.

Dem Hotel gegenüber spaziere ich ein wenig auf und ab. Vielleicht kann ich Marie-Louise sehen, wenn sie ausgeht, oder wenn sie zurückkommt, falls sie schon ausgegangen ist.

Süße Marie-Louise... Süße Marie-Louise...

Ich stehe vor einem Fleischerladen und sehe mir von draußen an, ob die Kunden drin gut bedient werden.

Interessant, man wiegt den Klienten immer mehr Fleisch zu, als sie verlangt haben. Diese Gesellen tun ihr Lebtag nichts anderes als wiegen und haben doch nicht genug Formgefühl, um sich nicht jedesmal um einige Deka zu irren.

Jeder Fleischer ist dick und jeder Bäcker auch.

Das ist langweilig. Ich gehe wieder in mein Zimmer hinauf und sehe zum Fenster hinaus. Wenn Marie-Louise wollte, könnte sie mich vom Fenster aus sehen. Vielleicht kommt sie herauf. Es ist schon besser, ich bleibe zu Hause.

Ich warte bis vier Uhr nachmittags und werde dann plötzlich dessen müde. Ich bin ja nicht verliebt in diese Frau. Gemeinheit.

Ich gehe in den Luxembourgpark und werde sie vergessen.

Im Park begegne ich unerwartet jenem Freund, dem ich in besseren Tagen für kurze Zeit dreihundert Franken geliehen habe. Seither habe ich ihn nicht mehr gesehen. Den Freund nicht und auch die dreihundert Franken nicht. Du Schuft, du elender Kerl... Mein Herz klopft stark. Man müßte den Halunken wortlos erwürgen.

«Servus.»

«Wie geht's dir?»

«Danke gut. Und was ist mit dir los?»

«Nichts Besonderes.»

Was soll schon mit mir los sein? Und was ist mit den dreihundert Franken los? Will er sie nie zurückgeben? Er spricht bereits von dem schönen Wetter.

«Gib mir deine Adresse», sagt er schließlich. «Ich wollte dich schon oft besuchen, weiß aber nicht, wo du wohnst. Manchmal hätte man Lust, sich richtig auszuquatschen...»

Vielleicht geniert er sich und will es mit der Post schicken.

«Servus.»

Er reicht mir vornehm die Hand und geht ruhigen Gewissens weiter. Seine Hose hat sogar eine frische Bügelfalte.

Es lohnt sich gar nicht – das beste, man kümmert sich um solche Leute überhaupt nicht. Je früher man sie vergißt, um so besser. Ihn könnte ich ja bald vergessen – aber das Geld! Das wird schon schwerer sein.

Jetzt hat er sich umgedreht.

Er sieht, daß ich ihm nachschaue.

Er bleibt einen Augenblick stehen und kommt zurück. Wenn er mich angreift, töte ich ihn!

«Sag mal, bin ich dir nicht etwas schuldig?»
«Doch.»
«Wieviel war's denn?»
«Dreihundert Franken.»
Er ist betroffen. Ich hätte hundert sagen sollen, dann wird er mir jetzt vielleicht etwas geben.
Er holt seine Brieftasche hervor, zieht drei Hundertfrankenscheine heraus und gibt sie mir.
«Weißt du, ich bin ein bißchen vergeßlich. Servus.»
Der Kerl hat mir diese dreihundert Franken wie ein Almosen gegeben. Man müßte ihm nachgehen und ihm das Geld ins Gesicht werfen. So ein Herr, wie er, bin ich noch immer. Einer meiner Ahnen war am Hofe König Matthias' ein großes Tier, du Niemand...
Hierauf beginne ich zu leben.
«Taxi! Hotel Riviera.»
Das Schicksal wird mich nicht unterkriegen. Halunken!
Ich klopfe an die Kontortür des Hotels. Wahrscheinlich habe ich ihn beim Sparen gestört.
«Was gibt's denn, Monsieur?»
«Ich erkläre, daß ich verreise und das Zimmer hiermit kündige, das gibt's, Monsieur.»
«Wieso, bitte? Sind Sie mit Ihrem Zimmer vielleicht unzufrieden?»
«Nicht einmal ein Fauteuil steht drin!»
«Monsieur, bis Abend sollen Sie einen Fauteuil haben.»
«Also gut.»
Ich gehe hinaus.
«Chauffeur, bringen Sie mich in ein anständiges Restaurant, aber ich mache Sie aufmerksam, wenn es ein schäbiges Lokal ist, werden Sie erschossen.»
«Bitte sehr!» sagt der Chauffeur und startet.
«Halt!»
«Was ist das für ein Auto? Wo soll ich mit meinen Beinen hin?»
«Wenn der Herr sich vielleicht seitlich hinlegen will...», sagt der Chauffeur und grinst. «Oder Sie setzen sich vielleicht auf den Boden und legen die Füße auf den Sitz.»
«Werden Sie gefälligst nicht frech! Ich bin Mexikaner! Also los!»
Aus dem kleinen Spiegel im Wagen sieht mich ein totenbleiches, altes Gesicht an: fremd, mit flackernden Augen. Mit solch einem Gesicht kann man nicht jung sein. Ich bin sechsundzwanzig Jahre alt...!
Wir fliegen über den großen Boulevard, die bunten Transparente leuchten: pulsendes Leben. Auf dem Gehsteig fluten die Leute. Die Gestalten schlanker Frauen tauchen auf, huschen vorbei und verschwinden in der Menge. Das Taxi ist nicht offen, sondern geschlossen.
«Sie, Chauffeur, bleiben Sie stehen! Öffnen Sie das Dach!»
«Wozu? Wir sind doch nicht im Sommer?!»
«Ich habe Sie nicht gefragt, welche Jahreszeit wir haben, sondern Sie gebeten, dieses Ding da aufzumachen.»
«Es regnet ein bißchen, Monsieur.»

«Reden Sie mir jetzt nicht von abstrakten Begriffen. Ich brauche Luft. Merken Sie sich's, Sie vollkommen unmöglicher Kerl. Geld zählt bei mir nicht.»

Er klappt das Dach hoch.

Es ist hübsch kalt. Er sieht mich mißtrauisch an.

«Sind Sie Amerikaner, Monsieur? Ich wüßte nämlich einen glänzenden Trick. Wir kaufen ein — zwei Flaschen Sekt und eine Menge Gläser. Sie trinken aus jedem Glas nur einmal und werfen es mir dann an den Kopf. Das kostet jedesmal fünf Franken. Ich fahre währenddessen, natürlich.»

«Das ist ein Blödsinn. Los!»

«Aber billig! Ich habe noch eine bessere Idee. Sie geben mir bei jeder Straßenkreuzung eine Ohrfeige, das kostet auch nicht mehr.»

«Genug! Los, sonst können Sie Ihre Augen in einer Tüte nach Hause tragen!»

Wir biegen in eine schmale, ruhige Straße ein und halten vor einem düsteren Haus. Eine kleine rote Lampe brennt davor.

«Was heißt denn das? Haben Sie mich auf die Polizeistation gebracht?»

«Das Restaurant ist hier, Monsieur.»

«Hier? Was ist das für eine Kaschemme? Ich habe Ihnen gesagt, ich will in ein vornehmes Restaurant!»

«Nur keine Aufregung. Das ist so vornehm... ich wünsche Ihnen, Monsieur, daß Sie Geld genug haben, hier zu bezahlen!»

«Warten Sie!»

«Bitte sehr», antwortet der Chauffeur und flüstert mir noch zu: «Nur hübsch aufpassen, hier kostet jeder Atemzug Geld.»

Ganz klar: der Chauffeur ist übergeschnappt.

Als ich in den Saal trete, eilen etwa zweihundert Herren im Frack auf mich zu, lauter tadellose, düstere Gentlemen.

Der Speisesaal mit den befrackten Herren sieht aus wie ein vornehmer Ballsaal, aus dem sämtliche Damen plötzlich davongelaufen sind. An ihre Stelle hat man Tische und auf die Tische Blumen gestellt; sodann haben sich die befrackten Herren verdüstert.

Die Wände sind mit roter Seide bezogen, und rätselhaftes Licht dringt aus dem Parkett. Man hat auch große, gläserne Schmetterlinge in unmöglichen Farben an die Wand gehängt; diese leuchten ebenfalls.

Ein Teppich bedeckt das Parkett und imitiert mit seinen Blumenmotiven getreulich eine blumige Wiese. In der Mitte jeder Wand ein riesiger, rahmenloser Spiegel, mit dem Spiegelbild des Saals darin, das den Eindruck der Unendlichkeit erweckt. Die Zahl der tadellos düsteren Kellner vervielfältigt sich. Auch ich stehe in einigen Exemplaren zögernd herum.

Eine Gruppe befrackter Herren verneigt sich vor mir und sieht mich dabei so besorgt an, als wäre ich ein Schwerkranker vor der Operation.

Wohin soll ich mich setzen? Ganz gleich. Mir ist der ganze Appetit vergangen.

Nach kurzer Agonie wähle ich einen Tisch. Zwei befrackte Herren stellen sich rechts und links von mir auf und bleiben bis zum Schluß der Mahlzeit so stehen.

Drei andere Kellner stehen in Reih und Glied vor dem Tisch. Der Maître d'hôtel neigt sich zu mir; er hält einen silbernen Notizblock und Bleistift. Sein Gesicht ist rot rasiert. Die Augen schwimmen in blauem Licht, der Schädel ist gelblich mit ein, zwei farblosen Haaren darauf; er frisiert sie von einem Ohr quer bis zum anderen Ohr hinüber. Komische Mode. Dieser Kopf, aus der Nähe betrachtet, läßt folgendes klar erkennen: Hier steht einer jener Ehemänner, die von ihren Frauen nur dann nicht betrogen werden, wenn sie keine Zeit dazu haben.

Die Speisekarte steckt nicht in goldenem Rahmen, und das wirkt beruhigend; dagegen stehen sehr beunruhigende Speisenamen darauf. Die Bestimmungen sind lang; es werden die Namen längst verblichener Generale, Dichter und anderer unmöglicher Leute genannt, an die man in welchem Zusammenhang immer denken mag, nur gerade dann nicht, wenn man hungrig ist und essen möchte.

Damit längeres Aussuchen nicht als ratloses Herumtasten ausgelegt werde, wähle ich rasch zwei Generale und einen Akademiker. Letzteren bereue ich sofort. Ich fand seine Schriften immer unverdaulich; demnach wird auch die nach ihm benannte Speise nicht zu essen sein.

Der Maître d'hôtel zieht mit den drei Kellnern ab, hingegen bleiben die zwei anderen hinter mir stehen. Diese Leute sind jeder Herzlichkeit, jeden Zartgefühls bar. Wenn wenigstens einer von ihnen eine Brille trüge, um einen durch diese liebevoll anzusehen, wie nur die Ärzte vor der Operation einen anschauen können, während sie die Hände des Patienten tätscheln: «Na, na, nur keine Angst, lieber Freund, wir haben es gleich überstanden!»

Plötzlich erklingt Musik; gedämpft und von weitem, als spiele man irgendwo unterirdisch. Sie klettert tastend herauf, rutscht aus, liegt über den Teppich hingebreitet und wimmert uns in die Ohren. Auch in die Ohren der tadellosen, befrackten Herren, die, gar nicht aufgeregt, in einer Gruppe am Saalende stehen. Manchmal richten sie ohne jeden Grund den Blumenschmuck auf den Tischen, wobei sie mich beobachten.

Endlich kommt der erste Gang. Einer der Herren Generale ist angetreten.

Ein kleines vierrädriges Tischchen wird an meinen Tisch geschoben — es sieht genauso aus wie die Instrumententische in den Operationssälen. Es riecht aber nicht nach Chloroform. Der Maître d'hôtel ergreift mit teuflischer Geschicklichkeit seine Maßnahmen. Kommandoworte erschallen, die ich überhaupt nicht verstehe. Wenn er mich bloß nicht fragt! Ein großer silberner Deckel wird aufgehoben, ein kleiner schwarzer Fisch wird darunter hervorgeholt und auf einem silbernen Teller aufgebahrt. Der kleine Fisch dampft.

Es gibt folgendes Eßbesteck: sechs Gabeln, sechs Messer, drei kleine Löffel und fünf Gläser. Die sind von verschiedener Größe und stehen wie die Orgelpfeifen nebeneinander.

Leise Unruhe macht sich in meinem Herzen breit.

Der kleine Fisch liegt vor mir und wartet; ebenso auch die zwei befrackten Herren.

Logisch betrachtet müßte man den kleinen Fisch mit dem kleinsten Messer und der kleinsten Gabel angehen; wir sind aber in Paris, und hier steht alles in diametralem Gegensatz zur Logik. Die Türen müssen so geschlossen werden, als wolle man sie öffnen; die Straßenbahnen fahren in verkehrter Richtung, usw.

Folglich muß man dem kleinen Fisch mit dem großen Messer und der großen Gabel zu Leibe rücken. Noch besser vielleicht, wenn man neutral bleibt und ein mittelgroßes Besteck wählt. Während meiner stillen Meditation entstehen neue Komplikationen. Atemlos stürzt ein befrackter Herr herbei und stellt eine Dose schwarze Schuhpasta auf den Tisch; auch diese steckt in einem silbernen Behälter.

Eile tut not, sonst wird die Geschichte immer verwickelter.

Ich schabe den kleinen Fisch ab und zerlege ihn. Eine unerwartete Wendung: er hat kein Rückgrat. Er ist eine Molluske, wie der Fliegenäugige. Na, wenn schon. Ich zerschneide ihn in Stücke und esse ihn. Er schmeckt nicht gut, aber das überrascht mich nicht. Was ist denn überhaupt gut im Leben? Als ich hier eintrat, wußte ich schon, daß hier nichts gut sein kann. Die Schuhpasta rühre ich gar nicht an. Wenn sie wenigstens einen Namen hätte.

Die beiden befrackten Herren hinter mir sind starrköpfig und rühren sich nicht. Was haben denn die für eine Bestimmung? Warum glotzen sie unbeweglich in die Luft? Sie tun es bestimmt nicht umsonst. Ich wäre bereit, auch dafür zu bezahlen, daß sie gehen, daß wenigstens einer von ihnen geht.

Wie ich das Besteck niederlege, tritt der Herr von rechts vor, neigt sich zum Tisch und drückt unten seitlich auf einen Klingelknopf.

Rauschend erscheint ein Befrackter; dem übergibt der Herr zur Linken meinen Teller.

Gleichzeitig wird der nächste Gang serviert.

Kurzum, der eine ist zum Klingeln, der andere zum Abräumen da. Und die zweite Speise wird sofort gebracht. Es ist keine Pause, ich habe nichts zu tun, als zu essen. Na, und zu bezahlen. Man stellt eine hellblaue Tasse auf den Tisch. Es ist heißes Wasser darin, und Zitronenstücke schwimmen in ihr herum, wenn ich nicht irre. Ein messerartiges Etwas, wohl aus der Kreuzung einer Gabel und eines Messers entstanden, liegt daneben. Außerdem setzt man mir auch eine kleine Flasche Medizin vor und auf einem kleinen Teller, in Stanniol gewickelt, ein viereckiges Ding.

Die beiden Herren hinter mir sehen im gegenüberliegenden Spiegel zu, was jetzt wohl geschehen wird. Im ersten Augenblick hatte ich den Einfall, mir die Hände zu waschen. Eventuell müßte man aus der Medizinflasche ein paar Tropfen ins Wasser tun. Aber wieso kommt das Händewaschen mitten in der Mahlzeit, nicht zu Beginn und nicht zum Schluß? Ich habe ja nichts mit der Hand gegessen. Und was ist das im Stanniolpapier? Das gehört ja auch dazu.

64

Der eine Herr hinter mir beugt sich diskret vor und schiebt das kleine Ding im Stanniolpapier mit leichter Geste näher zur blauen Tasse, um anzudeuten, daß diese zwei zusammengehören, und glättet dann das Tischtuch zum nachträglichen Vorwand. Er will folgendes ausdrücken: «Herr, das Ding im Stanniolpapier gehört zu dieser Truppe, ich habe es aber nicht nähergeschoben, um Sie darauf aufmerksam zu machen, sondern nur, weil das Tischtuch eine Falte warf; so etwas darf aber bei uns nicht vorkommen. Ich wäre trostlos, wenn Sie mein Tun als Zurechtweisung empfinden würden, mein Herr. Es war nur das glückliche Spiel des Zufalls, den Sie ausnutzen sollten, mein Herr.»

In höchstens zehn Minuten gehe ich ja sowieso fort von hier und komme nie im Leben zurück.

Ich nehme das Ding im Stanniolpapier und packe es vorsichtig aus.

Es ist überraschend leicht; etwas Grünes ist drin. Kaum habe ich's, springt es mir aus der Hand. Das Teppichmeer verschluckt es.

Die beiden Herren hinter mir haben nichts gesehen, ich auch nicht.

Der Maître d'hôtel erscheint wieder. Der weiß noch nichts; wenn man ihn nicht in der Küche schon über den Vorfall aufgeklärt hat. Ich sehe es ihm an den Augen an: er sucht das Problem im Silberpapier. Er blickt beunruhigt auf mich: vielleicht habe ich's gegessen? Ich zeichne mit meinem Messer kleine Schlangenlinien aufs Tischtuch, um ihn zu beruhigen. Hab keine Angst, du Schlemihl, wenn ich mich nicht fürchte! Geh lieber nach Hause, deine Frau betrügt dich ja, du charakterloses Individuum.

Jetzt kommt der nächste Gang, der Akademiker.

Dieses Mitglied der Akademie bewies schon bei Lebzeiten wenig Phantasie: es ist ebenfalls ein Fisch.

Zunächst bringt man in einem geschliffenen Glasbehälter einen meterlangen Fisch herein, damit ich sehe, daß er lebt, und ganz beruhigt bin. Ein herrliches Exemplar. Man müßte es unbedingt durch einen Kneifer betrachten, das fühle ich. Jedenfalls stehe ich auf.

Da ist er, der feierliche Moment, in dem man sich auch einem Fisch vorstellen muß.

Der Fisch wird abgeführt.

Man schenkt Wein ein; die Musik schlängelt sich wieder durch den Raum.

Jetzt treten eine Dame und ein Herr ein. Die Dame, vom Scheitel bis zur Sohle verrucht dekolletiert, bleibt in der Tür stehen und kontrolliert mit dem Blick würdevoll alle Spiegel, in welchen sie sich vervielfältigt betrachten kann. Das flößt ihr Mut ein; nun schwimmt sie wie ein schwankes Rohr, mit diskreten Schulterverrenkungen, wobei ihr Bauch kleine halbkreisförmige Bewegungen macht, in den Saal. Als sie an mir vorbeigeht, reißt sie plötzlich die Augen auf und schließt sie schnell.

Es war grauenerregend und zugleich überflüssig.

Ein Ohrring dieser Frau ist mehr wert als mein ganzes Leben, und diese Frau macht sich längst nichts mehr aus ihren Ohrringen. Diese Frau macht sich aus gar nichts mehr etwas; nur ihres eigenen Lebens ist sie noch nicht überdrüssig geworden. Das besorgt aber der Herr in ihrer Gesellschaft, der ihr mit kurzen Schritten nachtrottet; er ist kahlköpfig, hat einen erloschenen Blick und Tränensäcke darunter. Gewiß liebt er diese Frau sehr; bloß mit den Konsequenzen konnte er sich noch immer nicht abfinden.

Nun erscheint das Personal wieder; man bringt die Leiche des vorhin noch lebendigen Fisches in einem Festzug. Der Maître d'hôtel hebt den silbernen Sargdeckel ab; da liegt der Fisch auf der Bahre hingestreckt, zwischen grünen Blättern, mit starren Augen, stumm und unbeweglich. Jedenfalls Amen. Die grünen Blätter kann man nicht essen, das weiß ich schon; einmal versuchte ich's, und es schmeckte nicht gut. Das ist nur Aufputz. Ein Glück, wenn man Bildung im Leibe hat. Diese Feststellung stimmt mich fast froh.

Also wann ist Carpio Lopez de Vega geboren? — 1562 oder 1652? Na, und die Ewigkeit? Wieviel Stück Zucker nahm Balzac zum Kaffee? Er trank ihn bitter. Na also, mit mir geht das nicht so einfach. Man kann mir vorsetzen, was man will, ich komme nicht in Verlegenheit. Solche verbotenen Visagen, und jetzt bringen sie mir einen Fisch.

Der Maître d'hôtel zeigt eine hochentwickelte Akrobatik im Servieren. Sein Gesicht verklärt sich dabei und ist jetzt so gelangweilt durchgeistigt wie das eines Professors, der schon vor der Operation weiß, daß der Patient nicht bezahlen wird. Bevor er das Messer zur Hand nimmt, wirbelt er es geschickt durch die Luft und erhascht es im entscheidenden Moment. So etwas sieht man nur im Varieté. Dort allerdings billiger.

Der Fisch ist überraschend gut, auch die Sauce, die man dazu gibt.

Indessen bestellten die Dame und der Herr den gleichen kleinen, schwarzen, dampfenden Fisch, und da ereigneten sich überraschende Dinge.

Es stellte sich heraus, daß man aus dem Fisch mit Hilfe der Schuhpasta einen Brotaufstrich machen und auf Toast essen muß.

Ich blicke diskret auf die zwei befrackten Herren hinter mir. Sie sind ruhig wie Statuen. Aus ihren Mienen kann man nicht feststellen, was vorhin mit mir passiert ist, wiewohl sie bestimmt alles gesehen haben — wenn nicht anders, dann im Spiegel. Aber sie stehen ungerührt, ihre Gesichter sind ausdruckslos. Nur ihr Inneres ist aufgewühlt.

Kann man hier eine Portion kohlensaures Natron verlangen? Nicht wahrscheinlich.

Warum habe ich den kleinen schwarzen Fisch mit Messer und Gabel gegessen? Na, wenigstens habe ich etwas, worüber ich nachdenken kann.

Von dem anderen Fisch hätte ich noch gegessen, aber man nimmt ihn mir weg.

Ich kriege eine andere Sorte Wein, und die Musik schluchzt auf.

Warum habe ich den kleinen schwarzen Fisch mit dem Messer gegessen? Diese zwei Kellner hinter mir sind ja sowieso Idioten. Jetzt kommt der zweite General...

Interessant, wie man beim Militär die Frage der geistigen Superiorität, die unangenehme Momente heraufbeschwört, gelöst hat. Es gibt Gemeine — na, der Feldwebel ist eben gescheiter als die Gemeinen, der Leutnant gescheiter als der Feldwebel, nach dem Leutnant kommt der Oberleutnant und so weiter. Je höher der Rang ist, desto klüger ist sein Träger. Das hängt bei denen mit dem Rang zusammen. Wenn einer Soldat ist, hat er das zur Kenntnis zu nehmen und nimmt es auch zur Kenntnis. Wenn beispielsweise der Leutnant klüger sein will als der Major, wird ein Ehrenhandel daraus. Im großen und ganzen rühmt man dem Militär ferner nach, daß die Offiziere den schönsten Frauen den Hof machen und mit den häßlichsten eingehängt spazierengehen. Das ist die Kaution. Und weshalb sind die Gattinnen gewisser Offiziere auf die Mode böse?

Das ist mir nur so eingefallen, während der General geholt wird. Man bringt ihn schon.

Ich sehe mir die Speise an und weiß nicht, was ich tun soll.

Wenn ein Fisch und ein Kalb ein Verhältnis miteinander haben, kann die Folge davon nur ein Abortus sein.

Ein neuer Wein. Und Käse. Eine Art Gebäck. Die Weine lösen sich fortwährend ab. Schwarzer Kaffee.

Der kahle Herr, der vorhin mit der Dame kam, zahlt.

Er gibt fünfzig Franken Trinkgeld.

Schauerlich.

Ich bezahle ebenfalls.

Man bringt die Rechnung gefaltet, unter einer Serviette versteckt, wie eine Familienschande. Man muß sie auch wie ein Telegramm ansehen. Nur Vorsicht, Liebling, zuerst die Unterschrift.

Zweihundertelf Franken.

Ich möchte bloß wissen, wo dieser eine elfte Frank herkam?

Das Trinkgeld frißt weitere fünfzig Franken. Es bleiben mir neununddreißig Franken... Na, hol's der Teufel... Wenn ich nur den kleinen schwarzen Fisch nicht mit dem Messer gegessen hätte.

Ich verlasse das Lokal. Die Befrackten verneigen sich wie wahnsinnig. Es ist mir gelungen, sie zu überzeugen, daß ich ein Gentleman bin. Sie ahnen nicht, daß es zum letztenmal war.

Das Taxi steht vor dem Restaurant und wartet auf mich.

Ich bezahle zweiundzwanzig Franken. Wäre ich noch lange drinnen geblieben, hätte ich hier draußen nicht mehr bezahlen können. Wenn ich nur den kleinen schwarzen Fisch nicht mit Messer und Gabel gegessen hätte!

Ich gehe zu Fuß auf den großen Boulevard, und die frische Luft ernüchtert mich ein bißchen. Jetzt gehe ich zurück und sage den beiden Kellnern, warum ich den kleinen schwarzen Fisch mit der Schale gegessen habe. Ich sage ihnen, daß der kleine Fisch Bubis mineralis heißt und in einer mexikanischen Bucht, in der Nähe von Kamtschatkarutka, gefangen wird; eine Schabe dient als Lockspeise. Unterbrechen Sie mich nicht, ich sehe, Sie sind so dumm und halten noch immer bei der Geographie. Man fängt ihn mit einer Schabe, Väterchen. Wissen Sie, weshalb ich ihn mit Putz und Stengel gegessen habe? Sie Unglücksrabe, wußten Sie denn nicht einmal, daß die Schale des Bubis mineralis das meiste Vitamin «D» enthält, das aber nur durch die Berührung mit Messer und Gabel hervorgelockt werden kann? Das soll ein kultiviertes Restaurant sein? Haben Sie überhaupt das Gymnasium absolviert? Nein, also lateinisch heißt das Plasticus vulgaris. Was so heißt? Nicht wichtig. Sie nicht, das ist einmal sicher. Die direkten Nachfahren der wilden Genithas und Leithas, die am Fuße des Himalaja leben, sind 462 vor Christi... plötzlich kamen die Lemuren, Freundchen, aber zuerst haben sie die Narven blutig geprügelt. Der Stammeshäuptling, der große Vokativus, stürmte vom Schlachtfeld und hielt sich dabei die Hosen fest. Der hatte eine schöne Tochter, ein strammes Luder, die Labu. Was haben Sie sich gedacht? Ich würde Ihnen jetzt die ganze Weltgeschichte beibringen? Habe die Ehre!

Ich bin hungrig. Vierzehn Franken habe ich noch. Soll ich in ein Prix-fixe gehen und nachtmahlen? Nach dem kleinen schwarzen Fisch gibt's kein Nachtmahl, verstanden?

Ich steige in die Métro und steige beim Boul' Mich' wieder aus.

Es gibt keine Logik und keinen wohltätigen Übergang bei dem, was mit mir geschieht.

Auf dem Boulevard kommen und gehen glückliche, zufriedene Menschen. Elegante Frauen, die schön und jung sind und sich in den Hüften wiegen. Studenten, die mit ihren Linealen einander auf den Rücken klopfen, Schlager pfeifen und über die alleingehenden Damen diskrete Bemerkungen machen.

Ich kann nicht dafür, aber ich habe einen wahnsinnigen Hunger. Was ist das? Will mein Magen die versäumten Mittag- und Abendessen alle auf einmal bei mir einkassieren? Zweimal nachtmahlen, das geht nicht. Was habe ich mit dreihundert Franken gemacht, du lieber Gott, was habe ich gemacht? Ißt man für zweihundert Franken einen kleinen Fisch mit Gabel und Messer? Jetzt beginne ich erst richtig zu begreifen, was mit mir passiert ist.

Ich will in einer Bar einen Kaffee mit zwei Hörnchen nehmen.

Nächstens, wenn ich wieder einmal Geld habe... Das Schlimmste ist, daß ich niemand als mich selbst fürchten muß. Denn es gibt zwei Menschen in mir, einen gemeinen und einen vernünftigen. Sobald kein Geld mehr da ist, erwacht der Vernünftige, hat aber effektiv nicht viel zu tun; er stellt bloß die begangenen Wahnsinnstaten fest und belehrt mich. Der böse Mensch in mir stößt mich aber ins Verderben. Vergeblich alle Entschlüsse; der Böse in mir hört nur zu und sagt scheinbar zu allem ja.

Jetzt ist der letzte Moment gekommen. Die vierzehn Franken müssen gerettet werden. Ich gehe in ein kleines Café und arbeite zur Rettung der vierzehn Franken einen Kriegsplan aus. Lohnt es sich, dafür Geld auszugeben? Ja, es lohnt sich, denn durch diese Ausgabe können größere verhindert werden. Das ist eine Konferenz.

Wozu braucht man da eine Konferenz? Ein Quentchen Philosophie tut es auch. Hol' der Teufel die dreihundert Franken. Wir wollen tun, als wären sie nie gewesen. Ich bin dem Idioten, der sie mir zurückgegeben hat, gar nicht begegnet. Ich gehe sogar noch weiter. Ich habe ihm die dreihundert Franken überhaupt nie geliehen. Das Geld wurde schon seinerzeit aufgegessen.

Ich muß das Leben genau dort fortsetzen, wo ich's am Vormittag unterbrochen habe. In der Zwischenzeit habe ich sogar Erfahrungen gesammelt. Die reichen Leute darf man gar nicht beneiden. Sie sind verpflichtet, solche kleinen schwarzen Fische zu essen.

Aber nicht mit Messer und Gabel!

Kusch!

Wirf gefälligst einen neuen Gedanken auf.

Ich werde die Passanten betrachten. Wieviel Geld wohl jeder in der Tasche hat?

Der mit dem Walroß-Schnurrbart hat etwa tausend Franken. Er geht nach Hause und wird nachtmahlen. (Ich habe um sieben Uhr zu Abend gegessen; auch das war ein Blödsinn, aber noch der kleinste von allen.) Seine Frau hat eine flache Nase, und er sagt zu ihr:

«Weißt du, Adrienne, wenn das Wetter auch morgen schön bleibt, gehen wir in den Park.»

«Schon gut», antwortet Adrienne, «zünde dir jetzt keine Zigarette an. Wir essen gleich.»

Und Adrienne deckt auch schon den Tisch.

«Gibt es Salat?»

«Gewiß», sagt sie.

Er trinkt zwei Gläser Apéritif und setzt sich hin, um Zeitung zu lesen. Das Fenster ihrer Wohnung blickt auf die Straße, durch die andre Leute nach Hause gehen — auch die werden nachtmahlen, aber keine kleinen schwarzen Fische, das wollen wir feststellen. (Hat man schon so etwas gehört, wer ißt mitten im Hungertod kleine schwarze Fische?!)

Soll ich wieder essen gehen, oder mich lieber auf die Not einstellen; Kakao und Zucker kaufen? Ein Nachtmahl wäre schon gut, ist aber in einer halben Stunde vorbei — das Elend wird sicher länger dauern. Wir dürfen auch nicht außer acht lassen, daß ein richtiges Essen eine Nachwirkung hat, die bis morgen anhalten kann. Genau genommen sogar noch länger. In erster Reihe handelt es sich ja gar nicht um den Genuß, sondern um den Nährwert der Speisen, die man in sich aufnimmt. Wenn ich jetzt, sagen wir, Kartoffelsuppe, dicke Bohnen und dergleichen mehr essen würde, habe ich bis morgen abend keinen Hunger. Aber wo gibt es hier dicke Bohnen?

Wieviel Leute wimmeln hier herum, die gar nicht wissen, was das ist. Und das wollen kultivierte Menschen sein? Haha!... Was ist das? Habe ich zuviel Wein getrunken?

Wieviel schöne Frauen es doch gibt, und wie viele erst, von denen ich nie wissen werde, daß sie auf der Welt waren. Wenn ich plötzlich unter ihnen wählen sollte, welche würde ich heiraten? Keine Dicke, obwohl die das Elend länger ertragen würde; eine Zeitlang könnte sie sich von ihrem eigenen Fett nähren. Sie würde sich sogar freuen, daß es weniger wird. «Schnucki, ich werde ja von Tag zu Tag schlanker!» — Aber nach ein, zwei Monaten wäre der Zusammenbruch da. Die Mageren halten es länger aus — allerdings hört man oft sagen: «Du, die ist ja mager, — stimmt — du müßtest aber sehen, was sie zusammenißt!»

Gibt es eine Speise, die ich jetzt nicht essen würde? Als ich klein war und im Internat erzogen wurde, mochte ich nie Setzkartoffeln und Powidlnudeln. Halt! Hatte ich damals recht? Tja, die Jugend ist sehr leichtsinnig. Mehlspeisen nähren nicht nur, sie machen auch schön fett. Und Setzkartoffeln? Eine Lage Kartoffeln, eine Lage harte Eier, in Scheiben geschnitten, etwas saurer Rahm; die oberste Reihe wird knusprig gebacken. Man nimmt sich eine tüchtige Portion auf den Teller. «Halt, nicht so viel! Denk auch an deinen Bruder!»

Donnerwetter, ist die Frau fesch, die jetzt vor mir geht! Ihre Taille schlank; das Kleid spannt sich knapp über ihre Schenkel beim Gehen. Eine appetitliche Person und mit so schlanken Beinen, daß es geradezu ein Wunder ist, wie sie diesen süßen Körper tragen können. Wie schön und leicht geschwungen die Beine vom Knöchel an immer breiter werden; bei den Knien verbergen sie sich unter die Röcke, werden noch breiter, um bei der Taille plötzlich wieder schlank zu werden. (Wie sagt man auf Französisch: sie wiegt sich in den Hüften?... elle balance ses hanches au rhythme de ses pas... oder ordinärer: elle se tortille.)

Mein Gott, ist das eine fesche, große Frau und so schön von hinten, daß man einfach hingehen und ihr von vorne sagen müßte:

«Mes hommages, Mademoiselle, ich heiße Ixypsilon. Wollen Sie meine Frau werden?»

Die Dame holt unbedingt einen Schutzmann, obwohl sie schon manche kleine Dummheit hinter sich haben dürfte. Die Franzosen sind fein: wenn sie einen großen Blödsinn begehen, sagen sie: «Ich habe kleine Dummheiten gemacht. J'ai fait de petites folies.»

Ich möchte diese Frau so gerne wenigstens streicheln.

«Na, haben Sie keine Angst, meine Süße, auch Sie werden einmal alt und werden noch weinend an mich zurückdenken: ‹Ich wollte mich von ihm nicht streicheln lassen, und siehe da, ich bin doch alt geworden.› Tjaja.»

Jetzt schaue ich sie mir von vorne an. Nebenbei: seit Monaten sehe ich mir gar nicht mehr die Gesichter der Frauen an. — Sie ist alt. Aber vielleicht nur bei Abendbeleuchtung? Die wäre mir vielleicht sogar dankbar, wenn ich mit ihr anbandeln würde. Herrgott, werde ich die verjüngen... Also schön, es wird angebandelt, ich will sie nur noch einmal von hinten ansehen. Phantastisch! Jetzt schaue ich sie mir von vorn an, wie alt sie wohl sein kann? Eine Frau trägt ihr Alter nicht auf dem Gesicht, sondern auf dem Busen geschrieben.

Ist das nicht eine feurige, rassige Person! Neben der soll einer versuchen, im Bett die Zeitung zu lesen und insgeheim einzunicken. Die wirft ihn aus dem Bett. Ein prachtvolles Luder. Jetzt sehe ich sie noch einmal von hinten an. Und von der Seite? Von der Seite habe ich sie noch gar nicht gesehen.

Sie bleibt plötzlich stehen.
«Sagen Sie mal, wollen Sie etwas von mir?»
«Ich? Nein... nichts.»
«Das wollte ich nur wissen.»
Ich gehe nach Hause, schlafen.

12 VOR MEINEM KAMIN STEHT DAS NEUE MÖBELSTÜCK; EIN FAUteuil von unmöglicher Farbe. Ich stand schon um fünf Uhr früh auf, zog mich an und setzte mich in den Fauteuil. Gestern hatte ich nämlich keine Zeit mehr dazu, ich war sehr müde und ging sofort zu Bett.

Gegen Mittag wurde ich auch des Fauteuils müde und stand auf, um mich ein bißchen auszuruhen. Später ging ich in den Jardin du Luxembourg zum Scheinmittagessen.

Der Pariser Herbst hat dem Garten seine Aufwartung gemacht. Die Bäume lassen ihre Blätter auf die gewundenen Pfade fallen, und am Himmel jagt der Wind nach rasch reisenden Wolken.

Ein Kind mit seiner Gouvernante kommt mir entgegen und bückt sich nach einem Kieselstein.

«Wirst du das bleiben lassen!» ruft die Gouvernante. Sie wischt seine Hand ab und versetzt ihm einen Klaps.

Als wäre mir das alles schon einmal passiert...

Die Sonne scheint noch warm, es sitzen viele im Garten und sonnen sich. Die Tage werden immer kürzer und die Abende kühler.

Auf der Avenue de l'Observatoire gibt es zwei schmale kleine Gartenstreifen: die Observatoire-Gärten. Es sind gleichsam Fortsetzungen des Luxembourg-Gartens, sie haben aber einen eigenen Zaun. Sie werden auch später geschlossen, und Liebespaare besuchen sie oft an schwülen Sommerabenden. Wenn sich eine Frau allein fühlt, kommt sie einfach in einen der kleinen Gärten und setzt sich unter die Bäume, um den Sternenhimmel zu betrachten; sie bleibt nicht lange allein.

Aber jetzt ist der Sommer schon vorbei. Die kühlen Herbstabende töten die Liebe und die Fliegen. Auch hier spazieren jetzt prosaische Leute: Arbeiter, Gouvernanten oder Pensionierte. Auch die pharmazeutische Fakultät der Sorbonne liegt hier. Studenten und Studentinnen rennen durch den Garten oder setzen sich nieder und blättern in ihren Büchern.

Es ist ein stilles abgeschlossenes Viertel. Auf beiden Seiten starren ständig geschlossene Fenster vornehmer Häuser auf das grüne Laub der zwei Gärtchen. Jedes von beiden hat zwei Alleen. Zwischen den Alleen zieht sich ein blumenumsäumter Rasenstreifen hin, mit einer Statue an jedem Ende. Die Alleen entlang gibt es Bäume und Sessel; man kann sich niederlassen, um ein bißchen Romantik zu riechen unter windbewegtem Laub, oder ziehende Wolken, flatternde Tauben zu betrachten. Auf der einen Seite sieht man vom Luxembourg-Garten her das Senatsgebäude, auf der andern hebt sich die Kuppel des Observatoire vom grauen Himmel ab.

Hier gehe ich gern spazieren und bilde mir ein, ich sei ein Majoratsherr, der, die Hände auf dem Rücken, langsam durch die Alleen schreitet, während die Blätter von den Bäumen rascheln. «Herr Graf, Sie haben tausend Franken verloren.» «Lassen Sie nur, guter Mann. Man wird sie schon mit den Blättern zusammenkehren.»

Und jetzt geschah mit mir etwas Außerordentliches.

Auf der Innenseite der Allee, im ersten Gärtlein, sitzt ein junges Mädchen, dem Rasenstreifen zugewandt. Sie liest etwas und macht sich Notizen. Gewiß eine Studentin. Als ich an ihr vorübergehe, hebt sie den Kopf und sieht mich an.

Es ist das junge Mädchen, das ich schon einmal in diesem Garten traf; damals hat ihr eine alte Frau einen Roman gezeigt.

Ein wunderbarer Zufall.

Es leben fast vier Millionen Menschen in dieser Stadt. Einem von ihnen zweimal zu begegnen: das ist ein Wunder.

Noch dazu sitzt diese Frau gar nicht auf einer Gratisbank. Sie muß eine von den oberen Zehntausend sein.

Ich drehe mich um und bleibe vor dem Baum, der ihr am nächsten ist, stehen. Sie blickt auf und lächelt.

Ich fasse einen plötzlichen Entschluß.

«Bonjour, Mademoiselle.»

«Bonjour, Monsieur.»

Sie hat meinen Gruß erwidert.

Sie schloß die Augen und grüßte so – ich schwöre, so herzlich, als wären wir alte Bekannte. Sie lächelte sogar ein wenig bei dem Gruß: ‹Bonjour, Monsieur.› Nebenbei: ich habe aber auch gegrüßt wie ein absoluter Gentleman. Einer meiner Ahnen war am Hofe König Matthias' ein großes Tier.

Man müßte die Sache fortsetzen, aber sie sieht nicht mehr her. Sie liest weiter.

Ich stehe bloß und warte.

Nach einiger Zeit sieht das junge Mädchen wieder hoch und – wartet.

Ich wende mich um.

Vielleicht steht jemand hinter mir, dem ihr Lächeln gilt. Es ist niemand da.

Sie lächelt mich an.

Bestimmt hat sie etwas gelesen, worüber sie lächeln mußte.

Wenn sie mich noch einmal anlächelt, gehe ich zu ihr hin.

Sie schaut nicht mehr auf.

Ich werde langsam an ihr vorbeischlendern, jetzt ist sowieso niemand in der Nähe.

Als ich in ihre Nähe komme, sieht sie von ihrem Buch auf; ein feines Lächeln zieht über ihr Gesicht.

Mit zitternden Knien trete ich auf sie zu und frage heiser:

«Was lesen Sie, Mademoiselle?»

«Ein Buch», sagt sie und ist kein bißchen überrascht.

«Einen Roman?»

«Hmhm.»

«Interessant?»
«Sehr.»
«Darf ich mich zu Ihnen setzen?»
«Wenn Sie wollen...»
Gewiß eine Studentin. Ich habe mich korrekt benommen. Einer meiner Ahnen...
«Und was schreiben Sie da? Machen Sie sich Aufzeichnungen?»
«O nein. Es ist langweilig, immer nur zu lesen; manchmal schreibe ich auch. Wenn ich einen Gedanken habe, notiere ich ihn mir.»
«Darf man das lesen?»
«Sie sind sehr neugierig. Nein, Sie dürfen nicht. Sagen Sie, weshalb haben Sie mich angesprochen?»
«Weshalb haben Sie mir geantwortet?»
Sie lacht.
Du lieber Gott, da sitzt eine lebendige Frau neben mir, sie spricht zu mir und lacht mich an. Ihre Augen sind schön blau, die Haare wellig und blond. Als wäre sie ein bißchen traurig, so sieht sie aus.
«Auch das Buch darf ich nicht ansehen?»
«Bitte.»
Ihre Hände sind schön weiß, mit schmalen, gepflegten Fingern.
«Das sind ja Gedichte!»
«Ja.»
«Vorhin sagten Sie, daß Sie einen Roman lesen!»
«So, habe ich?! Schon möglich.»
«Kommen Sie oft in den Garten?»
«Ja, ziemlich oft.»
«Sind Sie Studentin?»
«Nein.»
«Arbeiten Sie irgendwo?»
«Was ist denn das? Sind wir vor Gericht? Herr Untersuchungsrichter, ich bin neunzehn Jahre alt, blond, Augen blau, Kinn normal. Ich wohne bei meinen Eltern und bin ihr einziges, verwöhntes Kind, stehe gegen elf Uhr auf, frühstücke im Bett. Ich liebe Paul Valéry und Rosemonde Gérard. ‹Les Pipeaux› ist ein sehr schönes Buch. Warum haben Sie mich eigentlich angesprochen?»
«Ich habe mich sehr gelangweilt.»
«Das ist nicht wahr.»
«Dann weiß ich nicht, warum.»
«Sind Sie Franzose?»
«Nein.»
«Sondern?»
«Ungar.»
«Ah! Was machen Sie in Paris?»
«Ich bin auf einer Studienreise.»
«Oh! Und was studieren Sie?»
«Im großen und ganzen das Leben.»
«Eine nette Beschäftigung. Und finden Sie Paris schön?»
«Sehr schön.»
«Sind die Pariserinnen nett?»

«Das weiß ich nicht.»
«Das ist nicht wahr.»
«Darf ich auch etwas fragen?»
«Bitte.»
«Wie heißen Sie?»
«Raten Sie mal!»
«Germaine?»
«Nein.»
«Yvonne?»
«Nein.»
«Gilberte?»
«Nein. Ich will Ihnen helfen. Es ist ein Doppelname.»
«Marie-Louise?...»
«Nein. Anne-Claire.»
«Ein schöner Name.»
«Mir gefällt er auch, und wie heißen Sie? Doch nicht Georges?»
«Nein.»
«Gott sei Dank. Ich mag diesen Namen nicht.»
Sie überlegt ein bißchen, wendet mir dann plötzlich ihr Gesicht zu und fragt ganz leise:
«Wie alt sind Sie? Zwanzig?»
«Nein. Sechsundzwanzig, aber, die Kriegsjahre nicht mitgezählt, habe ich eigentlich noch gar nicht gelebt...»
«Wie alt schätzen Sie mich?»
Vorhin sagte sie doch, sie sei neunzehn. Hat sie es schon vergessen?
«Achtzehn.»
«Mein Gott!» sagte sie mit strahlenden Augen. «Ganz ehrlich?»
«Ganz ehrlich.»
«Würden Sie es beschwören?»
«Ja. Ich bin römisch-katholisch.»
«Ich bin leider mehr als achtzehn.»
«Neunzehn.»
«Mehr.»
Wieso denn? Vorhin sagte sie doch neunzehn.
«Einundzwanzig.»
Sie denkt ein bißchen nach.
«Ja, so viel genügt, das heißt, es stimmt genau.»
«Vorhin sagten Sie doch neunzehn!»
«Aber!»
Diese Frau lügt und wundert sich selbst am meisten darüber. Aber was tut's? Sie ist eben eine Frau.
Sie ist sehr einfach gekleidet, aber ich verstehe nicht viel davon, vielleicht ist sie todschick. Jedenfalls sehr unauffällig. Ihre Figur ist sehr schön. Mit rascher Geste wendet sie sich mir zu, als hätte sie bemerkt, daß ich sie betrachte.
«Ich muß nach Hause.»
Warum so plötzlich? Gefalle ich ihr nicht?
«Darf ich Sie begleiten?»

(Es macht nichts, wenn ich ihr auch nicht gefalle.)
«Nein», sagt sie nach kurzer Überlegung.
«Kann ich Sie morgen sehen?»
«Wenn Sie es wirklich wollen?...»
«Ich möchte so gern. Ich bin sehr allein.»
Einen Augenblick lang schaut sie mich forschend an.
«Ich komme auch morgen in den Garten», sagt sie leise.
«Um dieselbe Zeit?»
«Ja. Bonjour, Monsieur.»
«Bonjour, Mademoiselle.»
Sie hat sehr rasch zugesagt. Gewiß, ich sehe sie im Leben nicht mehr. So sind schon diese Französinnen. Sie schließen gern Bekanntschaften, aus Neugierde. Sie sind furchtbar nett und herzlich, und dann sieht man sie nie wieder.

Ich blicke ihr nach, ihre schlanke Gestalt verschwindet hinter den Bäumen.

Läßt sich ein anständiges Mädchen in einem Garten ansprechen? Schwerlich. Allerdings hat auch Camille Desmoulins Lucile auf diese Weise kennengelernt. Aber ich bin nicht Camille Desmoulins und sie ist nicht Lucile. Na, egal. Ich sehe sie ja doch nicht mehr.

13

Einst werde ich ein reicher Mann sein, ich weiss es; nur wird es ein bißchen zu spät kommen. Bis dahin bin ich ein magenkranker, bitterer alter Herr: «Jean, ich bin für niemanden zu Hause. Verstanden?» — «Jawohl, Herr Geheimrat.»

Könnte ich meinem zukünftigen Ich in der Sankt-Jakobs-Straße begegnen, würde ich ihm vor der italienischen Delikatessenhandlung den Weg verstellen.

«Augenblick, alter Herr. Ich gebe dir meine Jugend, die ich jetzt nicht nötig habe. Wenn einer alt ist, hat er bestimmt nicht immer Hunger. Für tausend Franken nehme ich dir sogar deinen schlechten Magen ab. Auch für fünfhundert. Geh noch nicht; meinetwegen, für hundert. Gib nichts für wohltätige Zwecke, da wird das Geld für die Administration und für Verwandte aufgebracht, ich bin ja da.»

Der alte Herr hört mich gar nicht an, schiebt mich weg und geht herzlos seines Wegs.

«Alter Herr, die Liebe... ich hab's nicht verlangt, um mir etwas zu essen zu kaufen. Vorhin, da habe ich gelogen.»
«Ach, Unsinn.»

Es ist Mittag. Mittagszeit. Ich kann schon in den Luxembourggarten, um Schein zu essen. Gewiß hat auch das einen tiefen Sinn, wie alles im Leben, nur bin ich bisher noch nicht dahintergekommen.

Um zwei Uhr bin ich im Jardin de l'Observatoire.

Anne-Claire ist nicht da. Nicht wahr, ich hab's doch gleich gesagt. Wie kann ein schönes französisches Mädel mit mir, einem Fremden, ein Rendezvous haben?

Ein alter Pfarrer spaziert durch die Allee und liest sein Brevier. Sein Haar ist weiß, seine Augen strahlen gütig. Die Soutane ist fettfleckig, die Schuhe sind vertreten. Nein, auf diesen Pfaffen bin ich nicht böse, er ist nicht dick, nicht gepflegt und riecht nicht nach Kölnischwasser. Wie hieß doch der Heilige, der sich nie gewaschen hat?

Kurzum, Anne-Claire ist nicht gekommen.

Ein bißchen tut es ja doch weh. Aber auch das wird vorübergehen.

Ich gehe in einer anderen Richtung spazieren. Eine halbe Stunde später kehre ich zurück. Sie ist da, sie sitzt genau dort, wo sie gestern saß, und ein eleganter junger Mann steht vor ihr; er lehnt sich auf seinen Spazierstock, den er hinter sich auf den Boden stützt, und spricht eine Weile mit ihr, grüßt dann und schlendert fort.

Wer war dieser junge Mann? Ein Bekannter?

Eine Zeitlang warte ich, dann gehe ich hin.

Sie näht an irgend etwas. Wir wollen gleichgültig, jedoch höflich sein.

«Qu'est-ce que vous faites de joli?»

(Das ist ein solcher Stumpfsinn, daß ich es gar nicht übersetze.)

«Ich sticke ein Deckchen.»

«Macht so ein Ding viel Arbeit?»

«O nein.»

«Für wen machen Sie es?»

«Für mich selbst. Ich will es auf meinen Tisch legen — es wird sehr schön sein.»

Kleine Pause.

«Was haben Sie vormittags gemacht?» (Sie wird vom jungen Mann sprechen.)

«Briefe geschrieben. Ich brachte Ihnen interessante Photos von den Alpen mit, wir waren zur Sommerfrische dort.» (Sie redet kein Wort vom jungen Mann.)

Sie holt eine Menge Bilder aus ihrer Handtasche hervor.

«Sehr hübsch.»

«Sehen Sie, diesen Brief schrieb ich heute vormittag an meinen Bräutigam», sagt sie und reicht mir einen eng beschriebenen Briefbogen.

«Sie sind verlobt?»

«Ja. Aber ich mag ihn nicht. Sie dürfen es lesen.»

Sie zeigt den Brief. Ich sehe die Anrede:

«Mon tout petit Georges.»

Ist es möglich, daß Frauen an einen Mann, den sie nicht lieben, so schreiben? Ich bin baff.

«Er ist nicht in Paris, Sie können beruhigt sein. Das hier ist Frankreich» — sie zeichnet mit dem Finger einen großen Kreis in ihren Schoß. «Das hier ist Paris, und hier, fünfhundert Kilometer weit, ist mein Bräutigam.»

Eine nette Braut, kann man wohl sagen.

Als sie sich vorbeugt, sehe ich ihre kleinen Brüste, die die dünne Bluse verhüllt. Gott will mich auf die Probe stellen, deshalb schickte er mir gleich eine Braut.

«Ich liebe meinen Bräutigam nicht.»

Warum sagt sie das? Könnte es denn möglich sein, daß sie ihn liebt?

«Und wer war der junge Mann, mit dem ich Sie vorhin sah?»

«Mich?» fragt sie in einem Ton, als wäre sie bereit, das Ganze abzustreiten.

«Ja, vorhin, als ich kam.»

«Er hat mich angesprochen, während ich hier auf Sie wartete. (Gewiß hat sie den auch angelächelt.) Ich sagte ihm: Bitte, lassen Sie mich allein, ich erwarte jemanden.»

Ich sehe indes, daß der junge Mann die gegenüberliegende Allee langsam entlanggeht und uns beobachtet. Er bemerkt auch, daß ich ihn bemerkt habe.

«Sie glauben mir nicht? Gehen Sie hin und fragen Sie ihn.»

Typisch. Ich soll ihn fragen! Sie weiß genau, daß ich das nie tun würde.

Nach einer Weile sagt sie:

«Jetzt muß ich schon gehen.»

Sie steht lächelnd auf. Auch ich habe meinen Entschluß gefaßt.

«Wir sehen uns nicht mehr, Mademoiselle.»

«Warum nicht?» fragt sie überrascht.

«Ich pflege nicht die Bekanntschaft von Damen zu machen, die sich von jedem ansprechen lassen.» (So ein Blödsinn! Wer bin ich denn? Der Prinz von Wales? Aber jetzt ist's schon egal.)

Ihr Gesicht zuckt und wird rot.

«Sie glauben nicht, daß ich die Wahrheit gesagt habe? Ich habe diesen jungen Mann noch nie gesehen.»

«Ich glaube es nicht.»

Sie dreht nervös an ihren Handschuhen mit den langen schmalen Fingern und beißt sich auf die Lippen. Eine Träne, ganz unerwartet, fließt ihre Wange herab. Sie dreht sich rasch um und will fort — nach einigen Schritten lehnt sie sich an einen Baumstamm und läßt ihren Tränen freien Lauf. Wie ein Fluß bei Hochwasser, wenn er die Dämme durchbricht, flutet das Weinen über ihren ganzen Körper.

Ich kenne sie erst seit zwei Tagen und schon weint sie.

Ich nehme ganz zart ihren Arm.

«Weinen Sie nicht... ich hab's nicht so gemeint.»

Sie beißt in ihre Handschuhe, und die Tränen rollen wie dicke Regentropfen bei einem kleinen Sommergewitter.

«Verzeihen Sie, wenn ich Sie gekränkt habe.»

Schließlich versöhnen wir uns. Bis zum Gartenausgang begleite ich sie, dann geht sie allein nach Hause. Ich sehe ihrer schlanken Gestalt lange nach, während sie durch die Allee huscht.

Kein einziges Mal hat sie sich umgedreht.

14 Die sechs schmutzigen schwarzen Wagen der Métro rasen unter der Erde dahin, laut kreischend, wie ein Wahnsinniger, der seinen Anfall nahen fühlt — banges Zittern durchläuft seinen Leib — oder wie eine von Sonne und Frühling berauschte, verliebte Frau.

«Tuuuuuuuu ... tit ...»

Wir rennen unter der Erde, kreisen in dunkeln Tunnels; rote und weiße Lampenaugen strahlen uns entgegen, und das glatte Schienenband verliert sich in der Ferne. Das Nahen der Stationen zeigt schon von weitem ein Klumpen zusammengeballter Lichtpunkte an und längliche Plakate an beiden Seiten des Tunnels; rote Buchstaben auf gelbem Grund: Dubonnet Dubonnet...

«Tuuuuuuuu ... tit ...»

Wir sind unter dem Montmartre. Hier ist der tiefste Punkt der Métro unter der Erde. Kellerfeuchte, dunstige Stationen; die Wände schwitzen kleine Perlen.

Ich mußte auf den Montmartre fahren. Hallo, du altes Paris, auch ich habe jemanden! Lebewohl, Alleinsein! Nachts konnte ich nicht schlafen. Je vous aime, das bedeutet: ich liebe Sie. Je t'aime — ich liebe dich. Die Frau kann zur Antwort geben: Moi aussi —, ich dich auch. Schließlich sagte sie: Prends-moi — ich bin dein. Pardon, mein Herr. Ach so, es war eine Laterne.

Weiß und bleich erhebt sich das Sacré-Coeur über Paris, wie ein Sterbender, der sich noch ein letztes Mal im Bett aufsetzt, um von der Welt Abschied zu nehmen.

Stille schmale kleine Gäßchen laufen aufeinander zu und jagen sich um die seltsam geformten Häuser. In den alten Häusern leben Menschen — sie leben in einer Welt für sich. Stupsnasige, nette kleine Pariserinnen — les Montmartroises — trippelnd klappernd zwischen den alten Mauern; ihre feinen Füße kippen auf dem Pflaster um.

Diese Kleine hier war schön, aber mein Mädel ist noch schöner. Ihr Haar ist blond wie klares Gold, die Augen blau und tränenfeucht, als wollte sie immer weinen. Ihr Mund ist rot und man muß ihn küssen. Und erst die Stimme, wenn sie sagt: «Vous dites, Monsieur? Wie sagen Sie, mein Herr?» — Sogar geweint hat sie schon. Anne-Claire! — «Tja, mein Lieber, was soll ich dir sagen, phantastische Angelegenheit ... schön? Das ist kein Ausdruck! Und erst ihr Körper, mein Junge, ihr Körper ... ihre Taille ist schlank ... lauter Formen ... diskrete Formen.» (Meinem Dreihundertfrankenfreund muß ich unbedingt schreiben).

Eine alte Frau in Trauer kommt die Steinmauer entlang; über die Mauer beugen sich schwarzstämmige Bäume neugierig auf den Weg. Eine alte Bettlerin. Sie bleibt alle fünf Schritte stehen und sieht forschend die Leute an; wagt aber nicht zu betteln. Auch diese alte Tante ist einmal jung gewesen ... ein verliebtes kleines Mädchen, und jetzt tut ihr die Vergangenheit weh. Sie wurde alt und arm. Ich habe zwei Franken, einen gebe ich ihr.

«Madame, s'il vous plaît.»

Ich lege das Geldstück in ihre vorgestreckte Hand.

Die alte Tante sieht mich einen Augenblick betroffen an, reckt sich dann hoch. Atemlos stürzt sie hervor:

«Wer sind Sie? Wie dürfen Sie es wagen, mir Geld zu geben, Elender? Merken Sie sich's, ich bin die Gräfin Léonie de Nivilliers!»

Ich eile fort. Es ist weiter nichts geschehen. Nur die Gräfin schreit. Die Sonne scheint. In fünf Minuten werde ich das Ganze vergessen haben.

In der alten Straße, die den Berg abwärts trottet, gähnt mich ein kahler Hof an. Ein altes Väterchen sitzt herum und sonnt sich. Neben ihm auf einem Tisch ein Vogelbauer. Im Vogelbauer hängt ein getrockneter Fisch. Was ist das? Humor, oder das traditionelle Schild einer alten Kneipe oder Bar? Aber keine Spur eines Amüsierlokals im ganzen schmierigen, wackeligen Haus.

Der Alte in der Sonne merkt mein Staunen und sieht mich voll Verachtung an, wie der alte Seebär den Leichtmatrosen, der am ganzen Leib zitternd vor ihm steht: «Vater Michel, wir kriegen böses Wetter.» Na, schön schauen wir aus! Auch solche Leute gibt's auf der Welt, die nicht einmal wissen, was das ist, ein Vogelbauer mit dem getrockneten Fisch drin.

Plötzlich fällt mir ein kleines französisches Gedicht ein, das ich unlängst in der Sainte-Geneviève-Bibliothek gelesen habe. Auch dort kommt ein Fisch vor, ein saurer Hering. Das Gedicht ist von Charles Gros:

Le hareng-saur

Il était un grand mur blanc — nu, nu, nu.
Contre le mur une échelle — haute, haute, haute.
Et par terre un hareng-saur — sec, sec, sec.

Il vient, tenant dans ses mains — sales, sales, sales.
Un marteau lourd, un grand clou — pointu, pointu, pointu.
Un peloton de ficelle — gros, gros, gros.

Alors, il monte à l'échelle — haute, haute, haute.
Et plante le clou pointu — toc, toc, toc.
Tout en haut du grand mur blanc — nu, nu, nu.

Il laisse aller le marteau — qui tombe, qui tombe, qui tombe.
Attache au clou la ficelle — longue, longue, longue.
Et au bout le hareng-saur — sec, sec, sec.

Il redescent de l'échelle — haute, haute, haute.
L'emporte avec le marteau — lourd, lourd, lourd.
Et puis il s'en va ailleurs — loin, loin, loin.

Et depuis le hareng-saur — sec, sec, sec.
An bout de cette ficelle — longue, longue, longue.
Très lentement se balance — toujours, toujours, toujours.

J'ai composé cette histoire — simple, simple, simple.
Pour mettre en fureur des gens — graves, graves, graves.
Et amuser les enfants — petits, petits, petits.

Der Montmartre ist das Herz von Paris.

Hier leben die Jeannettes, Luciennes, Suzannes, die ihre Männer anbeten und doch betrügen; — die Pauls, Louis und Michels, die von ihren Geliebten nicht loskommen können, wiewohl diese alt und häßlich sind, sie nicht lieben und von ihnen nicht geliebt werden. Nebenbei sind sie die besten Familienväter.

Mir fällt Daudet's Sappho ein.

Und auch die Mimi Pinsons leben hier.

Eine Französin ist zu allem fähig. Sie kann eine Heilige sein und eine Bestie — oder beides zusammen. Sie bewegt sich zwischen den Extremen mit spielerischer Leichtigkeit, ein mattes Lächeln um die Lippen.

Gegen Mittag war ich in der besten Gesellschaft, um lumpige zwanzig Sous.

Ich war mit den Unsterblichen im Panthéon beisammen. Das schönste daran war, daß ich wieder fortgegangen bin und mir das auch sofort verziehen habe.

Jeden Donnerstag ist der Eintritt frei, bloß dem «Guide» muß man ein Trinkgeld geben.

Wie immer man's nimmt, die Unsterblichen sind eine gute Gesellschaft, selbst wenn ein, zwei von ihnen den Aufenthalt hier nur der Liebe ihrer Verwandten und guten Beziehungen zu verdanken haben. Dann waren sie eben von guter Familie, wenigstens.

Die Idee, das Panthéon zu besuchen, kam mir ganz plötzlich. Im Vormittagssonnenschein standen mächtige Autocars auf der Place du Panthéon. Vornehme und gutgekleidete Leute — mit einem Wort, Nichtfranzosen — saßen nebeneinander; unsicher wie Schuljungen am Prüfungstag. Ein Herr stand neben dem Chauffeur und tröstete sie durch einen langen Trichter.

Ich sehe mir die Touristen an, diese seltsamen Geschöpfe Gottes, wie sie von den hohen Autocars heruntersprangen und ihre vom langen Sitzen klammen Glieder heiter lächelnd bewegten.

Eigentlich bin ich einer Frau zuliebe mit den Touristen in das Panthéon gegangen. Sie war sehr hübsch, mit schönen, leuchtenden Augen. Ich konnte mich nicht an ihr sattsehen. Gewiß, ich bin nicht der erste, der wegen einer Frau ins Panthéon kommt. Die Unsterblichen wurden, unmittelbar oder auf Umwegen, meist aus dem gleichen Grunde hierhergebracht. Dieser da wurde wegen jener, und jener wegen dieser unsterblich. Deshalb kann man den Frauen freilich nicht gratulieren; sie können ja nichts dafür, die Armen.

Die Frauen. All unser Leid und unsere Freude ist so sehr mit ihnen verbunden, daß in jedem unserer Atemzüge zutiefst eine Frau schlummert. Wenn sie bloß schlummert, kann man ja noch von Glück sagen.

Es ist mir gelungen, unter den Panthéon besuchenden Fremden ein ungarisches Ehepaar zu entdecken. Beide jung; gewiß sind sie auf der Hochzeitsreise. Die junge Frau lacht laut über alles und hält rasch die Hand vor den Mund, um ihre Fröhlichkeit einzudämmen, wie ein Schulmädel, das grundlos kichert.

«Mutzikám, lach nicht so viel.»

«Aber schau dir doch den Hut an, den diese magere Frau aufhat. Kann man das aushalten?»

Zuerst sehen wir uns die Gemälde des Panthéon an. Der Guide, ein langbärtiger, dicker Franzose, mustert die herdengleich zusammengetriebenen Touristen streng wie ein General. Hier ist nur einer wichtig, und das ist er. Puvis de Chavannes hat das Bild, vor dem wir jetzt stehen, einzig und allein gemalt, damit uns der Guide das erzählen kann. Er spricht schallend, an einem Widerspruch ist nicht zu denken; es geht zu wie beim Militär.

Unter den Fresken kommt auch das Bild mit König Attila an der Spitze seiner Heerschar vor Paris an die Reihe.

Der ungarische Ehemann wird sehr aufgeregt.

«Hast du gehört, Mutzikám? Attila...»

Plötzlich hält er's nicht länger aus und ruft dem Guide zu:

«Auch ich bin ein Ungar, mein Herr. Monsieur, je suis hongrois aussi!»

«Wer war das? Lequel c'était?» erkundigt sich der General streng.

Der Ungar drängt sich voll Freude vor; er redet sich wohl ein, nun würde man auch ihn als Berühmtheit herumzeigen. Jedenfalls würde man ihn beglückwünschen. — Tja, wir waren eben mit Attila vor Paris! Wenn die heilige Genoveva nicht so hingebungsvoll gebetet hätte, wer weiß, was hier alles passiert wäre. Euch hat eben nur Gott allein geholfen.

Der Franzose sieht den Ungarn streng an, wird dann plötzlich milder; er fühlt, von diesem da wird er mehr Trinkgeld bekommen.

«Macht nichts, mein Herr. Ça n'fait rien, Monsieur.»

Der Franzose meinte, dem Ungarn sei die Sache peinlich.

Wir können einander nicht verstehen.

«Übersetze mir sofort, was er gesagt hat.»

«Mutzikám, es gibt Wendungen, die man unmöglich ins Ungarische übersetzen kann; gerade das, worauf es ankommt, geht dabei verloren. Was soll ich dir sagen; er war entzückt.»

Sodann gingen wir in die Krypta, wo die Unsterblichen ihren ewigen Schlummer schlafen. Das zeigt man freilich nicht mehr umsonst. Auch die Unsterblichen mußten blechen, um hierherzukommen; wir müssen ebenfalls bezahlen, um am ersten Meilenstein der Ewigkeit ein wenig herumschnuppern zu dürfen. Durch dunkle, gewundene Korridore ziehen wir dem Wächter nach. Die Engländer riechen, wie aufgeregte Hunde, an jedem Stein, im Finstern manchmal sogar aneinander.

In kleinen, verschlagartigen Lokalitäten sind die Gräber der Unsterblichen, die man sich angucken darf. Das Renommée ist auch hier besser als die Sache selbst.

«Meine Damen und Herren, hier ruht Victor Hugo, der größte französische Dichter. Geboren 1802 in Besançon, gestorben 1885 in Paris. Mitglied der französischen Akademie...»

Es folgt eine richtige Lebensbeschreibung. Der Guide nennt sogar seine wichtigsten Werke.

Es gibt welche, die sich nervös Notizen machen; andere sehen bloß in süßer Versonnenheit den Mund, den Schnurrbart, die Nase, die Ohren des Wächters an, denn verstehen tun sie kein Wort.

«Hier ruht François-Séverin Marceau, französischer General. Geboren 1769 in Chartres, gestorben 1796 in Altenkirchen. Er wurde ermordet.»

Alles zuckt zusammen. Einer wird blaß und fährt mit der Hand über die Stirn. Er gehört zu den nervösen Leuten, die schon jetzt befürchten, daß man sie draußen eventuell gleich verhaften könnte.

Der Führer kommandiert:

«Nehmen Sie die Hüte ab, meine Herren!»

Ein Deutscher will sogar, daß auch seine Frau ihren Hut abnehme.

«Laß gut sein, mein Kind. Die Franzosen sind sehr empfindlich.»

Die Frau starrt ihn erstaunt an und rückt ein bißchen von ihm ab.

«Lazare Carnot, l'organisateur de la victoire (das muß ein tüchtiger Kerl gewesen sein), geboren 1753 in Nolay, gestorben 1823 in Magdeburg. Exilé par la Restauration», sagt der Wächter streng. «Ziehen Sie Ihre Hüte, meine Herren.»

Hier in der Krypta bleiben die Frauen nicht zurück, man muß sie nicht immer wieder zusammentrommeln. Hier kommen sie brav mit, sie folgen einander auf den Fersen. Sie scheinen Angst zu haben, einer der Unsterblichen könnte seine Hand nach ihnen ausstrecken, weil ihm die Unsterblichkeit allein zu langweilig wurde. Süße, verstörte Tierchen des Lebens!

Die fesche Amerikanerin, derentwegen ich ins Panthéon kam, spricht mit einem old boy:

«Paß auf, was der Guide sagt. Edna würde zerspringen, wenn sie an meiner Stelle wäre!»

Keiner von beiden versteht Französisch. Den Burschen langweilt die unbekannte Sprache, die Frau genießt sie. Was Frauen nicht verstehen können, wissen sie sofort zu würdigen und bedauern gleich jene, die um diesen Genuß gekommen sind.

«Edna wäre todfroh, wenn sie an meiner Stelle hier sein könnte!»

«Warum sagst du das?»

«Weil ich sie nicht schmecken kann.»

«Verzeih – das begreife ich nicht.»

«Marcelin Berthelot, Chemiker und Politiker, geboren 1827, gestorben 1907 in Paris. Meine Herren, nehmen Sie bitte Ihre Hüte ab.»

«Was begreifst du nicht?»

«Den Zusammenhang, Edna wär' gern an deiner Stelle, weil du sie nicht schmecken kannst?»

«Ich verstehe nicht, du bist doch sonst nicht auf den Kopf gefallen; wieso verstehst du das nicht?»

«Also erkläre mir, warum.»

«Weil es gar keinen Zusammenhang gibt.»

«Sadi Carnot (aha, die Verwandten), Präsident der Republik, geboren in Limoges 1837. Er wurde 1894 in Lyon von einem italienischen Anarchisten ermordet. Ziehen Sie bitte Ihre Hüte, meine Herren.»

Das sagt er jetzt in einem Ton, als suche er einen Italiener.
Unangenehm, schon der zweite Mord. Was ist denn heute hier los?
Bei den bekannteren Unsterblichen, beispielsweise bei Zola, ertönt ein allgemeines «Ah» — sonst sind die Unsterblichen allen herzlich langweilig.

«Hier ruht Jean Jacques Rousseau ...»
«Ah!»
«Philosoph und Schriftsteller. Meine Herren, wollen Sie bitte Ihre Hüte aufsetzen.»

Im ersten Augenblick begreife ich nicht, warum gerade Rousseau eins abkriegen mußte. Später stellt sich's heraus, daß der Korridor an dieser Stelle sehr zugig ist; also nur darum.

Wie kann man einen Philosophen und Dichter in den Zug setzen?
Stimmt. Nur ein Philosoph und Dichter läßt sich das bieten.
Na, genug der Unsterblichkeit!

Der Guide steht vor dem Aufgang zur Krypta; nur wer sein Trinkgeld gezollt hat, kann heraus. Bei den Franzosen könnte man die Sache taktvoller arrangieren, aber bei Fremden sind Feinheiten nicht am Platze. Sie haben kein Wort kapiert, die muß man ganz einfach bei der Brust packen und auf die ausgestreckte leere Hand weisen. Die Fremden sind alle Kretins (auf ihre Kleider kommt's nicht an); manche sind so erschrocken, daß sie aufs erste Wort auch ihren Hut hergeben würden.

Oben wartet eine neue Gruppe, hinuntergehen zu können, und beobachtet die Gesichter der Heraufkommenden. Was mit ihnen da unten wohl gemacht worden ist?

15 SEIT EINIGEN TAGEN BIN ICH SEHR NERVÖS.
Wenn mich jemand in der Métro nur lauter anspricht: «Vous descendez à la prochaine? — Steigen Sie bei der nächsten Haltestelle aus?» — oder seine Zeitung unter meiner Nase raschelnd zusammenfaltet, wäre ich imstande, den Kopf des unschuldigen, die Métrotür aufreißenden Schaffners an die Wand zu schmettern. Genau dorthin, wo die kleine Tafel steht: «Vergessen Sie nicht, meine Damen und Herren, auch der Schaffner ist nervös.»

Die Nervosität wächst in mir immer mehr an, und schließlich bricht sie bei irgendeinem ganz harmlosen Anlaß hervor.

Ein alter Herr kommt mir in der Sankt-Jakobs-Straße entgegen und läßt vor der italienischen Delikatessenhandlung seinen Spazierstock fallen.

«Trottel!» sage ich laut.

Der alte Herr sagt kein Wort. Er wischt seinen Spazierstock hübsch ordentlich mit dem Taschentuch ab, putzt sich auch die Nase und geht weiter.

Man darf alte Leute nicht ohne jeden Grund beleidigen. Besonders jene nicht, die es mit christlicher Demut ertragen. Ich gehe ihm sofort nach und werde mich entschuldigen.

Genau vor dem Hotel Riviera hole ich ihn ein.

«Mein Herr, ich habe Sie vorhin beleidigt. Ich war nervös, ich wollte Ihnen nicht nahetreten.»
Er bleibt stehen und schaut mich verwundert an.
«Was ist los?»
«Ich sagte zu Ihnen vorhin: Trottel! und bitte deshalb um Entschuldigung.»
«Wieso?»
«Vorhin nannte ich Sie einen Trottel.»
«Was?»
Er macht aus seiner Hand einen Trichter und hält sie vors Ohr.
«Trottel!» brülle ich.
Da versetzt er mir mit seinem Spazierstock wortlos einen Schlag. Ich gehe sofort ins Hotel auf mein Zimmer, um mein Kakao-Mittagessen zuzubereiten.

Man müßte unbedingt ein neues Leben beginnen. Man müßte sich ins Wesen der Dinge vertiefen. Im Sein vor dem Da-Sein gibt es etwas. Auch dieser alte Herr mit dem Spazierstock... Der Mensch ist gut. Gewiß...

Nach Tisch ging ich in den Jardin de l'Observatoire, auf unsern Rendezvousplatz. Nach einem so nervösen Vormittag, wie heute, konnte mir nichts Gutes mehr passieren.

Die Allee ist leer.

Anne-Claire ist nicht da.

Das war vorauszusehen. Jetzt kommen die zehn Plagen.

Ich habe sie gestern schwer beleidigt. Sie weinte vor Ohnmacht, und nicht, weil sie mich liebt und... Nach dem Vorgefallenen ist es klar, daß sie nicht kommt. Was ist denn überhaupt los mit mir, daß ich die Leute bis aufs Blut beleidige.

Die Senatsuhr schlägt drei.

Ich werde sie nicht mehr wiedersehen. Jetzt bin ich wieder allein.

Ich lege den Kopf auf die Lehne der Gratisbank, auf der ich sitze, und bin sehr verzweifelt.

Die Tauben girren und machen sich auf dem Rasen den Hof. Das welke Laub weht ein kühler Wind an: lauter riesige Fächer. Die Bäume sind schon stark gelichtet, die Alleen voll gelber Blätter... Amerikaner photographieren eine nackte Statue auf dem Rasenrand. Ein hochaufgeschossenes, bebrilltes Mädchen lacht laut. Was man ihr wohl gesagt hat?

Ich bin wieder allein geblieben. Gibt es noch Kakao zu Hause?

Fünf Minuten nach viertel vier kommt jemand die Allee entlang.

Ist sie's — ist sie's nicht?

Ich will nicht aufsehen, lieber warten, bis sie herkommt — aber ich halte es nicht aus.

Sie ist gekommen, gekommen, gekommen!

Die schlanke Gestalt Anne-Claires! Sie nähert sich lächelnd, langsam. Der Sonnenschein kommt durch die Allee, um mein karges Leben zu bestrahlen.

Heute ist sie sehr schön. Der Bräutigam geht mich nichts an. Du lieber Gott, er ist ja nicht einmal ihr Gatte. Wo sind wir denn? Im

Mittelalter? Übrigens gibt es ein französisches Sprichwort: Was die Frau will, will Gott. Und die will. Sie hat ja ein ärmelloses, leichtes, hellblaues Kleid an; diese vollen Arme! Einen Beige-Mantel trägt sie über dem Arm. Sie reißt ihre kleine Kappe herunter, als sie mich sieht. Mit einer raschen Bewegung schüttelt sie ihren Kopf. Die dichten, gewellten, blonden Haarsträhnen flattern um ihr Gesicht.
  «Bonjour.»
  «Bonjour.»
  Sie reckt ihre schlanke Gestalt hoch, stolz — sie weiß, sie ist jung und schön. Ihre Augen glänzen, als wäre sie ein bißchen berauscht. Die Frauen kriegen manchmal von der Luft allein einen Rausch.
  Ich sehe ihr Kleid an. Wie nett und hübsch sie sich anzieht. Ich schau mir sonst nicht die Kleider andrer Leute an. Das tue ich erst, seit es mit meiner Garderobe hapert.
  Sie trägt ein hübsches Kleid mit vielen Knöpfen. Sie aus dem Kleid herauszuknöpfen, das wäre ein Vergnügen!
  «Wollen wir spazieren gehen?»
  «Gut.»
  «Ich habe eine gute Idee. Wir wollen Kameraden sein.»
  «Ja, das wollen wir.»
  «Versprechen Sie mir, daß Sie immer korrekt sein werden.»
  «Ich verspreche es.»
  «Ich werde Sie immer mon petit nennen. Mein Kleiner.»
  Schon hat sie die Oberhand.
  «Und ich werde Ihnen du sagen.»
  «Oh, wie frech!»
  «Bist du böse?»
  «Sie dürfen mich nicht duzen. Erst wenn ich's erlaube.»
  «Entweder wir sind gute Kameraden oder nicht.»
  Am Ende der Allee nimmt sie plötzlich meine Hand.
  «Georges, siehst du diese alte Frau dort?»
  «Wie bitte?!»
  Einen Moment lang wird sie verlegen.
  «Wollen Sie, daß wir uns du sagen?»
  Jetzt will sie mich versöhnen. Sie greift nach meiner Hand und lächelt mir mit schiefem Kopf ins Gesicht.
  Zwei Studenten gehen an uns vorüber. Der eine stupst den anderen mit dem Ellbogen:
  «Ein fesches Luder.»
  Was soll ich jetzt tun?
  Ich drehe mich nach ihnen um.
  Der eine Student ruft mir nach:
  «Gratuliere, lieber Freund! Je t'en félicite. Ne fâches pas, hein? Bist nicht böse, was?!»

85

ANNE-CLAIRE UMARMTE EIN RELATIVES HEMD.

Gestern nacht habe ich ganz insgeheim ein Hemd ausgewaschen. Nach der Wäsche zupfe ich's schön zurecht, damit es nicht zerknittert trockne, denn plätten kann man's nicht. Ich fühle, ich bin ein verlorener Mann. Entweder ist man ein Gentleman oder ein Bohémien, aber nachts soll man keine Hemden waschen; das läßt auf kleinbürgerliche Ansprüche schließen.

Nachmittags kommen Anne-Claire und ich gleichzeitig im Garten an. Sie winkt mir schon von weitem mit ihrer Handtasche.

«Servus!»

Ja, sie grüßt ungarisch. Gestern habe ich's ihr beigebracht.

«Setzen wir uns nicht. Gehen wir ein bißchen spazieren.»

«Darf ich mich einhängen?»

«Warte, lieber nehme ich deinen Arm.»

Sie lehnt sich ganz an mich, fast spüre ich die Wärme ihres Körpers.

«Monpti, du kannst mit einer Frau nicht eingehängt gehen. Mach keine so großen Schritte. Haha ... jetzt ist mir etwas eingefallen, aber das sage ich dir nicht, Monpti; erst, wenn wir sehr gut befreundet sind.»

«Du bist süß.»

«Nicht wahr, wir bleiben immer gute Kameraden? Schwöre, daß du immer nett gegen mich sein wirst, nie gemein.»

«Ich schwöre.»

«Nur dann kann ich dich duzen. Ich habe noch niemanden geduzt. Was wolltest du mir ins Ohr sagen? Vorhin, bei dem Baum, da sagtest du, du willst mir etwas ins Ohr sagen ...»

«Jetzt geht es nicht mehr.»

«Warum nicht? Du sagst es mir sofort. Ich bin sehr neugierig!»

«Ich wollte nur sagen: du bist sehr schön und gefällst mir sehr gut.»

«Warte, ich zeige dir eine Photographie. Setzen wir uns einen Augenblick.»

Sie holt ein kleines Photo aus ihrer Handtasche.

«Das bin ich.»

Das Gesicht ist kaum zu erkennen. Ich bitte sie um das Bild. Nein, das ist nicht gut; nächstens bringt sie mir ein besseres.

«Gib deine Tasche ein bißchen her, Anne-Claire.»

«Wozu?»

«Ich will nachsehen, was drin ist. Mich interessiert der Inhalt; man kann aus ihm den Charakter der Besitzerin schließen. Es ist wie ein Spiegelbild.»

«Es sind Sachen drin, die dich gar nicht interessieren.»

«Ich verspreche dir: wenn etwas drin sein sollte, was ich nicht sehen darf, dann schau ich's nicht an.»

«Ich mag das nicht.»

«Ich gebe dir mein Wort.»

Sie gibt mir aber die Tasche nicht; sie versteckt sie sogar.

«Du hast bisher vermutlich mit Leuten zu tun gehabt, deren Ehrenwort nichts wert ist. Die Franzosen sind vielleicht ....»

«Hör auf — es ist nicht schön von dir. Hier ist die Tasche.»
«Danke, jetzt brauche ich sie nicht mehr.»
«Im Gegenteil, du nimmst sie sofort und schaust sie an, sonst werde ich böse.»

Ich nehme die Tasche, mache sie auf, sehe hinein und schließe sie wieder.

«Bitte.»
«Warum schaust du sie nicht an?»
«Ich habe sie angeschaut. Ich war neugierig, welches Rouge du benützest. Coty? Nicht schlecht. Die Damen meiner Bekanntschaft benützen meist Houbigant.»

Sie blickt mich lächelnd an.

«Ja, das ist so», sage ich.

Anne-Claire lächelt bloß und neigt sich ganz nahe zu mir.

«Das sagst du mir nur so.»

Ihre plötzliche Nähe verwirrt mich, meine Stimme klingt verschleiert.

Sie öffnet die Tasche und legt los:

«Siehst du, Liebling, das hier ist eine Puderquaste, das ist Puder, Ocre rosé... das hier ein Bleistift, das ist der Lippenstift, das ist ein Kalender, das ist ein Brief von meiner Freundin Louise — ein schönes Mädel, sie ist zwanzig Jahre alt. Das ist ein kleines Chanson. Das hier sind Verse.»

Ich lange nach den Versen. Sie kommt mir mit einer nervösen Geste zuvor und reicht sie mir.

Ich lese sie. Diese kleinen Gedichte sind hübsch, man darf sie nur nicht übersetzen, sonst werden sie sofort dumm und sentimental; mir gefallen sie aber, weil ich ein Fremder und französischen Liebesworten bisher nur unter der strengen Obhut meiner Grammatik begegnet bin; so zum Beispiel: Olga liebt Adele. Adele liebt Marie. Marie liebt Olga nicht.

Um diese kleinen Verse zu begreifen, muß man hier leben; man muß den grauen Himmel von Paris, den rhythmischen Gang der Frauen kennen — sie gehen mit halboffenen roten Lippen und halbgeschlossenen Augen schwankend durch die Welt, als suchten sie immer jemanden. Man muß auch einsam und ohne Geld sein, dann greift einem so ein Vers ans Herz:

> Der Regen klopft an die Scheiben,
> Mein liebes Kind.
> Wie schön, daß wir jetzt beide
> Beisammen sind.
> Mit jedem Regentropfen
> Hör' ich dein Herz auch klopfen.

Wunderschön; da gibt's nichts. Ein bißchen hergeholt; richtig; aber ein schöner Vergleich. Der Regen klopft draußen und das hört sie; das Herz der Frau hingegen klopft drinnen, in ihrer Brust; das hört wieder er. Natürlich drückt er dabei sein Ohr auf ihre linke Brust; ein lauer, weicher, kleiner Hügel...

Das Herz der Frauen liegt eben an so kritischer Stelle. Wie schön wär's, einem jungen Mädchen erste Hilfe zu leisten.

Gibt es keinen Retter-Posten?

Ich will die Verse in die Handtasche zurücklegen — schon wieder die gleiche nervöse Geste wie vorhin. Zwischen den anderen Papieren, Briefen und übrigen Dingen liegt ein hellblaues Kuvert. Es kommt mir vor, als wollte sie es verbergen. So oft sie in ihrer Tasche herumkramt, um mir etwas zu zeigen, gleitet sie mit hastigen Fingern über dieses Kuvert.

Sollte es ein Zufall sein? Ich bin gleichgültig, beobachte aber jede ihrer Bewegungen.

Es geht mich eigentlich gar nichts an, was für einen Brief sie in ihrer Tasche herumträgt. Es kümmert mich nicht; ich bin nicht einmal verliebt in sie. Eines Tages verreise ich sowieso. Gar so sicher ist's auch nicht, daß es ein Liebesbrief sein muß. Es könnte ein anderer Brief sein, den sie mir nicht zeigen kann. Ein Brief der Eltern, eines Verwandten oder vielleicht einer Freundin. Es könnte auch vielleicht ein Mahnbrief sein. — «Schau, Mama, diesen Brief habe ich heute bekommen. Wir haben ja schon bezahlt und jetzt verlangt man von uns wieder das Geld; noch dazu in einem unglaublich frechen Ton!» — Wenn es doch ein Liebesbrief ist, kann's ja eine alte Liebe aus der Zeit sein, als sie mich noch gar nicht kannte. Frauen schleppen manchmal jahrelang so ein Andenken in ihrer Tasche herum. (Das Känguruh schleppt sein Junges nicht so lange.)

Sie holt ein zusammengefaltetes weißes Blatt hervor.

«Das habe ich geschrieben.»

«Was ist das?»

«Nur so... Gedanken. Hier im Garten habe ich sie aufgeschrieben.»

«September-Nachmittag. Der Himmel ist grau, es wird schon wieder regnen.

Wenn es zu regnen beginnt, gehe ich nach Hause. Die Kastanienbäume haben keine Blätter mehr. Das vergilbte Blatt...»

Mit einer raschen Geste legt sie die Hand auf das Papier.

«Lies es nicht, bitte.»

«Warum nicht?»

«Nur so.»

Plötzlich wird sie rot und verlegen.

«Ich schreibe manchmal auch Verse, mais oui, man darf aber nicht fragen, was für Gedichte das sind...»

Von Zeit zu Zeit beugt sie sich ganz nahe zu mir herüber; fast spüre ich ihren warmen Atem. Den Mund verzieht sie zu einem Lächeln und zeigt dabei ihre schönen, regelmäßigen weißen Zähne. In ihren Augen strahlt ein schlaues Licht. Ich habe das Gefühl, sie spielt mit mir. Das leichte Kleid spannt sich über ihren schöngeformten Schenkeln... Mein Gott. Mein Gott.

«Anne-Claire, komm jetzt sofort mit mir zum Seineufer.»

«Was gibt's dort?»

DAS IST DAS SCHÖNE

BEIM LESEN:

MAN KANN

DABEI RAUCHEN!

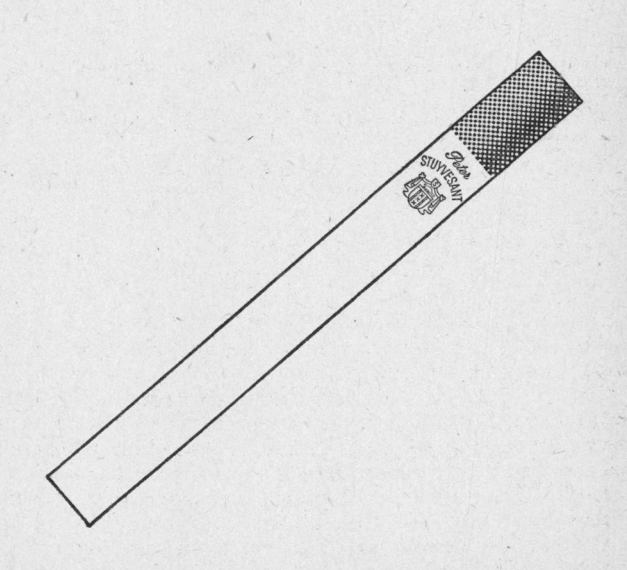

«Ich will mit dir auf dem Sankt-Michaels-Weg zur Seine gehen. Die Blätter fallen schon auf den Sankt-Michaels-Weg.»
«Warum sagst du: Sankt-Michaels-Weg? Das ist doch ein Boulevard. Und was sollen wir am Seineufer? Hier ist es schöner als dort.»
«Ich will die Doppeltürme der Notre-Dame sehen, wie sie sich im schmutzigen Seinewasser widerspiegeln. Und ich möchte, daß ein französisches Mädel meine Augen küßt.»
«Ich?»
«Ich glaube ... Heiß, duftend, in Spitzen, — wie unser großer Dichter Ady sagt.»
«Du bist so merkwürdig.»
Sie überlegt ein bißchen, sieht mich dann verstohlen an.
«Dazu braucht man nicht an das Seineufer zu gehen.»
«Wieso?»
«Ich kann deine Augen auch hier küssen, aber du darfst mich nicht küssen, sonst wird das Ganze zu komisch. Na, mach deine Augen schön zu.»
«Das möchte ich erst im letzten Moment.»
Sie neigt sich zu mir, als wäre das die natürlichste Sache auf der Welt, hier, mitten im Luxembourg-Garten, unter einer nackten Steinstatue, und preßt ihren heißen Mund langsam auf meine geschlossenen Augen.
Ein alter Herr sah uns durch seine goldgeränderte Brille an, während er von seiner Zeitung aufblickte. Die Brille saß auf seiner Nasenspitze.

17 WENN ICH DIE MILCHFLASCHE ZURÜCKTRAGE, ZAHLT MAN MIR den Einsatz zurück: das ist ein Frank fünfzig Centimes. Dafür kann ich mir Zigaretten kaufen. Halt, auch für die Spiritusflasche habe ich Einsatz gezahlt: einen Franken.
Interessant, was für Gefrießer die Greißler machen, wenn man eine Flasche zurückgibt und für das Einsatzgeld nichts bei ihnen kauft.
Ich gehe mit der Flasche in den Laden und lasse allen anderen diskret den Vortritt; man soll sie nur bedienen.
«Sie wünschen, mein Herr?»
«Ich habe die Milchflasche zurückgebracht.»
«Einen Liter Milch», sagt er und langt nach dem Milchschöpfer.
«Nein, nein, ich habe nur die Flasche zurückgebracht.»
Er wünscht mich nicht zu verstehen.
«Einen halben Liter Milch.»
«Ich brauche keine Milch.»
«Was sonst gefällig? Käse vielleicht?»
«Nichts.»
Man wirft das Geld auf das Pult und grüßt nicht einmal.
Bei der Spiritusflasche ist die Sache schon komplizierter; erst nach längerer Untersuchung ist man bereit, anzuerkennen, daß die Flasche von hier ist. Die Sache mißfällt gründlich.
Aber schließlich habe ich die zwei Franken fünfzig Centimes.

Nachmittags bürste ich sorgfältig meinen Anzug und gehe zum Rendezvous. Ich fühle: ich bin ein ernster Mann geworden.

Im Jardin de l'Observatoire winkt mir Anne-Claire schon von weitem und läuft mir entgegen. Sie versetzt mir mit ihrem Barett übermütig einen leichten Schlag ins Gesicht.

Diese Frau wird jeden Tag jünger.

«Madgear.»

«Was ist das?»

«Madgear.»

«Ach so! Magyar!» (Ungar.)

«Da schau her, Monpti!» Sie zeigt mir voll Freude ein Buch. «Ich habe hier gelesen, daß die Ungarn Paprika furchtbar gerne essen; alles, sogar die Süßigkeiten werden bei euch papriziert. Das ist eine nationale Sitte. Du tust mir so leid.»

«Das stimmt ja gar nicht!»

«Du genierst dich wohl, nicht wahr?»

«Ach was! Paß auf...»

Mein Blick fällt auf eine Zeile:

«... les Autrichiens-hongrois, ce sont les autres chiens...» Das ist ein Wortspiel. Dem Sinn nach heißt es, daß die Österreicher-Ungarn Hunde sind.

«Na, du liest aber nette Bücher! Paß auf... Franz Josef der Erste ... die gemeinsame Armee... deutsches Kommando... In Arad hat man dreizehn Generale...»

«Gott, ist diese Taube dick, schau sie dir doch an!»

Politik interessiert sie nicht. Es ist ja auch nicht wichtig; man reißt hier draußen ja sowieso schon Witze über uns und behauptet: Ein Ungar ist jemand mit einer Landkarte in der Hand, der jedem Franzosen, der ihm in den Weg läuft, die alten Landesgrenzen erklärt.

«Petit chéri, gehen wir in ein kleines Café; meinen Teil bezahle ich.»

«Hm... ich habe jetzt keine große Lust.»

«Oh, Monpti, wie kannst du das sagen?!»

«Was möchtest du denn trinken?»

«Eine große Tasse schwarzen Kaffee, einen grand noir. Trink du's auch, es ist gut und nicht teuer. Meinen Kaffee bezahle ich.»

«Das habe ich schon einmal gehört. Unter solchen Bedingungen gehe ich nicht.»

«Ja, dann — ich auch nicht.»

Zwei Schwarze, das ist nicht teuer; da bleibt mir noch Geld für Zigaretten.

«Also komm; ich wollte mir ohnehin Zigaretten besorgen.»

«Jetzt fällt mir ein: es ist besser, ich gehe nicht. Man sieht mich mit dir, ich habe Krach zu Hause, und wir können uns nicht mehr treffen. Beeile dich nur, ich warte hier. Du darfst aber auch keinen Kaffee trinken.»

Als ich zurückkomme, sehe ich sie mit einem kleinen Kind unter den Bäumen Fangen spielen. Das Kind mag sechs, sieben Jahre alt sein. Beide lachen und schreien vor Freude.

«Wem gehört dieses Kind?» frage ich, als sie endlich zurückkommt.
«Das ist mein Patenkind», sagt sie stolz. «Was sagst du, wie schön es ist!»
«Macht es nichts, wenn du mit mir gesehen wirst?»
«Unsinn! So ein Kind...»
«Nicht das Kind! Aber die anderen! Ein Kind kommt doch nicht allein in den Park.»
«O weh, das ist wahr! Komm schnell!»
Sie blickt sich aufgeregt um und rennt auf einen Serpentinenweg, auf dem sich die Bäume schon stark lichten, schnell voraus. Ein frischer Wind raschelt in den Blättern.
«Hallo, so bleib doch stehen! Wohin rennst du?»
Sie wartet, bis ich sie eingeholt habe.
«Es ist kalt. Frierst du nicht?»
«Ein bißchen.»
«Ich will dir was sagen, Anne-Claire.»
«Also sag's.»
«Wir wollen zu mir gehen. Ich mache dir eine Tasse Tee.»
«Warum sagst du das?»
«Weil es kalt ist.»
Sie schaut mir lange in die Augen und antwortet keine Silbe.
«Weißt du, ich wohne sehr einfach, in einem alten Hotel. Ich will einheizen, es wird sehr schön warm sein... ich weiß gar nicht, ob bei mir nicht die Unordnung sehr groß ist...»
«Nein... ich komme nicht.»
«Anne-Claire, hör mich an. Wovor fürchtest du dich? Ist deine Meinung über mich so schlecht? Kannst du als kluges Mädchen glauben, daß man einer Frau gegen ihren Willen Gewalt antun kann? Lächerlich. Es handelt sich höchstens darum, daß du vor dir selber Angst hast. Dann komm natürlich nicht.»
Meine Stimme klingt falsch, sie bemerkt es aber nicht.
Indes haben wir den Garten verlassen und gehen durch die Rue Soufflot dem Panthéon zu. Jetzt rede ich über gleichgültige Dinge, um ihr Mut zu machen. Wie wir zur Sankt-Jakobs-Straße kommen, preßt sie meinen Arm fester. Mein Herz klopft sehr stark. Ihres wahrscheinlich auch. Sie ist auffallend blaß.
«Ich gehe voraus und zeige dir den Weg; du kommst mir nach.»
In der stickigen Treppenhausluft schweben Parfümerinnerungen. Richtig, es ist ja Samstagnachmittag. Mein Zimmer ist noch nicht so finster. Wenn nur diese Stiegenhausimpression möglichst kurz ausfällt! Wenn sie nur nicht kehrtmacht.
Nein, sie kommt...
Schließlich gelangen wir in den vierten Stock.
Ich reiße rasch meine Zimmertür vor ihr auf:
«Hier sind wir, Anne-Claire.»
«Schön», sagt sie unsicher und verlegen.
Ich mache sofort das Fenster auf.
Das Vornehmste in diesem Zimmer ist der Ausblick aus dem Fenster.

Ich versuche ruhig und harmlos zu scheinen.

«Das ist hier der kleine Hof, Mademoiselle. Es stehen schöne Bäume darin. Dort seitlich ist das Mädchenpensionat, von dem ich erzählt habe. In diesem Haus wohnt hinterm letzten Fenster eine hagere Dame, die immer Salat ißt. Das da ist der Hotelhof, hier hört man jeden Abend, wie der Patron seinen Sohn verprügelt, der energisch schreit:

‹C'est pas vrai! C'est pas vrai! Es ist nicht wahr! Es ist nicht wahr!›

Mit der Außendekoration wären wir fertig, Mademoiselle. Das hier ist mein Zimmer. Als erstes müßte ich den großen Fauteuil nennen, nach dessen Originalfarbe Sie mich nicht fragen dürfen, ich könnte sie Ihnen ja doch nicht sagen. Hier pflege ich zu sitzen, genau ausrechnend, wofür ich mein Geld ausgeben werde, wenn ich einmal reich bin. Das sind meine Bücher. Augenblicklich nur ein einziges Buch: der Larousse-Diktionär. Der Schrank hat nur drei Beine. Hier neben dem Waschtisch ist ein Mauseloch. Den Spiegel über dem Kamin habe ich nicht zerbrochen; die schwarzen Flecke drauf sind Erinnerungen an Fliegen, die zur Zeit des frühen Empire gestorben sind. Der Fliegenäugige hat sie aus bisher noch nicht geklärten Gründen pietätvoll für die Nachwelt aufgehoben. Die Kaminuhr steht, wie in allen Hotels, und hat bloß dekorativen Charakter. Die Zeichnungen an der Wand sind Originale und gegenwärtig unverkäuflich. Die Miete kostet hundertfünfunddreißig Franken im Monat und ist leider im voraus zu bezahlen. Elektrisches Licht gibt's, aber die Manipulation ist nicht ganz einfach. Nach Mitternacht wird das Licht ausgeschaltet, und man muß täglich, wenn die absolute Finsternis bereits ihren Höhepunkt erreicht hat, längere Zeit reklamieren, bis es wieder eingeschaltet wird. Es müssen wenigstens zwei Mieter, (die miteinander nicht verwandt sein dürfen) vom Stock herunterrufen: ‹La lumière, s'il vous plaît. Bitte Licht!›»

«Wie unordentlich es hier ist», stellt sie aufrichtig fest.

«Gewiß, Mademoiselle, aber bitte legen Sie Hut und Mantel ab und nehmen Sie Platz, während ich Feuer mache.»

«Ich mache derweil Ordnung. Gut, Monpti?»

«Nein, nicht gut. Du sitz nur schön im absolut unmöglichfarbenen Fauteuil und sieh mir zu, wiewohl ich wahrscheinlich kein sehr interessanter Anblick sein mag. Jedenfalls bin ich bald fertig.»

Es ist leicht, im Kamin Feuer zu machen, wenn man etwas zum Heizen hat. In diesem Fall verhielt es sich so. Nach wenigen Minuten brannte lustig das Feuer.

«Soll ich dir ein paar Bilder von Budapest zeigen?»

«Wenn du willst?»

«Setzen wir uns vielleicht lieber aufs Bett, dann kann ich mich zu dir setzen und die Bilder erklären.»

Du lieber Gott! Sie setzt sich treuherzig aufs Bett!

Wir betrachten zusammen die Bilder, unsere Hände berühren sich manchmal. Ich versuche, meine Erregung zu bemänteln, die sich hauptsächlich darin äußert, daß ich mich alle Augenblicke räuspern muß, weil meine Stimme sich unverständlicherweise verschleiert. Gerade jetzt, wo ich's am nötigsten hätte, meiner Stimme einen bestechenden Klang zu verleihen. Den Frauen ist nämlich nie wichtig, was man ihnen sagt, nur aufs Wie kommt's an.

Anne-Claire sitzt so nahe bei mir, daß ich den Duft ihres Haares spüre. Die blonden Locken glänzen im Kaminlicht wie ein Heiligenschein. Die kleinen Härchen auf ihrem Hals sehen wie goldener Flaum aus. Ihre Arme sind voll, aber ihre Figur ist schlank und knabenhaft. Am schönsten ist ihr Mund.

Ihre Stimme ist melodiös und weich. Sie spricht so schön. Aus ihrem Körper dringt laue Wärme, wie ein Sonnenstrahl im Vorfrühling, der noch keine Kraft hat. Ich werde vollends mutlos.

Mein Gott, wenn diese Frau jetzt mit mir flirten würde! Warum nicht? Man liest manchmal so was.

Man müßte sie jetzt küssen; ganz vorsichtig. Zuerst ihr Haar — vielleicht merkt sie es gar nicht. Aber ich habe ja geschworen. Macht nichts, zu Ostern werde ich's beichten.

Es ist Samstagnachmittag; das lebhafte Kommen und Gehen im Hotel Riviera macht mich nervös. Frauenschuhe hasten fröhlich und klappern rasche Rhythmen auf den alten Stufen. Die blutrot geschminkten Frauenlippen zwitschern wie die Spatzen, wenn sie sich im Frühling zusammenscharen. «Mevoilà, chéri! Hier bin ich, Liebling!»

Mein Nachbar, der asthmatische, kahlköpfige Herr pflegt um diese Zeit ebenfalls seine Gefühle, wiewohl er schon über sechzig ist. Er trägt keine Weste, sein Gesicht ist krebsrot rasiert, die Ohren außen und innen behaart. So verbringt er sein goldenes Zeitalter, der alte Herr. Die Frau, die gerade bei ihm ist, kichert ununterbrochen; man hört herüber, wenn sie spricht:

«Du, Jacques, taste mich nicht ab wie ein Blinder.»

Der Neger im Hof spielt unermüdlich auf der Laute. Er scheint die ersten Strapazen seiner Ehe überwunden zu haben.

Anne-Claire sieht sich die Bilder mit unnatürlichem Eifer an, als gäbe es sonst nichts auf der Welt. Langsam und vorsichtig greife ich nach ihrer Taille. Hilf mir, lieber Gott... Ja richtig, das ist geschmacklos... Meine Hand erreicht ihren Körper. Mit schwacher Abwehr greift sie hin, aber ihre Hand bleibt kraftlos liegen. Sie wendet mir langsam ihr Gesicht zu und sieht mich lange an. Die Augen sind traurig und voll Tränen, schließen sich dann langsam.

Der Neger beginnt diskret zu heulen.

Ich beuge mich langsam über sie und küsse ihren Mund. Eine Träne rollt aus ihrem Auge, kollert in den Kuß hinein und würzt ihn.

Sie schiebt mich zärtlich fort und sagt leise, mit verschleierter Stimme:

«Dreh das Licht an, es ist finster.»

«Es gibt noch kein Licht. Ich hab's schon vorhin versucht. Man müßte hinunterrufen.»

«Dann wollen wir uns vor den Kamin setzen.»

Ich schiebe den Fauteuil zum Kamin; ich setze mich auf den Teppich zu ihren Füßen und lege den Kopf in ihren Schoß. Sie schiebt die langen schlanken Finger in mein Haar, und wir schweigen.

Es ist Samstagabend. Die Dämmerung tritt höflich zum Fenster ein: Le crépuscule. Faites excuse, Monsieur... Dame. — Ich bin die Dämmerung.

Irgendwo hört man eine Frau leise und süß kichern. Man küßt sie gewiß auf den Hals.

«Warum weinst du, Anne-Claire?»

«Es ist nichts — wirklich — ich bin nur nervös.»

Wir schweigen ein wenig.

«Soll ich dir ein kleines Lied singen?» fragt sie plötzlich. «Ich war ein kleines Mädchen, wir haben im Institut einen Reigen getanzt und dazu gesungen:

>   Il était un petit navire,
>   Il était un petit navire,
>   Qui n'avait ja... ja... jamais navigué,
>   Qui n'avait ja... ja... jamais navigué.
>   Ohé! Ohé!
>
>   Es war einmal ein kleines Segelboot,
>   Es war einmal ein kleines Segelboot,
>   Das noch ni... ni... nichts von Segelfahrt verstand,
>   Das noch ni... ni... nichts von Segelfahrt verstand.
>   Hoo-ho! Hoo-ho!

Sie kreuzt die Beine, umspannt mit beiden Händen ihre Knie und wiegt sich zum Rhythmus des Liedes.

Warum weinte sie vorhin?

«Gib mir auch eine Zigarette, Monpti», sagt sie plötzlich heiter. «Die du jetzt im Mund hast. Mach dir eine andere.»

Sie macht einen Zug, hält die Zigarette vorsichtig weit von sich und bläst mit großer Kraft den Rauch aus dem Mund.

«Ich möchte dich etwas fragen, Monpti, wenn du mir ehrlich antworten willst.»

«Bitte.»

«Weshalb hast du dich so lange nicht getraut, mich zu küssen?»

Das fragt sie mich nach einer Bekanntschaft von acht Tagen.

«Du sagtest, ich müßte korrekt sein.»

«Ja? Freilich, freilich.»

Ist diese Frau verderbt — oder liebt sie mich vielleicht und hält deshalb alles für natürlich? Jedenfalls spiele ich hier die Rolle eines Idioten.

Plötzlich wird es Licht.

«Ah!» tönt es gleichzeitig aus den Nachbarzimmern.

Nebenbei: der Fliegenäugige zahlt bei dieser Sparsamkeit direkt drauf. Man versucht immer, ob das Licht schon brennt oder nicht. Dann läßt man den Schalter meist offen. Dann geht man aus — auch **mir ist** das schon passiert — und kommt um Mitternacht zurück. Inzwischen hat das Licht im Zimmer von fünf Uhr Nachmittag bis Mitternacht gebrannt.

«Ich mache dir eine Tasse Tee, Anne-Claire.»

«Du bist süß. Soll ich helfen?»

«Nein. Bleib nur ruhig sitzen. Es ist so schön, daß du da bist. Deine Gestalt ist so reizend, wenn du hier im Fauteuil sitzt. Das gibt mir Kraft, den Tee zu machen.»

Während ich den Tee eingieße, sagt sie:

«Wozu brauchen wir zwei Tassen?»

«Ich will doch auch Tee trinken, meinst du nicht?»

«Dummchen. Eine Tasse genügt doch für uns beide. Einmal trinkst du, einmal ich. Setz dich schön in den Fauteuil, ich will mich auf deinen Schoß setzen, aber gib acht, schütt den Tee nicht auf mich.»

All das sagt sie so natürlich, als ob sie sagte: «Hast du keinen Spiegel, ich möchte mir das Haar richten.»

Sie läßt sich weich in meinen Schoß gleiten und schmiegt sich an mich. Ihre Wange lehnt sie an meine Schulter und umfaßt meinen Hals.

«Wir wollen Täubchen spielen.»

«Was ist denn das?»

«Ich werde dich füttern — so. Beiß das Brot von meinem Mund ab. Oh, du Dummchen, jetzt hast du den Tee verschüttet.»

«Sei nicht böse!»

«Aber nein!»

«Du, Anne-Claire, dieser Tee ist schlecht.»

«Schrecklich. Er schmeckt nach Kakao; lassen wir ihn stehen. Was machen wir jetzt? Erzähl mir etwas.»

«Meinst du nicht, daß es neben dem Kamin sehr heiß ist?»

Sie steht wortlos auf und setzt sich aufs Bett. Diese Gestalt. Monsieur Jacques, mein zweiter Nachbar, ruft:

«Was ist denn, Lucienne, den Hut legst du gar nicht ab?»

«Anne-Claire, willst du nicht meine kleine Kameradin sein?»

«Aber natürlich, du Dummchen.»

«Ich meine — ganz.»

Sie schweigt.

«Willst du?»

«Hmhm.»

«Soll ich das Licht abdrehn?»

«Hmhm.»

Ich schalte das Licht aus.

«Liebst du mich?» fragt sie und nimmt mein Gesicht in ihre Hände.

«Ich liebe dich sehr ... du Liebe ... du Süße ... du ...»

«Mach sofort Licht!»

«Warum?»

«Ich will das nicht. Ich hab's mir überlegt.»

«Warum willst du's nicht? Ich liebe dich sehr. Hab ich's nicht gesagt?»

«Ich bin noch unschuldig. Mach Licht.»

Ich mache Licht.
«Bist du sehr böse?» fragt sie reuig.
«Ach wo!»
«Doch, du bist böse, und das will ich nicht. Mach das Licht aus.»
Ich tue es.
«Warte, Monpti. Mein Gott, das ist komisch. Ich möchte am liebsten weinen. Rühr mich nicht an. Mein Gott. Mein Gott. Mach doch lieber wieder Licht.»
«Nein.»
«Warte einen Augenblick, ich ziehe mir erst das Kleid aus.»
Man hört im Dunkeln Kleiderrascheln, dann ist es still.
«Wo bist du? Was machst du?»
«Ich finde den Schalter nicht.»
«Was willst du immer mit diesem Schalter?»
Plötzlich findet sie ihn, und es wird hell.
Sie steht vollkommen angezogen vor mir; sogar ihren Hut hat sie aufgesetzt.
«Warum hast du dich angezogen?»
«Weil ich gehe. Ich muß fort. Jetzt gleich.»
«Liebst du mich nicht?»
«Doch; das ist es ja eben — aber ich kann's nicht tun. Ich hätte nicht heraufkommen dürfen, ich wußte ja, wie es sein würde. Du bist nicht schuld; der den Tee erfunden hat, den solle man erschlagen.»
Sie öffnet und schließt nervös ihre Handtasche.
«Woran denkst du jetzt, Monpti?»
«Du spielst mit mir und liebst mich nicht.»
«Wenn ich dich nicht liebte, wäre ich nicht hier.»
Plötzlich kniet sie vor mir nieder:
«Du darfst mich nicht so gering einschätzen. Ich hab' mich an dich noch gar nicht richtig gewöhnen können. Komm, begleite mich. Hier dürfen wir nicht bleiben, das ist gefährlich. Du liebst mich aber trotzdem, nicht wahr?»

18 IN DER SANKT-JACOBS-STRASSE GIBT ES UNTER ANDEREM EINE italienische Delikatessenhandlung. Das mächtige Doppelschaufenster ist voll mit den feinsten Leckerbissen. Vom Aufschnitt an kann man hier bis zu Froschschenkeln und Schnecken und Seespinnen einfach alles bekommen. Man sieht auch Sachen, von welchen man nie weiß, ob es Fisch, Fleisch, Obst oder Dessert ist. Prachtvolle Salate, Kompotte, Früchte, Gebäck, alles in langen Reihen nebeneinandergestellt, so daß es einen schwindelt, wenn man die Herrlichkeiten nur ansieht.

Dies ist der vornehmste und sauberste Laden in dieser Gegend und duftet überraschend appetitlich und diskret. Sooft ich vorbeigehe — vier-, fünfmal am Tag — muß ich hier unbedingt stehenbleiben. Manchmal kommen neue Wunder ins Schaufenster, die meisten kenne ich aber schon. Wenn ich einmal reich bin, — oder fünfzig Franken beisammen habe, will ich mir alle Speisen kaufen, der Reihe nach, so wie sie hier aufgestapelt sind.

Eigentlich wollte ich aber gar nicht von dieser italienischen Delikatessenhandlung erzählen, sondern von Leo. Leo ist kein Franzose und kein Ungar. Leo ist überhaupt kein Mensch. Leo ist eine Ratte.

Sooft ich spät nachts ins Hotel Riviera komme, scheuche ich in dem Teil der Sankt-Jakobs-Straße, wo diese Delikatessenhandlung liegt, eine riesige Ratte auf. Sie flieht in großen Sprüngen vor mir; aber sobald ich mich entferne, wagt sie sich wieder zurück und steht vor den herabgelassenen Rolläden Wachtposten.

Das ist so unabänderlich, daß mir die Ratte jedesmal einfällt, sooft ich von der Rue Soufflot in die Sankt-Jakobs-Straße einbiege. Vor dem Laden verlangsame ich meine Schritte, damit sie nicht etwa auf mich zulaufe und um ihr Zeit zur Flucht zu lassen.

Eines Abends kam ich spät nach Hause — es mochte gegen ein Uhr sein. Ich kam zu Fuß vom Montparnasse und aß unterwegs ein Stück Brot.

Es war ein stiller warmer Herbstabend.

In unmittelbarer Nähe des italienischen Ladens gehe ich wieder langsamer und bleibe stehen. Die Ratte meldet sich nicht. Ich nähere mich vorsichtig, da schnellt sie aus dem Dunkel, rennt ein Stück davon, bleibt aber stehen und duckt sich. Auch ich bleibe stehen; wir beobachten einander.

Ich werfe ihr ein Stück Brot zu, um sie zu erschrecken und den Weg frei zu bekommen, denn sie sitzt genau dort, wo ich gehen muß. Das Brotstück erschreckt sie wirklich, sie läuft davon. Später drehe ich mich um und sehe, daß sie zum Brotstück zurückkehrt und es auffrißt.

Am nächsten Tag komme ich wieder spät nach Hause und habe ein Stück Hörnchen bei mir. Die Ratte meldet sich wieder. Ich werfe ihr das Stück Hörnchen zu. Derselbe Scherz. Sie jagt davon, aber als ich weit fort bin, kommt sie zurück und frißt.

An einem andern Tag begleitete ich Anne-Claire nach Hause. Es war so schönes Wetter, daß wir am Seineufer spazierengingen. Bis ich von dort zu Fuß zurückkomme, ist es spät. Ich habe kein Brot und kein Hörnchen bei mir.

Bei dem italienischen Laden springt Leo pünktlich hervor; kaum bin ich außer Schußweite, galoppiert er zurück und rennt verzweifelt auf dem Damm herum. Ist es Einbildung, oder sucht er wirklich das Stückchen Brot? Sollte die schmutzige, ekelhafte Ratte Verstand haben?

Ich beschloß, von nun an Leo systematisch etwas mitzubringen und den Fall zu studieren.

Bei unserer nächsten Zusammenkunft erzählte ich auch Anne-Claire die Geschichte, aber sie interessierte sich gar nicht dafür. Im Gegenteil, sie rückte von mir ab und hatte erschrockene Augen.

«Sag, warum machst du solche Sachen?»

«Was für Sachen?»

«Mit Ratten anzubinden! Einmal wird sie dich beißen.»

97

«Und wenn sie mich beißt? Was kümmert's dich?»
Plötzlich klammert sie sich an mich.
«Das würde mir sehr weh tun.»
«Liebst du mich denn?»
«Ein bißchen.»
«Warum nur ein bißchen?»
«Weil ich nicht mehr mag.»
«Warum nicht?»
«Du liebst mich ja gar nicht!»
«Ich liebe dich nicht? Wie kommst du darauf?»
«Du sagst es mir nie.»
«Ich liebe dich aber, auch wenn ich's nicht sage. Ich liebe dich sehr.»
«Wirklich?»
«Ja. Heute bist du sehr schön, Anne-Claire.»
«Wirklich? Gefalle ich dir?»
«Sehr. Hast du Lust, zu mir zu kommen?»
«Nein, nein. Bleiben wir nur hier im Garten.»
Später spazieren wir durch beide Observatoiregärten. Nur ich spreche; sie antwortet kaum, als achte sie gar nicht auf mich.
«Was hast du denn? Warum bist du so merkwürdig?»
«Ich bin gar nicht merkwürdig.»
«Leugne nicht! Ich kenne dich gut genug, um zu merken, daß mit dir etwas los ist! Langweile ich dich?»
Sie schweigt ein wenig, sagt dann leise:
«Monpti, ich fahre fort.»
«Wann?»
«Heute abend.»
«Wohin?»
«Nach Grenoble.»
«Trotzdem könntest du zuhören, wenn ich zu dir spreche. Ich werde dich zur Bahn bringen.»
«Nein, nein, ich will nicht.»
«Nein? Und wann kommst du zurück?»
Sie senkt den Kopf und antwortet nicht.
«Wann?»
Stille.
«Warum gibst du keine Antwort? Wann kommst du zurück?»
«Ich weiß nicht.»
«Du weißt nicht, wann du nach Paris zurückkommst?»
«Nein.»
«Wirst du mir auch nicht schreiben?»
«Ach, schreiben...? Nein, ich schreibe dir nicht. Es war schön, es war gut, mit dir beisammen zu sein, du warst sehr nett, und jetzt ist es aus. Einmal wäre es ja sowieso aus gewesen. Du wärst weggefahren, jetzt fahre eben ich. So ist es noch schöner.»
«Also dann... leb wohl, Anne-Claire.»
«Sei nicht traurig, Monpti. Du wirst eine andere finden. Eine andere Anne-Claire.»

«Lassen wir das Komödienspiel! Wir wollen rasch Schluß machen. Leb wohl.»

«Du willst mich nicht einmal begleiten?»

«Nein. Es hätte keinen Sinn. Adieu!»

Sie hält meine Hand, läßt sie nicht los.

«Laß mich gehen.»

«Nein.»

«Wozu dieses Theater?»

«Ich verreise ja gar nicht.»

«Du verreist nicht?»

«Nein.»

«Warum hast du es denn gesagt?»

«Ich wollte dich nicht mehr sehen.»

«Warum nicht?»

«Weil ... warte, das ist so merkwürdig. Setzen wir uns, aber nicht auf die Sessel, für die muß man bezahlen. Hierher, auf die Bank ... Versprich mir, daß du mich ruhig zu Ende hören wirst ... Ich habe dich angelogen. Es ist gar nicht wahr, daß ich den ganzen Tag nichts mache. Ich arbeite.»

«Du arbeitest?»

«Ja.»

«Weshalb hast du mich angelogen?»

«Damit ich dir besser gefalle. Jetzt hatte ich zwei Wochen Urlaub, und habe hier im Garten meine Sommerfrische verbracht. Ich kann jetzt nicht mehr kommen, die Zeit ist um. Wenn du es nicht glaubst, kannst du den Bürochef fragen. Die kleinen Beamten bekommen ihren Sommerurlaub immer erst im Herbst.»

Anne-Claire ist eine kleine Beamtin.

«Wohnst du gar nicht bei deinen Eltern?»

«Doch, aber ich muß arbeiten. Ich dachte, ich liebe dich gar nicht so sehr und wir können auseinandergehen. Ich wollte dir nicht sagen, daß ich arbeite und wir uns deshalb tagsüber nicht mehr sehen können. Jetzt fühle ich, daß ich dich nicht verlassen kann. Ich habe mich an dich gewöhnt. Du weißt gar nicht, wie man sich an dich gewöhnen kann. Ich denke so oft an dich! — Was jetzt wohl mein kleiner Fremder macht...»

Mein Gott, sie hat eine Stellung und schämt sich noch deswegen.

«Wie sind deine Bürostunden?»

«Von acht bis zwölf und von zwei bis sechs.»

«Wo arbeitest du?»

«In einem Büro, ich bin Aide-comptable.»

«Ist die Arbeit schwer?!»

«Nein; ich muß nur sehr zeitig aufstehen, weil das Büro weit von hier ist.»

«Sag mal ... hmh ... wieviel verdienst du?»

«Zwei Franken die Stunde. Warum?»

«Nur so, es hat mich interessiert, ob man damit auskommen kann.»

«Sehr schwer, Monpti, dabei mache ich alles selbst, ich räume auf, koche, nähe und bügle sogar.»

«Habt ihr kein Dienstmädchen?»
«Doch, Monpti... aber... sag, willst du mich begleiten?»
Wir trennen uns bei der Avenue des Gobelins.
«Weiter darfst du nicht kommen. Wenn mein Papa dich bemerkt, geht's schief.»
«Was wäre dann?»
«Er ist imstande, dich zu erschießen.»
Ich werfe mich in die Brust. Ich entwickle mich zu einer wichtigen Persönlichkeit in Paris, man will mich sogar erschießen. — Gewiß sagt Papa das nach dem Nachtmahl, während er dem Rauch seiner Zigarre nachstarrt:
«Ich schieß ihn nieder wie einen tollen Hund.»

Wie könnte man zu Geld kommen? Nach einem Posten kann ich mich nicht mehr umsehen. Ich muß Anne-Claire jeden Tag im Garten treffen, das ist schon eine Beschäftigung.
Plötzlich fällt mir ein, daß ich ein kleines goldenes Marien-Medaillon habe. Das könnte man verkaufen. (Eine Frau mußte in mein Leben treten, damit mir das einfällt.)
Vor meiner Abreise nach Paris habe ich's von einem Mädchen zum Andenken bekommen: «Sie werden sehen, dieses kleine Medaillon hilft Ihnen, wenn Sie in Not kommen!»
Stimmt. Es hilft, wenn ich's verkaufe. Ich glaube, es ist doch keine Gemeinheit dabei. Deshalb kann ich ja noch immer an die denken, die es mir geschenkt hat. Auch ich habe ihr einen kleinen goldenen Ring zum Andenken gegeben.
Nein. Es ist doch eine Gemeinheit. Ich verkitsche es nicht.
Ich trug das Medaillon zu einem Juwelier auf dem Boul' Mich', nachdem ich eine halbe Stunde vor dem Schaufenster auf und ab gegangen war. Er war ein dünnhalsiges Männchen mit einem Vogelkopf. Er klemmte eine Lupe ins Auge und untersuchte eingehend das Marien-Medaillon. Schließlich erklärte er, mit der Kette zusammen würde er dreißig Franken dafür bezahlen. Dann war ja das Ding zumindest hundert Franken wert.
Im Interesse der Liebe muß ich meinen Organismus erhalten. Andrerseits muß in zwei Wochen die Miete gezahlt werden; macht hundertfünfunddreißig Franken. Von diesen dreißig Franken lebe ich vorläufig noch eine Woche lang, außerdem habe ich eine Woche darüber auch mein Zimmer noch. Was dann sein wird, werde ich sowieso erfahren.
Ich sollte das nicht erfahren?

Wir treffen uns jetzt immer so, daß ich Anne-Claire um sechs Uhr vor dem Büro erwarte und nach Hause begleite, das heißt, nur so weit, wie sie es erlaubt. Samstag nachmittag ist sie frei und wir können bis zum Abend zusammenbleiben. Sonntag sehen wir uns nie, da ist sie bei ihren Eltern. Auf meine taktvollen Erkundigungen nach der Familie antwortet sie mir, ihre Mutter sei wunderschön und sehr nett, der Vater dagegen sehr streng.

«Wen liebst du mehr?»

«Die Mama», sagt sie und ihre Stimme wird ganz weich.

Nach der Tagesarbeit ermüdet das Spazierengehen Anne-Claire; sie kommt zu mir oder ich begleite sie mit der Métro nach Hause. Jeden Abend erwarte ich sie um halb sieben vor dem Büro. Sie ist um sechs Uhr fertig, aber bis sie sich zurechtgemacht hat, vergeht eine halbe Stunde. Es arbeiten an die zwanzig Leute im Büro und es gibt nur einen Waschtisch; natürlich ist das Gedränge groß und jeder will als erster drankommen.

Einmal sah ich einen blauen Fleck auf ihrem Arm; sie sagte, daß die andern sie gegen den Waschtisch gestoßen haben. Von da an stürzte sie jeden Abend schon um sechs aus dem Büro; so wie sie ging und stand, mit tintenklecksigen Fingern, schief aufgestülptem Hut. In den zweiten Mantelärmel schlüpfte sie erst auf der Straße; wir rannten zur Métrostation und sie brachte sich erst bei mir oder zu Hause in Ordnung. Nur um Zeit zu gewinnen, damit wir möglichst viel beisammen sein könnten.

Auch das Wettrennen zur Métrostation hat seinen Sinn. Um sechs Uhr schließen die großen Warenhäuser, die Büros; da ergießt sich ein wahres Menschenmeer in die Métrostationen. Jeder fährt mit der Métro, das ist das billigste und rascheste Verkehrsmittel. Um sechs Uhr kann man mit Mühe und Not noch einen Platz bekommen; um halb sieben ist es fast unmöglich. Um die Zeit stehen die Leute schon auf der Straße Schlange, wiewohl die Métro jede Minute verkehrt. Deshalb müssen wir tüchtig laufen, um die Entfernung zwischen dem Büro und der nächsten Métrostation, die eigentlich zehn Minuten Gehzeit beansprucht, in drei Minuten zurückzulegen.

Die Métrofahrten bleiben auf jeden Fall sehr eindrucksvoll. Manchmal sind so viel Leute da, daß man den Boden mit den Füßen gar nicht berührt und bei größeren Stationen von der aussteigenden Menge einfach mitgerissen wird, ob man will oder nicht.

Es kam vor, daß Anne-Claire einen halben Meter hoch in die Luft gehoben und von mir weggeschoben wurde. Sie hatte nur noch Zeit, mir zuzurufen:

«Paß auf, Liebling, wohin man mich bringt, und komm mir nach!»

Anfangs fehlten die ungestörten Stunden der früheren Nachmittage sehr: der Luxembourg-Garten... Alles das mußte man vergessen. Wir konnten nur eine Stunde beisammen sein, und auch das nicht jeden Tag. Es war täglich weniger zu hoffen, daß sie mir jemals ganz gehören würde.

Eines Tages schneit sie plötzlich herein, am frühen Nachmittag, mit roten Wangen und strahlenden Augen.

«Küß mich sofort und mit recht viel Leidenschaft!»

«Warum? Was ist los?»

«Noch mehr... noch... noch!»

«Genug! Was hast du denn?»

«Die Sonne scheint ein bißchen, und das macht mich ganz verrückt. Mach das Fenster auf, es ist so schön draußen, und du sitzt hier im dumpfen Zimmer.»

«Was ist mit dir, wieso bist du da?»

Sie öffnet das Fenster. Das warme Licht fällt auf die rußigen Dächer und die schwarzen Kamine. Ein kleines Lichtbündel fällt auch ins Zimmer.

«Siehst du, Monpti.»

Sie breitet die Arme aus und fällt mir mit einem wahren Hechtsprung um den Hals.

«Was gibt's denn? So antworte doch endlich! Wieso kommst du um diese Zeit?»

«Heute nachmittag muß ich nicht ins Büro; ich habe frei bekommen und bleibe bis zum Abend bei dir. Hast du nichts zu tun?»

«Nein.»

«Dann werde ich dir eine nette kleine Arbeit geben. Du setzt dich hier in den Fauteuil, ich setze mich auf deinen Schoß, und du erzählst mir, wie du mich liebst. Erst küß mich. Noch... noch... noch...»

«Was hast du denn?»

«Man hat mein Gehalt erhöht.»

«Ach so. Also nur deswegen.»

«Es ist ja nicht wahr. Man hat mein Gehalt gar nicht erhöht.»

«Also kriegst du jetzt mehr Gehalt oder nicht?»

«Nein. Ich bleibe bis fünf Uhr bei dir, dann gehe ich ins Büro.»

«Du sagtest doch eben, daß du nicht mehr ins Büro mußt.»

«Wann habe ich das gesagt?»

«Vorhin, als du kamst.»

«Vor fünf Uhr brauch' ich ja nicht...»

«Du lügst schon wieder. Gestern hast du auch gelogen. Du sagtest, dein Bürochef habe einen langen Bart, und fünf Minuten später zeigtest du mir einen glattrasierten alten Herrn auf der Straße — das sei dein Bürochef.»

«Er hat sich inzwischen gewiß den Bart abnehmen lassen.»

«Hör auf. Du hast ihn sofort erkannt und sagtest nicht: ‹Schau, der hat plötzlich keinen Bart mehr›, du sagtest: ‹Dieser ekelhafte Kerl ist unser Bürochef.› Wer ist also der Trottel von uns beiden?»

«Der Bürochef.»

«Wir wollen nicht geistreich sein, meine Liebe. Du lügst überhaupt immer. Ich mache dich darauf aufmerksam, ich krieg dich satt, wenn das so weiter geht.»

«Paß auf, Monpti, ich werde nie mehr im Leben lügen!»

«Oh!»

«Doch; ich habe damit schon angefangen.»

«Wie soll ich das verstehen?»

«Einfach so, Monpti: ich werde nur andere Leute anlügen, dich nie mehr. Schau, was ich dir mitgebracht habe!»

Sie holt eine Photographie aus der Handtasche.

«Ich habe sie jetzt machen lassen. Wie gefällt sie dir?»

«Du bist sehr schön.»

«Lies meine Widmung; ich habe sie auf die Rückseite geschrieben.»

«La petite folle à son grand fou. Meinem großen Narren seine kleine Närrin.»

«Mach mir den Hof, Monpti. Du kannst ja nicht ein bißchen schöntun.»

«So eine zwecklose Hofmacherei...»

«Woher weißt du das? Ach, wenn du ein Franzose wärst! Die können reden! Allerdings — die Hälfte ist gelogen, aber doch... Bei dir genügt es mir, wenn du sagst: Du Süße.»

«Also: du Süße.»

«Aber nicht so!»

«Komm zum Fenster, Anne-Claire. Siehst du, das ist Paris. Eine graue Masse von Hausungeheuern und Dächer-Herden, unter welchen die Menschen wie die Ameisen leben. Jeder Augenblick hat seinen Kummer und seine Freude. In jedem Augenblick entsteht in einem Hirn ein verbrecherischer Gedanke. In jedem Augenblick wird gebetet und in jedem Augenblick wird gehurt. In jedem Augenblick wird eine Frau geküßt und ein Mann betrogen. Französisch heißt man das: L'homme cocu.»

Bei diesem Wort klammert sich Anne-Claire wild an mich.

Was ist das? Sollte sie mich schon betrogen haben?

«Sag hast du mich schon betrogen?»

Nach einer kleinen Pause sagt sie langsam: «Ja.»

Ihr Gesicht ist unbeweglich, sie schließt die Augen.

«Wie oft?»

«Nur einmal.»

«Wann?»

«Gestern.»

«Gestern?»

«Hmhm.»

Ihr Gesicht sehe ich nicht, sie lehnt den Kopf an meine Brust und umarmt mich krampfhaft.

«O Monpti», seufzt sie.

Mahnend klopft mein Herz, ich soll doch schon aufhören, es habe genug von den Aufregungen. Ich will aber alle Einzelheiten wissen.

«Bist du zu jemandem in die Wohnung gegangen?»

«Nein.»

«Bei dir zu Hause...?»

«Ja.»

«Wer war es?»

«Ich weiß nicht.»

«Ein Franzose?»

«Ich weiß nicht.»

«Was heißt denn das? Habt ihr denn gar nicht miteinander gesprochen?»

«Nein.»

«Jetzt sagst du mir augenblicklich, wie es passiert ist, du...»

«Er ging sofort weg.»

«Natürlich, wozu hätte er bleiben sollen, du Schlampe.»

Plötzlich reißt sie den Kopf hoch, ihr Gesicht brennt.

«Was hast du gesagt?! Damit du's weißt: ich bin unschuldig!»

«Ich werde dich zu einem Arzt führen, du kranke Seele. Übrigens ... es lohnt sich gar nicht.»

«Wohin gehst du, Monpti? Hör mich an, es war nur ein Scherz. Ich habe es nur geträumt. Gestern nacht habe ich's geträumt. Sei mir nicht böse.»

«Eine Jungfrau kann keine so gemeinen Träume haben.»

«Na, mein Lieber, erzähl mir nur nicht, was für Träume eine Jungfrau hat. Sag, hat es dir sehr weh getan?»

«Sehr.»

«Dann liebst du mich ja. Ich denke schon lange darüber nach, ob du mich liebst. Gib acht, bist du verrückt, du zerreißt mir ja mein Kleid ... gib Ruh, sonst geh ich.»

«Ich halte es nicht mehr aus.»

«Natürlich hältst du es aus. Erzähl weiter: Was gibt es noch jeden Augenblick in Paris?»

«Jeden Augenblick wird jemand verrückt, und jetzt ist wahrscheinlich die Reihe an mir.»

«Du wirst nicht verrückt. Wenn du so bist, kriegst du nicht einmal einen Kuß.»

«Ich bin sechsundzwanzig Jahre alt — ich kann nicht wie ein Einsiedler mit dir leben.»

«Na, dann verschaff dir eine kleine Freundin, die sich dir hingibt. Dann wirst du nicht mehr so aufgeregt sein und dich mir gegenüber anständiger und netter benehmen.»

«Eine Freundin? Und das sagst du mir?»

«Nur für das eine.»

«Dann lasse ich dich stehen.»

«Deshalb läßt du mich noch nicht stehen. Das weiß sogar ich.»

«Du verstehst ja sehr viel von diesen Dingen. Und du unterstehst dich noch, mir zu sagen, daß du mich liebst? Auf diese Liebe verzichte ich.»

«Wenn du meine Liebe so nicht brauchst, dann mußt du dich rein menschlich um mich kümmern.»

«Rein menschlich interessierst du mich nicht.»

«So? Ich danke.»

Sie nimmt den Mantel und will fort. Sie pudert sich das Gesicht, zieht mit dem Stift die Lippen nach; ihre Bewegungen werden immer langsamer und gedehnter. Als sie fertig ist, bleibt sie still vor mir stehen, als warte sie auf etwas.

Ich sage keine Silbe.

Eine Zeitlang wartet sie noch, reißt dann plötzlich den Kopf hoch, geht zur Türe, macht sie auf, bleibt einen Augenblick stehen, dreht sich zu mir um und sagt ungarisch:

«Servus.»

«Servus.»

Sie schließt die Tür hinter sich, ich höre aber nicht, daß sie fortgeht.

Ich warte ein paar Minuten, dann gehe ich hinaus. Sie lehnt sich im finstern Korridor an die Wand und weint.

Ich nehme sie beim Arm und führe sie ins Zimmer.

«Ich wollte dich nicht kränken, du Dummchen. Wein doch nicht. Ich liebe dich auch als Menschen. Weißt du denn, was für ein anständiger Mensch du bist?»

Sie schluchzt plötzlich krampfhaft los.

«Ich bin so unglücklich... den ganzen Tag... arbeite ich... und renne zu dir... wie eine Verrückte... und... du... tust... mir... das... an...»

«Heul doch nicht.»

Jetzt darf man sie nicht trösten, sonst heult sie nur noch verzweifelter. Wenn ich keine Kenntnis davon nehme, hört sie sofort auf, schnupft noch ein paarmal, putzt sich die Nase und ist wieder still. Man muß mit ihr reden — über irgendeine Belanglosigkeit. Sobald sie sieht, daß ihre Tränen mich nicht rühren, hört auch der Schmerz auf.

«Weißt du, was ich machen will, wenn ich einmal hunderttausend Franken habe? Anne-Claire, paß auf! Hörst du?»

Sie erhebt sich langsam vom wackligen Bett, über das sie sich in Mantel und Hut schluchzend geworfen hatte, und hebt die tränenvollen Augen zu mir auf.

«Was würdest du tun?»

«Vor allem würde ich das Hotel Riviera kaufen und den Fliegenäugigen wie eine tote Ratte auf den Nachbarhof werfen.»

«Und was würdest du dann mit dem Hotel machen?»

«Verkaufen. Sag doch selbst: was soll ich mit diesem schäbigen Kasten? Ich würde ein herrliches Auto kaufen. Ich würde mich fein herausstaffieren. Dann käme ich zu dir ins Büro und würde deinem Bürochef zwei Ohrfeigen geben.»

«Warum würdest du das tun?»

«Damit man dich hinauswirft.»

«Wovon sollte ich dann leben?»

«Das fragst du noch, wo ich hunderttausend Franken habe?»

«Bis dahin wirst du nicht einen einzigen Centime mehr haben.»

«Lassen wir das. Was würdest denn du machen, wenn du hunderttausend Franken hättest? Warte mal. Wir wollen sagen, du sitzt eines Tages im Büro und man drückt dir hunderttausend Franken in die Hand. Was machst du zuerst?»

«Um zwölf gehe ich aus dem Büro...»

«Was? Du kannst bis Mittag weiterarbeiten, wo du doch so viel Geld hast?»

«Was soll ich denn tun? Sonst wirft man mich hinaus. Ich wäre ein bißchen nervös.»

«Schön, ich habe nichts gesagt. Was machst du dann?»

«Ich komme aus dem Büro, gehe zur Métro...»

«Du setzt dich in die Métro, mit hunderttausend Franken?»

«Du vergißt, daß ich eine Wochenkarte habe!»

«Die wirfst du eben weg! Sag schon!»

«Wegwerfen? Bist du wahnsinnig? Damit sie jemand findet?»

«Na schön. Und dann?»

«Dann würde ich dir einen großen Rosenstrauß kaufen und ginge mittagessen.»

«Wohin?»

«Ins Julien.»

«Zu drei Franken fünfzig?»

«Nein. Zu sieben Franken. Du wärst ja mit. Dann würde ich für die restlichen neunundneunzigtausend und etliche Franken deine sämtlichen Zeichnungen kaufen.»

«Anne-Claire, diese Zeichnungen sind nichts wert ... du, beiß mich nicht!»

«Willst du, daß ich dir etwas sage?»

«Ja.»

«Ich habe heute im Büro über das Leben nachgedacht.»

«Denk nicht nach, mein Liebling, du weißt, jeder Streit beginnt damit.»

«Eines Tages verreist du, ich werde es vielleicht gar nicht wissen. Eines Tages klopfe ich vergebens an deine Tür. Jeder ist glücklich, wenn er jung ist. Ich war noch niemals glücklich. Jetzt bin ich zwanzig Jahre alt.»

«Zwanzig?»

«Neunzehn.»

«Laß das, ich weiß ja selbst nicht mehr, was du gesagt hast.»

«Ich will auch einmal glücklich sein. Wo ist denn das Glück?» fragt sie. «Wo ist es? Où est-il?» und sieht sich im Zimmer um, als wollte sie es hier suchen.

«Hier darfst du es nicht suchen. Ich habe meins auch in diesem Zimmer verloren.»

«So habe ich über das Leben nachgedacht», versetzt sie ganz schüchtern; es ist ihr anzumerken, daß sie die ganze Sache längst bedauert.

«Ich soll dich also heiraten?»

«Frechheit!»

Augenblicklich weiß ich nicht, wieso. Habe ich sie beleidigt, weil mir die Ehe nur auf diese Weise eingefallen ist, oder habe ich sie beleidigt, weil ich unsere Liebe so unterschätze, daß ich schon von Ehe spreche?

«Ich will dir beweisen, daß ich dich liebe. Gib mir eine Gelegenheit dazu.»

«Bitte sehr – hier hast du gleich eine: hör mit diesem Gespräch auf.»

«Hab keine Angst, ich will nicht, daß du mich heiratest, ich möchte nur mit dir zusammenziehen. Ich würde deine Sachen in Ordnung halten und auf ungarisch für dich kochen. Ich weiß bloß noch nicht, wo man Paprika bekommt. Hab keine Angst, ich schwärme für Paprika, er ist mir nur noch ungewohnt. Schreibe mir alle deine Lieblingsspeisen auf ein Blatt Papier auf. Wir müssen eine ganz kleine Wohnung mieten und einrichten. Einen Kanarienvogel müssen wir auf alle Fälle kaufen. Dort in der kleinen Wohnung will ich ganz dein werden.»

«Der Kanarienvogel muß unbedingt Eukalyptus heißen.»

«Na siehst du? Es ist ganz einfach, glücklich zu sein, man muß nur wollen. O Monpti, wir brauchen nichts als ein kleines Zimmer und eine winzige Küche. Das Zimmer wird dir gehören, die Küche mir. Du kannst im Zimmer den ganzen Tag lang ungestört zeichnen, während ich im Büro bin. Ich werde sparen, du kannst ja mit Geld nicht umgehen. Und wenn du einmal wegfährst, wirst du wieder zurückkommen und alles genauso finden, wie es war. Mich auch. Denn siehst du, sonst renne ich bloß den ganzen Tag zwischen meiner Wohnung und dem Büro und deiner Wohnung herum, wie eine verrückte Tanzmaus. Ist das ein Leben?»

«Und was würden deine Eltern dazu sagen?»

«Ja, richtig», sagt sie und wird mit einemmal ernst. «Wir müssen aus Paris fliehen.»

«Wohin?»

«In deine Heimat — geht das nicht?»

«Nein.»

«Dann gehen wir nach London.»

«Kannst du denn Englisch?»

«Nein, aber das macht nichts. Ich kaufe mir gleich morgen eine englische Grammatik.»

«Und was geschieht, wenn du von mir fortgehst, Anne-Claire, und nicht ich von dir?»

«Ich? Pas possible! Ganz unmöglich!»

«Ja, du.»

«Du — du verläßt mich nicht?»

«Nein.»

«Dann küß mich, und wir wollen nicht mehr davon sprechen.»

Ich umarme ihre schlanke Gestalt im dünnen Kleid; sie schmiegt sich ganz fest an mich und reicht mir den Mund.

«Nicht wahr — das wird nicht immer so sein?» sagt sie in diesem langen Kuß.

«Anne-Claire, sieh dir Paris noch einmal an», — ich zeige ihr durch das offene Fenster das Dächermeer hinter schwarzen Schornsteinen, in der nebligen Ferne. «Diese Stadt wird einmal erfahren, wer ich bin — jetzt weiß sie es noch nicht. Auch du kennst mich nicht, Anne-Claire. Ja, sogar ich selbst kenne mich noch nicht.»

Sie fährt mit den Fingern in mein Haar und küßt mich auf die Augen.

«Siehst du, wenn du so nett bist und so goldig zu mir sprichst, dann liebe ich dich schrecklich und pfeife auf die Zukunft. Je m'en fous de l'avenir. Aber das sollst du nicht lernen, das ist ein Argotausdruck.»

«Willst du mit mir nachtmahlen gehen?»

«Wenn du mich einladest?»

«Wir gehen ins Julien.»

«Ich zahle meinen Teil selbst.»

«Dann geh nur allein.»

«Ich gehe nur, wenn du mitkommst. Küß mich, Monpti, aber recht lange.»

Nach dem Essen zahle ich und lege zwei Franken Trinkgeld auf den Tisch. Man soll sehen, daß ein Kavalier hier gewesen ist, dessen Ahnherr am Hofe des Königs Matthias ein großes Tier war. Ich gehe stolz, vornehm erhobenen Hauptes hinaus.

Draußen sagt mir Anne-Claire: «Na, da hast du sie.»

«Was?»

«Deine zwei Franken. Ich habe sie zurückgestohlen.»

19 HEUTE MORGEN TRAF ICH DIE INSTITUTSBACKFISCHE AUS DER Sankt-Jakobs-Straße.

Sie gingen paarweise hintereinander und amüsierten sich damit, daß sie versuchten, ihren Vordermädchen auf die Füße zu treten. Alle waren gleich angezogen und trugen breitkrempige Hüte, unter denen die katzengrauen und braunen Augenpaare boshaft hervorblinkten. Ihre Nasen glänzten noch fettig, manche haben Pickel im Gesicht, aber allen schwellen schon die Brüste. Einige haben noch gar keine Hüften und dünne Storchenbeine, aber unter ihren Stupsnasen hüpfen und tanzen zwei mächtige Brüste. Wie soll das erst werden, wenn sie Mamas sind.

Sie sehen sich alle Männer genau an und flüstern untereinander.

Vorne geht mit steifer Würde die Lehrerin und versetzt ihrem langen Mantel mir ihren flachen Absätzen bei jedem Schritt einen Fußtritt.

Ein breitnasiges Mädchen wirft mir eine Kußhand zu.

Ich wende mich um: wem hat das gegolten? Die Backfische kichern und wiehern wie junge Füllen. Die Lehrerin dreht sich um und klatscht zweimal in die Hände.

Gewiß gibt es ein, zwei unter ihnen, die später einmal süße, niederträchtige Luder sein werden, für die man jede Verrücktheit begehen könnte.

Auch Anne-Claire ist als kleines Mädchen so gewesen...

In einem Schaufenster des Boul' Mich' sah ich eine schöne graue, blaugestreifte Krawatte: ganz schmale Streifen. Sie war einfach herrlich. Auch der Preis war angeschrieben. Unsinn, für sowas habe ich kein Geld. Doch! Es bleibt mir sogar noch etwas. Kakao ist auch noch da. Na, und wenn er ausgeht? Diese paar Tage zählen wirklich nicht. Wenn einer verliebt ist, soll er sich nicht immer um seine ‹Innereien› kümmern, um seinen Bauch. Man muß auch auf seine äußere Erscheinung achten.

Wie ein Schlafwandler trete ich in den Laden.

Man zeigt mir nun auch andere Krawatten. Die ich in der Auslage sah, wirkt in der Hand ganz anders. Zwei andere Krawatten gefallen mir besser. Die eine ist schön dunkelblau mit hellblauen Streifen, die andere rot mit dunkelroten Streifen.

Die blaue wird gekauft.

Zu Hause binde ich sie sofort um – und sehe, daß mir die Farbe nicht zu Gesicht steht. Die rote wäre besser gewesen. Man muß sie umtauschen.

Die Franzosen sind sehr nette Leute, bestimmt tauschen sie mir meine Krawatte um. Es sind noch keine zehn Minuten her, daß ich sie gekauft habe.

Ich gehe hin und trage sie zurück.

«Bitte, meinem Freund, dem ich die Krawatte schenken wollte, gefällt die Farbe nicht. Er möchte lieber die rote haben.»

«Bitte sehr.»

Zu Hause fällt mir plötzlich ein, daß Anne-Claire rot nicht leiden kann. Sie sagt immer, die rote Farbe bringe ihr Unglück. Wenn die Krawatte Anne-Claire nicht gefällt, so war's doch schade, sie zu kaufen. Am besten, ich sage dem Gehilfen im Laden, mein Freund sei abergläubisch und liebe die rote Farbe nicht. Ich will doch die Krawatte kaufen, die mir zu allererst im Schaufenster gefallen hat.

Ich trage die rote Krawatte zurück und erkläre, worum es sich handelt. Einer der Gehilfen bemerkt halblaut:

«Wie kann jemand einen so schwierigen Freund haben?!»

Man gibt mir die erste Krawatte. Es nützt nichts, sie gefällt mir überhaupt nicht mehr, aber was kann man da machen?

Man packt sie ein. Der Geschäftsführer wendet sich an seinen Gehilfen:

«Herr Maurice, ich gehe jetzt zu Tisch. Wenn der Herr mit der Krawatte wieder zurückkommt, tauschen Sie sie ihm nur um. Bonjour, Monsieur.»

Auf dem Nachhauseweg entdecke ich in einem anderen Laden eine viel schönere Krawatte um den halben Preis. Ich wende den Kopf ab, um sie nicht zu sehen.

Die Krawatte kam so, wie sie war, in den Schrank, ich trug sie kein einziges Mal.

Kaum habe ich den Mittagskakao ausgetrunken und die Tasse und das Kochgeschirr weggeräumt, klopft es an der Türe. Anne-Claire tritt sehr aufgeregt ein.

«Servus. Ich bin nur auf einen Sprung gekommen. Ich muß gleich wieder ins Büro.»

«Leg den Mantel ab.»

«Ich habe nicht viel Zeit. Die ganze Nacht konnte ich nicht schlafen, weil ich dich gestern angelogen habe.»

«Es wundert mich, daß du gerade gestern nicht schlafen konntest; na, du wirst dich schon daran gewöhnen.»

«Du hast gesagt, wenn ich dich noch einmal anlüge, kriegst du mich satt und willst mich nicht mehr sehen.»

«Richtig. Künftighin wird es aber viel einfacher sein, wenn du mich darauf aufmerksam machst, daß du ausnahmsweise die Wahrheit sagst.»

Sie schaut mich totenblaß an.

«Also, was gibts denn?»

«Ich sagte dir gestern, daß ich zwei Brüder habe.»

«Stimmt. Nebenbei: ich habe dich gar nicht danach gefragt. Warum sagtest du das?»

«Weil ich vorgestern behauptete, gar keinen Bruder zu haben, und weil ich wollte, daß du alles weißt.»

«Mit einem Wort, du hast auch gestern gelogen?»
«Ja.»
«Und auch vorgestern?»
«Auch vorgestern...»
«Und wobei bleibt es jetzt?»
«Ich habe bloß einen Bruder.»
«Weißt du, die ganze Geschichte ist mir widerlich. Was ist jetzt richtig? Hast du zwei oder hast du keinen? Ich bringe dich um, wenn du noch einmal lügst.»

Ich drücke ihre Hand so fest, daß sie fast aufschreit.
«Wie viele Brüder hast du?! Antworte!»
«Zwei. Laß mich los», sagt sie leichenblaß und stürzt davon.

Was war das? Weshalb kam sie eigentlich? Als sie kam, hatte sie auch zwei Brüder.

Zum nächsten Rendezvous erscheint sie strahlend, als wäre nichts vorgefallen.

Na, über ihre Brüder werden wir nicht sprechen, das ist einmal sicher.

«Il faut prendre le temps comme il vient, le vent comme il souffle et la femme comme elle est», sagt Musset. Aber ekelhaft ist es doch.

Sie bleibt vor mir stehen und sagt:
«Servus. One, two, three, four, five, six, seven, eight, nine, ten.»
«Was heißt denn das?»
«Ich kann schon englisch zählen. Das ist das wichtigste, damit man nicht beschwindelt wird. Du sagtest ja, daß wir nach London fahren wollen.»
«Ich?!»

Sie nimmt eine Zeichnung von meinem Tisch.

Ich habe das Blatt gestern abend aus dem Kopf gezeichnet; eine nackte Frau. Wenn man keine hat, zeichnet man sich eine schöne Frau, noch dazu gleich nackt. Sehr praktisch.

«Wer ist diese Frau?»
«Niemand.»
«Das ist nicht wahr. Du hast sie so gesehen und dann gezeichnet.»
«Das bist du.»

Ihr Mund zittert ein bißchen.

«Es ist ein Jammer, daß ich diese Zeichnung nur aus dem Kopf machen kann. Ich wollte dich schon längst bitten, dich einmal aus wissenschaftlichen Gründen ganz auszuziehen, damit ich deinen Akt sehen kann.»

«Wieso aus wissenschaftlichen Gründen?»

«Schau, Anne-Claire, du bist eine intelligente Frau. Ich schreibe ein Buch: ‹Zusammenhänge der psycho-pathologischen Sexualbiologie und der psychographischen Pitulenz›. Es sollen fünf Bände werden. Auf Seite zweihundertsechsundsiebzig, in der siebenten Zeile von unten, bin ich stecken geblieben. Nur du kannst mir helfen. Weißt du, alle Frauen sind so sinnlich, sind außerstande, im Zusammenhang mit ihrem nackten Körper wissenschaftliche Dinge zu denken; sie haben andres im Kopf. Du bist eine Ausnahme.»

«Was willst du mit meinem nackten Körper machen?»
«Ich will jeden kleinsten Muskel messen. Ich muß wissen, wie sich die Parallele der Entfernung zwischen den Brüsten zu einem Drittel der Entfernung zwischen dem Nabel, dem Nombril, und einem Drittel der Augenbrauen verhält. Denn vorausgesetzt, daß A plus B—C—$^{3}/_{4}$ und c^{4}—sch^{8}, dann erhebe ich das zum Quadrat, gehe zum Kreis über und so weiter.»
«Zerreiße diese Zeichnung sofort. Gib sie her.»
«Bitte.»
Sie zerreißt das Papier, daß es nur so kracht.
«Ich kann also auf dich rechnen?»
«Was ist das eigentlich, Pitulenz? Keine Schweinerei?»
«Aber! Denk bloß an die Schwingungen der Atome. Wieso denn Schweinerei?»
«Also gut.»
Morgen ist ohnedies Samstag, sie wird es tun...
Ich konnte die ganze Nacht nicht schlafen. In aller Frühe kaufte ich ein Zentimetermaß und starrte mit brennenden Augen auf den Wecker. Noch fünf Stunden, noch vier, noch drei.
Mittags blieb mir sogar die gewohnte Kakaoration in der Kehle stecken.
Teufel! Dieses Mädchen wird sich splitternackt vor mir ausziehen: ich werde wahnsinnig! Ich habe im Kamin Feuer gemacht, daß mir der Schweiß von der Stirn tropft. Sie soll nicht sagen, daß sie sich erkälten könnte.
Um drei Uhr erscheint sie.
«Servus, Monpti. Ich habe dir einen kleinen Strauß Blumen mitgebracht. Warum ist es hier so fürchterlich heiß?»
«Hast du schon vergessen, daß wir wissenschaftliche Versuche vornehmen wollen? Du hast versprochen, dich auszuziehen.»
«Ich?»
«Du.»
«Ich erinnere mich nicht, daß ich so was versprochen habe.»
«Wir wollen nicht länger streiten. Wenn du es nicht tust, begehe ich morgen Selbstmord — ich überlebe die Schande nicht, daß du mit mir nur spielst.»
Ihr Gesicht ist ganz weiß, sie setzt sich auf das Bett.
«Muß ich auch meine Schuhe ausziehen?»
«Die kannst du anbehalten.»
Sie seufzt tief und schlüpft langsam, mit großen Pausen, aus dem Kleid.
Sie trägt eine kleine Hemdkombination, kauert sich auf dem Bett zusammen und bedeckt ihre nackten Schultern mit den Händen. Ihre Augen brennen wie im Fieber.
«Miß mich so, aber beeile dich.»
«Hör mal, Anne-Claire. Beeilen kann ich mich dabei nicht», sage ich heiser. «Es gab einen altgriechischen Weisen, er hieß Pythonilli. Der hat die Grundlagen der ernsten Algebra niedergelegt. Weißt du, was Pythonilli sagt? ‹Jeder Frauenkörper war ideal rein, bevor man

ihm ein Strumpfband über die Schenkel zog.› Ziehe also auch deine Strumpfbänder aus, wenn du nicht willst, daß ich in dir eine Unreine erblicke. ‹Wo ist der Platz der Frau unter der Sonne? Vel in tumulo, vel in thalamo›.» (Eigentlich stimmt dieses Zitat gar nicht. Sie versteht aber keinen Schimmer davon, folglich macht's nichts.)

«Monpti, du erschreckst mich ja. Wie unmoralisch du bist!»

Sie zieht sich aus, und ich bin unmoralisch.

«Laß wenigstens dein Hemd bis zum Gürtel herunter. Denk an die Statuen in den Parks von Paris, die stehen alle nackt in öffentlichen Gärten, und denk an die Wissenschaft. Weißt du, wieviel Märtyrer die Wissenschaft hatte? Eines nackten Frauenkörpers muß man sich nur dann schämen, wenn er verkrüppelt oder von Hautausschlägen verunstaltet ist. Warum verbergen, wie Gott uns erschaffen hat? (Zu Ostern gehe ich beichten!) Wie würde eine Rose in Kombination aussehen, oder eine Kuh in Seidenstrümpfen? Ein Stier in langen Unterhosen?»

«Hör auf, sonst werde ich wahnsinnig; entweder du mißt jetzt sofort, was du messen willst, oder ich ziehe mich an. Eine Pitulenz gibt's gar nicht, ich habe gestern alle gefragt.»

«Jetzt wird mir alles klar; du hast bestimmt Ausschläge.»

«Schau her, du Frechdachs!»

Mit einer raschen Bewegung läßt sie das kleine Hemd von den Schultern gleiten und steht mit nacktem Oberkörper vor mir. Ihre schöngeformten, nackten Brüste strahlen aus dem dunklen Hintergrund, wie der blendend weiße Fleck plötzlich verschütteter Milch.

Es war nur ein Augenblick; schon reißt sie das Hemd hoch und greift nach ihrem Kleid.

«Erlaube mir wenigstens, zu messen.»

Die harten, kleinen Brüste spannen sich unter dem leichten Stoff. Das Zentimetermaß zittert in meiner Hand.

«Verzeih, Anne-Claire. Ich halte es nicht länger aus. Ich bin verrückt nach dir. Ich will dich haben.»

«Nein. Laß mich los, oder ich schreie.»

«Willst du nicht?»

«Nein.»

«Also schön. Merke dir's: ich werde dich nie wieder im Leben darum bitten. Lieber komme ich ins Irrenhaus, aber ich bleibe fest.»

Sie zieht sich ungestört an und wird immer lustiger. Sie singt sogar:

«J'aime tes yeux.	Ich lieb' deine Augen
Comme un enfant	Wie ein Kind
Aime un joujou	Spielsachen, die
Qu'on lui défend.»	Ihm verboten sind.

Wenn sich's eine Frau je einfallen lassen wird, nett und lieb gegen mich zu sein — die soll was erleben — ich will sie so quälen, daß — — — daß der Teufel alle Weiber — — —

Heute habe ich vom Stubenmädchen erfahren, dass das Ehepaar mit dem Spitzenhöschen ausgezogen ist.

Plötzlich taucht das Bild Marie-Louises vor mir auf: eine bleiche schmale Frau mit großen braunen Augen. Eine Frau, die nur weinen kann. Anne-Claire ist das Leben selbst mit ihrem lockigen blonden Haar, ihren strahlenden blauen Augen, ihrem roten Mund: das Leben, die Jugend, die Kraft. Auch sie weint gern, aber das ist was anderes.

Eines Samstags abends sagt Anne-Claire:

«Morgen fahren meine Eltern nach St.-Cloud zu Besuch und kommen erst nachmittags zurück. Ich gehe nicht mit — ich werde lügen und sagen, daß ich Kopfweh habe, und komme zu dir. Um halb neun Uhr früh kann ich da sein; willst du?»

«Komm, Liebling, ich werde dich erwarten.»

Ich bin schon um sieben Uhr früh aufgestanden. Das Zimmer mußte ich selbst sauber machen; so zeitig wird hier noch nicht aufgeräumt. Um Viertel neun bin ich fertig und lege mich aufs Bett.

Jetzt geht Anne-Claire von zu Hause fort. In Gedanken begleite ich sie auf ihrem Weg. Jetzt steigt sie aus der Métro, jetzt geht sie über die Sankt-Jakobs-Straße, sie steht schon vor dem Hotel und kommt herauf. Sie kommt aber nicht. Das Klappern der kleinen Schuhe auf den alten Holztreppen will und will nicht ertönen.

Heute will ich schlau sein. Mit schönen Worten werde ich sie umgarnen. Das wollen die Frauen; sie hat es ja selbst gesagt.

Es ist schon neun vorbei.

Es ist Viertel zehn, und sie ist noch nicht da.

Manchmal höre ich Schritte, die hören aber im ersten oder im zweiten Stock auf, und das Zufallen ferner Türen setzt jeder Träumerei ein Ende.

Das ist einfach nicht auszuhalten. Sie verspätet sich um mehr als eine Stunde. Spielt sie nur mit mir?

Ich mache Schluß mit dieser ganzen Geschichte, ich warte nicht. Wenn ein Mann gegen eine Frau grausam ist, so rächt er sich eigentlich nur für dieses ewige Warten, das die Frauen mit wahrem Sadismus zu einem System erhoben haben. Es gibt nichts Demütigenderes. Vielleicht ist ihr etwas passiert? Diese Frage stellt man sich in solchen Fällen immer; nie ist sie berechtigt. Vor einem Rendezvous ist noch niemand gestorben.

Ich nehme meinen Hut und will ausgehen. Als ich die Türe öffne, höre ich das bekannte Klappern, aber nicht so flink und schnell, wie ich's gewohnt bin, sondern langsam und schwerfällig. Es muß jemand andres sein; gewiß eine dicke Frau. (Jetzt fällt mir ein, daß dicke Frauen immer nach Eichkätzchen riechen; wenigstens die, die ins Hotel Riviera kommen.) Ich beuge mich über das Geländer.

Es ist Anne-Claire, sie bringt aber ein großes weißes Paket mit. Was schleppt sie da?

Ich gehe in mein Zimmer zurück und warte. Nach kurzer Zeit klopft es. Ich öffne die Tür. Sie hält eine große Hutschachtel in der Hand.

«Warum kommst du so spät?»
«Psst!» sagt sie geheimnisvoll.
«Was ist in dieser Hutschachtel?»
«Du mußt sie vorsichtig halten, aber gib acht, sie ist sehr schwer.»
Ich stelle die Schachtel nieder.
«Warum hast du dich verspätet?»
«Stell sie nicht auf den Fußboden, sondern auf den Tisch.»
«Was ist in diesem Paket?»
Sie macht die Schachtel auf und nimmt zwei Teller, Besteck, Servietten und andere Pakete heraus; schließlich als letztes einen großen Kochtopf. Eine Dampfsäule steigt auf, wie sie den Deckel aufhebt.
«Was ist das?»
«Pot-au-feu. Das werden wir heute hier zu Mittag essen. Ich hab's gekocht. Schon seit sechs Uhr früh koche ich. Jetzt ist es fertig geworden. Ich bin zu Fuß gekommen, denn im Autobus oder auf der Métro hätte es umkippen können. Meine Arme spüre ich nicht mehr. Ich mußte zu Hause für dich kochen, denn wenn ich's hier getan hätte, hättest du gewiß wieder Krach gemacht, und so richtig kann man hier gar nicht kochen. Wie stellst du dir das eigentlich vor? Du mußt endlich wissen, wie gut ich kochen kann.»
Entsetzlich. Ich komme mir so ähnlich wie der ‹Soldat der Marie› vor. Was soll man dazu sagen? Dieses Verhältnis entartet von Tag zu Tag mehr. Nächstens stiehlt sie mir das Geld in meine Tasche, und ich merke es gar nicht. Von nun muß ich jeden Centime genau nachzählen und aufschreiben. Ist das ein Leben!
«Na, servus.»
«Was ist denn? Wohin gehst du?» fragt sie erschrocken.
«Ich bin zum Mittagessen in der Gesandtschaft eingeladen.»
«Und was soll ich machen?»
«Du kannst deinen Pot-au-feu essen.»
«Allein? Dann sterbe ich.»
«Nicht möglich!»
«Es ist so viel davon da, und es verdirbt bis morgen. Ich wollte mit dir zu Mittag essen.»
«Dafür kann ich nicht.»
«Du wußtest genau, daß ich kommen würde — warum machst du solche Sachen?»
«Ich erwarte dich seit halb neun, und jetzt ist es halb zehn.»
«Wir wollten doch den ganzen Tag zu Hause bleiben.»
«Man hat mich von der Gesandtschaft angerufen, ich gehe nur zum Essen hin und komme gleich zurück. Iß nur ganz ruhig allein. Servus. Es ist ein politisches Mittagessen.»
«Also los, gehen wir!»
«Wieso wir? Du bist nicht eingeladen.»
«Ich gehe mit dir und sage dem Gesandten, er soll mir das nicht antun.»
«Es kann nicht jeder so einfach zum Gesandten.»
«Ich bin ja mit dir, und du bist nicht jeder.»

«Der Gesandte haßt die Franzosen.»

«So? Was du nicht sagst! Das kann kein intelligenter Mensch sein. Weshalb ist er dann hier Gesandter geworden? Nur um uns zu hassen?»

«Das kann ich dir nicht erklären, du würdest es ohnehin nicht verstehen. Es ist zu kompliziert.»

«Ich begleite dich zum Gesandten und warte draußen.»

«So ein Mittagessen dauert zwei, drei Stunden, und nachher kann man auch nicht gleich fortgehen.»

«Ich erwarte dich auf der Straße. Ich werde spazieren gehen.»

«Ich könnte keinen Bissen essen.»

«Das ist auch besser so. Wir essen nachher zu zweit.»

«Nein, das geht nicht.»

Sie steht ganz blaß mir gegenüber. Auf dem Tisch dampft der Pot-au-feu.

«Du gehst nicht zum Gesandten, du gehst zu einer Frau.»

«Unsinn!»

«Wenn ich diese Frau mit dir sehe... und sie lacht...»

Ihr Mund zittert, sie klammert sich an die Tischplatte.

«...dann nehme ich... einen... großen... Stein... und gehe hin zu dieser Frau... und... und... und ich hebe den großen Stein auf... und bringe mich um!»

Die große Wut weicht leisem, wimmerndem Weinen.

Das Leben ist dumm.

«Na, mach das Essen zurecht, wir wollen zu Hause essen.»

Sie fühlt, das ist nicht das natürliche Ergebnis unseres vorherigen Gesprächs. Sie ist sehr geschäftig und spricht kein Wort. Stumm geht das Mittagessen vorüber.

«War's gut?» erkundigt sie sich zum Schluß.

Na, ich werde dir die Lust am Kochenspielen schon nehmen.

«Nein, es war nicht gut.»

«Dann versprich mir», sagt sie und streicht unsicher über das Tischtuch, denn sie hat auch ein Tischtuch mitgebracht, «daß du das nie und keinem erzählen wirst.»

«Was?»

«Daß das Essen nicht gut war.»

«Ich verstehe dich nicht. Wem sollte ich's erzählen?»

«Niemandem auf der Welt, denn eigentlich ist es eine große Schande für mich.»

Sie sieht über meinen Kopf hinweg, über das Dächermeer irgendwohin in die Ferne.

Aus ihren klaren blauen Augen fällt eine Träne und rollt über ihre Wangen.

Es ist schon wieder Sonntag.

21 Ich kann nicht erklären, warum, aber ich liebe die Pariser Sonntage nicht.

Nachmittags hatte das Hotel Riviera sein großes Erlebnis.

Das Negerehepaar hatte einen Krach auf dem Hof. Sie warfen sich gemeine Worte zu. Ihre Gesichter verzerrten sich vor Wut, ihre Augen rollten, sie wären aufeinander losgegangen, wenn ihr Nachbar, der Magistratsbeamte, sich nicht ins Mittel gelegt hätte. Nachher ging die Negerin auf ihr Zimmer und wollte sich umbringen. Der Mann stand düster auf dem Hof und starrte auf einen Baumstamm.

Von Zeit zu Zeit ging er in sein Zimmer, kam aber sofort wieder herunter.

Vor kaum ein paar Wochen haben sie geheiratet. Ich sehe noch ihre Freunde vor mir, die am Hochzeitstag dem Ehemann gratulierten, dem die Gesichtsmuskeln vom vielen nervösen, gezwungenen Grinsen sicher weh tun mußten. Er dachte gewiß schon aufgeregt an die Hochzeitsnacht. Und jetzt — bitte. Worüber sie sich wohl gestritten haben? Ganz unwichtig. Sicher hatten beide recht. Das Unglück liegt ganz woanders. Die größten Zwistigkeiten zwischen Eheleuten entstehen immer nur aus kleinen Ursachen. Auch die hatten wohl keine richtigen Meinungsverschiedenheiten, sie wollten sich schon längst verzanken und warteten nur auf eine Gelegenheit. Abends versöhnen sie sich bestimmt wieder. Und morgen fangen sie wieder von vorne an. Aber richtig glücklich und zufrieden miteinander werden sie erst dann sein, wenn jeder den anderen insgeheim betrogen hat. Das wird beiden eine Genugtuung sein, und sie werden nachgiebiger, verständnisvoller gegeneinander werden. «Wenn du wüßtest, mein armes Kind...» — Da werden sie glücklich sein.

Gegen Abend erschien überraschenderweise Anne-Claire.

«Ich bin auf eine Stunde gekommen. Wie geht's dir, Monpti? Was hast du ohne mich gemacht?»

«Ich habe im Luxembourg-Garten Musik gehört und dann mein Wörterbuch gelesen. Apropos, hast du nichts zum Lesen?»

«Doch. Ich habe gerade den ‹Guide de la femme intelligente› von Bernard Shaw gelesen. Weißt du, er schreibt über Politik, Kommunismus, Nationalökonomie, kurz, über alles, wovon eine Frau etwas wissen muß.»

Die hat der Buchtitel überwältigt.

«Willst du es haben?»

«Nein. Ich habe eine Aversion gegen bärtige Männer. Ebenso vertrage ich die völlig kahlen nicht, deren Kopf schon halb gestorben ist. Am allerwenigsten mag ich die Leute, die ihr Haar von der Seite oder von hinten über ihren Schädel kämmen, um so ihre Kahlköpfigkeit zu verbergen. Solche Menschen sind meist eingebildet, launenhaft, egoistisch, wie sechzigjährige alte Frauen, die sich nicht damit abfinden können, daß sie verwelkt sind, und die sechzehnjährigen Mädels mit Blicken erwürgen. Ich schätze aber die aufrichtig kahlen Männer, die nicht erst nervös ihre Haarüberreste ordnen müssen, sooft sie ihren Hut abnehmen. Natürlich, Bernhard Shaw... da liegt der Fall anders. Gewiß, ein kluger Kerl, aber sein Bart hängt ihm ins Herz hinein.»

«Du hast schon wieder eine nackte Frau gezeichnet», sagt sie und kramt auf meinem Tisch herum.

«Die ist noch von früher übriggeblieben.»

«Das ist nicht wahr, Monpti. Außerdem ist es unmoralisch.»

«Möglich, aber laß mich jetzt in Ruhe. Du wirst mir erzählen, was unmoralisch ist, du, die mit mir so pervers ihr Spiel treibt und in Parks Bekanntschaften macht. Laß mich in Ruhe, der Zank liegt in der Luft. Das Negerehepaar hat sich schon gerauft.»

«Ich habe nur dich allein im Park kennengelernt», sagt sie leise.

«Möglich.»

Sie setzt ihre Kappe auf und geht zur Tür.

«Leb wohl, Monpti.»

«Leb wohl.»

Dieser Ton trifft sie. Sie kommt ganz nahe zu mir und greift nach meinem Arm.

«Sag, willst du mir Adieu sagen?»

«Ich halte das nicht länger aus.»

«Was?»

«Das. Du weißt ganz gut.»

«Wenn du mich nicht so oft darum bitten würdest, hätte ich's schon längst getan.»

«Das ist nicht wahr, oft sprechen wir tagelang nicht davon.»

«Dann ist es eben wieder das. Wenn du mich schön, ausdauernd darum gebeten hättest, so hätte ich vielleicht schon am ersten Tag...»

«So, am ersten Tag?! Du Verworfene.»

«Merk dir das, nur ein keusches Mädel kann so verworfen sein.»

«Jetzt hab' ich dich! Mit einem Wort, du, die um keinen Preis...»

«Du würdigst mich ja gar nicht! Nie sagst du, wie schön meine Augen... meine Haare... mein Mund sind. Bestimmt sind sie nicht häßlich. Jedenfalls könntest du wenigstens alles schön an mir finden. Das mußt du sagen, ich brauche das. Wenn ich wollte, könnte ich jeden Tag einen finden... auch einen Reichen, der ein Auto hat, aber ich habe dich gewählt. Und du hast nicht einmal ein nettes Wort für mich. Nicht einmal den Hof kannst du mir machen.»

«Ich bin kein Freund von schönen Worten. Ich will dich nicht mit Chloroform betäuben.»

«Wenn ich bedenke, deshalb bin ich zu dir gekommen!»

Sie schaut still vor sich hin.

«Willst du nicht wieder gut zu mir sein?»

«Ich bin nicht böse.»

«Dann küß mich auf den Hals.»

«Warum sagst du, daß du alle Tage einen finden könntest, wenn du nur wolltest?»

«Wenn du wüßtest, Monpti, wie oft man mich anspricht! Wenn du wüßtest, wie sehr ich dich liebe... Warte nur noch ein ganz kleines bißchen. Vielleicht schon morgen...»

«Erlaube mir, daß ich den Saum deines Kleides küsse, wie ein Ritter aus dem Mittelalter.»

22 ICH SITZE HIER IM CAFÉ DU DÔME UND TRINKE CAFÉCRÈME zum Mittagessen. Das ist eine vornehme Angelegenheit. Von Zeit zu Zeit braucht man auch das.

Achtung, hier sitzen lauter reiche Leute um mich herum. Die Bohémiens kommen erst, wenn die Nacht niedersinkt, wie Nachtschmetterlinge vom Licht angezogen.

Jetzt werde ich Zeitungen lesen. Ich beginne das Blatt aber nicht von hinten, sondern von vorne zu lesen.

«Es gibt nicht genug Kinder in Frankreich.»

Also, das ist wahr. Der Teufel weiß, womit sich die Jugend von heute beschäftigt.

Nach einer Stunde Zeitunglesen — alles auf dieser Welt kann einem über werden — gehe ich auf dem Boulevard Montparnasse spazieren. Vor den Schuhgeschäften bleibe ich stehen und schaue hinein. Die Frauen vergessen, während sie Schuhe anprobieren, jeden Anstand und zeigen ihre Beine bis über das Knie — drehen sich nach rechts und links, als täten sie das alles nur, damit man es von hier draußen genau sehen kann. «Siehst du's jetzt gut, Liebling? Gefallen dir meine Beine, du Süßer?»

Ich spaziere bis zur Place d'Italie.

Wie wär's, wenn ich heute nachtmahlen würde? Heute das Nachtmahl, aber morgen...

Ich entdecke auch sofort ein einfaches Restaurant. Die fettige Speisekarte hängt an der Tür. Na, das wird kein teures Lokal sein. Im übrigen wacht Gott über uns allen.

Im Restaurant sitzen die Leute an kleinen Marmortischchen und essen laut. Blaublusige Arbeiter mit langen, hängenden Schnurrbärten, dünnhalsige Beamte mit steifen Kragen und fertiggekauften Krawatten und ein paar zu junge oder zu alte Frauen. Alles trinkt Rotwein.

Der Kellner bringt zwanzigerlei Speisen auf einmal und häuft die Teller übereinander; Knoblauchwürste hängen ins Pfirsichkompott — ein Stück Beefsteak quillt über den Tellerrand und lehnt sich müde ans Ohr des Kellners.

Es gibt kein Zurück mehr. Nur Ruhe, hier wird's billig sein.

Ich sitze einem kahlköpfigen alten Herrn gegenüber, der mir sofort in die Augen hustet — er hat gerade Spinat gegessen, nebenbei.

Tischtücher gibt's nicht. Die anderen haben das schon zur Kenntnis genommen.

Ich habe allerdings schon ganz andere Dinge entbehren müssen, aber das ist es ja eben, mit der Zeit verfeinert sich der Geschmack des Menschen.

Ich esse ein Stück Fleisch auf Marengo-Art. (Der arme Napoleon,

er hat doch gesiegt bei Marengo. Was wäre erst gewesen, wenn er verloren hätte?...)
«Käse, bitte.»
Ich bekomme eine schmale Schnitte Gruyère-Käse, aus der irgend etwas Schwarzes herausguckt. Ich sehe es mir genau an. Tja, das muß eine Art Käfer gewesen sein. In der Vergangenheit gesprochen, denn die zweite Hälfte des Körpers fehlt. Die wurde mit dem Käse abgeschnitten. Jemand anderer hat sie bekommen, vielleicht sogar schon gegessen. Wer unter den vielen Leuten es wohl gewesen ist?

Ich muß gestehen, ich bedaure das Insekt durchaus nicht; mußte es ausgerechnet zwischen zwei Portionen spazieren gehen? Mir tut der Käse leid.

Ich sage dem Kellner, er soll sich meinen Käse ansehen.
«Was gibt's da zu sehen?»
«Hier ist ein kleiner halber Wurm.»
«Na und?»
«Ein Wurm. Genauer: ein invertébré à corps mou et dépourvu de membres, ein Cephalopode. Würde er leben und herumkriechen, könnte ich mit den Römern sagen: Vera incessu patuit dea.»

Über meine Bildung wundert sich niemand. Am Nebentisch bemerkt ein Herr mit einer weißen Krawatte:
«Den müßte man auch in Spiritus setzen.»
«Bitte sehr, aber die Hälfte fehlt.»
«Nicht dieses Dings, aber Sie.»
Ein Herr mit Brille und schmierigen Händen sagt einfach: «Pardon.» Er nimmt meinen Käse mit der Hand vom Teller und untersucht ihn eingehend; er ist kurzsichtig.

«Sie irren sich, mein Herr», erklärt er dann, «das ist ja gar kein Cephalopode. Hahaha... und auch kein Lamellibranchiat oder Gastropode, wenn wir uns nicht täuschen sollten. Jedenfalls müßte man auch die andere Hälfte davon haben.»

Das ist ein Gelehrter. Jetzt kann sich jeder leicht vorstellen, wie die Hände eines Gelehrten im Restaurant, während er ißt, aussehen.

«Wenn Sie Insekten sehen wollen, junger Mann, dann kommen Sie zu mir! Ich zeige Ihnen Pelecypodesen — Sie werden staunen. Meine Mollusca vermis sind unerreicht.»

«Sie sind Sammler?»
«Meine Sammlung ist so komplett, daß Sie Mund und Augen aufsperren werden.»
«Haben Sie sie hier gesammelt?»
Der Kellner kommt zurück, nimmt den Käse fort und zeigt ihn höchst indigniert jemand anderem.

«Eine ganz kleine Fliege, Monsieur, und nicht einmal das, denn sie hat gar keine Flügel.»

«Ich hoffe, Sie tauschen mir meinen Käse um?»
«Aber ich bitte, solche Kindereien», sagt der Kellner und putzt sich mit der Serviette die Nase. «Ist das auch schon was?»
«Der Wurm ist klein, ich sag' ja nichts, sicherlich; aber ich schwö-

re, ich mag ihn auch so nicht — überhaupt, ich graule mich einfach vor allen Würmern. Ich bin keine Rachenatur, ich weiß, daß die Würmer mich einst fressen werden, aber trotzdem will ich sie nicht essen, en attendant.»

Der dicke Herr brüllt mir zu:

«Na, das ist nicht übel! Ein Wurm! Vielleicht wollen Sie den Käse deshalb nicht essen? Was soll mein Vetter sagen, den gestern die Straßenbahn überfahren hat? Und Onkel Léfacard, der seit sechs Wochen tot ist?»

«Das ewige Licht leuchte ihm, mein Herr, Scherz beiseite — aber ich esse selbst Ihrem Vetter zuliebe keinen Wurm.»

Ein neuer Gast taucht auf. Jemand ruft ihm entgegen:

«Georges, wenn du lachen willst, schau dir den Käse von diesem Kerl an.»

Eine feindselige Stimmung entsteht um mich herum.

Ich bestelle rasch einen Apfelstrudel.

Jemand langt nach meinem Käse.

«Plaît-il? Sie gestatten?» hätte er laut meiner Grammatik zu sagen; hier sagt er aber:

«Passe-le moi, salaud, et pis ta gueule, hein! Gib's her, du Saukerl, und halt den Mund!»

Er hat ihn gegessen. Das war ein Apache. Aufgepaßt! Ich verneige mich leicht.

Hier wird der Apfelstrudel mit dem Löffel gegessen, aber nicht, weil er weich ist. Im Gegenteil, hart, verflucht hart. Der kleine Löffel ist hier eigentlich nur ein Symbol, rührend, aber ganz unangebracht, denn mit dem Löffel ißt man nur feine Speisen.

Ich stemme meinen Löffel dem Strudel entgegen. Ein kleines, schwarzes Ding rollt heraus und fällt auf den Tisch. Ich greife danach.

«Gut!» sagt der Mann mit der weißen Krawatte, «der hat schon wieder was gefunden. Nicht schlecht!»

«Ich habe nichts gefunden!»

«Wonach haschen Sie denn? Fangen Sie Fliegen? Ma parole, quel type! Mein Wort, ist das ein Kerl!»

Ich esse rasch den Strudel auf, um nicht gelyncht zu werden, und zahle. Auf der Straße stelle ich erleichtert fest, daß das kleine schwarze Ding ein Schrotkorn war. Die schießen die Äpfel mit Schrotkörnern vom Baum.

Ich gehe zu Fuß nach Hause.

Es ist zehn Uhr vorbei. Die Vorstadt schläft schon. Der Wind raschelt durch abgerissene Plakate auf den Wänden der baufälligen, mit schwarzen Balken gestützten Häuser.

Ein herrenloser Hund rennt wortlos mit eingekniffenem Schwanz mitten über den Damm. Ein Mann küßt in einem Haustor wild eine Frau.

«Liebst du mich?»

«Ich kann ohne dich nicht leben!»

«Wievielen hast du das schon gesagt, du!»

«Noch nie, keinem.»

Das weitere höre ich nicht mehr. Ich gehe mit großen Schritten heimwärts und amüsiere mich damit, genau in die Mitte der großen Steinquadern des Gehsteiges zu treten.

Das Hotel Riviera ist bereits still; das heißt, es schnarcht, schnauft und zischt.

Ich weiß nicht warum, aber heute kommt mir mein Zimmer so fremd vor.

Ich öffne das Fenster und schaue das dunkle Dächermeer und darüber den strahlenden Sternenhimmel an.

Die Höfe schweigen schwarz.

Morgen beginne ich ein neues Leben.

23 MEIN ZIMMER WIRD ERST JETZT AUFGERÄUMT.
Das Stubenmädchen macht gerade das Bett.
Eine junge Frau mit mächtigem Körper. Sie mag aus der Provinz nach Paris gekommen sein, sie hat einen fremden Dialekt. Ein prächtiges Weibsexemplar. Ihre Taille ist schlank, die Hüften sind breit und zur Liebe bereit. Das Gesicht ist nicht schön, sie hat eine kleine Kartoffelnase, aber die ganze Frau strahlt vor Gesundheit und junger Kraft.

«Bientôt, Monsieur. Gleich, mein Herr», sagt sie und biegt ihren strammen Körper rechts und links bei der Arbeit. Sie summt leise und läßt sich nicht stören. Ihre beiden nackten Beine baden im schwachen Sonnenstrahl, der sich durch das offene Fenster ins Zimmer verirrt.

Ich möchte ihr etwas sagen, aber die Worte ersticken in mir. Worte, mit denen ich jetzt sowieso nichts beginnen könnte. Meine Kehle ist zugeschnürt, die Beine beginnen langsam zu zittern. Ich atme schwer und rasch. Bald wird es ein Jahr her sein...

«Ich bin jetzt fertig», sagt sie plötzlich und geht aus dem Zimmer. Ihre mächtigen Hüften wiegen sich dabei, sie stößt mich mit ihrem nackten Arm an, wie sie im schmalen Zimmer an mir vorbeigeht, sagt aber kein Wort.

Sie kennt die gesellschaftlichen Formen nicht. Sie ist nicht höflich. Das ist eine durch und durch gesunde Frau. Wäre sie in höheren Kreisen geboren, hätte sie ein Dutzend Liebhaber.

Ich öffne langsam die Tür und blicke ihr nach. Sie räumt bereits das nächste Zimmer auf, klatscht fröhlich das Bettzeug auseinander und pfeift dazu. Du lieber Herrgott, ich stelle Stubenmädchen nach! Ich lasse kaltes Wasser über meine Pulsadern rinnen, um mich zu beruhigen, und lege mich starr aufs Bett, um den Plafond zu betrachten...

Wo sind denn die Weiber, die einen Mann brauchen? Wo gibt es sie? Denn hier fehlt eine Frau. Nächstens, wenn ich Geld habe, muß sich Anne-Claire einen Rausch antrinken. Warum nicht? Auch ich bin genau so ein Kavalier wie die andern. Einer meiner Ahnen...

Am Abend war ich erkältet.

Ich verstehe gar nicht wieso. Die Abende sind zwar kühl, das ist wahr. Aber ich habe meinem Organismus Zeit genug gelassen, sich auch ohne Überrock an die Kälte zu gewöhnen.

«Heute gebe ich dir keinen Kuß; ich bin erkältet», sage ich Anne-Claire, als wir uns treffen.

«Küß mich nur, ich habe noch nie auf diese Art einen Schnupfen bekommen.»

«Was sagst du? Du hast noch nie durch einen Kuß. einen Schnupfen gekriegt?»

«Das habe ich nicht gesagt... sondern: ich würde nie einen kriegen!»

«Du hast gesagt: du hast noch nie!»

«Nein! Ich würde, habe ich gesagt.»

«Sag, warum lügst du? Ich hab's mit meinen eigenen Ohren gehört!»

«Du hast eben schlecht gehört.»

«Man müßte jedes Wort von dir auf eine Grammophonplatte aufnehmen. Dann könntest du wenigstens nichts abstreiten. Jede Lüge ist ekelhaft. Warum nimmst du dir nicht an mir ein Beispiel? Lüge ich?!»

«Monpti, hast du keinen Überrock?»

«Doch, aber ich bin Sportsmann.»

«Du? Du bist ja so dünn!»

«Eben deshalb härte ich mich ab.»

«Versprich mir, daß du damit jetzt sofort aufhörst und nach Haus gehst und dich ins Bett legst. Morgen mußt du auch im Bett bleiben. Jetzt mußt du sofort nach Hause, sonst wirst du furchtbar krank und kannst auch sterben. Morgen abend besuche ich dich.»

Ich habe keine Lust zu widersprechen; ich fühle mich tatsächlich elend. Ich gehe und krieche sofort ins Bett. Unter der Decke fröstele ich noch lange. (Kranksein, das hat mir noch gefehlt.) Nachts wurde mir so heiß, daß ich vor Hitze nicht schlafen konnte.

Frühzeitig höre ich im Halbschlaf, daß jemand an meine Tür klopft.

Schläfrig, zerrauft stütze ich mich auf die Ellbogen.

Wer kann denn das sein?

Die Tür wird vorsichtig geöffnet, Anne-Claire steckt den Kopf herein. Sie atmet hastig und rasch.

«Ist was passiert?»

«Ich hab's eilig... nur auf zehn Minuten... ich war so unruhig, weil du krank bist... deshalb bin ich rasch hergelaufen.»

Sie schlüpft schnell aus dem Mantel und legt zwei Pakete auf den Kamin.

«Ich mache dir einen Grog. Hast du einen Schnellkocher?»

«Ich brauche nichts. Es ist wirklich sehr nett von dir, daß du gekommen bist, aber...»

«Ein kleiner Grog ist nicht schlecht.»

«Außerdem feuere ich den kleinen Grog zum Fenster hinaus. Sei so lieb, Anne-Claire, und rühr nichts an.»

Sie öffnet schon den Wandschrank. Dort sind alle Requisiten, die man haben muß, um im Hotel zu speisen.

Sie wird mein Elend enthüllen.

«Dort...» — ich wollte sagen: dort ist nichts, ich esse auswärts. Aber es ist schon zu spät. Sie holt eine zersprungene Kaffeekanne mit Kakaoresten hervor, einen verbeulten, abenteuerlichen Kochtopf, gleichfalls mit Kakaoresten am Boden, wie Baumrinde. Es gibt auch einen krummen Löffel und eine Milchflasche.

Ich schließe die Augen, damit mir dieser fürchterliche Anblick erspart bleibe.

«Ich will's gleich auswaschen», sagt sie vollkommen ruhig, ohne den Schatten einer Überraschung in der Stimme.

Sie krempelt die Ärmel ihrer Bluse hoch und rennt auf den Korridor zum Wasserhahn.

«Pst! Anne-Claire!»

Der Fliegenäugige kann sie jeden Moment erwischen. Außerdem kratzt sie ganz einfach die Kakaoschicht aus dem Kochtopf. Ich pflege diese Kakaoschicht immer wieder zu verwenden.

«Anne-Claire!»

Das Wasser plätschert auf dem Korridor, sie wäscht ab, wie eine Wilde. Man müßte sofort aus dem Bett springen und seine Maßnahmen ergreifen.

«Anne-Claire! Komm her!»

«Du siehst mich nie mehr, wenn du mir nicht erlaubst, einen Grog zu brauen. Protestiere nicht, du ermüdest mich nur damit, und ich habe nicht viel Zeit. Gibt's keinen großen Löffel?»

Ich sehe sie bloß traurig an.

«Wie dumm ich bin! Man braucht gar keinen großen Löffel.»

Sie packt aus; auf dem Kamin steht eine Rumflasche mit Strohbezug und ein Paket Zwieback.

«Bist du wahnsinnig, Anne-Claire? Wie stellst du dir das vor?»

«Zank heut nicht mit mir; ich bin sehr nervös und hör dir gar nicht zu.»

«Versteh doch, ich bin gar nicht krank! Wenn du weggehst, stehe ich gleich auf und gehe im Wind spazieren. Ich erlaube nicht, daß eine Frau für mich Geld ausgibt!» brülle ich. «Mein Geld von der Bank ist noch nicht angekommen!»

«Ich werde dich lehren, mit einer so netten kleinen Frau herumzuschreien. Und wenn du bei diesem Wind spazieren gehst, werden dir schreckliche Dinge passieren. Zeig deine Zunge.»

«Was willst du von mir?»

«Sehen, ob sie weiß ist.»

«Nein!»

«Schrei nicht! Hast du Fieber?»

«Ja. Fünfundvierzig Grad.»

Sie setzt sich auf den Bettrand und weint in den Grog hinein.

«Unser... Hausmeister... ist auch an... In... fluenza... ge... storben...»

Plötzlich kniet sie vor meinem Bett nieder und sagt:

«Monpti, nicht wahr, du wirst es trinken? Du wirst ein braver kleiner Junge sein und den Grog trinken?»

Sie streichelt mütterlich und linkisch meine Wange.

«Ich stelle dir den Grog auf den Nachttisch, weil ich mich beeilen muß. Den Zwieback auch. Wo sind deine Zigaretten und die Streichhölzer? Ich stelle alles her, damit du nicht aufzustehen brauchst, aber versprich mir, daß du nicht viel rauchen wirst. Versprichst du's?»

Sie macht einen ganz kleinen Kußmund und stürzt davon. Sie packt den Mantel, nimmt sich gar nicht die Zeit, ihn anzuziehen, und rennt. Aus der Tür ruft sie zurück:

«Abends komme ich wieder.»

Sie läuft die Stiege hinunter. Ihre Schuhe klappern flink; immer leiser und ferner, bis sich das Geräusch ganz verliert.

Durch das geschlossene Fenster höre ich die Klingel vom Mädchenpensionat. Der Unterricht beginnt. Es beginnt auch zu regnen, und dicke Tropfen schlagen diskret gegen das Fensterglas. Jemand spricht nebenan, die monotonen Worte werden leiser.

Ein echter Mann würde nicht nach dem Grog greifen; höchstens, um ihn aus dem Fenster zu schütten. Aber wer sieht denn das? Es sieht niemand zu, nur Gott allein. Sich zu demütigen, ist eine Tugend. So ist es. Und ich bin krank. Den Grog zu trinken, ist eine Gemeinheit. Wenn eine Frau sich selbst hingibt — dieses Geschenk anzunehmen, ist korrekt; es zu erzwingen, geradezu männlich; aber wenn sie einem Wasser mit Rum gibt, das ist ganz was andres.

Während ich darüber grüble, schlafe ich ein. Als ich erwache, höre ich wieder die Klingel vom Mädchenpensionat.

Aus dem Viereck des Fensters strömt nebelhaft das sterbende Licht und zeichnet schwach die Konturen der Möbel nach.

Auf meinem Wecker ist es halb drei.

Ich schaue durchs Fenster; dichter Nebel liegt auf dem Dächermeer. Hier und dort kämpfen die Lichtpünktchen erleuchteter Fenster gegen das völlige Untergehen. Kurzum, es ist Nachmittag und bloß sehr neblig draußen.

Was mache ich bis halb sieben — bis Anne-Claire kommt?

Unlängst bat sie um alte Zeichnungen für ihr Zimmer. Ich hole mir die Zeichnungen aus der Redaktion des ‹Almanach›, wenn sie überhaupt noch dort sind und nicht weggeworfen wurden. Die will ich ihr schenken. Sonst habe ich ohnehin nichts zu tun.

Dieser Gedanke führt plötzlich zu einem anderen. Was soll mit mir eigentlich werden? Sehr bald muß es auch mit dem Fliegenäugigen zu einer Katastrophe kommen. Aber helfen kann ich mir ja ohnehin nicht; am besten, ich denke gar nicht daran.

Wie wär's, wenn ich plötzlich ein neues Leben beginnen würde?

Mit einem Wort, man muß sich nach einer Stellung umsehen. Wie wär's, wenn ich, sagen wir, Schauspieler würde? Filmschauspieler zum Beispiel. Ich versuche vor dem Spiegel ein paar Bewegungen. Es gelingt weit über Erwarten.

Ich muß unbedingt Filmschauspieler werden.

Ich werde ein neues Leben beginnen. Um sieben Uhr morgens stehe ich auf. Um halb acht Uhr schwedische Gymnastik. Grundstellung; Arme stramm an die Schenkel gepreßt. Rumpfbeuge, Kniebeuge. Eins — zwei, eins — zwei! Zwecks Kräftigung der Bauchmuskeln Kopfstand, Grätschstellung in der Quere. — Beine strecken! Sprung vom Stand, Arme rückwärts gekreuzt! Eins — zwei, eins — zwei! Augen aufreißen!

Morgen fange ich damit an.

Morgen stehe ich im Morgengrauen um sieben Uhr auf, maskiere mich als Clémenceau und melde mich bei der Pathé. Es wird ein bißchen schwer sein, denn ich habe keinen Spazierstock mit silbernem Griff und weiß auch gar nicht, wie mich der Fliegenäugige als Clémenceau aus dem Hotel herauslassen wird. Zwei Schlucke Rum, und ich bin auch diese Sorge los.

Von der Hoffnung eines neuen Lebens geschwellt, nehme ich fröhlich meinen Hut und renne auf die Straße.

So erhält der Tigergeruch der vierten Etage einen tieferen Sinn in meinem Leben.

Man sieht kaum einen halben Meter weit. Ich fahre mit der Métro bis zur Oper und gehe zu Fuß weiter, wobei ich den Gang eines Vierundachtzigjährigen nachzuahmen trachte. Da geschieht etwas Unvergeßliches — ich wurde in meinem Vorhaben dadurch nur noch mehr bestärkt.

«Hallo, was ist mit dir, du scheinst ja ganz gebrochen zu sein!»

Mein Freund, der mit den dreihundert Franken, steht vor mir.

Es ist mir also gelungen. Auch er hat es bemerkt.

Plötzlich recke ich mich hoch und sage, meine Hand auf seine Schulter legend:

«In zwei Wochen kannst du dich ruhig an mich wenden, falls du irgend etwas im Leben brauchen solltest! Ich stehe dir zur Verfügung! Servus!»

Er bleibt wie ein Idiot stehen und starrt mir fassungslos nach. Hätte ich ihn um zwei Franken angepumpt, wär's ihm lieber gewesen.

In der Redaktion empfängt mich der Sekretär.

«Ich weiß gar nicht, ob der Herr Redakteur die Zeichnungen schon gesehen hat», sagt er mit süßer Wichtigtuerei.

Von diesem da kann ich noch lernen, was die Schauspielerei anbelangt. Warum spielen die solche schäbigen, nichtigen kleinen Szenen? Man muß die Rolle geballt und als Ganzes auffassen, sonst fällt sie auseinander.

Aha, da bringt er schon meine Zeichnungen.

«Bitte sehr. Der Herr Redakteur hat die Zeichnungen besichtigt und neunzehn davon zurückbehalten.»

«Aha. Na und wann soll ich mir diese abholen?»

«Die haben wir gekauft, Monsieur.»

«Gekauft!? Was geschieht denn jetzt?»

«Bemühen Sie sich bitte zur Kasse, man wird Ihnen das Geld sofort auszahlen.»

Hmhm... das muß ein Irrtum sein. Es ist doch nicht möglich, daß man mir Geld gibt. Meine Hand beginnt zu zittern. Zuerst ganz wenig, dann hetzt sie sich immer mehr hinein. Die Quittung kann ich nur unterschreiben, indem ich mit teuflischer Geschwindigkeit meinen Namen hinwerfe.

Der Kassierer überreicht mir fünf Hunderter, einen Fünfziger und zwei Zehn-Frankenscheine. Ich mache ein gleichgültiges Gesicht und stopfe das Geld in die äußere Rocktasche; dann gehe ich. In meiner unerhörten Aufregung wäre ich fast statt hinaus — in einen großen Schrank hineingegangen.

Auf dem großen Boulevard merke ich, daß ich meinen Hut oben gelassen habe. Es ist nicht ratsam, jetzt deswegen zurückzugehen, das macht vielleicht böses Blut. Gewiß sind die inzwischen draufgekommen, daß sie sich geirrt haben, und warten nur auf mich. Ich will mir einen andern Hut kaufen.

Mir ist, als ob man mich verfolge. Der Polizist sieht mich nicht an. Ich zittere am ganzen Körper. Ein Griff in die Tasche: das Geld ist noch da.

Nur Ruhe und kaltes Blut! Eines ist wichtig: schnell aus der Gegend entfliehen, in der die Redaktion ist!

«Pst! Taxi!»

Der Chauffeur öffnet mir mit großem Schwung den Wagenschlag.

«Halten Sie Ecke Avenue de l'Opéra und Rue des Petits Champs!»

Ich hole Anne-Claire aus dem Büro. Sie soll sofort erfahren, daß ich die Aufmerksamkeit von Paris auf mich gelenkt habe. Es ist besser, ich halte das Geld immer in der Hand, denn sonst stecke ich's so lange aus einer Tasche in die andere, bis ich's verliere. Nein, das ist nicht gut so. Anne-Claire kommt sowieso am Abend. Ich fahre lieber nach Hause und mache alles zu ihrem festlichen Empfang zurecht.

«Sie, Chauffeur, fahren Sie zuerst in die Sankt-Jakobs-Straße, Hotel Riviera!»

Ich kaufe Sekt und Blumen. Lilien. Nein, das ist ein Blödsinn. Ich kaufe eine goldene Uhr. Die kann ich später versetzen. Noch besser wär's, mit ihr am Abend irgendwohin essen zu gehen. Ich müßte Anne-Claire ein Geschenk kaufen. Und auch einen Hut. Die Miete sollte ich für zwei Monate bezahlen. Ich kaufe einen Sack Kakao. Anne-Claire muß sich heute betrinken... betrinken...

Wir sind vor dem Hotel Riviera. Was soll ich jetzt zu Hause machen?

«Chauffeur, zurück auf den großen Boulevard!»

Man muß mit dem Geld unbedingt etwas anfangen.

Noch heute, sonst werde ich verrückt vor lauter Sorgen.

Zunächst müßte man für Anne-Claire etwas kaufen.

«Sie, Chauffeur, fahren Sie in die Rue St.-Honoré. Ich sage schon, wo Sie halten müssen.»

Das ist die Straße für Damenmode-Artikel.

Aber was soll ich denn kaufen? Welchen Modeartikel braucht eine Frau am dringendsten?

Ich hab's!
Eine sensationelle Idee. Ich kaufe ihr einen Hut.
Beim ersten Hutsalon lasse ich den Chauffeur halten.
«Bitte», sage ich zu dem schönen blonden Fräulein, das mir entgegeneilt, «ich möchte einen Hut kaufen.»
Zwei schlanke, elegante Damen probieren gerade Hüte vor dem geschliffenen Spiegel und drehen sich sofort nach mir um.
«Sie irren, Monsieur, das ist ein Damenhutsalon.»
«All right! Ich will ja einen Damenhut kaufen!»
Sämtliche Damen wenden mir ihre Aufmerksamkeit zu.
«Wo ist denn die Dame, Monsieur?»
«Zu Hause. Es soll nämlich eine Überraschung sein. Eine sehr schöne Überraschung. Ich rechne auf Sie, meine Damen. Ich möchte einen sehr schönen Hut kaufen. Was ist jetzt die Mode?»
«Wie ist das Maß der Dame?»
«Welches Maß?»
«Ihre Kopfweite, Monsieur?»
«Ah ja, freilich, richtig. Sagen wir, es handelt sich um einen normalen Frauenkopf. Dieses Zeugs dahier, das ist jetzt modern?»
«Monsieur, vielleicht können Sie uns einen alten Hut der Dame bringen; dann ginge die Sache viel einfacher.»
Auch von oben kommen Fräuleins gruppenweise herunter und betrachten mich ehrerbietig.
«Das ist ganz und gar nicht nötig, Mademoiselle, ich werde Ihnen die Dame beschreiben. Sie reicht mir bis zur Schulter und ihr Kopf ist ungefähr so groß. Ich kann Ihnen sogar sagen, daß es ein kleiner Hut sein muß. Ich meine, er muß mir zu klein sein. Das weiß ich, weil ich einmal den Hut der betreffenden Dame probiert habe; mir war er zu klein. Am besten, ich probiere alle Hüte. Ich werde schon spüren, welcher der richtige ist.»
Die Ladenbesitzerin wird furchtbar aufgeregt.
«Bitte, wir können den Hut später umtauschen, wenn die Dame die ersten Eindrücke der Überraschung überwunden hat.»
«Welches Genre wollen Sie eigentlich wählen, Monsieur?»
«Ich möchte einen schönen, kleinen Hut haben. Der Preis spielt keine Rolle.»
«Wollen Sie sich bitte unsere Hüte ansehen.»
«Dieser gefällt mir jetzt schon. Dort, auf dem hübschen Gestell, hinter dem lila Hut, der, von dem man nur das Band sieht. Den will ich haben. Was kostet er?»
«Achtzig Franken.»
Ich zahle.
«Oh!» seufzen sämtliche Damen und erbeben mit geschlossenen Augen.
In einem anderen Laden kaufe ich drei Paar Seidenstrümpfe. Das war viel leichter; hier konnte ich sagen, daß ich die Knöchel der Dame mit der Hand umspannen kann.
«Hotel Riviera», sage ich zu dem Chauffeur.
Bei einer Straßenkreuzung werden wir vom Verkehr aufgehalten.

Ich schaue zum Fenster hinaus. Der Nebel hebt sich langsam. Wir sind gerade vor einem Grammophonladen stehengeblieben. Mein Gott, gerade vor einem Grammophonladen.

Ich rufe dem Chauffeur etwas zu und steige aus. Zwei Minuten später komme ich heraus; man bringt mir ein Grammophon und Platten nach und legt alles so vorsichtig ins Auto, als handle sich's um einen fünf Tage alten Säugling. Musik ist lebenswichtig. Ich verstehe gar nicht, wie ich sie bis jetzt entbehren konnte.

Die Lieblingslieder Anne-Claires habe ich gekauft, darunter auch ‹Le temps des cerises, die Kirschenernte›.

Um sechs Uhr war ich schon zu Hause.

Ich bezahle das Taxi, es bleiben mir nur noch fünfzehn Franken fünfzig Centimes. Hingegen besitze ich keinen Hut, das habe ich ganz vergessen.

Vor dem Hoteltor steht ein verwitterter alter Mann. Er reibt sich mit den runzligen, zittrigen Händen die Stirn, als hätte er einen Nervenanfall. Ein Auge hält er geschlossen; eine dicke Träne rollt heraus und wird schwarz, bevor sie in seinem grauen Bart verschwindet. Das wird mich wieder Geld kosten.

Plötzlich geht der Alte los und wartet mich nicht ab. Seine ausgefransten Hosen sehen aus, wie spitzenbesetzte Damenhosen aus den neunziger Jahren. Damals lebte ich noch nicht, ich weiß es aber; während der Geographiestunden habe ich viel darüber gelesen.

Der Alte trägt schwarze Halbschuhe — sie können zwar auch gelb gewesen sein — und schwarzes Wasser rinnt ihm bei den Knöcheln heraus.

«Sie, Großpapa, bleiben Sie doch stehen!»

Er bleibt aber nicht stehen. Taub ist er wohl auch. Oh, du Ärmster! Ich packe ihn beim Arm und schreie ihm ins Ohr:

«Hallo, grandpère!»

Der kleine Greis erschrickt und reißt die Hände vors Gesicht, um wenigstens seinen Kopf zu schützen.

«Nehmen Sie diesen Schmarrn da, mein Alter; für ein Leben reicht's zwar nicht, aber Sie können sich dafür drei-, viermal tüchtig besaufen.»

«Ja, ja, ja, ja, ja...»

«Ihnen ist's ja nicht wichtig, ob Sie noch lange leben...»

«Nein, nein, nein, nein, nein, nein...»

«Die Hauptsache, daß Sie in guter Stimmung sind...»

«Ja, ja, ja, ja, ja, ja...»

Ich gehe mit meinem Grammophon und den Platten in den vierten Stock hinauf.

Was ist denn los? Geruchswechsel auf meiner Etage? Den Tigergeruch hat wilder Ochsengeruch abgelöst. (Der Unterschied zwischen den beiden ist genau so groß wie der Größenunterschied zwischen Tiger und Ochsen.)

Im Zimmer fällt's mir erst ein, daß ich vollständig an das Nachtmahl vergessen habe. Entsetzlich... außerdem soll Anne-Claire sich heute einen Rausch antrinken. Ich rase die baufällige Treppe hinunter. Die letzte Etage rutsche ich in einer Tour auf meinen Fersen hinab. Ich verlange fünf Franken von den fünfzehn vom alten Bettler zurück.

Der Alte steht schon vor dem Schaufenster der italienischen Delikatessenhandlung. Er kauft sich noch was zum Essen! Und vom Italiener! Und für mein Geld! Ich hab's noch nie so weit gebracht. Ich gab diesem Gauner das Geld nicht, damit er ißt, sondern damit er sich vollsauft.

«Sie Alter, geben Sie mir fünf Franken zurück; ich hab' an mein eigenes Nachtmahl vergessen!»

Er bewegt bloß den Mund und spricht keinen Ton.

«Na, geben Sie nur her, Alter, fünf Franken, das reicht bis morgen, dann hole ich mir Geld von der Bank.»

Er sieht mich an wie ein Idiot.

«Also, was ist denn, geben Sie's her oder nicht?»

«Ich habe nichts ... nichts ...»

Er sieht aus wie ein zerlumpter alter Teufel.

«Wieso nichts?»

«Kein Geld ... kein ...»

«Sie wollen mir doch nicht einreden, daß Sie schon alles ausgegeben haben, Sie Schuft!»

«Kein Geld ...», sagt er und will weitergehen.

«Sie geben mir's also nicht?»

Der Alte bleibt stehen, sieht mich an und sagt sehr bestimmt: «Nein!»

«Mit einem Wort, ich soll in die Bank gehen?»

«Ja.»

Sowas ist mir im Leben noch nicht passiert.

Ich schau den Alten an, wie entschlossen er jetzt vor mir steht, und sehe, er ist gar nicht so ausgemergelt. Seine Hose ist nicht mehr so ausgefranst — aus seinen Schuhen rinnt kein Wasser mehr, mit einem Wort ein ganz ordentlicher Mensch; er hält bloß nicht viel auf sich.

«Ich will mit einer Frau zu Abend essen, Alter. Dieser Frau zuliebe geben Sie mir fünf Franken, wenn Sie mich nun einmal nicht leiden können.»

Plötzlich erblicke ich Anne-Claire.

«Ich hab's ja gewußt ... ich hab's gewußt», sagt sie, «daß du aufstehen wirst.»

«Wenn du es gewußt hast, dann wundere dich nicht darüber.»

«Wer war der alte Mann, mit dem du eben gesprochen hast?»

«Ein armer Bettler. Ich habe ihm Geld gegeben.»

«Warte, ich gebe ihm auch.»

«Gib ihm keines, Anne-Claire, wenn du mich ein bißchen lieb hast.»

«Doch, ich will ihm geben; Gott wird uns schon helfen.»

«Gott wird uns für Trottel halten.»

Es ist zu spät. Schon gibt sie ihm Geld.

«Wieso bist du plötzlich so herzlos geworden, sag? Spürst du denn keine wohlige Wärme, wenn du jemandem helfen kannst?»

«Sprich mir nicht von wohltuender Wärme.»

Der gemeine Alte ist doch in die italienische Delikatessenhandlung gegangen. Er hatte die Stirn dazu...

«Anne-Claire, ich bitte dich um eine große Gefälligkeit. Geh bis zum Panthéon hinunter und komm dann sofort zurück.»

«Was soll ich beim Panthéon?»

«Nichts; geh nur hin, mach dann sofort kehrt und komm zu mir hinauf. Ich habe hier im italienischen Laden etwas zu erledigen.»

«Nein, nein, du willst mich währenddessen betrügen. Ich komme jetzt gleich mit.»

«Betrügen? In dieser kurzen Zeit?»

«Was weiß ich? Eine Frau ist bei dir und kann jetzt nicht herunterkommen, weil ich hinaufkomme. Ich verlasse dich keinen Augenblick. Pas la peine d'insister. Es ist unnötig, darauf zu bestehen.»

«Ich habe eine Überraschung für dich vorbereitet. So kann ich dich nicht überraschen.»

«Wenn ich nicht jetzt sofort mit kann, werde ich wahnsinnig.»

Und schon streicht sie sich mit dem Handrücken über die Stirn.

«Na, komm. Ich weiß zwar ganz gut, daß man ohne jede Vorbereitung nicht wahnsinnig werden kann.»

Sie preßt die Hand aufs Herz, während sie neben mir die Treppe hinaufgeht.

Sie klopft erst an, öffnet dann vorsichtig die Tür und steckt den Kopf hinein.

«Jetzt habe ich aber genug von diesem Theater!»

«Warte, ich will erst unter das Bett schauen.»

«Ich kriege langsam Angst vor dir.»

«Verzeih, ich bin schrecklich eifersüchtig. Was ist in diesen Paketen?»

«Du hast mir immer gesagt, ich soll mir eine andere Frau suchen, wenn ich mit dir leben will.»

«Das habe ich nie gesagt. Wobei soll ich schwören? Was ist in diesen Paketen? Ich bin furchtbar neugierig.»

«Dreh dich zur Wand, du wirst es erfahren, wenn ich dich rufe.»

«Hat es etwas mit mir zu tun?»

Kaum beginne ich das Paket, in welchem das Grammophon ist, aufzuschnüren, dreht sie sich schon wieder um.

«Du bist so kindisch! Komm her.»

Ich nehme das Handtuch und binde ihr damit das ganze Gesicht zu.

«O weh! Was machst du da?»

«Setz dich jetzt schön aufs Bett und rühr' dich nicht!»

Ich packe das Grammophon aus, ziehe es auf und lege die Platte ‹Le temps des cerises› auf. Ich nehme ihr das Handtuch vom Kopf.

«Na also! Voilà!»

Sie hält beide Arme staunend in die Luft und wird starr, wie ein abgerissener Filmstreifen. Ihre Augen weiten sich vor Verwunderung.

«Mon Dieu! Oh! Gehört das dir? Wem gehört es?»

«Dir.»
«Mein Gott, Monpti, oh, das ist ja mein Lied. Monpti! Monpti!»
«Da hast du's, diese zwei Pakete sind für dich.»
Sie fällt über die beiden anderen Pakete her. Ihre Finger reißen nervös das Papier auf. Der Hut kommt zum Vorschein.
«Aaach!» sagt sie, reißt sich die Kappe vom Kopf und rennt zum Spiegel.
Der Hut paßt genau und steht ihr ausgezeichnet. Ein ganz neues Gesicht blüht unter dem Hutrand hervor. Ihre Augen strahlen vor Freude und füllen sich mit Tränen. Sie kniet vor mir nieder und umarmt meine Knie. Bevor ich's hindern kann, küßt sie meine Hände. Entsetzlich.
«Sag, woher hast du so viel Geld?»
Ich sag's ihr. Sie sieht sich mit großer Ehrfurcht im Zimmer um und betrachtet die schäbigen Zeichnungen an der Wand.
«Sag mir, Anne-Claire, aber ganz aufrichtig: bedeute ich dir soviel wie ein Franzose?»
«Viel mehr.»
«Sagst du das nicht, weil...»
«Willst du, daß ich die Strümpfe und den Hut zerreiße?»
«Hier, nimm die Schere und zerschneide einen Strumpf, damit ich dir glauben kann!»
Entschlossenheit leuchtet aus ihren Augen; sie packt die Schere. Im Augenblick ist der Strumpf kaputt.
«Soll ich den andern auch zerschneiden?»
«Ja.»
Sie zögert ein bißchen. Dieser Strumpf bedeutet ihr mehr, als Isaak dem Abraham bedeutet hatte. Dann schließt sie aber fest die Augen und zerschneidet auch den zweiten Strumpf.
«Genug, ich glaube dir. Auch du bist mehr für mich als alle anderen auf der Welt. Willst du, daß ich das Grammophon durch das geschlossene Fenster auf den Hof werfe?»
«Mein süßer, einziger Monpti, tu das nicht!»
«Es fällt mir zwar schwer, aber meinetwegen.»
«Sag, wieviel Geld hast du denn eigentlich?»
«Fünfzig Centimes.»
«Grauenvoll. Wenn du nicht böse wirst, möchte ich dir was sagen...»
«Nun?»
«Du bist für das Geld dasselbe wie die Phylloxera für die Weinstöcke. Willst du, daß ich den Hut in den Laden trage und das Geld zurückverlange?»
«Gut, dann schenke ich das Grammophon dem Fliegenäugigen. Das ist der einzige Mensch auf der Welt, den ich nicht leiden kann.»

Die hereinströmenden Sonnenstrahlen brechen sich am Grammophon. Wie dumm das Leben ist! Hätte man mich gefragt, ich wäre gar nicht auf die Welt gekommen. Oder wenn ich zum Beispiel eine Amme gehabt hätte, die mich mit dem Kopf voran zu Boden fallen ließ, könnte ich jetzt fröhlich mit den Engeln herumtollen: «Du, wenn du mit der goldenen Schleuder noch einmal auf meine Augen zielst, sag ich's einem Oberengel, und der klopft dir mit einem Diamantstab den Hintern aus.»

Man müßte aufstehen, den Kakao wärmen. Es ist noch ein bißchen davon da. Andersen scheint recht zu haben: Spiritus, Zucker und Kakao haben sich heute nacht verabredet, zusammen auszugehen.

Während ich mich anziehe, suche ich meine Streichhölzer und finde fünf Franken in der Tasche. Ein wahres Geschenk. Ich werde mir Energie dafür kaufen. Da ich Anne-Claire heute nicht sehen kann, gehe ich ins Kino. Bleiben wir hier einen Augenblick stehen. Das Kino ist ein Bedürfnis. Energienahrung. Wenn sich ein Schwerkranker von oben nicht ernähren kann, nährt man ihn von unten. So ist das Kino. Es gibt in diesem Bezirk ein billiges Kino; man spielt zwar uralte Filme, das ist wahr — aber es ist interessant, wenn man beispielsweise einen Zigomar-Film wiedersieht, von dem man seinerzeit als Schuljunge so begeistert war. Auf dem Rückweg debattiert man mit seinem eigenen früheren Ich. «Na, lieber Freund, einen größeren Blödsinn hab' ich noch nie im Leben gesehen.» Der Lausbub, der ich einmal war, geht neben mir und gestikuliert mit seinen schmierigen Nägeln vor meiner Nase herum. «Is ja gar nich wahr! Klasse! Sache, sag ich!» — «Du Bengel, widersprich mir nicht! Das ist ein Blödsinn, verstanden?» — Der Kerl läßt mich nicht in Ruhe: nein und nein, das war sehr schön. «Schau, daß du weiterkommst, mein Junge, sonst kriegst du einen Fußtritt, daß du bis zum Zigomar fliegst, und das wird schwer sein, denn er ist nur eine Phantasiegestalt.»

Man sieht auch amerikanische Filme. Ein Cowboy verdrischt die Indianer wegen einer schönen blonden Frau. Wenn er siegt und das Mädel bekommt, werde ich ein reicher Mann. Natürlich siegt er; ich gehe nachher im Mondenschein selig nach Hause. Wenn ich einmal einen Film schreibe, den sollen die Leute ansehen, sowas war noch nicht da. Wenn man mich nur ranläßt. Aber das sind ja lauter Idioten! Bis es mir gelingen würde, sie zu überzeugen, wäre auch ich schon verblödet. Man müßte Zeichnungen am laufenden Band herstellen und ganz Paris damit überschütten. Das Geld wird wie Mist zur Türe hereinrollen.

Ich kann mit Anne-Claire ausgehen. Sie erzählt oft von Robinson, dem Eldorado der Verliebten; dort gibt es Lauben zwischen den Ästen und man trinkt den Kaffee oben auf dem Baum. Oder wir reiten den ganzen Nachmittag im Wald. Es kommen noch sehr schöne Tage. Wir können uns genau so wie bisher täglich sehen; auch ich werde wie Anne-Claire arbeiten. Wir könnten auch täglich zusammen mittagessen.

Abends setzte ich die Pläneschmiederei auf der Terrasse des Café du Dôme fort. Ich bin schon ganz furchtbar reich und kaufe gerade das fünfte Auto für die Dienerschaft meines Schlosses.

Am Nebentisch unterhalten sich zwei Herren laut:

«Weshalb hat sie eigentlich nicht wollen?»

«Sie behauptete, daß sie noch eine Jungfrau sei.»

«Und dieser dumme Kerl ist monatelang mit ihr herumgezogen?»

«Ein ganzes Jahr lang.»

«Ein Jahr lang! Merk dir, wenn sich eine Frau nicht in den ersten zwei Wochen hingibt, dann tut sie es nie. Jede Frau ist schon im ersten Moment entschlossen: mit dem würde ich's tun; mit dem da nie. Aber immer fällt die Entscheidung schon in der ersten Minute. Später kämpft sie nur mehr, um die Form zu wahren. Und wie ist die Sache ausgegangen?»

«Er ist brutal geworden, da hat sie ihn stehengelassen.»

«Hätte der Unglücksrabe wirklich schon früher tun können. Das hat ihn wohl auch eine Menge Geld gekostet, nicht wahr?»

«Na klar — ein reicher Junge!»

Ich zahle sofort und gehe nach Hause.

Morgen sage ich Anne-Claire, daß zwischen uns alles aus sein muß. Entweder — oder. Schließlich bin ich kein Kretin.

Ich stelle mir vor, wie ich ihr den Laufpaß geben werde.

Ich begleite sie nach Hause, und bevor wir uns trennen, sage ich:

«Ich gebe dir vierundzwanzig Stunden Bedenkzeit. Wenn du bis morgen abend nicht meine Geliebte geworden bist, will ich dich nie mehr sehen. Mich wirst du nicht an der Nase herumführen.»

Ihr Gesicht wird müde sein. Sie wird mir gar nicht mehr so gut gefallen. Ihre schlanken Finger sind voller Tintenflecke.

«Du willst mich verlassen?»

Wir stehen im breiten Tor eines großen Hofes; plötzlich erhebt sich ein kalter Wind und rüttelt an dem Firmenschild über uns.

«Je t'en sais gré. Schön von dir.»

«Wir sind schon wochenlang zusammen. Ich habe genug von diesem Theater.»

«Sprich lieber offen und ehrlich. Du hast jemanden?»

«Nein. Antworte mir auf meine Frage: willst du mein sein, ja oder nein?»

«Nein!» sagt sie fast schreiend, und das Firmenschild über uns knarrt so laut, daß ich fürchte, es fällt uns sofort auf den Kopf.

«Dann verschwinde für immer aus meinen Augen», sage ich, «ôte-toi de mes yeux à jamais. Vade in pace. Unmoralische Seele!»

Ich drehe mich um und gehe nach Hause. So viel Stolz hat man schließlich noch im Leib, zum Donnerwetter!

So will ich's machen.

Und morgen suche ich mir sofort eine Neue.

In der Sankt-Jakobs-Straße bewegt sich etwas Weiches, Seltsames vor meinen Füßen.

«Was ist das, zum Teufel?»

Vor Schreck und Wut versetze ich dem Ding einen Fußtritt.

Das schwarze Etwas fliegt im Bogen fort und fällt klatschend auf den Damm. Eine Ratte. Sie ist auf den Rücken gefallen und strampelt mit den Beinen in der Luft wie ein umgeworfenes Spielzeugauto, dessen Räderwerk noch nicht abgelaufen ist. Sie wimmert und jammert vor Angst so komisch. Schließlich steht sie wieder auf den Beinen und rast wie aus der Kanone geschossen davon.

Ich stehe vor dem italienischen Delikatessenladen.

Die Ratte... ja, die Ratte war Leo. In der letzten Zeit ist er immer zahmer geworden. Wenn ich ihm ein Brotstück gab, lief er nicht mehr schnell davon, sondern blieb ein paar Meter weiter stehen und schnappte danach. Heute hatte er sich wohl vorgenommen, mich ganz ohne Scheu zu erwarten.

Und da habe ich ihm den Fußtritt...

«Leo... O Leo...!»

Ich stehe nur da und schaue ihm nach. Nie im Leben werde ich ihn wiedersehen. Ich habe sein ganzes Vertrauen zur Menschheit erschüttert.

«Leo...»

«Qu'est-ce que vous fichez-là? — Was treiben Sie denn hier?»

Zwei Polizisten auf Fahrrädern halten neben mir.

«Ich gehe nach Hause, bitte sehr.»

«Eh bien? Nun und?»

«Eh bien. Bonsoir, Monsieur, 'dame!»

25 VORMITTAGS MACHTE ICH NEUE ZEICHNUNGEN UND TRUG SIE in die Redaktion des ‹Almanach›, wo man neulich so viele Zeichnungen von mir gekauft hat. Man sagt, ich soll mir in drei Tagen Bescheid holen. Das ist übermorgen. Wenn ich was anbringe, bezahle ich sofort die Miete (fällig nächste Woche), bis dahin werde ich fasten. Jedenfalls besorge ich mir ein anständiges junges Mädel, das sich mir hingibt, nicht so eine...

Mittags erscheint unerwartet Anne-Claire.

Na, jetzt wird sie erledigt.

«Servus, Monpti, ich bin gekommen, um ein bißchen Musik zu hören.»

«Das Grammophon funktioniert nicht.»

«Oh, schon kaputt? Kannst du's nicht richten?»

«Ich hab's noch nicht versucht.»

«Du, ich bin so unglücklich, seit du mir den Hut gekauft hast.»

«Wieso?»

«Bisher war alles so gut und schön — und jetzt ist alles anders. Was ich auch tue, du glaubst immer, es ist, weil du mir den Hut geschenkt hast. Wie kann ich dich abweisen, wo du doch so nett zu mir warst. Mir macht dieser Hut gar keine Freude, außerdem steht er mir auch nicht sehr gut.»

Ja, der Hut... den habe ich ganz vergessen. Wegen eines Huts soll sich mir keine Frau hingeben.

«Bring am Abend den Hut mit.»

«Was willst du damit?»

«Wir werden ihn vernichten.»
«Soll ich ihn nicht lieber ins Geschäft zurücktragen?»
«Das geht doch nicht mehr.»
«Aber ja, du mußt es mir nur erlauben.»
«Also meinetwegen.»
«Ich habe ihn schon zurückgegeben. Bist du nicht böse?»
«Und was hast du dir dafür gekauft?»
«Nichts. Man hat mir das Geld zurückgegeben — weil ich geweint habe. Hier ist es.»
Die kann auf Kommando weinen... «Karte genügt, weine sofort.» Sie holt aus ihrer Tasche das Geld und legt es auf den Tisch.
«Pech. Was soll ich jetzt mit dem Geld machen?»
«Kauf mir nichts. Wir werden jetzt so glücklich sein, hast du eine Ahnung! Ich kann dir ruhigen Herzens nein sagen.»
Ich erwidere keine Silbe. Die freut sich ja noch, daß sie ihr ewiges Nein zu einem System ausbauen kann. Na warte!
Als sie fort war, schrieb ich ihr sofort eine Rohrpostkarte ins Büro. Nur so viel: ich müsse verreisen, sie solle mich gar nicht mehr im Hotel suchen; wenn sie diese Karte liest, sitze ich schon im Zuge.
Auch das wäre erledigt.
Und jetzt gehe ich und verschaffe mir eine andere. Gegen eine Frau ist das beste Mittel eine andere Frau. Und Frauen gibt's Gott sei Dank genug.
Der Medici-Brunnen im Luxembourg-Garten ist der Treffpunkt für Verliebte. Alle, die dringend eine Ergänzung brauchen, kommen hierher.
Auch die sich bereits verstanden haben, treffen sich hier.
Sie sitzt aufgeregt auf der Bank, wie ein Nesthäkchen, das auf die Spatzenmama wartet und Ausschau hält, ob sie nun endlich mit dem Wurm anrückt.
Er verspätet sich; ein kluger Junge. Die Frauen lieben eigentlich nur die Männer, die unhöflich, unpünktlich und ebenso verlogen sind wie sie selbst. Kurz, der Jüngling erscheint; das Mädchen springt auf und breitet die Arme schon von weitem aus. Sie schließt die Augen und öffnet den Mund wie ein hungriger kleiner Vogel.
Es sitzen auch wohlerzogene junge Damen aus guter Familie da, die nur das Unglück haben, einer tadellosen Gesellschaftsklasse anzugehören, und gezwungen sind, hierherzukommen, um herzklopfend die Wonnen des Angesprochenwerdens und der Parkbekanntschaften zu genießen.
Und alte Fräuleins kommen her, um sich zu erinnern und mit der Hilfe von Vorbildern in die Vergangenheit zurückzufliegen; sie sind kleine Tauben mit Geiergesichtern, Mündern wie des Messers Schneide und von unliebsamem Naturell. Sie hegen Erinnerungen und lächeln ihrem alternden Spiegelbild zu, das sich im Wasser schaukelt. Überfütterte Goldfische schwimmen gleichgültig im grünlichen Wasser und weichen den Brotstücken aus, die man ihnen zuwirft. Dabei fällt mir ein: auch kalte, fischblütige Damen kommen her, um wiederholtes Neinsagen zu genießen.

Wir wollen die kalten und die moralischen Frauen nicht in einen Topf werfen. Die kalte Frau liebt insgeheim. (Nur kalte Frauen sind zu den größten Ausbrüchen, Nervenanfällen und zum Selbstmord fähig, wenn man ihre Gefühle anzweifelt.)
Die kalte Frau kann nämlich ohne Liebe nicht leben, sie macht die Sache aber ganz kühl ab; das braucht sie so. «Sei so lieb! Du ruinierst mir ja die Frisur!»
Die kalte Frau schließt nicht die Augen, wenn man sie küßt, und ist nicht atemlos nach dem Kuß, sondern richtet sich das Haar oder sagt: «Vorhin bemerkte ich einen kleinen Mitesser auf deiner Stirne, gestatte, daß ich ihn ausdrücke.»
Eine kalte Frau kann man nicht überlegt, programmäßig betören. «Heute nicht. Du bist sowieso schon sehr nervös.»
Nicht sie, sondern du. Sie muß es wissen.
Die kalte Frau ist nicht treu, die kalte Frau betrügt kalt.
Gegen eine kalte Frau gibt's keine Medizin, eine kalte Frau mag keinen kalten Mann.
Die kalte Frau will auf der Sinnlichkeit der Männer spazierengehen, wie in einem Garten, und dabei einen Moderoman lesen.
Gott schütze jeden vor einer kalten Frau... und führe uns nicht in Versuchung, sondern erlöse uns von dem...
So sitzen diese vielen Frauen um den Brunnen der Medici und erwarten die Ereignisse, die Fatalité. Hierzulande kennt man nur eine Fatalité. Das Verhängnis.
Der Mann betrügt seine Frau; sie kommt darauf — «C'est la fatalité.» Das war sein Verhängnis. Wenn die Frau den Mann betrügt, ist das auch Fatalité. Der Gatte tötet den Geliebten, auch das ist Fatalité. Wird der Gatte zufällig nicht freigesprochen, ist das wieder eine Fatalité.
Wie gut, daß es dieses Wort gibt, es erleichtert das Leben, beruhigt die Gemüter, und jedes Verantwortungsgefühl erübrigt sich.
«Qu'est-ce que vous voulez, c'est la fatalité. Was wollen Sie, das war eben sein Verhängnis.»
Man müßte eine Frau finden, die Anne-Claire ein bißchen ähnlich sieht...
Die Leute sitzen ohne Überrock und Mantel im Garten. Beim Brunnen der Medici ist keine Seele. Was heißt denn das? Streiken die Liebesleute? Freilich, wochentags arbeitet jeder am Nachmittag. Anne-Claires Körper ist schön und schlank. Wenn sie mir jetzt entgegenkäme, ich würde sie nicht grüßen.
Gegen vier Uhr wird der Garten geschlossen. Eine Truppe uniformierter Gesellen taucht aus dem Senatsgebäude auf und verstellt die Eingänge des Gartens. Einer von ihnen durchschreitet die wichtigsten Alleen und kündigt durch Trompetenschall, eventuell durch Trommelschlag an, daß der Garten geschlossen wird.
«On ferme! On ferme! Wir schließen!» rufen die Wächter von allen Seiten. Es ist, als wäre man auf einer Treibjagd. Ich werde Anne-Claire nie mehr sehen...
Am Anfang der Rue de Vaugirard steht eine kleine Kapelle. Da

man mich aus dem Garten vertrieben hat und ich zum Nachhausegehen noch keine Lust habe, gehe ich in die Kapelle.

Mit einem Wort, es gibt keine Anne-Claire mehr. Wie lang bin ich schon in keiner Kirche mehr gewesen. Ich denke gar nicht an sie. Es hätte doch keinen Sinn. Wie gut es hier nach Jenseits riecht. Wo immer man sich herumtreibt, auf fremder Erde, unter fremden Sitten, die Kirchen bleiben sich mehr oder weniger überall gleich. Es sind neutrale Gebiete, die Gesandtschaften Gottes.

Anne-Claire hat die Rohrpostkarte schon bekommen.

Die Kapelle ist fast leer. Neben mir betet eine alte Frau mit gesenktem Kopf. Man müßte eine Frau haben, die immer nur betet. Die Alte fährt plötzlich zusammen und reißt den Kopf hoch. Sie war wohl beim Beten eingeschlafen. Verlegen greift sie nach ihrem Hut.

«Na, was gibt's?» fragt sie unvermittelt und wendet sich mir zu.

Ich stürze sofort aus der Kapelle.

Du lieber Gott, meine Nerven sind nicht in Ordnung.

26

EINMAL IST ES KALT UND EINMAL WARM. SOBALD DIE SONNE scheint, gibt es Fliegen.

Der Hof des Hotel Riviera ist früher ein Stall gewesen, in dem auch Napoleon sein Pferd rasten ließ — in seiner Jugend, als er in geheimen Liebesangelegenheiten in dieser Gegend zu tun hatte. Die direkten Nachkommen der damaligen Fliegen können das nicht vergessen und pilgern in Massen an diesen Ort des Gedenkens. Sie sind frech; nicht zum Aushalten.

Ich habe einen Fliegenfänger gekauft, ein langes klebriges Band. Ich hänge es an die Glühbirne. Um die Lampe schwirren die meisten Fliegen.

Eine Stunde später haben sich einundzwanzig Fliegen festgerannt. Sie quälen sich, reißen die Beine hoch und bleiben immer fester kleben.

Es muß ein fürchterlicher Tod sein. Eigentlich ein Hungertod. Auch den Fliegen tut Schmerz weh, sicherlich. Sonst würden sie nicht um jeden Preis loszukommen versuchen. Die Fliege ist auch ein Geschöpf Gottes. Sie freut sich ihres Lebens, hat eine Familie und Freunde, sucht unter Lebensgefahr ihre Nahrung in der Welt, bis eines Tages so ein niederträchtiger Trottel sie fängt und zu Tode martert.

Noch ist es nicht zu spät.

Ich werde sie retten!

Ganz vorsichtig klaube ich die Fliegen vom Papier. Erst wasche ich ihre Beine in Wasser, damit sie nicht anderswo kleben bleiben, dann lege ich sie auf das Fensterbrett zum Trocknen.

Eigentlich ist das eine reine Bazillenkolonie. Wer weiß, welche von ihnen eine Aasfliege ist!

Ich erschlage sie der Reihe nach mit meinem Pantoffel. Dann renne ich wie verrückt von Hause fort. Mit dem Autobus Albis fahre ich auf das jenseitige Seineufer und steige bei der Comédie aus.

Um halb sechs stehe ich schon vor dem Büro und warte auf Anne-Claire.

Schlag sechs stürzt sie heraus und sieht mich sofort.
Sie lacht und weint.
«Nicht wahr, du konntest nicht wegfahren?»
Sie klammert sich krampfhaft an mich.
«Willst du mit mir irgendwo essen und dann ins Kino gehen?»
«Ja.»
«Wird man bei dir zu Hause nichts sagen?»
«Nein, heute kommen meine Leute ohnedies erst spät, und bis dahin bin ich auch zu Hause.»
Sie öffnet ihre Handtasche.
«Greif doch mein Taschentuch an!»
«Warum?»
Ich greife das Tuch an. Es ist klatschnaß.
«Du hast es im Büro ausgewaschen? Warum denn?»
«Ich hab's nicht ausgewaschen, sondern vollgeheult, deinetwegen, heute nachmittag. Ich war sogar auf dem Bahnhof. Man sagte mir, zu der Zeit, die du angegeben hast, fahre gar kein Zug nach Budapest. Ich hätte dich sowieso von der Eisenbahn heruntergeholt.»

Wir essen im Julien. Ich bemühe mich, gleichgültig die Schwelle des Restaurants zu überschreiten; keiner soll ahnen, wie wenig alltäglich diese Angelegenheit für mich ist.

Ein angenehmes Lokal. Brot wird à discrétion verabreicht, das heißt, daß eine Menge Studenten hier essen, die pro Kopf zwei Kilo Brot vertilgen. Ein Kilo vor und ein Kilo nach dem Mittagessen. Begreiflich! Die meisten von ihnen kennen nur eine Mahlzeit am Tage und essen sich an Brot satt.

Jede Mahlzeit besteht aus vier Gängen, es ist nämlich ein Menü. Suppe oder Vorspeise; Fleisch und Gemüse; Käse oder Backwerk. Außerdem kriegt man ein viertel Rotwein oder Bier, eventuell Limonade, das ist auch schon beim Prix-fixe dabei.

Die französischen Kellner sind die wunderlichsten Geschöpfe Gottes. Nur im Zirkus sieht man ähnliche Produktionen. Sie nehmen zwanzig Bestellungen gleichzeitig an und fragen nur ganz leichthin der Reihe nach: «Et vous, Monsieur? Et Mademoiselle? Et Madame? Und Sie, mein Herr? Und das Fräulein? Und Sie, Madame?» Die bestellten Speisen werden einmal wiederholt, aber nicht notiert. All das macht ein einziger Mann mit einer Sorgenfalte auf der Stirn und Schweißtröpfchen an der Schläfe und kommt fünf Minuten später mit den Speisen zurück. Die erste Nummer, Gedächtnisübung, ist vorüber, jetzt kommt die Geschicklichkeitsprobe. Er bringt zwanzig verschiedene Schüsseln auf einmal: Suppen, Gemüse, Fleischspeisen und Torten, und trägt alles in der linken Hand; die Teller liegen auf seinem Unterarm. Mit der rechten Hand teilt er aus, und es kommt sehr selten vor, daß zwei Bestellungen vertauscht werden.

Von zwölf bis zwei Uhr trägt der Kellner ohne Unterbrechung Berge von Fressalien herbei. Und die Gäste stehen mit dem letzten Bissen im Mund auf, um ihre Plätze den Nachfolgern zu überlassen.

Wer keinen Platz bekommt, wählt sich einfach jemanden aus, der seine Mahlzeit schon so ziemlich beendet hat, bleibt vis-à-vis stehen und wartet, bis der fertig ist. Manche ziehen ihre Uhren und schütteln mißbilligend den Kopf, wenn der, dessen Platz sie erben wollen, zu langsam ißt. Ist es ein Franzose, so entschuldigt er sich sofort und beginnt mit Windeseile zu fressen, daß ihm die Augen aus den Höhlen treten.

«Mais prenez votre temps. Je vous en prie. Aber lassen Sie sich Zeit, ich bitte Sie darum.»

«Vous en faites pas, Monsieur. Kümmern Sie sich nicht darum, mein Herr.»

Nachher entschuldigen sie sich gegenseitig noch so lange, daß der Arme während dieser Zeit auch in aller Ruhe hätte essen können.

Nach Tisch gehen wir ins Monge-Palace. Man spielt einen gräßlichen französischen Film. Ein kleines Kind wird von Zigeunern gestohlen. (Weiter sind die noch immer nicht gekommen!) Das Kind leidet, das Publikum ebenfalls, denn plötzlich beginnt jemand zu pfeifen:

«Assez! Genug!»

Ich verstehe das nicht. Im allgemeinen machen die Franzosen die schlechtesten Stummfilme und keiner kann diese gräßlichen Filme weniger leiden als die Franzosen selbst.

Kurz, das Kind ist eine Waise und leidet im Film, aber so furchtbar, daß sich einem der Magen dabei umdreht.

Plötzlich höre ich leises Wimmern neben mir. Ich schaue Anne-Claire an und bin überwältigt. Diese Frau leidet hier insgeheim mit, ihr Gesicht ist verzerrt, sie beißt sich auf die Lippen, und ihre Tränen fließen wie Gebirgsbäche bei der Schneeschmelze im Frühjahr.

«Bist du verrückt? Über so etwas weinst du?»

«Laß mich, Monpti, laß mich...»

«Wie kann man über so einen Blödsinn weinen, du verrücktes Mädel!»

Später wendet sich im Film alles unerwarteterweise zum Guten. Die Zigeuner werden verfolgt und eingeholt.

Eine Beifallssalve bricht los. Sie gilt nicht dem Film. Der Film ist noch immer ein großer Schmarrn, aber das sind lauter nervöse Leute, sie bevorzugen eine prompte Gerechtigkeit. Manche können nicht an sich halten und brüllen los:

«Casse-lui la gueule! Schlag ihm das Maul ein!»

Ein großer Vorzug der Vorstellung ist, daß man währenddessen rauchen und küssen darf. Man kann die Dame seines Herzens auch ganz einfach auf den Schoß nehmen. Höchstens ruft jemand hinten:

«Kinder, steckt die Köpfe entweder ganz zusammen oder ein bißchen weiter auseinander. So sieht man nichts!»

Man kann den Film nämlich auch ansehen.

In der Pause gehen wir in ein kleines Kaffeehaus nebenan.

«Was willst du haben?»

«Einen grand noir!» sagt sie mit strahlenden Augen.

Interessant, wie hier alle für schwarzen Kaffee schwärmen. Auch in den Café-crème geben sie nur einen kleinen Löffel Milch. Wenn man ihn hell verlangt, zwei Löffel. Wer mehr will, der erfährt die Verachtung des Kellners: «Sie wollen also Milch?!»

Nach dem Kino begleite ich sie bis zur Avenue des Gobelins, dort verabschieden wir uns.

«Komm nicht weiter mit, man könnte uns sehen.»

«Servus, mein Schatz.»

Bei der Rue Claude Bernard packt mich jemand am Arm. Es ist Anne-Claire. Sie ist ganz atemlos.

«Was ist denn...?»

«Sag... bist du... in mich... verliebt?»

«Ja... ich verstehe nicht...»

«Warum... winkst du mir dann... nicht nach..., wenn... wir uns Adieu sagen?»

«Ich hab's vergessen.»

«Ich gehe jetzt und du wirst mir nachwinken... und ich drehe mich gar nicht um!»

«Was?!»

«Ja, denn es haben mehrere Leute gesehen, daß ich dir nachgewinkt habe, und du hast dich überhaupt nicht umgedreht. Ein Fremder hat mir zugewinkt. Ich bin Französin, mich darf man nicht demütigen.»

«Und ich bin ein Ungar. Ich gehe in den Löwenkäfig, wenn du deinen Handschuh hineinwirfst, unter ganz kleine Löwen, aber ich winke nicht in die Luft. Das ist unter meiner Würde.»

«Aber du liebst mich...»

«Ich habe gerade von den Löwen gesprochen... Unerhört!»

«Also schön. Küß mich auf den Hals und Servus.»

27 ANNE-CLAIRE HAT EIN KLEINES BUCH BEI MIR VERGESSEN, ICH hab's heute auf dem Tisch gefunden: Les plus belles pensées. Le bonheur. Die schönsten Gedanken. Das Glück.

Auch sie braucht das. Wenn man sich schon an die Analyse wendet, stimmt etwas nicht bei den Dingen, auf die es ankommt.

Es gibt hübsch ausgeklügelte Schreibtischweisheiten in dem Buch. La Rochefoucauld sagt zum Beispiel: «Ne désirer que ce qu'on a. Begnügen wir uns mit dem, was wir haben.»

«Die Suche nach Glück ist das einzige Ziel aller in diesem Leben, weil der Egoismus die Basis des Glückes ist.» Wie wär's, wenn wir die obige Feststellung als einzigen Weg zur Erreichung des Glücks akzeptieren würden? Die schönsten Dinge des Lebens nähren sich aus schmutzigen Wurzeln. Die gedüngte Erde ist ertragreich.

Was René Maizeroy sagt, ist geistreich: «Heureux ceux qui n'ont jamais été heureux. Glücklich die, die niemals glücklich gewesen sind.»

Einen Rat, einen Wegweiser finde ich auch bei diesem Denker nicht. Er hat recht. Nur dumme Menschen können glauben, daß wir einander mit Worten helfen können. Worte, und mögen sie noch so wohltätig wirken, sind nur so viel wert wie das Morphium, wenn jemand Krebs hat. Sie schalten für eine Zeitlang die Leiden aus, heilen aber nicht. Hingegen ist René Maizeroy ein geistreicher Kopf, was aber nicht bedeutet, daß er witzig ist. Dieser Satz erinnert an die Bibel, und das ist eine große Sache. «Glücklich die, die noch niemals glücklich waren.»

Charlec sagt: «Il n'y a de bonheur parfait qu'avec un mauvais coeur et un bon estomac. Ohne einen guten Magen und ein hartes Herz gibt es kein vollkommenes Glück auf Erden.»

Daraus geht eins klar hervor: Charlec hatte ein Magenleiden.

Balzac meint: «On est heureux sans fortune, comme on est amoureux sans femme. Man kann ohne Glück ebenso glücklich sein, wie verliebt ohne eine Frau.»

Mit einem Wort, das Glück kommt nicht von außen nach innen, sondern von innen nach außen. Nicht schlecht, aber auch nicht neu.

«Eine Vorbedingung des Glücks ist, nicht unglücklich zu sein.» Dies sieht auf den ersten Blick dumm aus, wenn wir aber darüber nachdenken, müssen wir einsehen, daß es ein gutes Programm ist. So Maurice Donnay.

Wir können ihm darauf nur erwidern: wir sind nicht gesonnen, darüber nachzudenken.

Laut Flaubert «... hat das Glück drei Vorbedingungen: man muß dumm sein, egoistisch und sich einer guten Gesundheit erfreuen. Fehlt nur das erste, ist alles verloren.» Flaubert muß sehr unglücklich gewesen sein, denn er spricht hier nicht von sich.

Solon sagt: «Kein Sterblicher kann vor seinem Tode glücklich gepriesen werden.» Es ist angenehm, wenn man über jemanden nachträglich doch noch feststellen kann, daß er unglücklich gewesen ist. Nicht für den Betreffenden selbst, sondern für uns.

«Glücklich ist, wer lacht? Wie oft betrügen wir uns selbst.»

Claire Bourdon. Typisch weiblich. Dumm.

«Comment cherche-t-on le bonheur? Dans son élément. Wo sollen wir das Glück suchen? In seinem Element.» Das ist Carmen Sylva. Man könnte noch viel so Schönes sagen: Im Sommer ist es heiß. Im Winter ist es kalt. Weiß ist nicht schwarz. Leb wohl, Carmen Sylva. Wir werden uns nie mehr begegnen.

Hippolyte Taine erklärt: «Ce sont les imbéciles, qui sont les plus hereux. Die Dümmsten sind die Glücklichsten.» Wenn jeder das wüßte, wäre die Welt voll Unglücklicher.

Es gibt auch ein unendlich stupides arabisches Sprichwort: «Du willst glücklich sein? Dann übertreibe nicht, geh jedem Ding auf den Grund und sei heiter.» So blöd sind die Araber. Das kommt vom vielen schwarzen Kaffee und dem unmäßigen Rauchen. Auch mit den Weibern treiben sie's zu arg.

Die Frau ist körperlich und seelisch das stärkste Gift der Erde. Das Verderben, das sie verbreitet, nimmt nur deshalb keine erschreckenden Maße an, weil wir uns in kleinen Dosierungen an sie gewöhnt haben. Schon in der Bibel steht geschrieben: «Das Weib jagt nach dem teuren Leben des Gatten.» Wer Frauen körperlich überkonsumiert, wird paralytisch, wer sie geistig konsumiert, mit einem Wort, mit ihnen lebt, wird mit der Zeit ein vollkommener Idiot und unmännlich, seine Selbständigkeit ist dahin, er hat keine eigene Meinung; sein ganzes Verlangen ist Ruhe und das ist der Tod, denn Bewegung ist das Leben.

Es gibt Frauen, die kein anderes Ziel kennen, als sich kurz nach ihrer Heirat körperlich und seelisch so zu verändern, daß man ihre Männer nicht begreifen kann. Wie konnten sie als gescheite Leute so etwas heiraten? Zum Beispiel die Frauen, die in der Ehe ganz aus der Fasson geraten? Welche geistige Gemeinschaft kann der unglückliche Mann mit so einem zerflossenen, in ein Mieder gepreßten und schwer atmenden Wesen haben? Die einzige Beschäftigung solcher Frau ist, nach Frauen Ausschau zu halten, die noch mehr als sie selbst aus der Form gegangen sind. Die komische Seite der Angelegenheit ist aber, daß man auf so eine Frau, die einem gar nicht mehr gefällt, noch aufpassen muß. Mit einer dicken Frau bandelt man höchstens an, läßt sie aber dem Gatten auf dem Hals.

Wo ist hier das Glück?

Darüber steht nichts in diesem zerlesenen Buch.

Während ich so mit den schönsten Gedanken über das Glück kokettiere, klopft es an meine Zimmertür.

«Entrez! Herein!»

Ein sonnengebräunter Mann kommt herein, mit hängendem Schnurrbart. Du lieber Gott! Ein ungarischer Bauer. Was ist das? Ein Traumbild?

«Guaten Morg'n!» sagt er im schönsten Dialekt, «da hätt i a Billett für den Herrn.»

Mein Gott! Plötzlich verschwindet Paris. Ich bin irgendwo in der ungarischen Provinz. Die Sonne brennt auf den Hof; der Hund liegt mit hängender Zunge vor dem Stall. Man hört, wie die Pferde den Hafer krachend kauen, und wie sie manchmal am Halfter zerren. Der eiserne Ring, mit dem die Krippe befestigt ist, klappert gegen das Holz. Die Pferde haben glänzende Nacken und reißen nervös die Köpfe herum.

«Höö, Mizzi!»

Sie stampfen dumpf mit ihren Hufen auf dem frischen Heu; längliche Fliegen sitzen auf ihren Bäuchen, deren Fell manchmal bibbert.

Auf der Wagendeichsel in der Scheune hängt ein Hafersack, daneben wetzt ein Huhn seinen Schnabel an einem umgekehrten, löchrigen Topf, springt ab, bleibt plötzlich stehen und spaziert, den Hals in die Luft gestreckt, zum Gemüsegarten. Auf den Zaunpfählen trocknen umgestülpte Milchkannen und neigen sich nach rechts und links.

Durch die Zweige des Zwetschenbaums sieht man auf das Maisfeld; ein schlankes Mädel im roten Rock wackelt mit dem Hinterteil.

«Marika, hol dich der Teufel, sei net so hupfelig!»

«Schau dr dös an, so a Maulaff'. A jeder, wiar a kan!»

Am Himmel stehen Lämmerwolken; eine von unwahrscheinlichem Format hängt über dem Kirchturm, neben dem Friedhof, wo sich die Eidechsen zwischen eingesunkenen Gräbern in der Sonne wärmen. «Hier fand Stefan Takács in Gott seine ewige Ruhe. Betrauert von seinem Eheweib Susanna Alvinczi-Farkas. Der Herr sei gelobet.»

Der Ziehbrunnen knarrt, man holt Wasser herauf.
«Sö, Muatta Kathi!»
«Ja, jo, was habt's?»
«I schlag die Baner von Ihnere Hendln krumm, wann's mir no amal da umanandsteig'n.»
«Jessas, so a gottloser Kerl, so a gottloser...»
All das lag in diesem «Guat'n Morg'n!»
Ganz verstört und aufgewühlt lese ich den Brief. Er ist von meinem Freund, dem ich seinerzeit die dreihundert Franken geliehen habe und der sie mir auch zurückzahlte. Ich denke, ihn damit genügend charakterisiert zu haben, angesichts der Tatsache, daß nur selten von ihm die Rede ist.
Dieser Magyare heißt István Cinege, sagt der Brief. Er sucht sich einen Posten in Paris. Er möchte bloß seine Sachen bei mir unterbringen, bis er Quartier findet. Das soll ich ihm erlauben. Mein Freund verreist auf zwei Tage, deshalb schickt er ihn zu mir.
«Sie heißen István Cinege?» (Fink, Anm. d. Üb.)
«Woll, woll, Herr.»
Ein strammer Kerl, ein Riese. So einen Burschen habe ich mein Lebtag nicht gesehen.
«Also, lassen Sie Ihre Sachen nur da, bis Sie ein Quartier haben.»
Er geht vor die Tür und bringt ein großes, weißes, unförmiges Bündel herein und ein Etwas, das in Zeitungspapier gewickelt ist.
Reden tut er kein Wort.
«Pfüat Gott!» sagt er und geht.
Nicht einmal das hat er mir anvertraut, wann er sich seine Sachen wieder holen will.
István Cinege hat mich dermaßen aufgewühlt, daß ich nachmittags auf den großen Boulevard laufe und mir zwei ungarische Grammophonplatten kaufe: Zigeunermusik.
Mit angehaltenem Atem höre ich, wie die Musik weint, wimmert und klagt.
Mein Gott, plötzlich steht das verrauchte Budapester Kaffeehaus vor mir; fünf Leuten muß man je zwanzig Prozent Trinkgeld geben.
— «Ich sag dir, lieber Edmund, man muß aus diesem Land auswandern. Als ich vergangenes Jahr in London war...»
«Ludwig! Zwei weiche Eier im Glas.»
«Bitte sehr, bitte gleich!»
«Ein paar Debreziner, ein kleines Dunkles für den Herrn Doktor!»
Geschminkte Frauen legen ihre nackten Arme auf die Marmorplatte der Tische und liebäugeln mit ihrem eigenen Spiegelbild, das ihnen im Glanz der mächtigen Kristallüster entgegenlächelt. Ihre Formen verziehen sich beim Sitzen in appetitlicher Weise.
«Küßdiehand, gnä' Frau!»
«Wie geht's, wie geht's, Herr Lebickay?»
«Nur soso. Was ist mit Imre los?»
Man stubbst ihn diskret.
Alte Herren trinken Mokka. Auf schimmerndem Tablett bringt man sechs Glas Wasser für zwei Gäste, und jede halbe Stunde frisches.

«Moritz, frisches Wasser und die Abendblätter!»
Mein Gott! Das Kaffeehaus in Budapest!
«Susichen, Liebling, ein kleines Malheur; ich habe meine Brieftasche zu Hause vergessen.»
«Borgen kann ich Ihnen, Ferry, aber müssen's mir zurückgeben — man reduziert bei uns zweimal im Monat die Gehälter.»
Die Budapester Erinnerungen tanzen in meinem Schädel. Sie jagen, sie umringen, sie verwirren mich. Budapest, Rákoczy-Straße...
«Ich erwarte Sie morgen am Berliner Platz, Mancika.»
«Putzerl, dieser Hochgenuß, keiner ahnt, daß ich deine Geliebte bin. Nora hat gestern auch so dahergeredet... ich habe mich schiefgelacht!»
Der Frühling nähert sich vom Johannisberg her. Die Elektrische biegt laut quiekend um die Ecke.
«Was machen die zwei Hunde, Fräulein?»
«Verzeihen Sie — Ihr Gesicht kommt mir so bekannt vor. Sind wir uns nicht schon irgendwo begegnet?»
In den Winkelgäßchen des Tabán spielt der Wind mit Papierfetzen und bringt den Geruch der Ofner Berge mit sich. Alte Weiber hokken vor den alten Toren ihrer gelben Häuschen.
Die zerbrochenen Fensterscheiben sind mit Papier überklebt.
Herr Kenessi kam gestern wieder einmal besoffen nach Haus und hat seine Brille zerbrochen; er geht jetzt knapp an den Häusern entlang und streichelt die Mauern, so wie der alte Onkel Schmizweig mit zitternden Händen die kleinen Mädchen streichelt, wenn er ihnen Bonbons gibt.
«Du darfst dich vor Onkel Schmizweig nicht fürchten.»
Budapest!
«Bitte, ein halbes Kilo braunes Brot.»
«Bitte stark zu klopfen, die Klingel läutet nicht.»
«Hausieren und Werkelspielen verboten.»
«Hören Sie nur, Tante Käthe. Das alte Zinshaus drüben ist niedergerissen worden und die Wanzen sind alle herübergekommen. So eine Prozession habe ich in meinem Leben nicht gesehen. Man mußte sie von der Wand herunterfegen. Alle Mieter sind herausgelaufen und haben geweint.»
«Zwei Teilstrecken bis zum Boráros-Platz.»
«Wieso ist meine Fahrkarte nicht mehr gültig?»
«Ich habe Ihnen zwei Pengö gegeben!»
«Holen Sie einen Wachmann, ich steige nicht aus.»
«Anschließen, bitte anschließen, der Wagen ist vorne ganz leer.»
«Jöh, Herr Krausenvirtzfürtig, ich habe Sie seit tausend Jahren nicht gesehen, Sie sind ein richtiger Ungar.»
«Fremden ist der Eintritt verboten.»
«Meine Gnädige... für den wohltätigen Zweck... in Leder gebunden... drei Pengö monatlich...»
«Ein Klavier, achtzig Pengö, zum ersten, zum zweiten... bietet niemand mehr? Zum dritten.»
«Schone deine Nerven, Mama.»

«Hohes Haus! Auf die Anschuldigungen des Herrn Reichstagsabgeordneten, meines geehrten Vorredners, habe ich nur eine Antwort. Wir wollen vor das unabhängige ungarische Gericht gehen! Seit langem weiß ich schon, daß ich hier manchem ein Dorn im Auge bin. Es handelt sich um eine politische Hetze, sonst nichts. Wir wollen hier nicht im Parlament Beschuldigungen erheben — nein, nur vor dem unabhängigen ungarischen Gericht. Wenn aber meine makellose politische Tätigkeit klarer als die Sonne zutage getreten sein wird — dann fort mit den Verleumdern!»

«Herr Doktor, Sie sehen aber glänzend aus!»

«Morgen gebe ich's dir bestimmt zurück, lieber Freund!»

«Lene hat mit Ferry ein Verhältnis!»

«Wer ist dieser Ferry?»

«Ihr Mann. Na, was sagst du jetzt?»

«Du mußt mir das Geld für ein Kleid geben. Schließlich kann ich nicht nackt herumlaufen!»

«Lies nicht, wenn ich mit dir spreche, sonst werfe ich dir das Buch an den Kopf!»

«Herr Professor, meiner Seel', es ist meine Schwester gewesen!»

«Hört! Hört! Der Minister!»

«Hohes Haus! Die Untersuchung wird sofort eingeleitet. Solange mir keine konkreten Daten zur Verfügung stehen, möchte ich mich zur Sache nicht äußern. Nur eines will ich feststellen; solange ich hier auf meinem Platz stehe (Zwischenruf: Nicht mehr lange!), werde ich mit unerschütterlicher, eiserner Strenge alle zu bestrafen wissen, die das allgemeine Vertrauen, das sie dank ihrem Amte genießen, mißbraucht haben. Sollten die Ankläger recht behalten, werden die Schuldigen ihr Vergehen sühnen!»

«Sehr richtig! Sehr richtig!»

Budapest!

Kartoffelsuppe mit Nockerln. Klausenburger Setzkraut mit saurem Rahm. Topfenbuchteln.

Budapest. Städtische Gaswerke. Tiergarten. Der Bär hebt seinen Kopf. Die Hyäne trabt unermüdlich auf und ab.

«Fliegender afrikanischer Wasserhund.» Sein Käfig ist leer, man sieht nur den Eingang zu seiner Höhle, davor eine Portion Dreck und sonst nichts.

«Hast du das gesehen, Laci? Sie hat mich angeschaut.»

«Die hat aber einen hochintelligenten Körper, mein Lieber. Was glaubst du, hat sie schon — oder hat sie noch nicht?»

«Sag, wo lebst du eigentlich?»

Anne-Claire ist weit, irgendwo ganz weit. Ich liege auf diesem schwarzen Bett, wie ein Kranker, der sich im Fieber herumwirft und mit ausgetrockneter Kehle um einen Tropfen Wasser bettelt.

István Cineges Gepäck ist mit Bindfaden zusammengeschnürt. Was kann darin sein? Eine alte Hose, eine Zahnbürste und ein zerbrochener Kamm. Der Kamm extra in ein abgerissenes Stück Zeitungspapier eingewickelt:

Aus dem Publikum

(Für Mitteilungen in dieser Rubrik übernimmt die Redaktion keine Verantwortung.)

> PUTZERL, kehre zurück, alles verziehen. Der Direktor weiß von nichts. Dein
> MUTZERL

28 NEBEN DEM PANTHÉON STEHT DIE ÄLTESTE KIRCHE VON PARIS, die St.-Etienne-du-Mont. Sie stammt aus dem dreizehnten Jahrhundert. Der Turm ist geblieben, alles andere wurde inzwischen umgebaut, ist aber auch schon an die vierhundert Jahre alt. Die Kirche sieht wie rostiges Eisen aus. Auch von innen ist sie sehr seltsam. Eine Art prächtiger Galerie verbindet im Kirchenschiff zwei mächtige Säulen miteinander; zu ihr führt längs der Säulen eine Wendeltreppe. Das ist der ‹Jubé›, der Lettner.

Die heilige Genoveva, Schutzpatronin von Paris, die Attilas Heer vor den Toren der Stadt zur Umkehr zwang, ist hier vor einem Seitenaltar begraben.

Links von der St.-Etienne-du-Mont liegt der älteste Teil von Paris. Schmale, uralte Gäßchen ziehen seinewärts; altes Winkelwerk, unmöglich geformte Häuser. Hier kennt man noch keine Wasserleitung und kein elektrisches Licht. Man brennt noch Petroleum und holt sich das Wasser von der Pumpe.

Ich weiß nicht, weshalb, aber sooft ich hierher komme, krampft sich mein Herz zusammen. Dieses und jenes alte Tor kommt mir so bekannt vor, als hätte ich schon vor undenklichen Zeiten einmal hier gelebt. Es ist lächerlich, und doch bedrückt mich ein eigenartiges Gefühl, wenn ich die Formen der Häuser betrachte. Warum scheint mir alles so bekannt? Es erinnert mich doch an nichts. Die Menschen, die hier leben, sind mir fremd, nur die Häuser und die Straßen nicht. Und doch würden mir, glaube ich, zu den alten Toren wohl auch die alten Gesichter einfallen, wenn ich länger bliebe. Vielleicht auch ein Name. Warte mal, ein Name, ein Name... Langsam nähert sich mir ein ferner Gedanke. Wahnsinn. Mein Herz hämmert wild. Es ist besser, ich gehe ins Hotel Riviera zurück.

In der St. Jakobs-Straße begegne ich Anne-Claire; sie trägt eine kleine Reisetasche.

«Was ist los?»

«Ich warte schon seit einer guten halben Stunde auf dich. Komm schnell mit mir. Ich muß wegfahren.»

«Du fährst weg? Wohin?»

«Nach Lyon, ich komme aber zurück. Du kannst mich zur Bahn bringen. Meine Schwester ist sehr krank.»

«Du hast eine Schwester?! Das hast du nie gesagt — das heißt, du hast es immer gesagt und gerade darum...»

«Wir müssen sofort gehen.»

«Und deine Eltern?»

«Die sind schon fort.»

Bevor ich's verhindern könnte, ruft sie ein Taxi an.

«Rasch, sonst verspäte ich mich.»

Während ich mit wildem Entsetzen versuche, mein Geld in der Tasche abzuzählen, wirft sich mir Anne-Claire ohne jeden Übergang um den Hals und küßt mich wie verrückt.

«Mein Gott, ich sehe, auch du bist traurig.»

«Ja. Sag, fahren wir mit diesem Taxi noch weit?»

«Zur Gare de Lyon. Ich gebe dir ein kleines Andenken.»

Sie zieht ein winziges Medaillon hervor und hebt es an den Mund, um es zu küssen.

Unlängst sahen wir im Kino so eine Szene. Das Liebespaar nahm Abschied, sie küßte ein kleines Medaillon und schenkte es ihm. Das wollte Anne-Claire nachmachen, es gelang ihr aber nicht. Sie küßte das Medaillon. Dann suchte sie es überall, es war aber nicht mehr zu finden. Es war so klein, daß es auf ihrer Lippe kleben blieb.

Sie erlaubt nicht, daß ich das Taxi bezahle. Ich weiß nicht, was geschehen wäre, wenn sie es gestattet hätte.

Sie rennt schnurstracks auf das Bahnhof zu und wirft in einen Waageautomat fünfundzwanzig Centimes.

«Wozu machst du das?»

«O weh! Ich dachte, da gibt's Perronkarten. Ich wollte dir eine Karte lösen.»

Schwarze Züge stehen auf dem Bahnsteig. Träger hasten mit Gepäckstücken um den Hals herum, Abreisende küssen Verwandte.

«Schreib gleich, wenn du angekommen bist.»

«Zeitungen, Zeitungen gefällig!»

«Ist das der Zug nach Lyon?»

«Kinder, werdet ihr euch nicht erkälten?»

«Du fährst also doch, mein lieber Jules?»

«Gib auf dich acht... und schreibe! Ich weiß gar nicht, wie ich ohne dich existieren werde.»

«Siehst du das kleine Luder dort, die Blonde? Sie bringt ihren Kerl zur Bahn. Vorhin habe ich sie gezwickt und sie hat mich zurückgezwickt.»

«Steig nicht in dieses Abteil, es liegt gerade über den Rädern.»

«Das andere ist besetzt.»

«Ist das der Zug nach Lyon?»

Ein Herr in grauem Reiseanzug mit Sportmütze, wohlgenährt, eine silberne Zigarettenspitze im Mund, spaziert verächtlich den Waggon entlang.

«Ich hab' dir ja gleich gesagt, wir werden zu spät kommen, aber du mußt immer stundenlang beim Friseur sitzen!»

«Fummel mir nicht im Gesicht herum, sonst lang' ich dir eine!»

«Träger!»

«Na, es fängt schon wieder an.»

«Ist das der Zug nach Lyon?»

«Rechts vorne das erste Geleise.»

«Wo steckt der Lausebengel schon wieder? Soll ich dir vielleicht ein paar herunterhauen, du Mistfratz?»

«Viele Grüße an Tante Lucy.»

«Die Wagen dritter Klasse sind ganz vorne.»

«Ist das der Zug nach Lyon?»

«Anne-Claire, frag nicht so oft, ob das der Zug nach Lyon ist, sonst werde ich wahnsinnig.»

«Laß nur. Genau so bin ich einmal versehentlich nach Marseille gefahren.»

Ich steige mit ihr in den Waggon. Die Leute, die aus den Fenstern hinausstarren, sind schon etwas beruhigter; sie plaudern mit Verwandten, die auf dem Bahnsteig stehen und augenblicklich das einzige Bestreben haben, gleichgültig auszusehen.

«Hallo! Träger! Zweiundfünfzig! So etwas Blödes... der Kerl gehört ausgestopft.»

«Schatzerl, hast du Kleingeld bei dir?»

«Die Hauptsache, ihr habt einen guten Platz.»

«Wirklich wahr, wir werden Ihre liebenswürdige Gesellschaft sehr vermissen.»

«Maamaa, ich will zum Fenster hinausschauen!»

«Schweig!»

«Der Zug ist ganz besetzt; wie gut, daß ihr rechtzeitig gekommen seid.»

Im ersten Abteil ist noch Platz. Auch ein Pfarrer fährt mit und liest sein Brevier.

«Setz dich her.»

Sie hört nicht auf mich, geht weiter.

Im nächsten Abteil ist niemand, aber es ist besetzt, überall liegen Gepäckstücke herum. Das dritte ist leer.

«Hier will ich sitzen, Monpti.».

«So? Bitte.»

«Was machst du denn? Warum bist du böse?»

«Wenn ein junges Mädchen allein reist, ist sie etwaigen Bekanntschaften ausgesetzt.»

«Na, bei mir kannst du ganz beruhigt sein.»

«Ich bin gar nicht beruhigt, denn ich sehe, du gehst gerade darauf aus.»

«Ich?»

«Du, jawohl! Ich sagte dir, setz dich in das Abteil mit dem Pfarrer, aber du setzt dich nicht irgendwohin, wo schon andere sitzen...»

«Das hast du ja gar nicht gesagt.»

«... weil du dort solche fragwürdige Bekanntschaften nicht provozieren kannst. Du brauchst ein leeres Abteil, damit jeder gleich sehen kann, daß du allein bist und gar nicht abgeneigt...»

Sie nimmt sofort ihren Koffer aus dem Netz und geht ins erste Abteil hinüber. Es ist noch ein Platz frei; dem Pfarrer gegenüber. Jetzt sehe ich erst, daß auch zwei Kinder mitfahren. Die werden während der ganzen Fahrt Lärm machen. Sie belegt ihren Platz und steigt mit mir aus.

«Sei nicht böse, daran habe ich gar nicht gedacht. Du hattest recht.»
«Es ist dir glücklich gelungen, die letzten Minuten zu verderben.»
Sie beginnt zu weinen.

«Du wirst mich damit nicht aufregen. Ich weiß ganz gut, daß du jeden Augenblick weinen kannst. Übrigens ist es hier gar nicht auffallend, jede zweite Frau weint. Siehst du diese Kleine dort mit der roten Kappe, die sich an den Glotzäugigen klammert, wie der Efeu an den Baum? Ohrfeigen könnt' ich den Kerl!»

«En voiture! Einsteigen!»

Die Waggontüren werden der Reihe nach zugeschlagen.

Anne-Claire steht schon oben, beugt sich tief aus dem Fenster und sieht mich an, als wollte sie mich hypnotisieren.

Die Lokomotive pfeift, schnauft, keucht und prustet; die Räder beginnen sich langsam in Bewegung zu setzen. Hände, von oben hinunter und von unten hinaufgereicht, werden voneinander losgerissen, ein Heer von weißen Taschentüchern schwirrt in der Luft, und der Zug fährt immer schneller, immer schneller.

Anne-Claire winkt am längsten.

Sie ist fort.

Auf dem Heimweg fragte mich ein alter Herr, wo die Boniface-Straße ist. Ich konnte es ihm nicht sagen. Er drückte mir eine Viertelstunde lang die Hand und sah mich so merkwürdig an, als wäre er schläfrig.

Nach zwei Tagen kam ein Brief. Sie kann noch nicht kommen. Erst in einer Woche. Die Schwester ist sehr krank.

«... ich spaziere hier in einem großen Garten mit vielen Tannen darin und denke schrecklich viel an Dich. Abends sehe ich aus dem offenen Fenster den Sternenhimmel; Du siehst ihn genau so wie ich und wir sind doch so weit voneinander. Hier ist immer schönes Wetter. Liebst du mich?»

Jetzt bin ich wieder allein und das Leben ist schwer. Noch eine Woche. Den ganzen Tag weiß ich nicht, was beginnen. Die Einsamkeit ist noch ärger als früher, denn inzwischen habe ich mich an das Beisammensein mit Anne-Claire gewöhnt.

Ich streife immer um unsern Treffpunkt herum und warte darauf, daß sie plötzlich auftauchen werde.

29 ICH KANN DIE ALTEN JUNGFERN VERSTEHEN, DIE SICH KATZEN oder Vögel halten. Es gehört zu den Lebensnotwendigkeiten des Menschen, zu lieben oder geliebt zu werden. Die Nähe eines Tierchens verscheucht die Düsterkeit des Alleinseins. Es bringt ein bißchen Farbe und Freude in das Leben des Einsamen.

Die alten Frauen fühlen sich deshalb zu Katzen und Vögeln hingezogen, weil diese Tiere etwas Weibliches haben. Hundeliebhaberinnen dagegen sind niemals träumerische, sentimentale Seelen. Alle hundeliebenden Frauen haben etwas Verschlossenes, Exaktes an sich, sie haben Sinn für Disziplin; mit einem Wort: sie sind etwas militärisch. Natürlich gibt's auch kleine Hunde: die Schoßhündchen. Die sind nur für abnorm Sentimentale.

Der Hund ist eine teure Angelegenheit; so ein Hund frißt viel, na und man muß mit ihm auch Gassi gehen und ihm einen Maulkorb kaufen; Steuer bezahlen muß man auch — es bleibt so wenig Zeit für die Liebe. Ein Hund kommt also gar nicht in Betracht. Katzen sind billiger, trinken aber viel Milch. So eine Katze trinkt vielleicht allein einen ganzen Liter Milch. Man muß einen Vogel kaufen, ein Vogel frißt kaum und pfeift schön.

Am rechten Ufer der Seine, unweit von Notre-Dame, gibt es eine Tierhandlung.

Ich werde mir einen Vogel kaufen. Diesen Vogel will ich zähmen. Warum nicht? Das gelingt sogar bei Flöhen und die sind noch viel kleiner. Unmöglich ist's bestimmt nicht, man braucht bloß Geduld dazu. Und vor allem muß ich ihn schon deshalb zähmen, weil ich für einen Käfig kein Geld habe.

In der Tierhandlung gibt es alle möglichen Tiere: Papageien, Affen, weiße Mäuse. Tauben sind auch da, die kosten aber viel. Mein Gott, eine Taube müßte es sein. Die Taubeneier kann man sogar essen. Sie sind zwar klein, aber gut.

Und die kleinen Küken! Ja, ich will ein Küken kaufen. Aus einem Küken wird ein ausgewachsenes Huhn und legt ehrliche Eier. Fertig ist die Omelette. Aber halt, braucht man dazu nicht auch einen Hahn? Mit dem Hahn zusammen wird das zu teuer. Außerdem kräht so ein Hahn.

Jetzt weiß ich nicht: braucht ein Huhn einen Hahn, um Eier zu legen, oder nicht?

Nebenbei: ich bin gerade krank gewesen, als wir das in der Schule gelernt haben, wenn davon überhaupt jemals die Rede war, denn solchen erotischen Sachen ist der Herr Klassenvorstand Kokas von Karcag immer ausgewichen. Das ist es eben: anstatt einen fürs Leben vorzubereiten und aufzuklären, wird einem in der Schule nur beigebracht, daß a plus b gleich c ist. Man lernt auch, in welchem Jahr manche Leute die Weltgeschichte verpatzt haben, was zu vergessen viel angebrachter wäre — aber nein, wir müssen es ganz genau wissen. Daß das Wasser bei hundert Grad kocht, muß man ebenfalls lernen — na, und wenn's schon hunderteins Grad wären... sag schon! Was aber so ein Huhn braucht, davon wird nicht gesprochen. Das Leben ist den Schulmeistern schnuppe. Setzen Sie sich, Herr Professor Kokas von Karcag, Sie sind ein Rindvieh. Nicht einmal im Schlaf gleichen Sie einem Homo sapiens. Fünf!

Hols der Teufel!

Ja, was gibt's denn noch?

In einem Käfig tummeln sich Entchen und treten einander gegenseitig halb tot. Eines kommt bis zum Rand des Käfigs und steckt den Kopf heraus, als wollte es sehen, ob es bald regnen wird.

«Ich möchte eine kleine Ente haben.»
«Kassa, zwei Franken.»

Man steckt die kleine Ente in eine Tüte und gibt sie mir. Sie hat bunte Federn und schöne kleine schwarze Augen. Sie schaut mich an und piepst dazu; all das sehr intelligent.

Ich steige mit ihr in die Métro.

Das Entchen quiekt entsetzlich; ich stecke einen Finger in die Tüte und streichle es, da wird's stiller.

Jetzt hab' ich endlich etwas zum Lieben — das heißt, jemanden, denn diese Ente ist eine Persönlichkeit, das habe ich gleich herausgehabt. Ich bin doch nicht dumm. Interessant ist, daß die kleine Ente mich auch gleich ins Herz geschlossen hat; wir waren uns gegenseitig auf den ersten Blick sympathisch.

Ein Arbeiter neben mir wird auf die Ente aufmerksam, guckt in die Tüte und sagt:

«Womit wird das gegessen?»

Nicht, was so etwas ißt, sondern womit man es ißt! Das da? Essen?

Bezeichnend. Gewisse Menschen interessieren sich nur für das Fleisch der Tiere. Die würden alles, was sich rührt auf Erden, auffressen. So einem Kerl würde ich vergeblich zu erklären versuchen, daß auch die Ente ein Wesen ist wie wir. Dem da? Ist das ein Mensch? Er hat Glotzaugen und lehnt sich dauernd an mich. Wenn er sich nochmal an mich lehnt, werfe ich ihm das Entchen an den Kopf.

Zu Hause setze ich das Entchen auf den Boden.

Na, freu dich Liebling, wir sind daheim.

Wie soll es heißen?

Wir wollen es Napoleon nennen.

Ich hole Wasser vom Korridor, Napoleon könnte doch in meiner Waschschüssel ein wenig herumschwimmen.

Das Entchen kommt mir nach, watschelnd natürlich, und schaut sich an, was ich da mache.

Ich gehe ins Zimmer zurück; die Ente folgt mir. Das ist kein Zufall, denn kaum bin ich draußen, beginnt sie zu jammern, erscheint in der Tür, äugt hinaus, und wie sie mich erblickt, rennt sie so rasch auf mich zu, daß sie unterwegs zweimal umfällt.

Ich gehe ein, zwei Stufen hinunter; dahin wagt sie nicht zu folgen, quiekt mir aber verzweifelt nach.

Mir soll keiner sagen: treu wie ein Hund. Treu wie eine Ente, das ist der richtige Ausdruck.

Napoleon ist ziemlich schmutzig. Er müßte baden. Ich stecke ihn in die Waschschüssel, er will aber sofort wieder heraus. Es ist ja nicht möglich, daß er das Wasser nicht mag und nicht gerne badet. Schon im Volkslied heißt es: «Die kleine Ente badet im schwarzen Teich.» Denn kleine Enten baden. Das ist klar. Vielleicht weiß sie nicht, wie sie's anfangen soll.

Na komm, mein Schatz, ich will dich baden. Kleine Tiere sind genau so unbeholfen wie kleine Kinder, und man muß liebevoll mit ihnen umgehen.

Vielleicht hast du noch nie im Leben Wasser gesehen? Freilich, du bist im Käfig geboren. Wer schert sich in einer Tierhandlung darum, ob ein Entchen gebadet wird oder nicht. Alle Tierhändler sind Schurken und halten die Tiere nur, um sie zu verkaufen; aber sich um ihr Innenleben zu kümmern, das wäre schon zu viel verlangt!

Napoleons Federn sind so schwarz, daß sie vom Wasser allein nicht rein werden. Ich will dich mit Seife waschen, Herzchen. Die Rasierseife schäumt tüchtig, ich reibe Napoleon damit ein und massiere ihn zärtlich. Natürlich quiekt er dabei, aber auch Kinder quieken beim Baden, und vielleicht quiekt er aus purer Freude.

Nachdem er gründlich gebadet hat, setzt er sich plötzlich hin und wird schläfrig. Sein Köpfchen sinkt immer tiefer.

Was ist denn das? Hat das Bad Napoleon geschwächt?

Ich schiebe ihn auf einen Sonnenfleck, der durch das Fenster auf den Boden fällt. Hier beruhigt er sich ein bißchen und kommt langsam zu sich. Später will ich ihn abtrocknen, denn er trocknet so schwer; da erschrickt er und rennt unter das Bett.

Als ich ihn heraushole, sieht er gräßlich aus. Ganz staubig und schmutzig; Spinnweben und graue Staubflocken hängen an ihm.

Nochmals kann ich ihn nicht waschen, das hält dieser zarte Organismus nicht aus, aber jetzt ist er entschieden noch schmieriger als vorher. Ich muß warten, bis er trocken ist, dann will ich ihn mit István Cineges Zahnbürste abbürsten.

Ich erinnere mich, daß die kleinen Enten auf dem Lande immer so schmutzig waren und in jeden Dreck hineingekrochen sind. Auch Napoleon — wenn ich ihm ein Stück Brot gebe, frißt er es nicht sofort, sondern trägt es zur Waschschüssel, wo das Wasser danebengeflossen ist; er tummelt sich ein bißchen herum und macht das Brot schmutzig, bevor er's aufißt. Nur so schmeckt es ihm. Der braucht die Gosse. Na, das werde ich ihm schon austreiben.

Napoleons Liebe neigt zu Übertreibungen. Man kann ihn keinen Augenblick allein im Zimmer lassen; er heult sozusagen gleich.

Aber abends geht erst das richtige Theater los.

Ich mache ihm ein Nest aus einem alten Hemd, damit er gut schläft; er kriecht aber heraus. Ich stecke ihn in einen Schuh von mir; er brüllt.

Er watschelt zu mir ans Bett und sieht zu mir hinauf.

Zu meinen Füßen könnte er ja schlafen, aber vielleicht versetze ich ihm einen tödlichen Fußtritt, ich lege im Traum nämlich lange Märsche zurück.

Er will aber gar nicht zu meinen Füßen liegen. Was jetzt?

Er spaziert die Decke entlang, klettert unter meine Hand und piepst zufrieden.

Wenn er nur nicht ewig piepsen würde. Verstummt denn sowas nie?

Er klettert zu meinem Kopf hinauf und findet endlich einen günstigen Platz, lehnt den Schnabel an mein Ohr und piepst unausgesetzt, direkt ins Ohr.

In der Nacht um zwei gelingt es mir, die einzige Lösung zu finden. Mit einem Handtuch binde ich mir die Ohren zu, um das unaufhörliche zufriedene Gepiepse nicht zu hören, und nehme ihn in beide Hände.

Um fünf Uhr werde ich wach, weil jemand meine Augenbrauen herauspicken will. Es ist Napoleon.

Ich stelle ihn auf die Erde; er brüllt. Ich hebe ihn wieder auf; auch das gefällt ihm nicht. Er will offenbar, daß ich aufstehe.

Vormittags hat es geregnet.

Sobald es wieder klar ist, stecke ich Napoleon in die Tasche und gehe mit ihm in den Luxembourg-Garten spazieren. Unter den Bäumen steht das Regenwasser in großen Pfützen.

Ich setze Napoleon vorsichtig zu Boden. Wie wahnsinnig stürzt er sich aufs Wasser und trinkt. Dann rennt er zu mir zurück und pickt an meiner Schuhkappe. Wenn ich gehe, kommt er mir nach. Als schon an die dreißig Kinder mit uns spazieren, hebe ich Napoleon auf und bringe ihn nach Hause. Das ganze Entchen ist ein einziger, kalter, nasser Schwamm, nur seine schwarzen Stecknadelkopf-Augen glänzen warm.

Nachmittags wollte das Schwein schlafen, ich hab's ihm nicht erlaubt. Du wirst bei mir kein Nachtleben führen wie ein Lyriker, und ich kann dann deinetwegen nicht schlafen. Sooft er einnicken wollte, habe ich ihn wachgekitzelt — er muß bis Abend erschöpft sein, dann schläft er wie ein Stock.

Aussicht auf Geld vorläufig so gut wie gar keine. In der Redaktion des ‹Almanach› hat man sich noch immer zu keiner Antwort aufgerafft. Ich habe ihnen so oft die Bude gestürmt, daß sie mir schließlich sagten, sie würden mich verständigen. Wahrscheinlich haben sie das getan, um mich loszuwerden. Macht nichts.

Diese Ungerechtigkeit. Ich bin neugierig, was der liebe Gott dazu sagt.

Genau um zwei Uhr fünfundvierzig Minuten mitteleuropäischer Zeit begann sich das Elend wieder einem Kulminationspunkt zu nähern. Ich werfe die leere Kakaobüchse ins Meer der Luft, wie eine Flaschenpost mit dem SOS-Zeichen. Sie fällt gegen einen Kamin, rollt das Dach entlang in die blecherne Dachrinne hinein. Es scheppert wie ein Zügenglöckchen. Dieses ewige Hungern beginnt mich zu langweilen. Ich werde sterben wie der heilige Lambert. Ich weiß zwar nicht, wie er gestorben ist; das ist aber auch nicht wichtig; die Hauptsache ist, daß er bestimmt gestorben ist.

Abends beginnt Napoleon wieder das gestrige Theater. Hinauf aufs Bett, hinauf auf meinen Kopf. Er will seinen Schnabel in meine Nase stecken. Ich blase ihn an, er fällt um, streckt die Beine in die Luft wie eine Holzente. Fünf Minuten später will er in meiner Achselhöhle schlafen. Und dieses ewige, unaufhörliche Quieken... zufriedenes Gepiepse oder was weiß ich.

«Hör schon auf!»

Er hört nicht auf.

Morgens um drei halten es meine Nerven nicht länger aus. Ich werde dich schon stumm machen, verlaß dich drauf. Du hast dir gerade den Richtigen ausgesucht, zum Teufel noch einmal!

Ich mache aus meinem Schnürsenkel eine Schlinge. Am Fensterkreuz werde ich ihn aufhängen!

«Was ist dein letzter Wunsch?»

Während ich die Schlinge mache, kommt er zu mir, legt den Schnabel zwischen meinen Daumen und Zeigefinger und will dort einschlafen, glücklich piepsend.

Und jetzt soll ich ihn aufhängen?

Du Viecherl, was macht dich so glücklich, daß du nicht einschlafen kannst?

Höh, Napoleon, wovon werden wir beide leben?!

30 Es beneiden mich ja so viele darum, dass ich in Paris sein kann. Ich kann am Seineufer entlang gehen, wann es mir paßt. Ungestört kann ich auch die unnachahmlichen, regenwurmschlanken Pariserinnen betrachten, die todschick umherwandeln und diskret ihren Körper bewegen. Nur diese Weiberlosigkeit halte ich nicht länger aus. Es ist ein Glück, daß ich mich nicht normal ernähren kann, das schwächt die tierischen Instinkte doch ein wenig ab. Dennoch beneiden mich viele. Ja, wenn ich wieder einmal in Budapest bin, werde ich mich sogar selbst um diese Tage beneiden, denn ich werde mich nur an das erinnern, was schön gewesen ist. Die unangenehmen Erinnerungen scheidet man mit der Zeit aus, wie der Magen das Unverdauliche, nachdem er die Nährstoffe aufgenommen hat. (Das ist kein geschmackloser Vergleich; er steht sogar schon in der Bibel.)

Ich werde auf der Rákoczy-Straße spazieren gehen, und mein Herz wird sich nach Paris sehnen. In Gedanken werde ich wieder hier sein. Plötzlich wird diese Vorstellung der Zukunft so stark, daß ich mich schon jetzt, in Paris — nach Paris sehne.

Ich stürze auf den Boul' Mich', um mich zu beruhigen.

Paris.

«Comment allez-vous, Monsieur? Wie geht es Ihnen, mein Herr?»

«Merci, très bien, et vous-même? Danke gut, und Ihnen?»

«Comme ci, comme ça. Soso, lala.»

Es regnet ganz wenig. Die bunte Straße von Paris beugt sich über mein Herz und umarmt mich. Midinetten gehen mit raschen Schritten, Arm in Arm zu dritt, und lachen darüber, daß es regnet.

«Oh, alors, Paulette! O du, Paulette...»

«T' es folle, dis? Sag, bist du verrückt?»

Die Mädchen gucken in die eleganten Autos, die neben dem Gehsteig stehen, um zu sehen, wie spät es auf der Uhr neben dem Lenkrad ist.

Jung sein und französisch! Die wissen gar nicht, daß sich die Welt um sie dreht. Dieses Frankreich ist ein irdisches Paradies. Es hat Berge und Meere und alles, was sich ein Land nur wünschen kann. Freie Menschen leben hier, und die Frauen haben das schönste Lächeln.

Und Paris, die Hauptstadt der Welt, Paris! Ohne dich könnte ich nicht mehr leben.

Ruhe, nur Ruhe. Budapest ist zweitausend Kilometer weit, und vorläufig kann mich keine Macht von hier wegbringen.

Selbst das Verhungern ist hier so beruhigend. Mein Gott, gib, daß ich in Paris sterbe, wenn ich schon nicht ewig leben kann. Und mein Begräbnis soll in Ungarn sein. In diesem Leben werde ich's vielleicht nicht mehr zu viel bringen, aber in einer meiner anderen Existenzen muß ich ein sehr großer Mann gewesen sein. In meinen Träumen gabelfrühstücke ich mit Kaisern und Königen, der König von Spanien hat sich bei mir direkt entschuldigt, daß er in diesem Leben nichts für mich tun kann. Vergebens macht er bis zu fünf Knoten in sein Taschentuch; wenn er morgens aufwacht, gehe ich ihm einfach aus dem Kopf.

Abends gelingt es mir, das Problem zu lösen, wie Napoleon zum Schlafen gebracht werden kann. Ich schlage oberhalb meines Bettes einen Nagel in den Plafond, daran binde ich eine Schnur und hänge Napoleon am anderen Ende in eine Socke, wie in einen Tabaksbeutel. Nur sein Kopf sieht heraus. Wenn er piepst, muß ich nur die Schnur baumeln lassen. Er wird schwindlig in dieser Schaukel und schläft vor Angst ein.

«Qui dort, dîne!» sagt ein französisches Sprichwort. «Wer schläft, nachtmahlt.» Es war ein ziemlicher Leichtsinn, kein zweites Sprichwort zu machen: «Qui dort, déjeune. Wer schläft, ißt Mittag.» Denn so hätte man mit dem Schlaf schon zu Mittag beginnen können. Die Lehre: man soll sich nie auf Sprichwörter verlassen.

Schon um sieben Uhr schlafen wir beide, ich und auch Napoleon.

Anne-Claire hat einen langen Liebesbrief mit gepreßten Schneeglöckchen geschickt, aber sie schreibt kein Wort davon, wann sie zurückkommt.

Heute morgen ist es so finster, als wär's schon Abend.

Der feuchte, naßkalte Geruch des trüben, nebligen Wetters sickert durch die Fensterritzen herein. Ich liebe sonst den Nebel, wenn der Tag zum Abend wird und man die Lampen anzündet. Aber heute weiß ich nicht, ob ich den Nebel mag. Ich glaube, nein.

Es ist sehr angenehm, in dieser ohnmächtigen Bewegungslosigkeit liegenzubleiben. Man weiß nicht einmal, wie man eigentlich liegt, denn man fühlt seinen Körper kaum. Man muß zum Beispiel nachsehen, wie man die Hände hält, gefaltet oder offen, denn man hat keine blasse Ahnung davon.

Komisch.

So sieht man gewiß seine eigene Leiche an, wenn das überhaupt möglich ist. Ich verstehe nicht, wie man Angst vor dem Tod haben kann. Für mich ist er nur ein Übergang, der mir mißfällt. Vielleicht beginnt es auch dort drüben mit einem unbewußten Babydasein: im Verhältnis zur Ewigkeit, selbstverständlich.

«Wo bist du, Napoleon?»

Er wollte gerade ein Streichholz schlucken.

«Halt! Wirst du das hergeben, du Dummkopf! Willst du durchaus sterben?»

Er rennt erschrocken zur Tür und sieht mich von dort entsetzt an; er weiß nicht, was ich von ihm will.

Mittags führe ich Napoleon in den Luxembourg-Garten, vielleicht findet er einen Wurm, eine Blattlaus oder eine Baumwanze; was weiß ich. Er hat's noch leicht.

Im Treppenhaus fällt mir plötzlich ein, daß ich schon gestern meine Miete hätte bezahlen sollen. An einem Achtzehnten bin ich eingezogen, folglich muß ich immer am Achtzehnten bezahlen. Der Fliegenäugige hat noch nichts gesagt, er wartet bestimmt auf mein Ausgehen, um mich zu mahnen. Dem muß ich ausweichen.

Im Treppenhaus ist es unendlich still. Ich gehe auf Fußspitzen zum Geländer. Eine riesige Mutterfliege, die der Sommer hier vergessen hat, schlägt an das Fensterglas und fliegt summend davon. Der Mäusegeruch aus dem dritten Stock zieht herauf, vermischt sich dem Tigergeruch; sie würgen sich gegenseitig.

Die morsche Treppe knarrt manchmal unter meinen Schritten, wiewohl ich vorsichtig, eng an die Wand gepreßt, hinunterschleiche, um keinen unnötigen Lärm zu verursachen. Das Stiegenhaus ist immer dunkel. Ich drehe das Licht nicht an, denn es ist mit einem Uhrwerk verbunden, das es genau nach einer Minute ausschaltet. Wenn es hier angedreht wird, zeigt das ein dumpfes Surren im Büro an, wodurch sich die Wachsamkeit des Fliegenäugigen verdoppelt. Eventuell lockt ihn das Geräusch sogar aus seiner Höhle. Ich kann mich übrigens auch gar nicht irren, und muß die Stockwerke nicht einmal zählen im Dunkeln; die Gerüche orientieren mich unfehlbar und ich weiß genau, wo ich mich befinde.

Eine Tür im zweiten Stock ist nicht ganz geschlossen; ich höre eine brummige Männerstimme:

«Über deine Mutter wollen wir lieber gar nicht reden.»

Wenn nur niemand aus einem der Zimmer kommt! Sonst bin ich gezwungen, mit entschlossenen Schritten geradeswegs in die Arme des Fliegenäugigen zu laufen.

Das schmutzige Fenster des Hotelbüros tut alles, um den spärlichen Lichtschein nicht durchzulassen. Dieser stumme aber fürchterliche Kampf ist nichts gegen das, was sich in meinem Innern abspielt.

Es gelingt mir aber doch, unbemerkt das Haus zu verlassen.

Wir gehen in den Luxembourg-Garten.

Napoleon fällt öfters um und kommt nicht von selbst auf die Beine, ich muß ihn jedesmal aufrichten. Auch er wird zusehends schwächer.

Wer weiß, was aus uns werden soll? Worauf warten wir beide eigentlich? Die katholische Kirche behauptet, daß ich für meine Leiden im Jenseits belohnt werden kann. Aber was geschieht mit Napoleon? Leidet er vergebens? Wo ist hier die Gerechtigkeit? Es ist besser, ich warte gar nicht erst ab, daß er verhungert, sondern helfe ihm irgendwie. Wenn ich ihn hier einfach stehen lasse, frißt ihn ein Hund oder erwürgt ihn wenigstens.

Das ist aber ein unangenehmer Tod.

Wenn ich Napoleon hinterrücks plötzlich einen Fußtritt versetzte, würde er ohne jede Agonie erst im Jenseits erwachen. Er vertraut mir aber so blind, rennt mir so treu nach, daß ich nicht unbefangen sein kann.

Als wir ins Hotel Riviera zurückkehren, empfängt mich der Fliegenäugige mit der Nachricht, daß ich ein Telegramm bekommen habe, außerdem habe mir ein Bote des Crédit Lyonnais Geld gebracht und werde morgen wiederkommen.

«Geld?»

«Ja», sagt der Fliegenäugige und reibt sich die Hände.

Ich steige die Treppe hinauf. Woher kommt das Geld? Und wieviel kann es sein? Ich hätte mich danach erkundigen sollen. Von wem könnte ich Geld bekommen? Ich hab's. Die Großmama ist nach Paris gekommen, um mich zurückzuholen. Großmama ist zu sowas fähig. Wahnsinn. Dann wäre ja kein Geld gekommen. Ja, und das Telegramm?... Das Telegramm ist von Anne-Claire. Gott sei Dank.

«Arriverai 6 heures, attends-moi, bécots, Claire. Ankomme sechs Uhr, erwarte mich, Küsse, Claire.»

Mit einem Wort, heute abend um sechs Uhr kommt Anne-Claire. Und morgen das Geld. Na, Gott sei Dank. Aber was für Geld?...

Nachmittags fiel mir ein, daß es am besten sein wird, zum Crédit Lyonnais zu gehen und mich nach dem Geld zu erkundigen, damit ich nicht bis morgen warten muß; noch dazu vielleicht vergebens. Erst will ich aber den Fliegenäugigen fragen.

Ich klopfe an das Fenster des Hotelbüros:

«Monsieur, hat man nicht gesagt, wieviel Geld es gewesen ist? Ich erwarte nämlich von verschiedenen Seiten Geld.»

«Achthundertfünfzig Franken sind gekommen.»

«Und bestimmt für mich?»

«Bestimmt. Ich hab's nachgesehen. Die Redaktion von irgendeinem Almanach hat es geschickt.»

Du lieber Gott. Die Redaktion des ‹Almanach›. Wo man mir sagte, man würde mich verständigen. Das war kein Witz. Die haben mir schon einmal gezahlt. Ich muß sofort zum Crédit Lyonnais. Achthundertfünfzig Franken ... Achthundertfünfzig Franken ... Wenn ich nur kein Herzleiden bekomme!

Mir scheint, ich habe einen Posten. Ich bete die Franzosen an. Wenn ich nur keine große Rede vor der Pariser Oper halte aus lauter Begeisterung!

Ich schließe Napoleon ein, seine Stimme ist ohnedies nicht mehr besonders stark. Außerdem hört ihn niemand; um diese Zeit ist kein Mensch im Hotel Riviera.

Ich mache mich fröhlich und zu Fuß auf den Weg. Nach anderthalb Stunden bin ich schon auf dem großen Boulevard.

Kurzum, heute gibt's Geld. Feinbedruckte, bunte Papierschnitzel. Ich kaufe mir Zigaretten. Richtig, vorher werde ich essen. Aber was?

Knut Hamsun trank Milch.

Alles ist gut gegangen. Mein Geld ist schon da; es liegt hübsch vorbereitet auf der Bank und wartet auf mich. Auch Napoleon wartet auf mich. «Wer weiß, warum der Herbstwind weint? Wer weiß, weshalb? Wie kurz nur ist das Glück, die Sonne scheint — doch kommt der Winter bald»... Ein Tabakladen ist in der Nähe des Crédit Lyonnais. Am Rückweg werde ich mir hier Zigaretten kaufen. Die Verkäuferin ist blond und sieht verträumt hinter dem Pult hervor. Ich möchte ihr am liebsten winken: nur keine Ungeduld, ich komme bald. Milch will ich mir auch kaufen. «Wer weiß, warum der Herbstwind weint?» ... Plötzlich bekomme ich Durst. Ich will zwei Liter Milch kaufen. «Wer weiß, weshalb?»... Ein Schutzmann salutiert unterwegs. Ich grüße zurück. Das Salutieren hat zwar nicht mir gegolten, aber das macht nichts. Ich ziehe sofort meinen Hut und sehe ihn an. Ich ziehe ihn noch ein paarmal, um zu prüfen, ob er gut funktioniert. Der Schutzmann ist beruhigt und ich ebenfalls.

Wie schön das Leben ist... «Wie kurz nur ist das Glück, die Sonne scheint...»

Eine fesche Frau geht an mir vorüber und duftet nach Flieder. Prall sitzen die Seidenstrümpfe auf den schlanken Beinen, die Röcke rauschen um ihre Knie. Wäre ich ein Spanier und hätte ich einen Mantel, ich würde ihn vor ihre Füße breiten, damit sie darüber hinwegschreite. O Alfons, mein majestätischer Freund...

In der Bank schickt man mich eine Zeitlang hin und her, dann wird ihnen die Sache wohl zu langweilig und man führt mich vor einen alten Mann. Er sitzt hinter einem hübschen Eisengitter; alles ist hier blitzblank.

Ein lieber, netter alter Herr.

Er erklärt mir kurz und bündig — jeder Irrtum ausgeschlossen —, daß ich das Geld jetzt nicht bekommen kann, weil es die Bank schon ausgehändigt hat. Ich soll nur nach Hause gehen, morgen kriege ich's bestimmt.

«Also dann?» frage ich und stehe da, wie einer, der auf ein Wunder wartet, auf irgendeine Art von Wunder.

Es geschieht aber kein Wunder. Der alte Herr ordnet Papiere. Ich bin für ihn erledigt.

Ein ekelhafter kleiner Greis. Gewiß ein geheimer Lüstling.

«Tant pis», sage ich und gehe heimwärts.

Na, das wird ein furchtbar langer Weg, wenn ich ihn nur aushalte, ohne umzusinken.

Napoleon weiß noch gar nicht, daß ich bei Waterloo gewesen bin.

Halten wir's bis morgen aus?

Schon beim Passieren des Hoteleingangs höre ich Napoleons verzweifelte Stimme. Mein Gott, wie das Geschrei im ganzen Haus hallt! Ich rase die Treppe hinauf und öffne vorsichtig die Tür, damit ich ihn nicht beschädige. Er freut sich schrecklich mit mir und ist nur traurig, weil er mir nicht die Hand lecken kann.

Nach einer Stunde gehe ich wieder fort, auf die Gare de Lyon, um Anne-Claire abzuholen.

Kümmerlich abgemagert, in Napoleons Gesellschaft.

Lebhafter Protest auf dem Bahnhof.

«Mit der Ente dürfen Sie nicht auf den Bahnsteig.»

«Ich kann sie aber nicht draußen lassen.»

Auch das Entchen quiekt ganz dünn und zustimmend; jawohl, das geht nicht. Sie hat nur mehr ein ganz schwaches Stimmchen. Total heruntergekommen.

«Geben Sie die Ente in der Garderobe ab!»

In der Garderobe? Ist der Mensch wahnsinnig?

Ich gehe rasch auf die Straße und mache einen Garderobenschein, Napoleon stecke ich in die Tasche.

«Wo ist Ihre Ente?»

«Wo sollte sie sein? In der Garderobe. Bitte, hier haben Sie den Schein.»

«Was ist das für ein merkwürdiger Schein?»

«Man hat sie nicht bei den Paketen untergebracht. Der Fall ist ungewöhnlich, aber mit der Zeit gewöhnt man sich daran. Ich habe es bereits getan.»

Kaum mache ich einige Schritte, da quietscht die Ente in meiner Tasche. Sie will sehen, wie Verurteilte, die man auf den Richtplatz führt und die sich nicht die Augen verbinden lassen. Sie wollen dem Schicksal ins Gesicht schauen.

Anne-Claire ist nicht gekommen. Ich wartete drei Züge ab. Einer war darunter, der aus Marseille kam. Man freut sich mit jedem, der ankommt: «Wie gut du aussiehst!» — «Hier bin ich, mein Hühnchen!» Bussi ... Bussi ... noch ein Bussi ...

Nach sieben Uhr wird mir das Warten zu langweilig; ich gehe nach Hause.

Um neun Uhr bin ich im Hotel Riviera.

Ein neues Telegramm:

«Zug versäumt, eintreffe elf Uhr abends, Küsse, Claire.»

Von mir aus kannst du kommen, wann du willst, meine Liebe, noch einmal hole ich dich nicht mehr zu Fuß von der Gare de Lyon ab.

Napoleon und ich legen uns sofort nieder, er in sein kleines Hängebettchen.

Es war eine wirre Nacht voller Fieberträume. Sechs Herrscher, fünfzehn Thronfolger. Wir haben wahnsinnig viel gelacht.

Ich erwache um zehn Uhr morgens. Napoleon schläft noch, wenn er nicht gestorben ist. Den Leichengeruch werde ich bestimmt spüren; er hängt ja genau über meiner Nase. Man müßte aufstehen. Jetzt wird man das Geld bringen. Es ist so schön, im Bett zu liegen. Noch eine halbe Stunde. Meine Gedanken folgen einander nicht in raschem Tempo, sie dehnen sich langsam und bleiben an mir kleben, wie Kaugummi. Sie sind so merkwürdig und undefinierbar trübe. Ich schließe schnell die Augen, um zu glauben, daß ich schlafe und mich beruhige. Meine Gedanken sind traumhaft unklar, infolgedessen normal. Meine geschlossenen Augen brennen, ich sehe sonderbare Gestalten, dicke und magere; — sie zerrinnen in blutige Fleischstücke. Das Etwas, zu dem sie werden, dreht sich wie ein Kreisel. Es klingelt. Ich durchstreife beschneite Hänge. Dick liegt der weiße Schnee auf den hohen Gipfeln. Es gibt überall Bäume, und unter den Bäumen liegt Geld. Unter jedem Baum ein kleiner Haufen. Und ich sammle das Geld ein. Ich habe einen Federhalter, da kommt das Geld hinein, wobei ich furchtsam nach rechts und links blicke, damit mir niemand eins auf den Schädel gibt, wovon ich erwachen müßte. Es gibt einen großen Vorsaal, da flattert der Fliegenäugige kreischend herum: «O weh, die Miete! O weh, die Miete!» — Der Präsident der Republik zieht mich beiseite und borgt sich von mir zehn Franken aus. Die gibt er mir bestimmt nie wieder. Im Wust der Regierungsgeschäfte wird er es vergessen. — «Nein, nein... mach keinen Knopf in dein Taschentuch, Gastounet. Wir wollen lieber eine absolut gescheite Angelegenheit besprechen.»

Plötzlich schüttle ich mich und wache auf. Jemand rattert an der Türe. Erschrocken setze ich mich hoch. Es ist elf Uhr.

«Herein!»

Ein schwarzer Mann mit Strohhut erscheint.

«Votre passeport! Ihren Reisepaß!»

Was heißt das? Will man mich verhaften? Jemand hat gehört, daß ich die kleine Ente Napoleon nannte, und nun bringt man mich nach Fresnes. Das Vorzeigen des Passes ist nur mehr eine Formalität.

Er betrachtet düster meine Photographie, dann mich, dann den Paß. Nur schneller, ich mag die Übergänge nicht. Er trägt eine große Ledertasche, die mit einer Kette an seinem Gürtel befestigt ist. Jetzt bemerkt er im Hängebett über mir Napoleon und ist ganz entsetzt.

«Crédit Lyonnais», sagt er endlich, zieht eine Menge Banknoten aus der Ledertasche und zählt achthundertfünfzig Franken auf den Tisch.

Auch ich bin so erschrocken, daß ich ihm fünfzig Franken als Trinkgeld gebe.

Erst wie er fort ist, komme ich zu mir.

Mein Gott im Himmel, warum tust du das mit mir? Weshalb schickst du ihm durch mich fünfzig Franken? Fängt es schon wieder an? Nicht einmal bedankt hat er sich. Gewiß hält er mich für einen Kretin. Aber vielleicht ist er Familienvater und hat das Geld bitter nötig. Er hat zwei kranke kleine Kinder. Die Frau ist guter Hoffnung und braucht dringend Geld: «Mein lieber Mann, wenn uns jemand wenigstens fünfzig Franken geben würde.» Bestimmt hat ihn die Rührung überwältigt, deshalb sagte er kein Wort. Jetzt weint er irgendwo insgeheim vor Freude.

Aber nein, nein. Das ist ein wohlhabender Mann; er hat ein kleines Landhaus in der Umgebung von Paris. Und auch auf der Sparkasse hat er Geld; alle Feiertage macht er Bilanz und zählt sein Vermögen nach: «Noch ein, zwei Jahre plage ich mich, mein Kind, dann haben wir ausgesorgt. Ich kaufe mir ein kleines Auto und wir ziehen ganz aufs Land. Die Hauptsache, daß ich noch viele solche Idioten finde, wie der von heute einer war.»

Am besten, ich schlage mir diese ganze Schweinerei aus dem Kopf. Er hatte das Herz, von mir diese fünfzig Franken anzunehmen? Ich habe ihm ja gar keine fünfzig Franken gegeben; der ‹Almanach› schickte mir bloß achthundert. Ein Glück, daß er einen Fünfziger bei sich hatte, sonst hätte ich ihm hundert Franken geschenkt. Freu dich, du Trottel, du hast fünfzig Franken erspart.

«Napoleon! Liebster Napoleon!»
«Zip ... zip ...»
«Da schau her, du dummes Entlein, sonst schmier' ich dich an die Wand. Hast du jemals im Leben so viel Geld beisammen gesehen? Ich bin ein Genie. Bei meiner Ehre, ein Genie. Na, schön. Jetzt muß man wahnsinnig aufpassen. Keinen Unsinn mehr begehen, alles wohl überlegen. Erst muß man auf dem Papier ausrechnen, wie und wofür man das Geld ausgeben könnte. Bald kommt Weihnachten. Anne-Claire soll ein Weihnachtsgeschenk bekommen. Das ist wichtig — kein Leichtsinn, nein. Einen Hut oder Strümpfe... nein, etwas anderes, ein kleines Schmuckstück. Zuerst bezahle ich die Miete. Das ist das Wichtigste, dann können wir weitersehen. Auf keinen Fall werde ich hingehen und kleine schwarze Fische essen!»

31

Ich habe in einem russischen Restaurant zu Mittag gegessen, und dann ging ich auf ein Glas Bier ins Quartier Latin. Beim Pont Saint-Michel sah mir eine alte Frau lange nach. Gewiß hatte ich in meinem früheren Leben mit ihr ein Verhältnis. Ich kann mir vorstellen, was die aufführen würde, wenn sie mich erkennt.

Nachmittags bekam ich von Anne-Claire einen Rohrpostbrief.

Mon Petit,
warum bist Du nicht an der Bahn gewesen? Ich habe Dir zweimal telegraphiert, wann ich komme. Mir ist fast das Herz gebrochen, wie ich Dich nicht gesehen habe. Jede Frau wird an der Bahn erwartet, immer. Eine Frau, die keiner erwartet, wird von den anderen Frauen über die Achsel angesehen. Ich war so traurig. Es scheint Dir ja gar nicht wichtig zu sein, daß ich wieder da bin, Du herzloser Mensch. Komm heute abend und erwarte mich vor dem Büro, ich will Dich bei den Ohren ziehen.

Je t'embrasse comme une petite folle.
Ich küsse Dich wie eine kleine Verrückte.

Deine Claire.

Um halb sechs fuhren Napoleon und ich in einem Taxi hin, Anne-Claire zu erwarten. Das ist was für Napoleon. Noch nie hat eine Ente so wonnig geblinzelt wie diese da beim Schütteln des Autos.

Vormittags habe ich mir auch einen Hut gekauft. Einen schönen, taubenfarbenen Hut mit einer kleinen Habichtfeder. Man sagte, das sei die letzte Mode in Paris. Wirklich, eine letzte Mode! Eine allerletzte.

Vor dem Büro angekommen, steige ich aus; Napoleon bleibt im Wagen. Ich habe ihn in eine goldgeränderte Schachtel verstaut, in die ich Löcher gebohrt habe.

Anne-Claire ist so eigenartig und fremd, wie sie aus dem Haus tritt; fast, als hätte sie Angst vor mir. In zehn Tagen sind wir uns ganz fremd geworden. Sie ist sehr zurückhaltend und reicht mir bloß die Hand. Ihr Gesicht ist runder geworden, ihre Augen scheinen größer. Sie schaut erschrocken auf meinen neuen Hut.

Sollte sie mich fragen, dann werde ich ableugnen, daß er neu ist. Sie drückt meine Hand gar nicht. Sie traut sich nicht. Ich führe sie zum Wagen. Sie ist überwältigt.

«So steig doch ein!»

Verlegen dreht sie den Kopf um, ich beugte mich gerade vor und wir küssen uns auf diese Weise zum erstenmal: es ist ein purer Zufall.

Ich zeige ihr die kleine Ente.

Sie fürchtet sich vor ihr. Merkwürdig, auch das Entlein hat Angst.

«Oh! Was ist das?»

«Das ist Seine Majestät Napoleon.»

«Oh, wie häßlich, der Ärmste! Oh, qu'il est moche, le pauvre!»

«Merke dir: wenn einer intelligent ist, kann er nicht schön sein.» — Fast hätte ich gesagt: schau mich an. — Es gibt aber auch Ausnahmen.

Die folgenden Zeilen schreibe ich mit einer gewissen Rührung nieder.

Auf den Boul' Mich' angelangt, lasse ich das Taxi halten. Ich wollte in ein kleines Kaffeehaus, um mit Anne-Claire vor dem Nachtmahl einen Apéritif zu trinken, denn wir hatten verabredet, zusammen zu essen. Anne-Claire wird mir gewiß keinen kleinen schwarzen Fisch erlauben. Anne-Claire sieht auf der Speisekarte erst die Preise an und dann die Speisen. Außerdem hat sie immer das am liebsten, was am billigsten ist. Als ich den Chauffeur bezahle und er mir hundert Franken wechselt, rutscht die kleine Schachtel unter meinem Arm heraus, fällt auf die Erde, geht auf, und Napoleon springt flott und frisch heraus. Fünf Sekunden später rennt er über den Damm, mitten im größten Verkehr.

Ein Radfahrer kommt.

«Hoppla!» ruft er, kann ihn aber nicht überfahren. Napoleon gibt einen Quietscher von sich und streckt sich bäuchlings auf die Erde.

Mein Herz schlägt mir bis in die Kehle.

Dieser sommersprossige Radfahrer wollte ihn mutwillig überfahren. Solche gemeinen Kerle gibt's. Na, warte, im Jenseits, da... Ich will dir ja gar nichts tun... Man schreibt im Himmel sowieso alle deine Sünden auf.

Zwischen Gehsteig und Fahrdamm fließt ein kleiner Kanal. Hierher fegt man den Straßenschmutz. Napoleon entdeckte augenblicklich das Wasser und watschelte gleich laut schnatternd fröhlich drauflos, mitten unter die Zigarettenstummel, Papierabfälle und sonstigen Mist. Na, hier kann ihm nicht viel passieren. Wir wollen ihn ein bißchen herumschwimmen lassen.

Plötzlich packt mich Anne-Claire bei der Hand.

«Monpti!» schreit sie.

«Was gibt's denn schon wieder?»

Ein Autobus ist fast auf den Gehsteig aufgefahren — der Chauffeur bremste im letzten Augenblick. Rufe, Schreie, Geschimpfe. Ich habe Napoleon ganz vergessen. Als er mir wieder einfällt, schwimmt er schon weit. Ich nehme Anne-Claires Arm, wir rennen ihm nach.

Der Abfluß des Kanals ist nicht weit. Schnell! Wir müssen verhindern, daß... o weh!... schon zu spät!

Das Schmutzwasser trieb Napoleon ganz einfach in den Kanal hinein. Er schwamm nichtsahnend in sein Verderben, fröhlich quakend und rudernd. Und ich stehe starr vor dem Schauplatz dieser Tragödie. Jetzt schwimmt Napoleon schon unterirdisch, in der blinden Finsternis des Kanals weiter. Was geschieht jetzt mit ihm? Vielleicht ist er schon tot, erschlagen vom Sturz, vielleicht lebt er noch und ruft verzweifelt und wild um Hilfe dort unten in der ewigen Nacht, und eklige schwarze Ratten verfolgen mit gierigen Augen sprungbereit jede seiner Bewegungen!

Hier oben geht das Leben weiter. Die Sonne scheint. Nichts läßt ahnen, was in der Tiefe der Erde geschieht. Und es gibt keine Hilfe. Es gibt keine Hilfe.

Napoleon! Liebster Napoleon! Ich wußte ja, daß du einmal sterben mußt, aber ich dachte, es würde vor Altersschwäche sein. Du würdest deinen Schnabel müde in meine Hand legen, mich mit deinen schwarzen Augen nochmals ansehen, und ich würde dich während deiner letzten Zuckungen sanft streicheln, damit dir das Sterben leichter wird. Aber so plötzlich? Welch ein gräßliches Ende! Ich stehe noch immer vor dem Kanalabfluß; mit der goldgeränderten Schachtel in der Hand vor dem schwarzen Kanalrachen. Ich stehe da. Und meine Hand zittert.

Hier gibt es keine Hilfe mehr.

Leb wohl, Napoleon. Du warst ein kleiner Lichtblick in meinem Leben. Die winzige Liebe eines dummen Tierchens... unbegreifliche Anhänglichkeit... Leb wohl! Nun watschelst du schon irgendwo auf den Jagdgründen des Großen Geistes einher. Sei glücklich, Napoleon, kleiner Napoleon. Jetzt haben dich die Ratten bestimmt schon gefressen. Jetzt tut dir bestimmt nichts mehr weh.

«Monpti, du weinst ja?»

«Ich? Dumme Gans!»

«Du kannst mir sagen, was du willst, ich werde doch nicht böse. Auch wir sind vorhin beinahe gestorben. Er hat es gut. Er leidet nicht mehr.»

«Anne-Claire, ich habe keine Lust, jetzt nachtmahlen zu gehen.»

«Ich auch nicht. Schau, wie ich zittere.»

«Anne-Claire. Versuch, mich zu verstehen. Du hast ja auch ein Herz. Ich möchte ein bißchen Geld in den Kanal hinunterwerfen, um meine Liebe zum kleinen Napoleon zu beweisen. Um zu zeigen, daß er mir sehr viel bedeutet hat. Mehr als Geld.»

«Wieviel willst du hineinwerfen?»

«Sieh mich nicht so an. Ich bin nicht wahnsinnig.»

«Komm, Liebling. Wir wollen lieber für ihn beten. Komm, mein Kleiner. Viens, Monpti.»

32 In einem Zeitungskiosk am Boul' Mich' habe ich mir eine ungarische Zeitung gekauft. Sie ist so klein und komisch und brüllt mit Parvenübuchstaben ihre nichtigen Ereignisse heraus: «Bankdirektor Ixypsilon hat sich erschossen.» In Paris wär's eine kleine Notiz mitten im Blatt und nicht auf der ersten Seite. Und wenn er sich erschossen hat! Sag schon. Gewiß wäre es ihm noch unangenehmer gewesen, weiterzuleben. Ist das eine Nachricht?

Auf der zweiten Seite der Zeitung sehe ich's aber schon selbst: das alles muß man im Budapester Kaffeehaus mit leichtem Schauer lesen und ganz genau wissen: Gestern saß er noch hier, keiner hat es geahnt. Er trank seinen schwarzen Kaffee und lachte. Entsetzlich. «Bericht über die Budapester Gemeindesitzung...» — «Andreas Spanik, ein dreiundzwanzigjähriger Schlossergehilfe, ist auf den Turulvogel geklettert.»

«Guten Tag, bitte», sagt plötzlich jemand ungarisch.

Ein komischer Kerl steht vor mir und lacht mich an.

«Ich auch Ungar sein!»

Er spricht schlecht ungarisch und grinst mich dabei an, als wäre ich ein Verwandter von ihm, den er seit langem nicht mehr gesehen hat.

«Sein schon zehn Jahre Frankreich. Nicht kann gut sprechen ungarisch.»

Ich antworte ihm französisch; es stellt sich heraus, daß er auch französisch nicht richtig kann. Die ungarische Sprache nicht mehr und die französische noch nicht. Also das ist wirklich komisch. Er sieht schmutzig und verwahrlost aus. Um den Hals trägt er einen roten Schal und auf dem Kopf eine schief aufgesetzte Sportmütze. Der gehört nicht mehr zu uns, aber zu diesen hier auch nicht. Nicht hin und nicht her. Wie er zwischen den zwei Sprachen steht, steht er auch mit seiner entzweigerissenen Seele zwischen den zwei Nationen. Bestimmt hat er in diesen zehn Jahren keinen einzigen Franzosen zum Freund gehabt.

«Nur ein Mädel gibt es auf der Welt...» sagte er und lacht. «Schöne Lied. Ich können viele schöne Lieder.»

«Sie gehen nicht mehr nach Pest zurück?»

«Auf, Ihr Ungarn, es ruft die Heimat», deklamiert er. «Comment? Nein. Nicht mehr gehe zurück. Hier gut. Wie zu sagen pflegte?»...

Er denkt nach und hebt die rauhe Hand mit einer feinen Geste an das Kinn. Seine Augen blicken ausdruckslos gegen die Seine hin, wo die Doppeltürme von Notre-Dame sich vom Himmel abheben.

«Vergeßte... macht nichts... was macht? N'est-ce pas, Monsieur?»

Bevor er geht, hebt er die Hand mit einer komischen Bewegung in die Luft:

«Isten, áldd meg a magyart! Gott schütze Ungarn!»

Er wird doch nicht weinen. Nein. Er schüttelt energisch den Kopf.

«Au plaisir, cher monsieur.»

Und schon geht er mit hurtigen Schritten in der Richtung der Rue des Pâtres-Saint-Séverin.

Nachmittags erscheint plötzlich Anne-Claire mit einem Paket.

«Was bringst du denn?»

«Nichts. Servus. Morgen ist Weihnachten.»

«Anne-Claire, von nun an will ich dich Annuska nennen. Sag, daß du eine Ungarin bist, sonst zerschlage ich die ganze Hoteleinrichtung. Du heißt Annuska.»

«Oh! Was bedeutet das?»

«Das bedeutet, daß ich dich sehr liebe!»

«Ich habe dir von zu Hause etwas mitgebracht. Meine Mutter hat es gebacken.»

«Deine Mutter weiß, daß ...»

«Reg dich nicht auf, ich hab's gestohlen... Und das da ist mein Weihnachtsgeschenk. Ich weiß, ich dürfte es dir erst morgen geben, aber ich hab's nicht ausgehalten.»

Ich mache das Paket auf: ein Gebetbuch, ledergebunden, mit Goldschnitt.

Erst stiehlt sie und gleich danach bringt sie mir ein Gebetbuch. Na, ich sag ja kein Wort.

«Und jetzt bekommst du zwölf Küsse.»

«Warum zwölf?»

«Weil es zwölf Apostel gab.»

O weh! Die verwickelt sogar die Kirche in ihre Liebesangelegenheiten.

Schon am Nachmittag war's vorauszusehen, daß wir abends Weihnachten haben würden. Die Feststimmung mischte sich in die Langeweile des Alltags und verschöne ihn; sogar die Autos hupten anders als sonst. Um die Weihnachtsstimmung vollkommen zu machen, fiel auch ein wenig Schnee. Auf der Straße wurde er zwar bald zu einem schmutzigen Brei, auf den Dächern blieb er aber hier und dort liegen wie ein Aufputz von zerrissenen, feinen Spitzen. Ich betrachtete durch mein Fenster die zarten, langsam herabsinkenden Schneeflocken.

Es dämmert schon.

Die alte Tante mit dem Kanarienvogel bastelt an einer Art Torte herum.

Der Magistratsbeamte steht im Hof und steckt die Hände in die Hosentaschen. Mit Rücksicht auf den Feiertag hat er den Bratenrock, den er sonst täglich fürs Büro trägt, abgelegt. Er spuckt aus und zertritt dann die Spucke mit dem Stiefelabsatz. Der Neger lehnt in Hemdsärmeln im Fenster und feixt. — Grinse nicht, du Trottel, deine Frau betrügt dich. Ich habe zwar keine Beweise dafür, aber heutzutage braucht man nur mehr das Gute zu beweisen.

Weihnachtsabend.

Die sentimentalen Seelen unter den Leserinnen — alte Tanten mit Samtband und falschen Zähnen — werden jetzt von mir verlangen, daß ich als einsamer Junggeselle auf den Straßen umherirre, eventuell Würstel mit trockenem Brot esse, meine blaugefrorenen Finger reibe und mit tränenumflorten Augen durch die Fensterscheiben spähe, wo das glückliche Familienleben in hellerleuchtetem Zimmer um den Weihnachtsbaum gefeiert wird.

... Der kleine Junge bekam kein Fahrrad, sondern ein Dutzend Unterhosen mit Monogramm. Papa bekam von Mama entsetzlich schlechte Zigarren. Er wird sie leider rauchen müssen. Mama bekam eine bunte Vase. Überhaupt bekommt man nur Sachen, die einen nicht freuen; man sieht sich die Bescherung an und blickt insgeheim auf die Uhr — vielleicht ist es noch nicht zu spät, das Geschenk weiterzuverschenken.

Da erscheint unangesagt Onkel André, und die Familie berät bestürzt, was man ihm in aller Eile schenken könnte, denn Onkel André ist gerade zur Verteilung der Gaben gekommen und steht nun leicht verlegen unter dem Weihnachtsbaum. In seiner Pein wiederholt er immer wieder: «Ein schöner Baum, lieber Freund, wirklich ein sehr schöner Baum.»

Mama holt rasch aus dem Schrank Papas neue Krawatte, die er zum Namenstag bekommen hat, wickelt sie in Seidenpapier und gibt sie Onkel André.

«Ihr seid wirklich zu nett, Kinder. So hübsche Motive... Genau so eine Krawatte wollte ich mir immer schon kaufen. Tja, mein Lieber, bei euch ist das Christkind ein reicher Mann.»

Papa wird indes von der Wendung der Dinge verständigt; dies geschieht im Vorzimmer, denn Papa war eben in der Kirche und stibitzte eine Portion Likör. «Sagt aber Mama kein Wort; die mit ihrem Mundwerk — wenn sie was merkt — — — nicht einmal das Christfest wäre ihr heilig.»

Von Stund an haßt Papa den Onkel André, der ausgerechnet vor Papa am meisten mit der neuen Krawatte prahlt; er bindet sie sich auch gleich um...

Weihnachtsabend.

Leider gehen wir nicht unter fremde Fenster, um ein bißchen Glück zu riechen.

Ich hatte schon am Morgen im Kamin tüchtig eingeheizt, stellte den Fauteuil mit der unmöglichen Farbe davor und setzte mich recht bequem hin.

Ich habe mir zwei Flaschen Champagner, kaltes Fleisch, Käse, Obst, ägyptische Zigaretten, Likör gekauft und feiere nun allein Weihnachten.

Um die Stimmung zu vervollständigen, kaufte ich mir Dickens' ‹Weihnachtsmärchen› auf französisch: «Morlay était mort, c'est pour commencer...» Es ist nicht schön, allein Weihnachten zu feiern. Ich könnte mir eine Frau dazu einladen, jetzt habe ich ja Geld. Ich tue es aber doch nicht — ich bin ein Charakter. Traurig, aber wahr.

Ich trinke den Sekt und rauche die ägyptischen Zigaretten. Das Grammophon spielt ohne Unterlaß. Im Zimmer ist es so warm, daß ich das Fenster öffne — draußen stehen die schwarzen, schneeflockigen Dächer, der Rauch steigt schmutzig zum bleifarbenen, dunkeln Himmel auf.

Im Hotel Riviera ist alles ruhig. Den Weihnachtsabend verbringen die meisten in Kaffeehäusern, Dancings und anderen Vergnügungslokalen.

Kalte, frische, angenehme Luft strömt herein. Langsam werden alle erhellten Fenster dunkel — alle suchen ihr Vergnügen außer Haus. Familie Fliegenäugig bleibt zu Hause, sie spart. Ich hasse die habgierigen Menschen. Wozu ist das gut? Einmal sterben wir ja doch.

Anne-Claire und ich treffen uns erst bei der Mitternachtsmesse in der St.-Anna-Kirche in der Rue Tolbiac. Sie geht mit ihren Eltern hin und wird schon vor mir dort sein, aber sie will es so einrichten, daß wir uns einen Augenblick allein sprechen können. Sie hat mir ganz genau erklärt, wo ich stehen soll, denn diese Mitternachtsmessen sind sehr besucht, und man muß sich die Karten — es werden dafür Karten ausgegeben — rechtzeitig besorgen, wie für ein Theater, das ein Erfolgsstück spielt.

Um halb zwölf Uhr in der Nacht fahre ich also mit der Métro zur Weihnachtsmesse. Beim Corvisart muß man aussteigen; hier fährt die Métro nicht mehr unterirdisch, sondern saust zwischen den Dächern als Hochbahn weiter. Beim Corvisart durchquert man eine schmale Passage und gelangt so aus der Rue Jonas in die Rue Bobillot und von hier in die Rue Tolbiac, in der die Annakirche steht.

Vor der Kirche stehen schon viele Leute an. Man läßt immer nur kleine Gruppen eintreten, um allen Gelegenheit zu geben, bequem ihre numerierten Sitze zu finden.

Meine Nachbarin zur Rechten ist eine Blondine im Abendkleid, sie raucht diskret ihre Zigarette; zu meiner Linken sitzt eine Alte mit Armeleutegeruch, sie kaut an irgend etwas und schaut sich jeden genau an.

Langsam fällt der Schnee.

Ein nebliger, beschneiter Weihnachtsabend.

Die Franzosen essen Truthahn an diesem Feiertag. In den Dancings fließt der Sekt, und die Mädchen tanzen. Verschwitzte Hände umspannen das Taschentuch.

«Et le vieux Morlay était mort, pour commencer...»

Als man mich einläßt, bemerke ich sofort Anne-Claire neben der Säule, bei der wir uns Rendezvous gegeben haben. Das ganze Mädel ist ein einziger großer Blick nach der Tür, durch die die Gläubigen hereinströmen.

Sie flüstert mir gleich zu:

«Ich will dir meine Mutter zeigen. Die zweite in der dritten Reihe von hier.»

Eine liebe, grauhaarige alte Dame, die inbrünstig betet.

Die Kirche ist voller Notsitze. Eine Unmenge Menschen. Alle Altersklassen sind vertreten. Erwachsene Männer, Offiziere, junge Frauen, Mädchen und Kinder. Außerdem die Habituées der Kirche: rheumatische, verhutzelte alte Frauen, die von der Todesangst tagtäglich vor den Herrn getrieben werden. Alle diese alten Weiber sind da und erwarten vom heutigen Tag eine besondere Gnade. Ihre Münder bewegen sich lautlos, der dicke schwarze Rosenkranz gleitet langsam durch ihre zitternden, abgearbeiteten Hände.

Und der Herr des Alls sitzt traurig auf seinem Thron, seit unvordenklichen Zeiten in den Mantel der Ewigkeit gehüllt; mit der Ruhe der

Vollkommenheit, die uns erstarren läßt. Weshalb schufest du uns, Herr, zu deiner großen Kümmernis? Wir machen uns nicht viel aus dir, sammeln bunte Kiesel und stäuben entsetzt auseinander, wenn du einem von uns winkst. Wir lieben dich nicht, wir fürchten dich nur. Du weißt am besten, Herr, wie wenig Freude dir sogar die Pfaffen machen.

Der blumengeschmückte Altar badet im Licht einer Armee von Kerzen, im kalt-vornehmen Glanz der elektrischen Glühbirnen. Weihrauchwolken ziehen vom Altar her über unsere Köpfe weg und kämpfen mit dem Duft der verschiedensten Parfüms und dem Geruch der vielen zusammengepferchten Menschen.

Die Orgel klingt und dröhnt; eine kräftige Männerstimme singt schallend oben auf der Galerie:

> Es naht die Mitternacht, ihr Menschenkinder,
> In der zu uns der Gottessohn gekommen
> Und hat die alte Schuld von uns genommen
> Und mit dem Vater ausgesöhnt uns Sünder.

Der Priester hält die Monstranz hoch, alle erheben sich und sinken demütig, mit gebeugtem Kopf, auf die Knie.

Die Altarglöckchen bimmeln rhythmisch, wie eine Schar von Zügenglöcklein.

Laetentur coeli, et exsultet terra ante faciem Domini, quoniam venit. Der Himmel freue sich, und die Erde jubele dem Herrn zu, der da kommt.

Bei der Kommunion steht hier und da in den Bankreihen jemand auf und geht gesenkten Hauptes auf den Altar zu. Die Männer mit feierlichen Gesichtern und verschränkten Armen, die Frauen demütig, die Arme über der Brust gekreuzt. So schreiten sie starr und still auf den Altar zu, wie Verstorbene, die der Herr aus ihren Gräbern rief, um über sie Gericht zu halten; als gingen sie der Ewigkeit entgegen.

Wie ist dieses Wort schön: Ewigkeit.

Drei Geistliche kommunizieren gleichzeitig und kommen doch nur langsam vorwärts; etwa tausend Menschen nehmen den Leib des Herrn zu sich. Auch ich liebe dich, Herr, jenseits der Seltsamkeiten der Religion, wenn ich den gleichmachenden Mantel der Gebete auch nicht trage.

Anne-Claire zupft mich ungeduldig am Rockärmel und flüstert mir zu: «Wir wollen hinausgehen, damit wir noch ein bißchen beisammen sein können.»

Die klare kalte Luft draußen tut wohl.

Die Straßen sind ausgestorben, nur wir zwei gehen still nebeneinander.

Wie schön diese Nacht ist, und wie schade, daß auch sie vorübergeht. Bald bin ich allein zu Hause und lege mich schlafen. Dann kommt der Tag von morgen, und von übermorgen...

Auch wir zwei werden nicht immer beisammen sein.

Ich werde altern und dann sterben. Wie werde ich sterben? Wie wird mein Tod sein? Es ist noch Zeit bis dahin. Ich will noch nicht daran denken. Das Leben ist für uns alle gleich kurz, und die wir lieben, altern und sterben mit uns zusammen.

Man muß klug und weise dem Augenblick leben. Im Schlechten das Gute suchen, um Trost und Ruhe zu finden. Das ist das Glück.

«Woran denkst du, Monpti?»

«Ich dachte eben, daß ich mir eine Zigarette anzünden will.»

«Soll ich dir zeigen, wo wir wohnen?»

«Ja.»

Sie führt mich durch kleine, windschiefe Gäßchen. Den Namen der einen Gasse merke ich mir: Rue d'Espoir. Hoffnungsstraße. Ich bin zum erstenmal hier.

Die schwarzen Häuser sind in Weihnachtsstimmung gehüllt. Dikkens... «Et Morlay était aussi mort qu'un clou de porte.»

«Hier», sagt sie und nimmt meinen Arm.

Sie zeigt auf ein vierstöckiges Mietshaus.

«Im zweiten Stock, dort wo der Balkon ist... diese fünf Fenster gehören uns. Beim zweiten Fenster von hier steht der Weihnachtsbaum, er reicht bis zur Decke.»

«Welches ist dein Zimmer?»

«Das erste. Na, so küß mich doch.»

«Also hier wohnst du? Interessant.»

«Jetzt ist niemand zu Hause.»

«Wie heißt diese Gasse?»

«Das ist die Fünf-Diamanten-Straße.»

Plötzlich wird das Erkerfenster hell.

«Schau, jemand hat Licht gemacht.»

«Gewiß das Mädchen!» sagt sie.

Wie merkwürdig — Anne-Claire hat hier gelebt, ich in Budapest, und doch sind wir uns begegnet.

«Komm jetzt, ich will nicht, daß man uns hier sieht.»

«Die liebe, arme Mama, wenn sie wüßte, daß wir zwei...»

Sie zieht mich fort.

«Wie schade, Anne-Claire, daß ich die Christnacht nicht mit dir verbringen kann, ganz mit dir. Ich möchte mit dir in einem Bett schlafen, ganz an dich geschmiegt; die Wärme deines Körpers möchte ich spüren, dein Herz schlagen hören. Ich würde nichts von dir verlangen. Es ist ja gar nicht möglich, wenn du nicht willst. Ich war niemals für Gewalt. Es wundert mich, daß du meinen Charakter nicht kennenlernen willst. Bist du denn gar nicht neugierig?»

«Wenn du es dir so sehr wünschst..., kann ich ja einmal kommen.»

«Heute nicht?»

«Heute nicht.»

«Schade. Sprechen wir nicht mehr davon. Das nenne ich ein hübsches Weihnachtsfest.»

«So etwas muß ich vorbereiten. Mein Zimmer hat einen separaten Eingang. Wenn ich dem Mädchen fünf Franken gebe, verrät sie sicher nicht, daß ich die Nacht außer Hause verbracht habe. Einmal wird es schon klappen...»

«Du wirst es ja nie tun.»

«Doch, ganz gewiß. Du mußt nur noch ein bißchen warten. Ich verstehe gar nicht, warum die Männer immer gleich daran denken müssen.»

«Ich kenne dich seit vier Monaten. Das nennst du gleich?»

Sie trägt bereits die kleine goldene Kette um den Hals, die ich ihr zu Weihnachten geschenkt habe. Ein goldener Keuschheitsgürtel wäre origineller gewesen; im Mittelalter war so etwas riesig modern. Im Cluny-Museum ist ein Exemplar ausgestellt, und die Frauen sehen es sich sehr genau an. — «Das ist ja gräßlich, Emil, ich bitte dich, lach nicht so dumm, das ist gräßlich. Erkläre mir lieber, Emil, wo vorn und wo hinten ist, als gebildeter Mann mußt du das wissen.»

Der Fliegenäugige läßt mit Rücksicht auf den Feiertag die ganze Nacht das Licht brennen. Ich bin bis vier Uhr morgens wach geblieben, trank, rauchte und starrte den Sternenhimmel hinter den schwarzen Kaminen an.

Ja, ich hätte ihr einen Keuschheitsgürtel machen lassen sollen. Aber diese feine Ironie hätte sie gar nicht verstanden. Wo liegt wohl Budapest? Wenn wir in Pest wären, hätte sie schon ein Kind von mir. Aber ich kenne sie doch erst seit vier Monaten. Das ist es eben... Budapest muß man kennen...

33

UND WIEDER KOMMEN DIE GRAUEN WOCHENTAGE.

Heute treffen wir uns mittags, denn abends hat das Fräulein keine Zeit. Die Familie erwartet Gäste und sie muß zu Hause sein.

Als sie aus dem Büro tritt, fragt sie mich sofort:

«Monpti, wie heiße ich?»

«Was?!»

«Wie ist mein neuer Name?»

«Ach so! Annuska. Aber sprich jetzt nicht davon. Heute ist der Urmagyare in mir erwacht, der bekanntlich zu Haß und Hader verpflichtet ist.»

«Annuska! Oh! Den ganzen Tag habe ich darüber nachgedacht. Du mußt mich ja doch lieben, wenn du mir solche besonderen Namen gibst.»

Wir essen in einer Crémerie in der Rue Thérèse zu Mittag.

Vorspeise: Filets de hareng. Nachher Beefsteak au cresson, mit cardons au gratin. (Das mag ich gar nicht und bestelle es nur, um es nachher Anne-Claire zu geben, die um keinen Preis eine Speise nachbestellen würde, und wenn sie ihr noch so gut schmeckt.) Der Käse heißt Cœur à la crème. Einen Viertelliter Rotwein gibt es auch.

Nach Tisch begleite ich sie ins Büro zurück, dann gehe ich auf einen Schwarzen zum Montparnasse.

Ich habe die Gewohnheit, einen Rundgang zu machen, bevor ich auf der Terrasse des Dôme Platz nehme. Unter anderen besuche ich auch das Café de la Rotonde, wo an den Wänden eng nebeneinander Ölgemälde hängen. Unter den Bildern sitzen rauchende Kokotten und wenden ihre Köpfe wie auf Kommando dem Eingang zu, wenn ein neuer Gast auftaucht.

Als ich den Innensaal durchquere, ruft mir jemand nach:

«Une Seconde, Monsieur! Einen Augenblick, mein Herr!»

Ein schwarzäugiges blondes Mädel sitzt an einem Tisch und winkt mir mit ihrer Zigarette.

«Was willst du?»

«Ich möchte dich etwas fragen.»

«Bitte?!»

«Setz dich zu mir. Einen Augenblick Zeit wirst du wohl haben?»

Der Kellner erscheint sofort.

«Sie wünschen, Monsieur?»

«Bringen Sie mir einen Likör», sagt die schwarzäugige, blonde Frau und zeigt auf ihr Likörglas. Daneben liegt auf einem kleinen Teller der Kassablock: vier Franken.

Der Kellner verschwindet.

«Bezahlst du für mich?»

«Worum handelt es sich?»

«Kommst du mit?» — — —

Ich lege fünf Franken auf den Tisch und warte den Kellner gar nicht ab.

Auf der Terrasse des Dôme grüßt mich Felix, der Gérant — der Herriot erstaunlich ähnlich sieht — sehr freundlich:

«Ça va toujours? Wie geht's immer?»

«Merci. Was ist denn, gibt's keinen Platz?»

«Ich mache gleich einen Tisch frei. Attendez, vous allez voir...»

«Werfen Sie einen alten Herrn hinaus. Er kann Ihnen nur dankbar sein, wenn er keine Hämorrhoiden kriegt...»

Abends unternehme ich einen Streifzug durch unentdecktes Gebiet. Ich liebe es, durch nie gekannte Straßen zu schlendern, in fremde Haustore zu gucken und mir das Leben der Bewohner vorzustellen.

Während meines Spazierganges komme ich zufällig durch die Rue de Tolbiac.

Ich sehe von weitem die St.-Anna-Kirche, in der wir die Weihnachtsmesse hörten. Ich biege in die Rue Bobillot ein und gehe zur Place d'Italie. Alle Leute kommen und gehen hier hastig. Nur die Kranken gehen langsam. Apachen mit roten Halstüchern und Sportmützen führen elegante, fein aussehende Damen am Arm. In dieser Stadt kann man nicht nach dem Äußern beurteilen, wer jemand ist und womit er sich beschäftigt. Bei den Frauen schon gar nicht. — Das ist wahre Kultur.

Wenn ich nicht irre, geht dort drüben Anne-Claire mit raschen, geschäftigen Schritten. Ja, sie ist es. Ich eile zu ihr hin und greife von hinten nach ihrer Hand.

Sie schreit auf.

«Du hast mich sehr erschreckt. Wie kommst du in diese Gegend?»

Sie scheint verlegen.

«Ich bin hier spazierengegangen.»

«Wolltest du mir nachspionieren?»

«Warum fragst du das?»
«Ich möchte nicht, daß du mich so demütigst.»
«Ich will dich begleiten.»
«Nein, nein, das geht nicht. Wir könnten gesehen werden. Wir haben Gäste. Wie spät kann es sein? Ich muß mich furchtbar beeilen.»
Sie spricht so schnell. Warum spricht sie so schnell?
«Freust du dich nicht, daß wir uns getroffen haben?»
«Aber ja, du Dummchen. Mais oui. Begleite mich.»
«Vorhin sagtest du, daß ich's nicht tun soll.»
«Das macht nichts. Vielleicht werden wir nicht gesehen.»
«Wenn es dir aber unangenehm ist...»
«Komm nur. Es ist besser, du kommst mit, sonst denkst du noch Gott weiß was.»
Ich begleite sie bis zur Fünf-Diamanten-Straße, dort schaut sie sich um und küßt mich verstohlen.
«Servus. Morgen mittag vor dem Büro!»
Ich sehe ihr nach, sie verschwindet im Haustor. Sie winkt mir noch im letzten Moment freundlich zu.
Sie hat sich so merkwürdig benommen. Natürlich kann sie nicht immer gut aufgelegt sein. Aber doch...
Ich will mir eine Zigarette anzünden. Keine Streichhölzer. Weiter oben ist ein Trafik. Ich kaufe mir Streichhölzer. Es sind schon zwei Kunden im Laden, ich muß warten. Endlich bekomme ich meine Streichhölzer. Ich rauche die Zigarette an und gehe die Fünf-Diamanten-Straße zurück. Weiter unten sehe ich, daß Anne-Claire, die sich vorhin von mir verabschiedet hat, wieder aus dem Haus tritt.
Sie blickt sich vorsichtig um und geht auf die andere Seite hinüber. Wohin will sie? Soll sie noch rasch etwas holen? Aber sie haben ja ein Dienstmädchen.
Sie guckt drüben wieder vorsichtig die Straße entlang, in der wir uns verabschiedet haben. Mein Herz klopft wie wahnsinnig.
Was ist das? Spioniert sie mir nach?
Ich folge ihr vorsichtig und passe auf, daß sie mich nicht bemerkt. Sie dreht sich kein einziges Mal um. Erst an der Ecke späht sie wieder; sie will sehen, ob ich schon fort bin.
Warum?
Jetzt überquert sie den Paul-Verlaine-Platz und biegt wieder in eine Straße ein. Hier geht sie schon rascher und sicherer. Ich folge ihr vorsichtig, in entsprechender Entfernung, auf der anderen Seite. Plötzlich hat ein Haustor sie verschluckt.
Ich lese die Straßentafel: Wiesenmühlengasse. Ich erreiche das Tor: es ist ein Hotel. Hotel Victoria. Da ist sie hineingegangen.
Der Schmerz überfällt mich so unerwartet, daß ich fürchte, augenblicklich umzusinken. Anne-Claire...! Anne-Claire...
Kein Zweifel, sie besucht jemanden... ihren Geliebten vielleicht... bestimmt. Zu wem sonst könnte sie gehen? Zu einer Freundin? Warum hat sie sich dann so vorsichtig umgeschaut? Außerdem sagte sie immer, sie hätte in Paris keine Freundin, mit der sie zusammenkommt.

Ich stehe starr und erschlagen vor dem Haustor.

Es tut sehr weh.

Vielleicht kommt sie doch gleich herunter. Sie hat eine Freundin besucht. Anders kann es ja gar nicht sein. Aber weshalb ist sie erst von Hause wieder fort, als wir uns verabschiedet hatten, und weshalb spionierte sie mir nach? Warum muß sie die Freundin insgeheim besuchen? Ja, sie hatte doch gesagt, daß sie selbst Besuch erwartet. Dann geht man nicht anderswohin.

Wo kann sie jetzt sein? Hinter welchem der vielen Fenster?

Hier wohnt ihr Geliebter. Ihr Geliebter wohnt hier. Jetzt umarmt sie einer ... Hält sie umschlungen, zieht ihren schlanken Leib an sich, und ich kann das nicht hindern.

Ich weiß gar nicht, wie lange ich schon vor dem Hoteleingang stehe und worauf ich eigentlich warte. Sie wird nicht zurückkommen. Und wenn sie käme? Sie würde mir sofort weismachen, daß ich nicht recht habe. Manchmal sieht man hinter den simpelsten Ereignissen Gespenster. Nein, nein. Das hier ist nicht so einfach. Neunzig Prozent der betrogenen Ehemänner können sich nie vorstellen, daß auch ihre Frau ... Im Theater, im Kino ist die treulose Frau eine tausendmal dagewesene Figur. Keiner wundert sich darüber, daß es so ist. Aber jeder Mann hält sich für eine Ausnahme. Er ist fest davon überzeugt, daß seine Frau oder Freundin keine geheimen Wege geht. Wo sind denn diese treulosen Frauen? Überall. Auch ich hätte niemals geglaubt, daß Anne-Claire ... Worauf warte ich denn? Ich demütige mich nur, wenn ich nach alledem noch immer auf sie warte, noch immer an ihr hänge, wenn ich sie noch anhören will, damit sie mir mit neuen Lügen Sand in die Augen streut. Sie hat ja immer gelogen. Das wollen wir nicht vergessen: immer. Man muß hinter diese ganze Angelegenheit männlich einen Schlußpunkt setzen. Wenn ich nur alles aus meinem Gedächtnis kratzen könnte, was irgendwie mit ihr zu tun hat, wenn sie mir nur nie mehr einfiele.

Ich habe einen Entschluß gefaßt.

Im erstbesten Papierladen kaufe ich Briefpapier und ein Kuvert. Ich kritzle mit Bleistift nur ein paar Worte: «Ich habe dich gesehen — nachdem wir uns verabschiedet haben.» Das Kuvert wird adressiert, dann gehe ich in die Fünf-Diamanten-Straße zurück. Der Hausmeister soll ihr den Brief übergeben. Ich sehe zum Haus hinauf, wo sie wohnt. Alles ist finster. Kein einziges Licht brennt, auch das Balkonzimmer ist dunkel. Von der ganzen Gasterei ist also kein Wort wahr gewesen. Denen zu Hause hat sie etwas vorgelogen, genau so wie mir. Sie benützte die Gelegenheit; die Eltern sind wohl ausgegangen. Na, die passen aber großartig auf ihre einzige Tochter auf! Sie kann wegbleiben, so viel sie will. Einmal ist sie bei mir, einmal bei ihrem Liebhaber. Muß sie denn nie Rechenschaft darüber ablegen, wo sie die Zeit nach dem Büro verbringt? Das sind mir schöne Pariser Sitten. Ein Sündenbabel! «Ich gebe dem Mädchen fünf Franken, und sie sagt nicht, wann ich nach Hause gekommen bin. Mein Zimmer hat einen separaten Eingang.» — Das muß eine nette Familie sein! Na, diesen Brief gebe ich noch beim Hausmeister ab und Schluß.

Finis coronat opus. Wie der Anfang, so das Ende. Wie habe ich sie kennengelernt? Sie hat mich angelächelt. Gewiß war ich nicht der erste, den sie angelächelt hat.

Straßenbekanntschaft. Na!

Eine schmutzige Geschichte! Wenn ich nur mit heiler Haut davonkomme. Es war eine gründliche Lektion. Lieber die Einsamkeit, lieber das Elend, lieber tausend Leiden. Alle Weiber sind Kanaillen; manche sind besonders raffiniert, und man kommt ihnen auf gar nichts drauf — das ist der ganze Unterschied. Seit wann sie wohl ihren Geliebten im Hotel Victoria besucht? Vielleicht schon seit dem Tage, da wir uns kennenlernten.

Plötzlich fällt mir ein, daß ich sie gleich zu Beginn unserer Bekanntschaft mit einem jungen Mann sprechen sah, als sie damals im Jardin de l'Observatoire auf mich wartete. Vielleicht war das ihr Geliebter? Es kann aber auch ein anderer sein. Wer weiß, vielleicht sind es mehrere.

Ekelhaft... pfui, wie ekelhaft. Nur rasch Schluß machen. Das ist der letzte Akt. Ich gebe den Brief ab und fertig.

Aus der Hausmeisterwohnung kommt, wie aus einem riesigen Mäuseloch, eine unsympathische, schwer atmende Alte heraus. Sie mustert mich mißtrauisch.

«Was wollen Sie?»

«Bitte, übergeben Sie diesen Brief Fräulein Anne-Claire Jouvain.»

«Wem?»

«Fräulein Anne-Claire Jouvain.»

«Hier wohnt kein Fräulein Anne-Claire Jouvain.»

«Das ist nicht möglich.»

«Was heißt denn nicht möglich? Bin ich hier die Hausmeisterin oder Sie?»

«Sie wohnt im zweiten Stock, in der Balkonwohnung.»

«Dort wohnt ein alter Herr, le père Pivot, d'ailleurs il est assez emmerdant.»

«Das letzte Gassenfenster gehört ihr.»

«Der läßt nicht locker! Dort wohnt Madame Dupont mit ihren drei Katzen.»

Mein Kopf schwirrt.

Das kann nicht sein.

«Ich sagte: Mademoiselle Anne-Claire Jouvain.»

Sie schlägt mir die Tür der Portierloge vor der Nase zu.

Anne-Claire wohnt nicht hier? Was soll das heißen? Wen besucht sie denn in diesem Haus, und wo wohnt sie?

Die Wirklichkeit überbietet jetzt meine schrecklichsten Vorstellungen.

Wie ein Nachtwandler taumle ich durch die Jonasgasse, mit dem Brief in der Hand, und stehe wieder in der Wiesenmühlengasse vor dem Hotel, in das sie hineinging. Soll ich mich nach ihr erkundigen? Vielleicht wohnt sie auch hier nicht? Wer weiß, vielleicht ist sie verheiratet und wohnt mit ihrem Mann hier. Plötzlich wird mir alles klar.

Sie ist verheiratet.

Einmal habe ich einen Trauring an ihrem Finger gesehen.

«Was ist denn das?» habe ich gefragt. «Du trägst einen Ehering?» Sie wurde ganz rot und stammelte verlegen:

«Nein... er gehört nicht mir... er gehört einer Freundin. Ich habe ihn nur so zum Scherz angesteckt...» — Und schon zog sie ihn vom Finger und versteckte ihn in ihrer Handtasche.

Damals habe ich der Sache keinerlei Wichtigkeit beigemessen. Die jungen Mädchen kokettieren manchmal aus kindischer Sehnsucht mit einem Ehering oder drehen ihren Ring um, damit man den Stein nicht bemerke.

Jetzt freilich sehe ich alles klarer. Damals vergaß sie einfach, den Ring abzulegen, sonst hat sie das immer getan. Sie ist verheiratet, sie hat einen Mann, zu dem sie gehört, der über ihren Körper gebietet, dem sie nicht mehr treu ist, der sich an sie gewöhnt hat. Vielleicht hat er sogar längst genug von ihr. Mit mir hat sie nur geflirtet. Ich war ein Spielzeug für sie. Die wiedergestohlene Freiheit... Daß sie sich mir nicht hingegeben hat, scheint mir jetzt erst recht unmoralisch.

Sie ist jetzt bei ihm im Zimmer.

«Ich habe mich ein wenig verspätet, Liebling, sei nicht böse.»

«Zieh dich schnell aus; das Licht stört mich.»

In wenigen Minuten liegt sie neben einem fremden Mann, mit dem sie nicht spielt, dem sie gehört, wenn er sie haben will.

Wahnsinn. Wahnsinn. Erst jetzt weiß ich, wie sehr ich diese Frau geliebt habe. Jetzt, wo sie für mich nicht mehr existiert. Vielleicht hat sie auch ein Kind. Wer weiß — vielleicht war es ihr Kind, mit dem sie damals im Luxembourg-Garten gespielt hat.

Wieviel Schmutz, du lieber Gott!

Den Brief, den ich vor Qual ganz zerknüllt habe, werfe ich weg und gehe zu Fuß nach dem Hotel Riviera. Es lohnt sich nicht. Es hat keinen Sinn. Nichts auf der Welt hat einen Sinn.

Die Sankt-Jakobs-Straße ist still; heute stören nicht einmal die Ratten ihre Träume.

Für alle Zeiten ist die Stimmung meines Zimmers vergiftet. Hier lebt in jedem Winkel die Erinnerung an sie. Alles, was hier herumliegt, hat sie einmal berührt, über jedes Ding hat sie eine Bemerkung gemacht. Es ist unmöglich, sie ganz wegzudenken.

In dieses ideal friedsame und scheußliche Heim habe ich mir eine Frau gewünscht? War es nicht besser, die Liebe bloß anzuhören? Der Neger hat dazu Laute gespielt. Es war wie ein modernes Theater mit Luzifer als Oberregisseur und ist niemals langweilig gewesen. Immer war's aufregend und amüsant. Weshalb bin ich nicht weiter Publikum geblieben? Warum ließ mich der Ehrgeiz nicht ruhen?

So erlebe ich die Morgendämmerung, im unmöglich-farbenen Fauteuil sitzend, eine Unmenge Zigarettenstummel um mich her.

Der Morgen ist kühl und feucht, ich öffne das Fenster und lasse die abgestandene, rauchige Nachtluft hinaus.

Man hört das Rattern großrädriger Pferdewagen aus der Sankt-Jakobs-Straße, hinter den schlafenden Häuserblocks. Lebensmittelwagen rollen in die Hallen.

Der schmutzfarbene Himmelsrand wird langsam heller. In den Nachbarhöfen beginnt das Leben langsam. Jetzt stellt man die Mülleimer vor die Haustore, jetzt kommt das riesige Müllauto, aber vorher erscheinen noch die Lumpensammler und durchstöbern wie die Ratten den Mist, den sie auf den Gehsteig streuen. Da liegt der Mist auf der Straße. Würde man alles, was Mist ist, auf die Straße werfen...

Ich stehe am geöffneten Fenster, und langsam wird es Tag.

Auf dem Hof der Tischlerwerkstatt taucht in Hemdsärmeln und Pantoffeln ein ungekämmter Mann auf. In der einen Hand hält er die Milchflasche, in der anderen die Morgenzeitung und die Hörnchen.

Im Mädchenpensionat erschallt das erste Klingelzeichen.

In meinem Zimmer ist es ganz hell geworden.

Ich werfe mich über das Bett und betrachte die Schmutzflecken auf der Decke, die so eigenartige Formen haben. Sie sehen wie die genaue Landkarte eines unbekannten Erdteils aus, mit Bergen, Flüssen und Eisenbahnlinien.

Ich finde keine Ruhe. Ich muß aufspringen und stelle mich wieder ans offene Fenster.

Wie aufs Stichwort erscheint die Frau mit dem Salat und schüttelt ihn, jedes Problems bar. Wie schön wär's, wenn auch ich mit solcher Hingebung Salat schütteln könnte und sonst nichts täte. Ich will Anne-Claire doch einen Brief schreiben. Den adressiere ich ins Büro. Er soll ganz kurz sein, nur so viel: «Zwischen uns ist alles zu Ende.»

Nein, das ist nicht gut. Es klingt zu theatralisch und ist nicht begründet. Ich brauche ihr ja nicht zu schreiben, was ich erfahren habe; damit demütige ich mich nur selber — daß mir so etwas überhaupt passieren konnte! Man müßte ihr nur mitteilen: «Ich liebe dich nicht mehr.» Aber das ist zu fein und unverständlich. Am besten wäre, ihr zu schreiben: «Du verlogene, verderbte Seele.» Nein, der Text von gestern ist doch der beste: «Ich habe dich gesehen, nachdem wir uns schon verabschiedet hatten. Ich will dich nicht mehr sehen.»

Das ist ja auch gräßlich. Na, egal. Ich klebe den Umschlag rasch zu und renne zum ersten Briefkasten. Ich muß diesen Brief loswerden.

Der heutige Tag verging ganz unglaublich langsam, endlich wurde es aber doch wieder Abend. Ich saß die ganze Zeit mit gekreuzten Beinen im Zimmer und stützte mich auf die Lehne des unmöglich-farbenen Fauteuils.

Hundertmal sagte ich mir, daß ich nicht mehr an sie denken werde. Ich kümmere mich nicht mehr um diese Dame. Es ist überhaupt nichts geschehen. Ich war immer allein. Nie hat es eine Anne-Claire gegeben. Ich lag hier und habe das alles nur geträumt. Es war ein schwerer Traum — das Erwachen fällt einem nicht leicht. Aber ich erzähle mir das vergeblich, meine Gedanken flattern unablässig um sie, wie Nachtschmetterlinge um das Licht, und ich weiß, daß ich daran zugrunde gehen werde.

Manchmal erwacht wie ein Schrei der Gedanke in mir: Ich will dich nicht aufgeben. Lüg mich an, damit ich dich wieder habe. Ich will keine Wahrheit. Verlassen wir uns nicht. Lüge, damit ich dir glauben kann. Nimm diesen Schmerz von mir, ich will nichts von der Wirklichkeit wissen. Ich halte es nicht mehr aus. Nein.

Es ist wieder Abend.

Gott sei Dank! Ich weiß nicht, warum. Hören damit meine Leiden auf? Ich weiß es nicht, aber auf irgend etwas muß man warten, etwas muß kommen, wenn nicht der Abend, dann etwas anderes. Etwas, damit man sagen kann: Gott sei Dank...

Wird das noch lange dauern? Das ist ärger als Hungern.

Langsam erscheinen die Sterne am Himmel. Die Möbel schweigen düster in der Finsternis. Im Mädchenpensionat wird geklingelt.

Plötzlich flammt das elektrische Licht auf. Ich hab's in der Nacht nicht abgedreht. Es brannte, bis der Fliegenäugige den Strom abschaltete.

Nur der Wecker geht unermüdlich: tick-tack, tick-tack. Er mißt die Zeit ohne Pause und schleppt die Minuten fort.

In meinem Bett ausgestreckt, höre ich das Kommen und Gehen der Hotelbewohner. Die morschen Stiegen knarren unter den Schritten; man kann genau erkennen, ob eine Frau oder ein Mann über die Treppe geht.

Auf einmal höre ich die bekannten, flinken Schritte im Treppenhaus.

Das ist Anne-Claire!

Plötzlich klopft mein Herz schneller. Als hätte mich ein unerwarteter Schlag getroffen.

Das leichte Klappern kommt immer näher und wird immer stärker. Rasch entschlossen springe ich auf und sperre die Tür ab.

Sie ist schon im dritten Stock, jetzt ist sie im vierten. Ein, zwei hastige Schritte, und sie steht vor meiner Tür. Sie klopft mit dem Zeigefinger ganz leise: einmal, zweimal, dreimal.

Ich stehe unbeweglich auf der anderen Seite der Tür.

Nur zehn Zentimeter sind es, und doch hat uns mein plötzlicher ganz fester Entschluß kilometerweit voneinander getrennt. Auf einmal fühle ich — nein, ich weiß es: jede Absicht, mich ihr zu nähern, ist für ewig in mir erloschen.

Nein. Ich mag dich nicht mehr. Ich bleibe stark.

Wäre sie nicht gekommen, hätte ich sie vielleicht geholt, aber so... sie ist eben gekommen!... Damit hat sie mir nur erneute Kraft gegeben, Schluß zu machen. Es ist so wichtig, wer Schluß macht. Sehr wichtig.

Sie steht immer noch vor der Tür. Sie ist noch nicht fort, klopft aber nicht mehr — sie wartet nur.

Ich höre eine Art leises Kratzen. Aha, sie wird mir etwas schreiben.

Eine Weile später erscheint auch richtig ein weißes Blatt in der Türspalte, und Anne-Claire geht. Die kurzen, leichten Schritte entfernen sich immer mehr, aber sie geht viel langsamer, als vorhin beim Kommen.

Ich warte noch ein bißchen, drehe dann das Licht an und lese den Zettel, den sie mit Bleistift geschrieben hat:

Mon petit,
ich bin hier gewesen und habe dich gesucht. Du hast versprochen, zu Hause zu bleiben. Es ist doch hoffentlich nichts geschehen? Ich bin sehr unruhig. Morgen mittag komme ich auf einen Sprung zu Dir.
Ta petite amie, qui t'aime.
Deine kleine Freundin, die Dich liebt.
Anne-Claire.

Sie hat also meinen Brief noch nicht bekommen. Dann kriegt sie ihn morgen vormittag. Ja, morgen kriegt sie's! Morgen wird es auch ihr wehtun. Aber nicht, weil sie mich betrogen hat. Ihr wird es nicht so wehtun wie mir.

Einen Augenblick überfällt mich der sinnlose Wunsch, ihr nachzulaufen. Ich möchte sie nur sehen, noch einmal, zum letztenmal... Warum? Nur, damit ich sehe, daß auch sie leidet. Wenn ich das wüßte, wäre mir gleich wohler. Aber nein. Es lohnt sich nicht.

Müde falle ich über das Bett und höre die Klingel des Mädchenpensionats, wie ein Zügenglöcklein. Warum klingeln sie in einem fort? Sind sie wahnsinnig, daß jeden Augenblick geklingelt werden muß? Ich zeige die ganze Gesellschaft wegen Ruhestörung der Polizei an. — «Monsieur l'agent, s'il vous plaît...»

Eine hemmungslose Wut überfällt mich, die ich sofort abreagieren muß, um mich zu erleichtern.

Was soll ich kaputt machen? Was soll ich zerschlagen?

Ich packe ihre Lieblingsplatten und werfe sie an die Wand. Man muß alles mit der Wurzel ausrotten, was an sie erinnert. Und von hier ziehe ich aus, merk dir das gefälligst, du Luder. Na und erst der Fliegenäugige... dieser Schuft... ein Henkergesindel... glotzäugiges, kahles Schwein! Wo ist die Kirschenernte-Platte?

Es klopft.

Der Fliegenäugige erscheint samt Gemahlin.

«Wir wollen das Bett frisch überziehen, Monsieur. Ah, ein Grammophon?! Das klingt immer so schön! Sie gestatten?!»

Und schon wühlt er unter den Platten.

«Ah, Sie haben auch die Kirschenernte? ‹Le temps des cerises›? Erinnerst du dich, Madeleine?» sagt er zu seiner Frau. «Der Herr wird sie dir bestimmt vorspielen. Ein so netter junger Mann.»

Ich muß dem Saukerl alle meine Platten der Reihe nach vorspielen. Währenddessen blinzeln sich die beiden zu.

Mein Wecker meldet zehn Uhr, als ich aus dem Bett steige, wie aus einem Zug, angekommen am heutigen Tag. Ich ziehe mich an und gehe gleich fort, ich halte die Luft meines Zimmers nicht länger aus. Ich müßte darin ersticken.

Eine schmierige Alte steht vor dem Hotel Rivera und baggert mit ihrem schwarzen Stock in den Gemüse- und Obstabfällen vor dem Haus. Ich schaue mir dieses elende Weib an; ihr Kleid hat tausend Flicken und Flecken.

Während ich mich in Luxusgefühlen — Liebesleiden — herumwälze, müssen andere ihr tägliches Brot aus den Abfällen zusammenkratzen. Ich möchte alle Armen um Verzeihung bitten, weil ich verliebt gewesen bin, während sie gelitten haben.

Ich reiche ihr einen Franken. Wie ein hungriger Rabe mit seinem Schnabel, hackt sie mit ihrer Hand danach und stöbert weiter. Nicht einmal bedankt hat sie sich. Als ihre Hand die meine berührt, überläuft es mich kalt vor Ekel.

Ein herrlicher, warmer Frühlingstag. Frühling im Januar.

Ein Leichenzug zieht durch die Sankt-Jakobs-Straße. Die Pferde mit dem Sarg gehen langsam, im Schritt; fünf Meter vor dem Wagen marschiert ein kostümierter Mann.

Die Leute bleiben stehen und nehmen die Hüte ab. Sie tun es nicht aus Pietät für den Toten; sie grüßen den Tod, mit dem sie gut Freund bleiben möchten.

Die Trauernden folgen dem Sarg. Voran eine Frau in tiefem Schwarz — zwei Herren in Trauerkleidung stützen sie, die ihr Taschentuch so krampfhaft an sich preßt, als wäre das ihre einzige Hoffnung. Hinter ihr kommen die anderen, schon weniger ergriffen, und so läßt die Düsterkeit immer mehr nach, bis die letzten Trauergäste vorüberziehen, die nur mehr einen Flor um den Arm tragen, manche nicht einmal das. Die zwei letzten sind graugekleidete Herren, die miteinander flüstern und lachen. So ist auch der Schmerz auf der Waage der Zeit: jetzt bin ich noch ganz in düsteres Trauerschwarz gehüllt, aber ich komme einmal bis zur letzten Reihe. Ich muß mich bloß auf die Zeit stützen, wie ein Bettler auf seine Krücken.

Ich folge dem Leichenzug. Ich begrabe ja auch jemanden. Vor der Kirche Saint-Jacques-du-Haut-Pas bleiben wir stehen. Man hebt den Sarg vom Wagen und trägt ihn in die Kirche. Als er an mir vorübergetragen wird, schlägt mir ein süßlicher Geruch entgegen. Der Geruch der Leiche. Man kann nicht wissen, ob es ein Mann war, eine Frau, ein Kind, ob alt oder jung. Man schreibt hier keine Namen auf die Särge. Ist auch richtig, wozu denn? Die zum Begräbnis kommen, wissen ohnedies, wen sie betrauern, und die anderen interessiert es nicht.

Kühl ist es in der Kirche. Das Weihwasser ist kalt, die bunten Glasfenster weben mystische Wunder in das feuchte Halbdunkel. Auf diesen oder jenen großen weißen Quaderstein fällt ein Sonnenfleck. Die Statuen der Heiligen schweigen erstarrt, sie halten Gitarren, Bücher, Palmenzweige und andere Dinge in der Hand. Einmal werde auch ich tot sein. Ich werde genau so mit gefalteten Händen steif im Sarge liegen, wie dieser Tote von heute. Requiem aeternam dona ei, Domine. Et lux perpetua luceat ei. — «Der Arme, er war ein guter Mensch, aber so schrecklich leichtsinnig. Na, jetzt hat er seine ewige Ruhe und kann nicht mehr das Geld zum Fenster hinauswerfen.» — Aber ich lebe ja noch.

Fort von hier, hinaus in die frische Luft, sonst erwürgen mich die Säulenheiligen.

Wo gibt es denn eine Dame auf dieser Welt? Eine anständige Frau und...

Wo? Die hier vor mir geht? Vielleicht ist sie anständig, dann muß sie aber krank sein.

Gegen Abend gehe ich heim.

Aus meiner Kassette leuchtet ein weißer Brief. Ich greife nervös danach. Zwei Schlüssel fallen mir auf den Kopf. Auch der Fliegenäugige fummelt nach dem Brief, ob er auch wirklich für mich ist. Gleich lang ich dir eine, und dann kriegst du deine Glotzaugen nicht mehr auf.

Der Brief ist von Anne-Claire. Ich erkenne ihre Schrift.

Ich renne damit in mein Zimmer.

«Jetzt bist du da, wie? Willst du mit mir reden?»

Ich lege ihn auf den Tisch und sehe ihn an.

Erst zünde ich mir eine Zigarette an und erst dann höre ich dich an, du Bestie. Was du wohl erfunden haben magst? Lang genug hast du dir den Kopf darüber zerbrochen. Warte mal, erst trinke ich einen Schluck Wasser und schaue zum Fenster hinaus.

Es ist schönes Wetter.

Ich setze mich in den unmöglich-farbenen Fauteuil und nehme den Brief zur Hand. Er ist hübsch schwer. Mit einer Rasierklinge wird schön ordentlich das Kuvert aufgeschnitten. Es sind acht engbeschriebene Seiten.

Mon petit,

verzeihe mir, daß ich nicht in der Fünf-Diamanten-Gasse wohne. Ich wohne im Hotel, in das Du mich hast hineingehen sehn. Ich lebe ganz allein, denn meine Eltern sind schon lange gestorben. Ich war kaum sechzehn Jahre alt, als ich sie verlor. Seither erhalte ich mich ganz allein...

Dann folgen drei engbeschriebene Seiten voller Tränenpatzen — kurze schmerzliche Sätze.

... Ein alleinstehendes junges Mädchen schützt niemand, und jeder glaubt von ihr, daß sie schlecht ist. Ich habe nur gelogen, damit Du mich mehr liebst. Zwei Männer gab's in meinem Leben, die mich geküßt haben, die ich sehr gerne gehabt habe — nicht gleichzeitig —, so geliebt wie Dich habe ich aber keinen. Ich sage es Dir, denn vielleicht erfährst Du später auch das. Ja, ich bin unschuldig. C'est bien la vérité. Ich bin nicht so schlecht, wie du glaubst. Jeden Tag kam ich zu Dir und war entschlossen, mich hinzugeben — ich weiß gar nicht, warum alles so gewesen ist.

Jetzt macht es auch nichts mehr, daß Du alles weißt... ich verspreche Dir, niemals mehr zu lügen. Ich weiß nicht, warum ich so bin. Ich schäme mich so. Einmal habe ich im Büro gelogen, daß eine Schwester von mir gestorben sei, die nie gelebt hat — nur damit ich weinen konnte und die anderen mich bedauerten. Ich muß Dir auch erzählen, daß es im Büro einen jungen Mann gibt, er heißt Paul Delavier, der hat gesehen, wie wir uns einmal geküßt haben. Ich habe ihm vorgelogen, daß wir verheiratet seien. Ich habe einen Ehering gekauft. Im Büro trug ich ihn immer; nur wenn wir uns getroffen haben, habe ich ihn versteckt. Das schreibe ich Dir nur, damit Du Dich nicht wieder vor mir ekelst, wenn Du es zufällig erfahren solltest.

Verzeihe mir, mon petit. Warte heute um sechs auf mich, wo du immer wartest. Wenn Du nicht kommst, werde ich wissen, daß Du mich nie mehr sehen willst.
Deine unendlich traurige
Anne-Claire.
Nachschrift:
Geh ins Hotelbüro und erkundige Dich nach mir. Man wird Dir sagen, daß ich allein lebe. Ich bleibe niemals fort, nur wenn ich mit Dir bin. Darf ich noch schreiben, daß ich Dich tausendmal küsse?

Hallo! Wie schön die Sonne scheint!
Auf der Straße gehen lauter lustige Leute.
«Tantchen, einen Strauß schöne Veilchen, bitte!»
«Die sind ja alle schön, lieber Herr, alle schön.»
Es ist vier Uhr. Bis sechs habe ich volle zwei Stunden. Ich setze mich inzwischen in den Luxembourg-Garten.

Auf den gewundenen Pfaden streifen alte Sesselaufseherinnen umher und überfallen den arglosen Fremden, der sich auf einen Stuhl niederläßt und mit breiter Geste in die Luft schnuppert; er spielt mit seinen Schlüsseln und achtet nicht auf die Sesselpolizistin.

Einem bodenständigen Bürger kann sowas nicht passieren.

Ein bodenständiger Bürger setzt sich nur auf eine Bank oder er bringt einfach einen zusammenklappbaren Feldstuhl mit, stellt ihn auf die schönsten Plätze, dorthin, wo man vorsichtshalber niemals eine Gratisbank aufstellt, und grinst die Sesseltante an, die so verachtungsvoll an ihm vorbeistolziert, wie eine Gräfin an ihrem enterbten Sohn: «Pah!»

Bodenständige Bürger leisten sich höchstens am Sonntag einen Gartenstuhl.

Das ist nicht so einfach. Der Herr bodenständige Bürger geht zunächst mit seiner dicken Goldkette, seinem Siegelring, seinen knarrenden Stiefeln, seinem weichen schwarzen Hut und schwarzem Regenschirm gewissenhaft spazieren, um müde zu werden und sein Gewissen zu beruhigen: jetzt ist das Setzen gestattet. Hat er sich aber zu einer Ausgabe aufgeschwungen, dann bleibt er bis in die sinkende Dämmerung sitzen. Nicht, so lange es ihm Spaß macht; so lange es sein Hintern aushält. Er könnte zwar seine Karte auch einem anderen übergeben; aber das tut der bodenständige Bürger nicht. Er mogelt nicht. Er besucht auch die Vesper und gibt in der Sakristei alte Zeitungen für die armen Kranken ab. Er ist auch bereit, sich mit fünf Franken an einer Stiftung zu beteiligen, aber nur, wenn sein Name in die Zeitung kommt, oder wenn man sich sehr auffällig bei ihm bedankt.

Mit einem Wort, er mogelt nicht, denn er fühlt, daß er sein Geld selbst absitzen muß, um den Feiertag würdig zu begehen. Sitzen mehrere beisammen — denn sie tauchen stets in Scharen auf wie die Kraniche —, dann erkundigen sie sich nach dem Aufstehen, ob es gut war.

«Forcément, ça fait du bien. Zweifellos, das tut wohl.»

Überhaupt erkundigt man sich hierzulande nach allem, ob es gut war oder nicht. Kaum entwindet sich eine französische Dame einer Umarmung, fragt sie eilig ihren Geliebten, ob es gut gewesen sei. Das ist genau so allgemein, wie bei den Frauen in Budapest die Frage: ‹Was werden Sie jetzt von mir denken?› Es sind aufmerksame, höfliche Menschen. Selbstverständlich kann auf eine solche Frage jeder nur die eine Antwort geben: «Ja, es war gut.» Sogar ein Sterbender — erkundigt man sich nach seinem Befinden — geht mit einem ‹ça va bien› ins Jenseits hinüber. Antwortet einer einmal zufällig: ‹ça ne va pas› — ‹mir geht's nicht gut›, ist jeder betroffen. Die Franzosen mögen den Kummer nicht, auch wenn er einen andern trifft.

Da ist auch schon die Sesselhüterin.

Wie gern möchte ich ihr davonlaufen. Mein Ehrenwort: nicht wegen der fünfundzwanzig Centimes, sondern wegen der Aufregung der Flucht — wegen der Wonne. Hingegen muß auch diese alte Frau von etwas leben.

«Sagen Sie, meine Liebe, wieviel verdienen Sie an diesen fünfundzwanzig Centimes?»

«Einen Centime», erwidert sie apathisch und steht mit ihren vertretenen Stiefeln traurig vor mir. Sogar die schwarze Straußfeder auf ihrem Hut ist traurig.

Schon watschelt sie eilig davon, denn sie hat einen Herrn bemerkt, der sich eben setzte. Aber auch der Herr hat sie bemerkt, er steht sofort auf und ergreift die Flucht. Das Tantchen bleibt auf halbem Weg stehen, schlägt dann langsam eine andere Richtung ein und wird von einer Allee verschlungen.

Zehn Minuten später macht sich eine ganze Gesellschaft auf den Sesseln neben mir breit. Es sind fünf Personen. Eine Ernte von fünf Centimes, alte Dame! Man müßte ihr pfeifen, damit sie sofort kommt, bevor auch diese Kunden durchbrennen. Zwar — die sehen nicht danach aus.

Ja, da eilt sie auch schon herbei auf ihren alten Beinen. Die Straußfeder nickt lustig auf ihrem schäbigen Hut. Sie hat wohl auf der Lauer gelegen.

Die Gesellschaft zahlt mit langsamen, gezwungenen Gesten. Ungestraft darf man nicht einmal die Natur bewundern.

«Halt, geben Sie mir auch ein Billet!»

Die Tante ist perplex. Sie erinnert sich noch genau an mich und ist überwältigt. So etwas ist ihr noch nicht vorgekommen — daß einer zweimal etwas bezahlt, wofür man auch das erstemal ungern mit dem Geld herausrückt.

Sie gibt mir eine Karte und watschelt davon. Nach einer halben Stunde kommt sie auf ihrer Inspektionstour wieder vorbei. Na, jetzt wollen wir unseren Spaß haben.

«Geben Sie mir bitte ein Billet!»

Sie schaut mich an, als hätte ich einen ihrer Angehörigen ermordet.

«Ihnen gebe ich kein Billet!» kreischt sie. «Ich bin in Ehren grau geworden! Sie haben schon zwei Karten bekommen! Mein Gedächtnis trügt nicht! Nein... nein... mit mir können Sie so etwas nicht machen...»

Sagt's und verschwindet kopfschüttelnd; sie spricht mit sich selber weiter. Die ist vor purer Ehrlichkeit übergeschnappt. Sie hat ihre ganze Urteilskraft eingebüßt und weiß nicht mehr, was sich gehört und was nicht.

«Du klappriger, alter Kakadu, ich wollte dir ja bloß helfen!»

Um halb sechs stehe ich mit einem kleinen Veilchenstrauß vor dem Büro und erwarte Anne-Claire.

Es wird so schwer sechs Uhr.

Um sechs Uhr stelle ich mich unter eine Toreinfahrt gegenüber der Stelle, wo ich sie sonst erwarte. Ich werde nicht gleich auf sie zugehen, sie soll nur denken, daß ich nicht gekommen bin; um so größer wird die Freude sein, wenn sie mich sieht. Ein bißchen möchte ich sie schon zappeln lassen. Ich will das Gefühl, geliebt zu werden, einen Augenblick lang genießen.

Um sechs Uhr zwei Minuten — eine elektrische Uhr ist in der Nähe — tritt Anne-Claire aus dem Bürohaus, überquert die Straße, sieht sich um und sucht mich aufgeregt. Sie guckt voll Schreck und Erwartung rechts und links. Sie muß hier vorbeikommen, wenn sie nach Hause geht... ich erwarte sie am besten hier.

Sie steht still, rührt sich nicht vom Fleck und wartet.

Auf dem Fahrdamm entsteht ein Gewühl von Autos und Autobussen, ich kann sie jetzt nicht sehen. Als der Verkehr wieder flott ist, sehe ich sie nirgends mehr. Als hätte der Erdboden sie verschluckt. Wohin ist sie verschwunden? Sie hätte doch an mir vorbeikommen müssen, wenn sie zur Métro geht... und plötzlich ist sie einfach fort.

Ich renne vorwärts. Die einzige Métrostation, bei der sie einsteigen konnte, ist der Louvre. Ganz bestimmt hat sie diese Richtung eingeschlagen. Wenn ich mich beeile, kann ich sie einholen. Sie kann ja noch nicht weit sein. Es sind um diese Zeit viele Passanten auf der Straße. Ich muß auch die andere Seite im Auge behalten, was ziemlich schwierig ist. Anne-Claire ist nirgends zu entdecken. Am besten, ich vertrödle meine Zeit nicht unnütz, sondern laufe direkt zur Métrostation, dort kann ich sie nicht verfehlen.

Ich stoße die Entgegenkommenden zur Seite, dränge mich zwischen den Leuten durch, haste atemlos zur Métrostation und warte hier die Passagiere ab.

Es kommen viele, Männer und Frauen, lachend, einander drängend, glücklich vom Joch der Tagesfron befreit. Die Métros fressen und schlucken die Menge und rasen fort, um neuen Wagen Platz zu machen. Die Schaffner kommen kaum nach, so vielen Leuten müssen sie beim Eingang die Fahrscheine durchlochen. Ihre Anzüge sehen wie mit Konfetti bestreut aus.

Sie kommt nicht.

Es ist schon dreiviertel sieben geworden. Ohne daß ich's bemerkt hätte. Vielleicht ist sie zu Fuß nach Hause gegangen. Das Warten hat gar keinen Zweck mehr. Ich nehme die nächste Métro. Zum Glück weiß ich, wo sie wohnt.

Beim Odéon steige ich zufällig aus — weiß selbst nicht, ob instinktiv oder aus Gewohnheit. Da ich schon ausgestiegen bin, gehe ich nach Hause. Ich will Anne-Claire sofort einen Brief schreiben und im Hotel Victoria abgeben. — Ja, das ist das beste. Ich durchrase die Rue Monsieur le Prince, biege in die Sankt-Jakobs-Straße ein, nehme drei Stufen auf einmal.

Im zweiten Stock scheint mir, es sei eben jemand vorbeigehuscht und habe sich im Korridor verborgen, um nicht gesehen zu werden.

Ich bleibe stehen. Vielleicht habe ich mich geirrt und es ist bloß ein Mieter, der nach Hause gekommen ist.

Als ich im dritten Stock bin, höre ich Schritte; jemand geht vom zweiten Stock hinunter. Ich beuge mich über das Geländer.

Es ist Anne-Claire.

Im nächsten Augenblick erreiche ich sie. Sie lehnt sich an die Treppenhauswand und lächelt mich durch Tränen an:

«Du bist es?!»

Plötzlich schwankt sie — wenn ich sie im letzten Moment nicht aufgefangen hätte, wäre sie einfach umgefallen. Ich trage sie auf mein Zimmer, lege sie aufs Bett und hole rasch einen nassen Umschlag.

Langsam kommt sie zu sich.

«Anne-Claire, ich habe dich vor dem Büro erwartet, aber du bist plötzlich verschwunden. Ist dir schon besser?»

«Ja, schon viel besser.»

Ihr Gesicht ist bleich, unter den Augen sind tiefe Ringe.

«Fehlt dir was? Tut dir etwas weh?»

«Nein, nichts.»

«Schau, ich habe dir Blumen mitgebracht.»

«Mir?»

Sie sieht mich mit ihren großen, tränenüberströmten Augen an. So schön ist sie noch nie gewesen.

«Ich möchte weinen.»

«Sei doch kein Kind, Anne-Claire.»

Ihr Gesicht verzieht sich langsam, sie weint lautlos, die Tränen rinnen wie Sturzbäche über ihre Wangen.

«Wein' doch nicht, es ist ja alles gut.»

Langsam wird sie stiller und ruht erschöpft aus, als schliefe sie ein. Man hört nur das Ticken der Uhr. Jemand räuspert sich nebenan.

«Fehlt dir wirklich nichts?»

«Ich bin hungrig. Seit gestern mittag habe ich nichts gegessen.»

«Warum denn nicht? Hast du kein Geld gehabt?»

«Doch, aber ich war so traurig.»

«Warte, ich koche dir eine Tasse Kakao. Es gibt auch noch ein wenig Käse.»

«Nimm bitte Geld aus meiner Handtasche und bringe für uns beide Nachtmahl.»

Ich schweige betroffen. Sie sieht mich an und sagt still:

«Du kannst es ruhig tun. Heute nacht schlafe ich sowieso bei dir.»

«Ich brauche nichts.»

«Wieso? Ich bleibe diese Nacht bei dir.»

«Diesen Zusammenhang verstehe ich nicht.»
«Ich will bei dir schlafen. Ich bin so froh, daß ich bei dir sein kann. Ich bin so müde.»
Mit ihren schönen blauen Augen schaut sie mich ganz verwundert an.
«Du willst nicht mit mir schlafen?»
«Nicht mehr.»
«Nein?»
«Du kannst dableiben, wenn du müde bist. Ich werde im unmöglichfarbenen Fauteuil mein Wörterbuch lesen. Warum weinst du jetzt? Du wolltest es ja immer so!»
«Ich weine ja gar nicht.»
«Dann ist es ja gut. Und wenn dir die Tasse Kakao und der Käse, den ich dir angeboten habe, nicht genügen...»
«Aber ja, mein Süßer, natürlich genügt es, es ist mehr als genug. Soll ich alles herrichten?»
«Bleib nur.»
Der Kakao ist angebrannt und schmeckt scheußlich.
Sie trinkt ihn.
«Fein», sagt sie und lächelt dankbar. Sie hat ja immer gelogen. Wenn der Gast getrunken hat, muß ich natürlich auch von dem Kakao trinken. Brrr...
«Ich kann nicht dafür, Monpti...»
«Wofür kannst du nicht?»
«Ich fühle mich, als hätte ich mich stückweise verkauft.»
Das trifft mich wie ein Schlag.
«Wem verkauft?»
«Dir.»
«Mir?»
«Ja. Vorhin sagte ich: nimm Geld aus meiner Tasche. Das war nur natürlich. Ich wollte dich damit nicht kränken. Schau, wenn du nicht erlaubst, daß auch ich Geld für dich ausgebe, so wie du es für mich tust, dann fühle ich mich eben, als hätte ich mich stückweise verkauft. Auch du spürst das genau und deshalb bittest du mich gar nicht mehr, deine Geliebte zu werden.»
Was soll man darauf sagen?
«Das Geld ist nur dazu gut», erklärt sie überraschend weise, «um das Leben zu erleichtern. Wenn man jemanden gern hat, ist man ein Herz und eine Seele mit ihm und hält alles für natürlich. Es gibt eine sündige und eine heilige Liebe. Im Grunde genommen sind beide gleich; es hängt nur von den Umständen und nicht vom Gefühl selbst ab, ob eine Liebe zur Sünde oder zur Tugend wird. Meinst du nicht, daß es mit dem Geld genau so ist? Ich könnte dich nicht mehr als jetzt lieben, auch wenn wir verheiratet wären. Wenn du dich von deiner Frau gerade in diesem Punkt, der die Basis des gemeinsamen Lebens ist, separieren würdest — ich weiß nicht, wie groß dann deine Liebe wäre?!»
«Wo hast du das gelesen?»
«Nirgends.»

Nach einer kleinen Pause sagt sie leise:

«Es ist nicht wahr. Ich hab's irgendwo gelesen. Ich las, daß die wahre Liebe keine Konvention und keine falsche Scham kennt, vor keinem Gesetz und keiner Gewalt zurückschreckt. Liebende wollen in allem eins sein: auch in der Sünde. Die Liebe steht über allen Gewalten.»

«Schön. Aber wenn du mich liebst und es mir recht machen willst, mußt du vor allem denken, wie ich denke. Wenn du der Ansicht bist, daß du dich auf diese Art stückweise verkaufst —, dann muß ich dir gestehen, daß ich mir gleich wie ein Zuhälter vorkomme, wenn zwischen uns von Geld die Rede ist. Ich kann nichts dafür. Und jetzt wollen wir von etwas anderem sprechen.»

Sie wirft sich über das Bett und schluchzt.

«Warum weinst du jetzt?»

«Ich weiß es nicht... ich glaube, daß ich alles verpatzt hab...»

Ich zünde mir eine Zigarette an.

«Sag, wer war die Frau, von der du mir bei der Weihnachtsmesse gesagt hast, daß sie deine Mutter ist?»

«Was weiß denn ich?»

«Und der kleine Junge, von dem du erzählt hast, er sei dein Patensohn?»

«Keine Ahnung. Ich habe ihn nie vorher gesehen.»

«Und das Gebäck, das du zu Weihnachten gebracht hast... das angeblich deine Mutter gebacken hat...?»

«Ich hab's gekauft.»

«Schämst du dich nicht, Geld für einen Mann auszugeben?» (Ja richtig, der Grog.)

Pause.

«Aber Verwandte wirst du doch haben?»

«Nein, niemanden.»

«Freunde?»

«Auch nicht.»

«Dein Bräutigam?»

«Existiert nicht.»

«Der Brief, den du einmal irgendeinem Georges geschrieben hast?»

«Den habe ich nur so geschrieben, an eine nicht existierende Person. Eigentlich habe ich ihn an dich geschrieben.»

«Warum hast du gelogen?»

«Damit du mich liebst.»

«Wenn ich bedenke, wie konsequent du die Vorsichtige gespielt hast, bleibt mir der Verstand stehen. Ich durfte dich nicht begleiten, man hätte dich sehen können. Und das ganze Theater mit der Fünf-Diamanten-Straße. Entsetzlich. Ich habe keinen Augenblick an dir gezweifelt. Es ist geradezu erschreckend, wie du lügen kannst.»

Sie schließt die Augen und sagt kein Wort.

«Wenn du keine Eltern und auch sonst keinen Menschen hast, wo bist du gewesen, wenn wir nicht beisammen waren? All die Abende, an denen ihr angeblich Gäste gehabt habt?»

Sie schweigt und gibt keine Antwort.

«So sprich doch! Wo warst du an diesen Abenden?»
Stille.
«Anne-Claire, sei aufrichtig! Schon in der Bibel steht...»
«Komm mir jetzt nicht mit der Bibel, ich bin gar nicht in der Stimmung dafür.»
«Du unterstehst dich, in diesem Ton über Gott zu sprechen?»
«Er hat mich so geschaffen.»
«Ich will die Wahrheit wissen. Wo warst du an allen Abenden, an denen du erzählt hast, du müßtest mit deinen Eltern sein?»
Keine Antwort.
«Du lügst immer. Descartes sagt: Cogito, ergo sum. Du könntest sagen: Ich lüge, also bin ich.»
«Descartes hat kein solches Leben geführt wie ich.»
«Rede jetzt nicht von Descartes, antworte auf meine Frage.»
«Nein.»
«Nein?»
«Nein.»
«Guten Abend, meine Liebe.»
«Was ist denn los?»
«Ich grüße dich höflich, weil du gehen wirst. Verstanden? Zwischen uns ist alles aus.»
«Mein Gott... Mein Gott...» sagt sie, «wir haben uns doch gerade versöhnt.»
Sie nimmt ihren Mantel. Ich könnte sie ermorden.
«Bonsoir!»
Sie schließt still die Tür hinter sich.
Du hartnäckige Kanaille. Morgen kaufe ich mir einen Revolver. «Ein junger Ungar erschoß seine französische Geliebte im Hotel Riviera in der Sankt-Jakobs-Straße.» — In den Zeitungen werde ich wenigstens nicht als Trottel dastehen.
Eine Minute später klopft es.
«Entrez!»
Anne-Claire.
«War das dein letztes Wort?»
«Guten Abend.»
«O mein Gott, mein Gott, oh, ce n'est pas rigolo du tout. Das ist aber gar nicht amüsant.»
Sie wartet eine Zeitlang, endlich sagt sie ganz leise:
«Ich will dir's sagen.»
«Also los!»
«Ich habe gewaschen.»
«Was?»
«Meine Wäsche; und ich habe gekocht und genäht und geplättet und für den nächsten Tag das Essen vorbereitet. Ich verdiene nur zwei Franken die Stunde, und davon kann man kaum leben. Nur furchtbar schwer. Du bist ein gemeines Schwein. Wozu mußtest du das wissen?»
Sie schaut mich jetzt an, als hasse sie mich.
«Mich soll keiner bedauern. Auch du nicht.»

Es klopft.

Herr Stefan Cinege erscheint, der István.

«Grüaß Gott. I hab an Brief für den gnä' Herrn.»

Den müßte man auch einmal endgültig hinausfeuern.

Den Brief schreibt schon wieder mein Freund. Er ist nach Paris zurückgekehrt (der hat ja gar kein Sitzfleisch; nirgends hält er's aus), Stefan Cinege hat ihn aufgesucht und wollte die Nacht über bei ihm bleiben. (Der Bauer glaubt, wir sind hier auf dem Land.) Es tut ihm sehr leid, er kann ihm kein Quartier geben, nicht einmal für eine Nacht, denn er lebt mit einer Frau zusammen und es geht durchaus nicht. Ich dagegen bin allein und kann's ohne weiteres tun. Der Bauer schläft auf dem Fußboden, ja im Stehen, an die Wand gelehnt. Beim Militär konnte er sogar während des Marschierens schlafen — so wenig verwöhnt ist er.

Ich habe den Brief schon gelesen und starre noch immer die Zeilen an. Was soll ich tun? Ich weiß es nicht. Ganz vorsichtig blicke ich zu Stefan Cinege hinüber; er steht mit gesenktem Kopf vor mir und hält den Hut in beiden abgearbeiteten, verbeulten Händen. Er sagt keine Silbe, er wartet. Es hängt von mir ab, ob er die ganze Nacht spazierengehen muß.

«Anne-Claire, verzeih, aber ich kann heute nicht mit dir bleiben.»

«Ich wollte dir eben sagen, ich muß jetzt nach Hause. Bonsoir», sagt sie zu Stefan Cinege gewandt.

«Küß' die Handl» Stefan Cinege springt beiseite, um ihr Platz zu machen, er schlägt die Hacken zusammen.

Anne-Claire huscht wie eine Prinzessin an ihm vorbei und rafft den Mantel über ihrem schlanken Körper zusammen. Lieblicher Parfümduft schwimmt in der Luft. Stefan Cinege schnuppert respektvoll.

Ich begleite Anne-Claire bis zur Türe. Sie flüstert mir rasch zu:

«Erwarte mich morgen vor dem Büro.»

Im finstern Stiegenhaus küsse ich sie verstohlen und gehe zu Stefan Cinege zurück.

«Mein Freund schreibt mir, daß Sie kein Quartier haben.»

«Naa. Meld' gehorsamst.»

«Sie konnten also das Hotel nicht bezahlen?»

«Dös hab i ni a net taan, bitt' schön.»

«Dann ist's ja kein Wunder, wenn man Sie vor die Tür gesetzt hat.»

«Verzeih'n schon der gnä' Herr, daß i mit mei' Red' zuvorkumm', aber wer hätt' denn mir dö Schand' antun soll'n?»

«Na, das Hotel natürlich, wo Sie nicht bezahlt haben.»

«Was für a Hotel, wann i frag'n derf, bitt' schön?»

«Wo Sie gewohnt haben!»

«I hab' ja nirgends nit g'wohnt.»

«Seit wann haben Sie denn kein Quartier?»

«I hab' no nia kan's g'habt.»

«Wo haben Sie denn geschlafen, seit Sie in Paris sind?»

«I hab net vüll g'schlaf'n, bitt' schön. I bin halt so umanand spaziert auf Herrenweis'.»

«Du lieber Gott! Seit wann denn?»

«Ja, also, seit aner Woch'n, bitt' schön.»
«Toll.»
Wirklich, wenn man ihn genau ansieht, er steckt in keiner guten Haut. Sein Gesicht ist mager und eingefallen.
«Haben Sie kein Geld?»
«Dös scho', aber wann i mei' Göld verschlaf', dann waaß i net, was i tu, wann ich wach bin.»
«Weshalb sind Sie eigentlich nach Paris gekommen, Cinege?»
«Ja, also, bitt' schön, dös war aso...»
«Setzen Sie sich nur, stehen Sie nicht herum.»
«Dös halt'n mei' Füaß no aus, gnä' Herr, i waaß, wos si g'hört.»
«Setzen Sie sich nur!»
Im Hotel Riviera kann von einem ‹G'hörtsich› doch gar keine Rede sein. Daß dem Bauern das noch nicht aufgefallen ist, wundert mich. Ja richtig, der pflegt ja sonst im Stall zu schlafen.
Er setzt sich ungeschickt auf den Rand eines Sessels. Mit den Händen weiß er nichts anzufangen. Ich habe die Empfindung, daß er sich jetzt noch weit unbequemer fühlt, als vorhin stehend.
Dann erzählt er weitschweifig, daß er vor ein paar Jahren beim Vater meines Freundes Paradekutscher war. Vor kurzem hörte er, daß der junge Herr in Paris lebt, und hat sich «halt aus'denkt», herzufahren — vielleicht würde der für ihn hier «a Verwendung» finden.
«Als was wollten Sie denn hier unterkommen?»
«I bin ja Paradekutscher, gnä' Herr.»
Eine nette Parade...
«Mein Freund fährt mit dem Auto, wenn er's eilig hat.»
«Dös is aber gar net recht, mein i, gnä' Herr. Was a echter Ungar is, der soll halt mit'n Wagen fahr'n, wo Pferd davor san.»
«Ich fürchte, daß man hier keinen Kutscher brauchen kann, guter Stefan Cinege.»
«Ja also, dös is aso, bitt' schön; i seh' ja selbst, daß i an Unsinn g'macht hab. Dö Leut hier wiss'n gar net, was guat is. Hol der Teufel die ganze Modernerie.»
«Was wollen Sie denn jetzt anfangen? Spucken Sie nur ganz ruhig aus, mich stört's nicht.»
«I mach a Rückwärtskonzentrierung nach Zala-Apáti.»
«Wann wollen Sie fahren?»
«I wüll scho liaba ganz kommod' zu Fuaß haamgehn, meld' g'horsamst. Wann's mir nur sag'n tät'n, gnä' Herr, wohin i gehn soll, i kenn die Richtung net.»
Bei dem Gedanken schon wird mir schlecht.
Ich kann dem doch nicht nur so aufs Geratewohl eine Richtung angeben — der geht ja schnurstracks los und rennt bis Spanien.
«Das ist nicht so einfach. Die Straßen hier sind alle so gewunden, Sie würden sich bestimmt verirren. Sie müssen auf die ungarische Gesandtschaft gehen, dort wird man Ihnen schon erklären, wie Sie nach Zala-Apáti kommen. Dazu haben wir ja eine Gesandtschaft. Jetzt wollen Sie gewiß schlafen; Sie müssen ja müde sein.»

139

«Dös scho', i leb' ja wiar a Nachteul'n, scheen is dös aa net.»

«Morgen schreibe ich Ihnen die Adresse der Gesandtschaft auf und erkläre Ihnen, wie Sie hinkommen.»

Fast hätt' ich gesagt: wiar' S' hinkumma. Nicht aus Ironie, sondern wie die Herrscher, die aus Achtung die Uniform des anderen anlegen. Er wirkt so heftig auf mich, daß ich ebenfalls jeden zweiten Satz mit: «ja, also...» beginne.

«Ich weiß nur nicht, wohin ich Sie betten soll.»

«Ich schlaf schon vor dera Tür, auf da Erd', gnä' Herr.»

«Das geht ja nicht, wo denken Sie hin?»

Stefan Cinege verbrachte die ganze Nacht auf dem Fußboden schlafend, sein Bündel unter'm Kopf, und schnarchte, daß die Wände wakkelten.

Morgens verabschiedete er sich. Ich habe ihn nie wiedergesehen.

34

Kaum hatte ich meine kleine Kakaoportion getrunken und meinen Normandie-Käse (O ihr Normannen!) gegessen, ging plötzlich das Gewitter los. Schon vormittags war das Wetter sehr trübe gewesen.

Der erste Donnerschlag ließ das alte Hotel in den Grundmauern erzittern, dann folgte ein Wolkenbruch. Ein Regenschauer nach dem anderen jagte über die Dächer. Überall wurden eilig die Fenster geschlossen. Ein Blitz folgte dem anderen. Ein mächtiges Gewitter, Vorbote des Frühlings! Das Wetter ist so seltsam hierzulande. Man sagt, es ist seit dem Krieg so verändert. Die vielen Kanonenschüsse haben die Atmosphäre in Unordnung gebracht.

Der Himmel verfinstert sich gespenstisch. Man sieht kaum. Der Fliegenäugige denkt nicht daran, das Licht einzuschalten, es ist ja erst halb drei. Um diese Zeit kommen die Hotelbewohner noch nicht nach Hause.

Jetzt spaltet ein mächtiger Blitz den Himmel, dann folgt ein furchtbarer, scharfer Krach, der Donner rollt mit überirdischem Getöse. Du lieber Gott, gibt's einen Blitzableiter auf diesem Hotel? Die Sache ist mir höchst unsympathisch. Der Blitz muß irgendwo ganz in der Nähe eingeschlagen haben. Es regnet unaufhörlich in Strömen. Das Gewitter ist so gigantisch, daß ich mir wie eine Maus in der Falle vorkomme. Ein Blitz jagt den anderen. Es schlägt bald näher, bald weiter von uns ein.

Um vier Uhr gießt es noch immer wie aus Eimern. Wenn die Kanäle sich mit Regenwasser füllen, kommen die Ratten hervor und rennen in hellen Scharen in die Häuser. In den Vorstädten ist sowas schon vorgekommen. Gegen eine Horde wildgewordener Ratten kann man sich wirklich nicht wehren. Die wahnsinnigen Tiere beißen sich in rasender Geschwindigkeit durch die dicksten Türen, fallen die Menschen an und zernagen sie.

Man sieht in meinem Zimmer kaum, so finster ist es.

Ich stehe am Fenster und sehe dem Gewitter zu. Ein wüster Sturm setzt ein, die schwarzen Bäume auf unserem Hof knarren und ächzen.

Mein Bett kracht so sonderbar. Ich drehe mich um und bleibe wie angewurzelt stehen.

Knapp vor meinem Nachttisch, neben der Türe, duckt sich eine ausgewachsene Ratte und beobachtet mich mit stechenden Augen.

Entsetzlich. Alle guten Geister loben den Herrn!

Ich versetze dem Tisch einen Stoß, damit sie erschrickt und ich hinauslaufen kann.

Sie rührt sich nicht. Kalter Schweiß bricht mir aus allen Poren.

Ich strecke langsam und vorsichtig meine Hand aus — der Aufsatz des Waschtisches ist locker, ich packe ihn.

Man darf den Schlag nicht verfehlen, das ist keine gewöhnliche Ratte, sie rührt sich noch immer nicht; sprungbereit beobachtet sie meine leisesten Bewegungen. Ich warte ebenfalls.

Es sind verzweifelte, grauenvolle Momente.

Plötzlich flammt ein blauer Blitz und beleuchtet das Zimmer.

Die Ratte vor meinem Bett verwandelt sich in einer Tausendstelsekunde in einen meiner Schuhe.

«O weh!»

Ich stürze mit wankenden Knien rasch aus dem Zimmer.

«O Monsieur», ertönt plötzlich eine Frauenstimme. Jemand wendet sich vom Treppengeländer mir zu. «Dieses Gewitter! Haben Sie auch Angst?»

«Keine Spur.»

Sie ist jung. Ihr Gesicht sieht man im Dunkeln nicht genau.

«Ich fürchte mich so schrecklich und hab's im Zimmer allein nicht mehr ausgehalten. Es ist fast kein Mensch im Hotel. Furchtbar. Oh! ... Ein, zwei, drei, vier ... Es hat vier Kilometer weit eingeschlagen. Gestatten Sie, daß ich zu Ihnen komme, bis das Gewitter vorbei ist.»

«Bitte sehr.»

Sie kommt zu mir und klammert sich bei jedem Blitz verzweifelt an mich.

«Du lieber Gott, du lieber Gott. Wenn das nicht das Ende der Welt ist! Glauben Sie, daß das jemals aufhört?»

Ihr Gesicht ist nichtssagend, das Haar schwarz, ihre Augen glänzen erschrocken. Sie hat überraschend große Ohren. Als sie sich an mich schmiegt, berühre ich zufällig einen kleinen Busenhügel.

«O mein Herr, nehmen Sie mich in Ihren Arm, wenn es blitzt, sonst falle ich in Ohnmacht.»

Wir umarmen uns also jetzt bei jedem Blitz wie die Wilden. Ich küsse ihre Wange, sie sträubt sich nicht dagegen. Ich erreiche ihren Mund, sie wimmert ein bißchen, gibt ihn mir aber und küßt mich auch.

Genau so plötzlich, wie es kam, ist das Unwetter vorbei. Der Himmel hellt sich auf, der Donner grollt nur mehr ganz dumpf und von weitem. Auch der Regen hört auf.

Die Frau mit den großen Ohren kommt plötzlich zu sich. Sie blinzelt schnell mit einem ganz fremden Ausdruck, preßt die Lippen zusammen und versetzt mir einen Schlag ins Gesicht.

«Frecher Kerl!»

Sie stürzt aus dem Zimmer und schlägt hinter sich die Tür mit einem Knall zu, daß die herunterhängenden Tapetenfetzen an der Wand leicht erbeben.

Ich starre ihr entgeistert nach.

Trotzdem kann ich diese Frau begreifen. Diese Ohrfeige hat gar nicht mir, sondern ihr selbst gegolten. Aber so war's ihr leichter und verständlicher.

Schon viertel sechs? Ich komme noch rechtzeitig, um Anne-Claire abzuholen, wenn ich mich jetzt gleich auf den Weg mache.

In der Sankt-Jakobs-Straße fließt das Regenwasser wie ein Gebirgsbach und rinnt glucksend in die Kanäle. Von den Dächern fallen mir dicke Tropfen in den Hals. Die Häuser sehen aus wie nasse Spatzen. Ein Hausmeister steht im Tor und ruft einem dicken Mann mit merkwürdigem Schädel, der vor seinem Laden Luft schöpft und mit seinem gichtischen Zeigefinger die Asche von seiner Zigarette streift, lebhaft zu:

«On a reçu que'quechose, hein? Wir haben was abgekriegt, nicht wahr?»

«En effet! — Allerdings.»

Auf dem schimmernden Asphalt spiegeln sich die Lichter der Bogenlampen. Die Antiquitätenhändler am Seineufer verkaufen Stiche vom alten Paris, wo Damen mit weiten Reifröcken, Wespentaillen, Mühlradhüten und Stupsnäschen ihre Schleppen graziös hochhalten und von Herren mit Kaiser-Wilhelm-Schnurrbärten und Zylindern verfolgt werden: «Bon sang. Donnerwetter.»

Kaum kommt Anne-Claire aus dem Büro, da beginnt es wieder zu regnen. Die Leute laufen wie vergiftete Mäuse umher.

Bevor wir in ein Haustor flüchten können, sind wir beide durchnäßt. Es stehen schon viele da, Männer und Frauen. Der Geruch feuchter Stoffe vermischt sich mit dem besonderen, eigenartigen Geruch, der aus dem dunklen Hof strömt. Ein großes Textilmagazin ist hier, die riechen immer so merkwürdig und undefinierbar.

«Dupont et Rivoire. Maison de Gros.»

Man zieht gerade die Rolläden herunter. Ein behäbiger Mann läßt das Regenwasser seelenruhig von seinem Hut auf den dichten Schnurrbart tropfen. Sogar auf der Schnurrbartspitze sitzt ein Tropfen.

«Saleté de saleté! Ist das ein Sauwetter!»

Aus der Tiefe des Hofes stürzen die Angestellten hervor, als ob sie vor einer großen Gefahr fliehen. So aufrichtig und geschwind, ich möchte sagen, mit so viel Lebenskunst können nur die Pariser nach Feierabend fortlaufen. In Budapest beobachtet man nicht einmal bei einer Feuersbrunst dieses fieberhafte Bedürfnis, davonzukommen.

«Tiens, il pleut! Schau, es regnet!»

Anne-Claire hängt sich an meinen Arm:

«Mon petit, hier können wir nicht bleiben, wir erkälten uns. Laufen wir zur Métro.»

«Ein gräßliches Wetter.»

Jemand ruft uns nach:

«Gebt acht, Kinder, ihr werdet ja ganz naß!»

Eine traurige alte Frau fügt wehmütig hinzu:
«Was brauchen die einen Schirm!»
Als wir bei der Station sind, regnet es noch heftiger. Wir sind pudelnaß. Anne-Claire ist ganz atemlos:
«Mon petit... weißt du was... du kommst zu mir herauf... ich habe einen Gasradiator... wir machen's uns gemütlich...»
«Zu dir?»
Ich traue meinen Ohren nicht.
«Ja», flüstert sie, «aber erst gehe ich hinauf, du wartest zehn Minuten und kommst mir dann nach... damit man nicht merkt, daß wir zusammengehören. Bei uns dürfen keine Besuche empfangen werden. Das ist nicht so wie bei dir. Der Wirt hat neun Kinder und beichtet jede Woche.»
Bei der Wiesenmühlengasse drückt sie meine Hand:
«Vergiß nicht, zweite Etage, Zimmer neun. Jetzt kommen viele nach Hause, es wird nicht weiter auffallen. A tout-à-l'heure!»
Sofort. Sogleich. Mit einem Wort, auf Wiedersehen.
«Ja. A tout-à-l'heure!»
Mit diesem schönen, melodiösen, einfachen Satz läßt sie mich stehen: à tout-à-l'heure!... Ich fühle, was das bedeutet.
Nach dem qualvollen Warten langer Monate nur so ganz einfach: à tout-à-l'heure!
Sie eilt voraus. Der eingeregnete Mantel legt sich fest um ihre schlanke Gestalt. Wie schön dieses Mädel gewachsen ist, wie reizend sie einen Fuß vor den andern setzt.
(Ich werde sie ja doch nicht besitzen. Nach einer so langen Wartezeit geht das nicht so einfach. Ich werde mich schämen. Damals, sofort, wär's selbstverständlich gewesen, aber so...)
Einer dreht sich nach ihr um und sieht ihr lange nach. Aufgepaßt! Sie gefällt auch anderen, nicht nur mir. Ich bringe den Kerl um, wenn er es wagt, sie anzusprechen. Er traut sich aber nicht, macht nur große Augen.
Nach zehn Minuten folge ich ihr. Mein Herz schlägt wie verrückt. Der Fliegenäugige hält im Hotel Riviera vor dem Büro jeden Fremden an und erkundigt sich, wohin er geht, wiewohl Damenbesuche gestattet sind.
Wenn man mich fragt, zu wem ich gehe, was soll ich antworten? Ich kann doch unmöglich sagen: je monte chez Mademoiselle Anne-Claire Jouvain. Ich gehe zu Fräulein Jouvain. — Süßes kleines Fräulein. Ich werde den Leuten einen unmöglichen Namen nennen.
«Bitte, wohnt hier Fräulein Robespierre? Nein? Pardon, ich habe mich geirrt.»
Ich schlüpfe rasch durch den Hoteleingang.
Die Treppe liegt gleich neben dem Büro. Ich sehe nicht rechts und nicht links und gehe hinauf. Bestimmt werde ich beobachtet.
Ich bleibe stehen.
Sogar meine Schuhsohlen mustere ich aufmerksam. Nur ganz unbefangen, mein Lieber! Wenn einer zu einer Frau geht, rennt er aufgeregt die Stiege hinauf, aber so ist die Sache ganz unverdächtig.

Keiner hält mich auf, ich sehe keinen Menschen. Ein sauberes, nettes kleines Hotel. Also heute ... Aber nur, wenn sie es wirklich will. Sonst könnte sie mich mißverstehen.

Im zweiten Stock suche ich das Zimmer Nummer neun. Wenn ich mich nur nicht verirre. Die Nummerntafeln sind nicht zu entziffern. Wo ist hier Nummer neun?

Eine der Türen ist nur angelehnt. Als ich vorbeikomme, steckt Anne-Claire plötzlich den Kopf heraus:

«Komm schnell.»

Sie schließt rasch hinter mir zu und horcht mit angehaltenem Atem, die Hand ans Herz gedrückt.

«Hat dich niemand gesehen?»

«Nein.»

Sie hat ein buntes, großblumiges Hauskleid an. Ich habe sie noch niemals so gesehen.

«Ich habe mich schon umgezogen.»

Das Zimmer ist ganz klein, aber sehr hübsch und rein. Überall liegen Deckchen und Spitzen. Ein Ewiges Licht brennt vor einem Marienbild. An den Wänden hängen Photos von Gebirgslandschaften. Ein Öldruck mit drei kleinen Katzen. Das Bücherbord ist voll mit Büchern.

«Zieh sofort deinen feuchten Rock aus, Monpti.»

Ein kleiner Gasradiator spuckt Wärme.

Es gibt auch eine winzige Küche mit allem, was dazugehört, und einem Gaskocher. Alles blitzt vor Sauberkeit.

«Wir wollen nicht laut reden. Hier ist ein Bademantel, zieh ihn an und setz dich zum Feuer. Du brauchst dich nicht zu genieren, ich gehe indessen in die Küche und mache Tee.»

Nach ein paar Minuten klopft sie aus der Küche:

«Darf ich?»

Sie bringt geblümte Tassen und kleine Löffel, deckt den Tisch mit einem schneeweißen Tischtuch. Auf einem Tablett ist Teegebäck, Zitrone, Butter, eine kleine Flasche Rum.

Einen Augenblick erinnere ich mich voll Schreck, wie wir im Hotel Riviera unsern Tee trinken.

Sie rückt den Tisch zurecht, der Ärmel ihres Schlafrocks rutscht hoch, und ihr nackter Arm leuchtet im Raum.

Mädchenduft beherrscht die laue Atmosphäre.

«Willst du starken Tee oder schwachen?»

Wohltuende Familienstimmung umarmt mich — als wäre Anne-Claire meine Frau: eine hübsche, schlanke kleine Frau, das Haar blond, gelockt, der Mund rot, kußbereit; eine kleine Frau in den ersten Tagen der Flitterwochen, in welchem die Frauen nur selten von fremden Küssen träumen, — plötzlich in Gedanken versunken. «Woran denkst du, Germaine?» — «Ach, an nichts. An dich.»

«Du hast ein reizendes Zimmerchen, Anne-Claire.»

«Ich räume es selbst auf. Hier hast du eine Aschenschale. Willst du noch eine Tasse Tee?»

«Danke, nein.»

«Nimm dir eine Zigarette.»

«Du rauchst?»

«Ich habe sie für dich gekauft. Ich wußte schon gestern, daß du heute kommen würdest.» Sie lacht.

«Kurzum, der Regen...»

«Gott selbst hat es gewollt...»

«Ja...»

«Setzen wir uns aufs Bett, dort können wir bequemer plaudern. Warte, erst nehme ich die Spitzendecke herunter.»

Sie legt die Decke hübsch ordentlich zusammen und hängt sie über einen Stuhl. Der Schlafrock legt sich ganz eng an, während sie so geschäftig ist.

Heute geschieht etwas zwischen uns, das weiß sie auch. Sie ist erschreckend ruhig, nur manchmal versagt ihr die Stimme.

Meine Hand zittert, ich zünde die Zigarette am Mundstückende an.

«Soll ich auch eine Zigarette rauchen?»

«Warum fragst du?»

Sie stellt sich vor den Spiegelschrank und richtet sich mit einer fraulichen Bewegung das Haar.

«Trinken wir ein bißchen Likör, Monpti.»

Sie schenkt aus einem geschliffenen Fläschchen zwei kleine Gläser voll. Auf diesen Tag hat sie sich aber gründlich vorbereitet.

«Willst du noch?» Sie legt ihre beiden Arme auf meine Schulter.

«Nein, ich habe genug.»

«Genug?» sagt sie ganz erstaunt. «Ich meinte, ob du mich noch haben willst?»

«O mein Gott...»

Die Luft ist schwül, ihr Atem heiß. Sie schmiegt sich ganz fest an mich und flüstert mir ins Ohr:

«Du... sag... was soll ich tun?»

Sie entwindet sich meinen Armen und steht vor mir wie eine todbereite Märtyrerin, mit glühenden Wangen, großen, brennenden Augen. Ihr blondes Haar ist zerzaust, eine Strähne ragt hoch in die Luft.

«Sag, Anne-Claire, bist du wirklich noch eine Jungfrau?»

Sie ist ganz ruhig, nur die Mundwinkel zittern. (Der Wirt hat neun Kinder und geht jede Woche zur Beichte.)

«Warum fragst du so dumm? Tue ich dir vielleicht leid? Ich heirate ja doch nie. Es ist ganz egal, was daraus wird. Wenn man jemand wirklich liebt, kann es keine Sünde sein.»

«Liebst du mich sehr?»

«Ja.»

«Ich bin nicht reich, ich bin kein Franzose, nur ein Fremder...»

«Und doch...»

«Hast du keinen andern geküßt, seit wir uns kennen?»

«Keinen.»

«Schwöre.»

«Ich schwöre.»

«Ich hätte es nicht ertragen können. Und wobei schwörst du?»

«Bei allem. Bei deinem Leben. Das gilt mir mehr als mein eigenes.

Trinken wir noch einen Likör. Es ist besser, wenn man dabei ein bißchen berauscht ist.»

«Du bist so süß.»

«Wirklich?»

«Sag, woher hast du so viel Geld?»

Sie lacht.

«Ich hab doch keins. In der letzten Woche von jedem Monat halte ich Entfettungskur. Warum interessiert dich das auf einmal?»

«Du stürzt dich in solche Ausgaben!»

«Kümmere dich nicht darum. Ich will dir etwas zeigen. Photographien aus meiner Kindheit. Interessiert dich das?»

«Zeig's.»

Sie geht zum Toilettentisch, räumt den Spiegel und allerlei Schachteln fort. Dann nimmt sie auch die Spitzendecke herunter, die bis zum Boden reicht, und aus dem Toilettentisch wird auf einmal ein großer Koffer. Er war so geschickt kaschiert, daß man ihm seine eigentliche Bestimmung nicht ansehen konnte.

Sie öffnet den Koffer. Es liegt eine Menge Wäsche darin, sorglich zusammengebunden und geschichtet.

«Das habe ich von meinen Eltern geerbt, und das Haus, das wir verkauft haben, als sie gestorben sind.»

«Was hast du mit dem Geld gemacht?»

«Nichts, ich hab's Yvonne gegeben.»

«Wer ist das?»

«Meine Schwester. Na, hier haben wir die Photos.»

Sie holt eine flache Schachtel hervor, legt aber erst alles auf seinen Platz zurück und macht aus dem Koffer wieder einen Toilettentisch. Dann kauert sie sich mit der Schachtel aufs Bett und reicht mir ein Bild nach dem andern.

«Ich bin die Kleinere.»

Ja, ich erkenne sie gleich. Der Mund, die Augen waren schon damals so wie jetzt. Ein liebes, dickes kleines Mädel. Die Beine hält sie spitzbübisch gespreizt, eine Hand liegt auf der Hüfte, den Kopf hält sie schief.

«Das war das Haus meiner Eltern in der Provinz. Da ist der große Garten. Hier lag der Heuboden, wo ich immer Hühnereier stahl und sie roh trank... Das war mein Papa, das ist die Mama...»

Verblichene Photos; fremde Menschen in steifen Posen; man sieht ihnen gleich an, daß sie gestorben sind.

«Woran sind deine Eltern gestorben? Lüge nicht!»

«Ich schwöre!» ruft sie laut, hält aber sofort erschrocken die Hand vor den Mund. «Meine Eltern haben in Vizile gelebt, in der Dauphiné. In diesem Departement wird ein ganz eigener Dialekt gesprochen, den nur die Einheimischen verstehen. Man nennt das Patois.»

«Kannst du Patois?»

«Ja, ein wenig.»

«Also sag mir etwas...»

«Doul me u ba.»

«Was bedeutet das?»

«Gib mir einen Kuß. Na, worauf wartest du, mein Kleiner?... Wir hatten ein schönes, großes Haus mit einem großen Garten. Wir waren drei Geschwister. Ich war die Jüngste. Wir hatten zwei Pferde, zwei Kühe, Schweine, eine Menge Hühner und Gänse...»

Sie macht ein verträumtes Gesicht.

«Ah, c'était bon... es war schön, jung zu sein... ein Kind, das keine Sorgen hat... Mama konnte herrliche Kuchen backen, mit viel Rosinen. Wenn man nur wollte, gab's Kaffee. Schade, daß du sie nicht kennenlernen konntest, ich hatte eine so gute Mama. Kein Mensch hat eine so gute Mama.»

Sie schweigt lange.

«Erzähle weiter.»

«Also da war ein großer Wald und bei dem Wald eine große prachtvolle Wiese. Janot trieb dorthin die Kühe auf die Weide.»

«Wer war Janot?»

«Ein kleines Bauernmädel. Wir hatten zwei schöne, braungefleckte Kühe: Rossignol und Charmante. Kennst du das Lied:

> J'ai deux grands boeufs, dans mon étable
> Deux grands boeufs, marqués de roux.
> La charrue est en bois d'érable.
> L'aiguillon en branche de houx...»

Sie summt mit gedämpfter Stimme.

«Ich kenne es nicht.»

«Schade.»

Es ist genau so, als ob ich ihr ein ungarisches Lied vorsinge. Unsere Erinnerungen haben keine gemeinsame Basis.

«Ich habe noch immer mein kleines getupftes Kleid, das ich damals getragen habe. Ich hab's mir zum Andenken aufgehoben.»

«Zeig's doch.»

Sie räumt den Toilettentisch wieder ab und holt ein verschossenes Kleidchen aus dem Koffer.

«Da ist es.»

«Wie alt warst du damals?»

«Zehn Jahre.»

Andächtig preßt sie das verschossene Kinderkleid an sich.

«Ich habe meine Kindheit so gern. Sag, ist das nicht sonderbar, wir sind so weit voneinander auf die Welt gekommen — in zwei fremden Ländern — und haben uns doch getroffen.»

Sie legt das getupfte Kleidchen auf die Knie und sieht es lange an.

«Sag, hältst du mich für schön?» fragt sie plötzlich.

«Du bist sehr schön.»

«Also dann will ich weitererzählen. Mit zehn Jahren kam ich nach Lyon in ein Pensionat, aber vorher ist Joseph gestorben.»

«Wer war das?»

«Mein kleiner Bruder. Eines Abends, es war im Herbst, hat er sich in den Bergen erkältet. Es hagelte schrecklich, er lief nach Hause, stolperte aber über einen Stein und fiel. Dabei verstauchte er seinen

Fuß; man fand ihn erst spät abends, als er schon halb erfroren war. Zwei Tage später ist er gestorben. Der arme Joseph.»

«Und wann ist deine Mutter gestorben?»

«Ich war damals fünfzehn Jahre alt. Man holte mich aus dem Pensionat zum Begräbnis. Mama hatte immer schon ein Herzleiden. Ich seh sie noch vor dem Kamin sitzen, sie schaute immer in den Garten und blätterte in einem großen Gebetbuch. Manchmal drückte sie die Hand aufs Herz. Es war im Winter. Die Raben rauften sich im Garten, der Schnee knirschte unter den Schritten. Ich habe meine Mama erst im Sarg wiedergesehen. Ihr Gesicht war so fremd und mager. Papa sagte zu keinem ein Wort, er ging den ganzen Tag stumm auf und ab und machte die Türen leise hinter sich zu. Man konnte gar nicht merken, wann er aus dem Zimmer ging und wann er zurückkam. Auch nach dem Begräbnis war Papa so merkwürdig; als er mich zur Bahn brachte, verabschiedete er sich von mir wie von einer Fremden ... Erst als sich der Zug in Bewegung setzte, erwachte er aus seiner Benommenheit und rief mir nach: Leb wohl, mein kleines Mädel, leb wohl ... Auch ihn habe ich erst im Sarg wiedergesehen. Er starb ganz plötzlich an Gehirnblutung ... und nach dem Begräbnis ...»

Sie spricht weiter, mit belegter, leiser Stimme. Langsam wird ein Bild vor mir lebendig.

Die beiden Mädchen gehen nach dem Begräbnis durchs Elternhaus, um sich von den Möbeln, den Bildern und allen Sachen zu verabschieden, diesen Zeugen der glücklichen Jahre.

«Schau, Papas Spazierstock hat einen Sprung ... siehst du? Ich möchte ihn mitnehmen.»

«Ich will seine Brille behalten.»

Sie weinen ganz still, einander umarmend. Die alten Möbel schweigen düster, als wären sie beleidigt.

Der Herbstwind kommt kalt von den Bergen, bläst durch die Fensterritzen. Irgendwo ist ein Fenster offengeblieben und knarrt im Wind.

Die beiden Mädchen suchen sich gleich, wenn sie sich für einen Augenblick verlassen haben, und können sich nicht voneinander losreißen.

«Hallo, Anne-Claire, komm herein, sonst erkältest du dich!»

«Wie kalt der Wind bläst und der arme Papa draußen im Friedhof ...»

Zwei Tage später wird das Haus geschlossen. Ein Verwandter erscheint: ein dünner Mann mit einer unmöglichen Stimme. Er spricht sehr viel und schnell. Mit seinen kalten Händen greift er nach den Händen der Mädchen. Er will alles erledigen.

Sie gehen auf die Station. Unterwegs sprechen sie kein Wort. Einmal wendet sich die eine, einmal die andere ab; sie wollen einander nicht zeigen, daß sie weinen.

«Warte, ich bin so müde geworden.»

Beide schauen nach der Dachspitze, die man noch immer sieht. Der Wind begleitet sie noch ein Stück Wegs, dann ist alles Vergangenheit geworden.

Der Zug fährt ein.
Vor dem Wächterhaus picken Hühner wichtigtuerisch ihre Körner auf. Der Bahnwärter ißt einen Apfel, er beißt unwahrscheinlich große Stücke ab, und glotzt dabei so komisch...
«O Monpti...»
Die schönen Augen schwimmen in Tränen.
«Was hast du dann gemacht?»
«Ich konnte nicht mehr ins Pensionat zurück. Wir kamen nach Paris und lebten hier zusammen. Dann heiratete Yvonne und zog nach Lyon. Ich hätte mit ihr gehen sollen, aber da habe ich dich kennengelernt...»
Eine traurige Stimmung macht sich zwischen uns breit. Als säßen die Schatten der Toten bei uns und beobachteten uns.
Ihr blonder Kopf ruht auf meiner Schulter, eine Träne fällt mir auf die Hand.
«Anne-Claire, Dummchen, Süßes, einmal stirbt jeder. Ich auch, du auch. Wir können nicht alle auf einmal sterben. Der eine geht früher als der andere. Aber bis dahin müssen wir leben. Jeder bekommt seine Wiege und seinen Sarg zugeteilt. Die Tränen helfen nicht den Toten und uns auch nicht. Denke an die Bibel. Jesus fordert einen seiner Jünger auf, ihm zu folgen.
‹Ich will dir folgen, Herr, erlaube aber, daß ich vorher gehe und meinen Vater begrabe.›
Jesus aber sprach zu ihm:
‹Folge mir und laß die Toten ihre Toten begraben.›
Die Leiche ist ein abgelegtes Kleid. Wer nur bis zum Grab sieht, ist schon bei Lebzeiten tot. Wer weint, zweifelt an dem Herrn.»
«Ich weine nicht mehr.»
Sie kuschelt sich an mich und reicht mir ihren warmen, duftenden Mund.
«Man muß fröhlich sein, sich des Lebens freuen. Wir müssen uns lieben und dürfen uns keinen Kummer bereiten...»
Ihre lockigen blonden Haare kitzeln meine Wange. Durch den dünnen Schlafrock spüre ich die Wärme ihres Körpers, höre ihren Herzschlag. Jetzt wird sie sich mir hingeben — aber jemand hält meine Hand zurück. Meine Worte fallen auf mich zurück.
... uns keinen Kummer bereiten...
Es gibt eine Liebe, die Sünde ist.
Wie wär's, wenn ich sie heiraten würde?
Kann man zwei verschiedene Welten mit dem schwachen Faden der Liebe verbinden? Kann ich eine Französin heiraten, die in einer ganz anderen Welt lebt? Sie hat nichts mit dem ungarischen Leben gemeinsam. Wenn sich ihre Liebe auch über jedes Nationalgefühl hinwegsetzt — die Erinnerungen, die durch die Sprache in ihr leben, kann man nicht wegwischen, und diese Erinnerungen werden immer stärker werden, je weiter sie von der Heimat fortkommt.
Wird Anne-Claire jemals begreifen, was eine Tulpe, ein Topf Geranien für mich bedeuten? Die Pußta... der Gevatter... der Spezi... der Glockenklang aus der Dorfkirche. Grüß Gott! Gute Nacht!

«Anne-Claire, paß auf. Einmal lebte hier in Paris ein großer ungarischer Dichter. Er hieß Andreas Ady.»
«Ich habe von ihm gehört.»
Ich sehe es ihr an den Augen an, daß sie lügt. Sie tut es mir zuliebe. Instinktiv fühlt sie, daß sie ihn kennen muß, weil er mir etwas bedeutet.
«Willst du ein Gedicht von ihm hören?»
«Ja.»
«Ich habe die französische Übersetzung hier. Von wem sie ist, weiß ich nicht. Ich will's dir vorlesen:

La lettre de Zozo:
Un gars arriva à Paris,
Dont l'argent, les baisers furent étrangers.
Mon pauvre Charles, il faut me pardonner...

Zozos Brief:

Es kam ein Bursche nach Paris,
Sein Kuß, sein Geld — sie war'n aus fremden Welten.
Mein armer Charles, du darfst mich drum nicht schelten...»

«Schön», sagt sie ohne jede Überzeugung, mit einer ganz farblosen Stimme, wie man ja auch nicht begeistert sagen kann: Mir tut der Kopf weh. Tjaja. Wir sind verschiedene Welten und versuchen vergeblich, den richtigen Kontakt zu finden. Wir haben uns in diesem Leben zueinander verirrt, das ist alles.

Es ist doch besser, daß nichts zwischen uns vorgefallen ist. Das heißt, es ist schöner so, besser natürlich nicht. Trotzdem wär's ein Leichtsinn gewesen, vergänglicher Freuden willen einander späterem Kummer auszusetzen.

Herr im Himmel, laß mich ganz genau wissen, wo die Liebe aufhören muß, um dem andern keinen Kummer zu bereiten; ich weiß es nicht. Vielleicht wird ihr Schmerz, wenn wir später auseinandergehen, nicht geringer sein, weil ich sie jetzt nicht genommen habe. Ich will ja aber gar nicht weg von ihr. Ich weiß selbst nicht, was ich eigentlich will.

Man soll nicht überlegen. Aber ist das vernünftig?

Anne-Claire beugt sich zu mir, ihre zwei nackten Brüste reißen sich aus der Umarmung des Hemdes los. Zwei mächtige, plötzlich erblühte, schneeweiße Rosen.

Kämpfe ich gegen Schatten? Was gibt mir das Leben als Ersatz dafür, daß ich immer und auf alles verzichte? Wieder fällt mir die Bibel ein:

«...und die Toten wissen von nichts und sie finden keinen Lohn mehr, denn ihr Andenken ist vergessen, so ihre Liebe wie auch ihr Haß...»

Das lebendige Leben der Lebenden muß gelebt werden, denn die Toten fühlen nichts mehr.

«Anne-Claire.»

«Sei nicht schlecht zu mir», flüstert sie mit erstickter Stimme.

«Willst du mein sein, sag?»
«Ja, aber warte ein bißchen, mein Herz klopft so stark.»
Plötzlich schlägt jemand an die Tür.
Sie fährt auf, ihr Hemd rutscht herunter, sie hat aber keine Zeit, sich darum zu kümmern. Sie nimmt schnell den Schlafrock um.
«Was war das?»
«Man hat geklopft. Rühr dich nicht.»
«Wer ist es?»
«Ich weiß nicht. O mein Gott!»
Es klopft stärker. Sie flüstert verzweifelt:
«Ich weiß nicht, ob ich abgesperrt habe. Wenn jemand öffnet ...»
Es klopft noch stärker.
«Schau nach, wer ist es. Ich verstecke mich inzwischen.»
Ich schlüpfe rasch in meinen Rock, bin mit einem Schritt in der Küche und ziehe die Türe zu.
Jemand öffnet die Korridortür.
«Ein Telegramm!»
Dann eine Pause.
«Danke.»
Die Tür wird geschlossen. Nervöses Papiergeraschel.
Ich schaue vorsichtig aus der kleinen Küche heraus.
Anne-Claire steht in der Mitte des Zimmers, mir gegenüber, und hält ein Blatt Papier in der Hand. Der hastig übergeworfene Schlafrock öffnet sich und ihr nackter Körper strahlt im kleinen Zimmer. Mit einer Hand greift sie an ihr Haar, als wollte sie einen goldenen Sturzbach aufhalten. Ihre Augen sind ganz trübe, sie starrt mich an, ohne an ihre Nacktheit zu denken; entsetzt, ohne jedes Schamgefühl. Das Blatt in ihrer Hand zittert.
«Was ist denn? Was ist geschehen?»
Sie wimmert ganz leise wie ein kleines Kind und reibt sich hastig mit der flachen Hand die Stirn:
«Monpti ... Monpti ... auch meine Schwester ... ist tot ... jetzt habe ich ... keinen ... Menschen ... auf der ... ganzen ... Welt ... keinen ... nur dich ...»

35 Es IST FRÜHLING UND SONNTAG NACHMITTAGS IN DER VORSTADT. Die kleineren und größeren Wäschestücke, die in den Fenstern und Höfen der rußigen, schmutzigen Mietshäuser zum Trocknen aufgehängt sind, blinken im Sonnenschein. Als hätte die Stadt zu Ehren des Frühlings Flaggenschmuck angelegt.

Auf den Bänken lümmeln sich verwahrloste Burschen herum; Mädel stehen, heiser kichernd, vor ihnen und stellen sich mal auf das eine, mal auf das andere Bein — Mädels, deren Gesicht eine ganz andere Farbe hat als ihr Hals.

Das ist die Jahreszeit der Mädels, dieser feuchtkalte März. Jetzt gehen sogar die O- und X-beinigen selbstbewußter einher. Der Frühling teilt sogar den riesigen, unförmigen Busen der dicken Hausmeisterin, die im Tor sitzt, in zwei Hälften. Pensionierte alte Herren stöbern mit ihren Spazierstöcken auf dem Pflaster herum und wenden ihre runzligen Gesichter der kraftlosen Sonne zu. Ihre Augen stört das Licht, sie müssen in einem fort blinzeln.

Zwei Menschen begegnen sich und küssen einander auf die Wangen; jeder dreimal, ganz wie im Reglement der Fürstenbesuche. Dann stehen sie stumm nebeneinander und reden keine Silbe. Nach kurzer Zeit küssen sie sich wieder und gehen weiter ... Sie sind verwandt und haben miteinander überhaupt nichts gemein — sie tragen bloß die Konsequenzen der Begebenheit, daß sich zwei einst liebten und angehörten. Das heißt — jemand hat mit einer Frau angebandelt und konnte sich nicht rechtzeitig drücken.

Komisch. Seine Freunde und Bekannten kann jeder genau auswählen, aber die Verwandten, mit denen man sein Leben zubringt, bekommt man in die Wiege gelegt; es ist auch immer eine sehr gemischte Gesellschaft.

Die Bäume, längs des Gehsteigs in den Asphalt gesetzt, sind noch hoffnungslos kahl, aber ihre erstarrten Glieder umspielen schon frühlingsduftende Winde.

Es wird bald Frühling.

Man setzt sich unter irgendeinen schäbigen Baum und betrachtet die glänzenden, klebrigen kleinen Geschwülste an den Astspitzen: die Knospen, genannt Bourgeons. Die Luft ist berauschend, betäubend. Der Sesselflechter trompetet wie toll, ein ‹Handlee› zwitschert geradezu. Der Fleischhauer hat einen Furunkel auf dem dicken roten Hals, der Bäcker stellt sich im Netzhemd vor seinen Laden und sieht interessiert dem Regenwasser zu, das in den Kanal rinnt — er raucht dazu in tiefen Zügen.

Die Vorstadtleute kommen und gehen und spucken immerzu. Wenn einer sich freut, spuckt er; wenn einer Kummer hat, spuckt er ebenfalls.

Um halb sechs gehe ich nach Hause.

Die Zimmerluft ist dumpf. Die schwarzen Kamine baden im Sonnenlicht. Ich öffne das Fenster. Im alten Hof entfalten die Bäume langsam ihre Blätter. Ein fernes Fenster spiegelt den Sonnenschein so stark wider, daß man geblendet wird, wenn man hinschaut.

Die letzten Tage sind traurig gewesen. Anne-Claire ist zum Begräbnis ihrer Schwester nach Lyon gefahren. Seit zwei Tagen ist sie wieder da, aber spricht kaum ein Wort. Sie weint sehr viel.

Heute nachmittag um sechs kommt sie zu mir.

Ich schiebe den unmöglich-farbenen Fauteuil ans Fenster und rauche.

Es ist sechs Uhr. Schon dämmert es. Ferne Fenster werden hell, der Abend kommt. Es ist ein lauer Pariser Frühlingsabend. Ich betrachte die Sterne, wie sie nacheinander am Himmel erscheinen. Heute fühle ich mich so wunderbar. Ich weiß nicht, warum. Man hat manchmal solche Tage.

Später wird es kühl. Ich schließe das Fenster.

Sechs Uhr ist vorbei.

Ich setze mich an den Tisch und weiß nicht, was beginnen. Sooft das Geräusch von Schritten im Stiegenhaus zu hören ist, glaube ich, es ist Anne-Claire. Arme, kleine Anne-Claire...

Es ist dreiviertel sieben.

Sieben.

Halb acht.

Bestimmt hat sie wieder irgendeine Dummheit gemacht, deshalb kommt sie so spät. Vielleicht hat sie eine alte Bekannte getroffen, die sie schon lange nicht gesehen hat.

«Grüß dich Gott! Ist das eine Überraschung! Wie geht's denn?»

«Laß dich anschauen, du siehst aber glänzend aus! Was macht Paul?»

«Nichts. Es ist vorbei.»

«Und du hast ihn doch so geliebt. Wie schlank du geworden bist! Wo arbeitest du?»

Ich halte es hier oben nicht mehr aus und gehe vor das Hotel, warte auf und ab gehend und passe auf, damit ich sie nicht verfehle, denn ich habe den Schlüssel bei mir.

Die Turmuhr des Saint-Jacques-du-Haut-Pas-Kirche schlägt acht.

Sie hat sich um volle zwei Stunden verspätet.

Heute nachmittag hat sie etwas zu tun gehabt, sie mußte nähen oder waschen, ich weiß gar nicht mehr, was sie sagte.

Vielleicht ist ihre Uhr stehengeblieben, deshalb hat sie sich verspätet. Ich könnte ihr entgegengehen, aber sie ist bestimmt längst unterwegs, und wir würden uns nur verfehlen.

Ich beginne zu frieren. Ein kalter Wind hat sich erhoben und fegt durch die Sankt-Jakobs-Straße. Die Passanten werden immer seltener.

Um dreiviertel neun gehe ich wieder hinauf. Meine Beine zittern. Die Kehle ist ganz trocken vom vielen Rauchen.

Angekleidet werfe ich mich auf das Bett.

Im Mädchenpensionat ertönt das Klingelzeichen zum Schlafengehen. Die Mädchen gehen in Doppelreihen in den Schlafsaal. Die braunen und blonden Lockenköpfe tuscheln eifrig miteinander. Insgeheim beten sie bestimmt, daß die Direktorin sterben oder zumindest schwer erkranken möge.

Zehn Uhr.

Jetzt wird das Hoteltor geschlossen.

Sie hat sich um volle vier Stunden verspätet. Das kann ich mir wirklich nicht mehr erklären. Es muß etwas geschehen sein, ich weiß aber nicht, wo und was geschehen ist. Wohin soll ich mich wenden? Wenn ich nur sehen könnte, wo sie jetzt ist und was sie macht...

Es klingelt unten.

Vielleicht ist es Anne-Claire.

Kleine Schritte klappern schnell und erregt die Treppe herauf. Das ist sie. Ich laufe auf den Korridor, die Treppe hinunter, ihr entgegen.

Ein junges Mädchen geht in den dritten Stock hinauf und sieht mich erstaunt an.

Eine Tür wird vor ihr aufgerissen, ein scharfer Lichtfleck fällt prall auf den dunklen Korridor, eine Männerstimme ruft:

«Sag mir nur nicht, daß deine Großmutter im Sterben liegt, sonst werfe ich dir den Wecker an den Kopf!»

Vielleicht kommt sie doch noch, es kommen ja auch andere, die sich verspätet haben, wie Figura zeigt.

Es klingelt wieder.

Kurz darauf höre ich schwere Schritte: ein Mann kommt herauf. Das interessiert mich nicht.

Ich gehe in mein Zimmer und beschließe, an überhaupt gar nichts mehr zu denken.

Jedenfalls kann man so etwas nicht einfach einstecken.

Es klopft an meine Tür. Wer ist denn das? Anne-Claire ist es nicht. Ich hätte ihre Schritte sofort erkannt.

«Entrez!»

Ein baumlanger, glattrasierter Mann tritt ein, er mag an die Fünfzig sein.

«Sind das Sie?» fragt er und liest von einem Stück Papier meinen Namen.

«Ja.»

Er blickt wieder aufs Papier, als wolle er sich vergewissern, ob es wirklich stimmt.

«C'est bien vous!» stellt er fest. «Kommen Sie sofort mit mir, Ihrer Frau ist ein kleines Malheur passiert.»

«Meiner Frau?»

«Ein Auto hat sie überfahren.»

«Wo ist sie?»

«Sie liegt im Hospital Cochin und will Sie sehen.»

Wer ist meine Frau? Das muß Anne-Claire sein.

Unten wartet ein Auto. Wir steigen ein. Ich vergaß, dem Mann zu sagen, daß ich kein Geld habe. Auch das noch. Was soll ich tun? Soll ich's ihm jetzt gleich sagen? Es ist noch nicht zu spät.

Das Auto rast durch strahlend beleuchtete Straßen, schließlich halten wir vor einem mächtigen, düsteren Gebäude. Nur Ruhe. Jetzt merke ich erst, daß es ein Spitalauto ist. Ein Rettungswagen.

«Bleiben Sie nur», sagt mein Begleiter und steigt aus.

Man öffnet das große Tor zur Hälfte. Das Auto huscht in den Spitalshof und bleibt vor einer hellen, hohen Glastür stehen. Als wir vorfahren, erscheint eine Nonne. Sie spricht kein Wort, als ob wir für sie nicht existierten. Sie steckt die Hände in die weiten Ärmel ihres Kleides wie in einen Muff und hält das Haupt gesenkt. An einer dikken Halskette trägt sie ein Kreuz; die Kette klirrt, wie sie an uns vorbeigeht. Ihre Gestalt verliert sich im Dunkel.

«Kommen Sie mir nach», sagt der Mann und geht los, reicht aber vorher noch dem Chauffeur die Hand.

Wir gehen durch den Garten, hier und da zeichnen sich dunkle Konturen der Pavillons vom Himmel ab. Ein, zwei stumpf blinkende Sterne stehen am Himmel.

Wir begegnen keinem Menschen.

Plötzlich bleibt er vor einem Pavillon stehen und läßt mich vorgehen.

Wir gehen ein, zwei Treppen hinauf. Durch eine breite Doppeltür gelangen wir auf einen Korridor mit hellen Fliesen.

«Es ist ja nicht weiter schlimm», sagt mein Begleiter, als sei ihm das plötzlich eingefallen.

Eine Pflegerin tritt durch eine weißgestrichene Tür. Hinter ihr erblicke ich für einen Augenblick bei der schwachen Korridorbeleuchtung die langen Doppelreihen weißer Betten.

Nur Ruhe. Man darf vor diesem vielen Weiß nicht gleich erschrecken. Auch das Zeichen der Unschuld ist weiß.

«Sind Sie der Gatte?» höre ich die Pflegerin sagen, die sich mir plötzlich zuwendet. «Kommen Sie mit mir.»

Kein Zweifel, Anne-Claire hat sich zu meiner Frau ernannt. Ich sehe, sie hat ihre Geistesgegenwart nicht verloren. Es kann nicht weiter schlimm sein, der Mann hatte recht. Ein paar Hautabschürfungen, harmlose Kratzer. Die Franzosen sind so vorsichtig; alte Frauen legen sich mit einfachem Bauchweh ins Spital.

Man öffnet eine Tür, die Pflegerin läßt mir den Vortritt.

Anne-Claire ist nicht im Zimmer. Wir sind in einer Art Büro; zwei Männer in weißen Mänteln sprechen miteinander und rauchen Zigaretten.

«... processus xyphoideus ... flexura duodenojejundis ... und ein herrliches Exemplar von einem mal caduc.»

Einer von ihnen wendet sich uns erstaunt zu.

Die Pflegerin sagt ihm etwas.

«Ach», sagt er und schaut mich neugierig an. «Von dieser hübschen kleinen Blondine? ... Ja, bitte, gehen Sie nur!»

Er geht zum Waschtisch und dreht den Hahn auf.

Der zweite ätherduftende Mann im weißen Mantel geht hinaus und sagt in der Türe:

«Was machst du heute abend?»

«Ich rufe dich noch an.»

«Parfait.»

«So kommen Sie doch!» sagt die Pflegerin ungeduldig und zupft mich am Rock. Wir durchqueren noch einen Korridor.

«Bitte ... was ist meiner Frau passiert?»

«Ein Autobus hat sie überfahren. Ja, wissen Sie das nicht?» staunt sie.

«Wo? ...»

«Kommen Sie nur.»

Wir treten in einen riesigen Krankensaal. Beim Licht einer roten Glühbirne liegen kranke Frauen in ihren Betten. Sie wenden uns ihre Köpfe zu und sehen uns an. Eine setzt sich plötzlich hoch; der weiße Fleck wirkt im Dunkel wie eine auferstandene Leiche in der Nacht.

Anne-Claire? Nein, sie ist es nicht.

Die Frau wimmert, als wir an ihr vorbeigehen:

«Oh! Madame, c'est terrible! Das ist so schrecklich!»

Die Pflegerin erwidert kein Wort, sie geht mit ruhigen, raschen Schritten weiter.

Welche von diesen vielen Frauen ist Anne-Claire? Mein Blick flattert angstvoll von Bett zu Bett, um ihren blonden Kopf zu entdecken. Sie ist nicht da. Wir passieren den Krankensaal und stehen jetzt auf einer Art Korridor, von dem man in kleine Krankenzimmer gelangt.

Eine zweite Pflegerin huscht hastig an uns vorbei:

«Nummer elf geht es sehr schlecht.»

Sie wartet gar keine Antwort ab und huscht weiter; eine Ätherwelle zieht ihr nach.

Die Pflegerin öffnet eine Tür, guckt hinein und sagt:

«La voilà!» — Damit läßt sie mich stehen.

Ein kleines Krankenzimmer; es steht nichts darin als ein Bett und ein Nachttisch... Zwischen hochgestellten Polstern, halb sitzend, lächelt mir Anne-Claire entgegen.

«Servus», sagt sie nach ungarischer Manier.

«Was ist denn geschehen?»

«Mach die Tür ordentlich zu. Horcht niemand? Ich habe nur gesagt, daß ich deine Frau bin, damit man dich sofort holt. Bist du böse?»

«Um Gottes willen, was ist dir passiert?»

«Ein dummes Auto ist auf mich losgegangen.»

«Wo bist du überfahren worden?»

«In der Rue Gay Lussac, nicht weit von dir. Beuge dich zu mir, ich will dich küssen.»

«Wo hast du dir weh getan? Sind deine Beine...?»

«Oh, ich werde nicht daran sterben, hab keine Angst.»

«Was haben die Ärzte gesagt?»

«Daß ich mich nicht bewegen soll. Weißt du, es war schon so spät. Ich wollte doch um sechs Uhr bei dir sein. Ich habe mich so furchtbar beeilt und habe nicht aufgepaßt, als ich über die Straße ging. Plötzlich hat jemand geschrien, aber nicht ich — und jetzt bin ich da. Wie geht es dir?»

«Tut dir etwas weh?»

«Nein. Ich habe Injektionen bekommen. Ich bin nur müde und schwach, aber das kommt davon, daß ich ein bißchen Blut verloren habe.»

«Anne-Claire, ma petite, warum hast du nicht auf dich achtgegeben?»

Sie lächelt still:

«Bist du erschrocken, Monpti? Liebst du mich?»

«Mein Gott, mein Gott, bei uns gibt's immer ein Unglück.»

«Jetzt ist es nun einmal geschehen. Komm her, ich möchte dein Haar streicheln. Die Ärzte sagen, in zwei Wochen bin ich wieder gesund. Weißt du, ich fühle meinen Körper kaum, es ist, als hätte ich ihn gar nicht. Das kommt von den vielen Injektionen.»

«So...?»

Von Zeit zu Zeit schließt sie müde die Augen, und ihr Gesicht verzieht sich zu einer kleinen Grimasse.

«Setz dich zu mir aufs Bett, Monpti.»

«Nein... ich setze mich nicht.»

«Sprich nur, ich höre dir zu, aber du darfst mich nicht auszanken...»

«In zwei Wochen bist du wieder zu Hause, Anne-Claire... ganz bestimmt... das ist ja gar nicht schlimm... vielleicht werden deine Füße noch ein bißchen weh tun, dann geht auch das vorüber... Sag, tun sie dir jetzt weh?»

Sie gibt keine Antwort. Mit geschlossenen Augen liegt sie ganz still da. Ihr Gesicht glättet sich, sie atmet gleichmäßig, als wäre sie eingeschlafen. Ich stehe am Bettrand und höre, daß irgendwo eine Türe ins Schloß fällt. Mit leisen, raschen Schritten gehen Leute über den Korridor.

Plötzlich bewegt sich Anne-Claire, öffnet die Augen und sieht mich lange, forschend an, als wüßte sie nicht, wer ich bin:

«Hast du das Fenster zugemacht? Man muß beide Türen schließen...»

Sie hebt ihre rechte Hand und greift in die Luft. Sie schaut mich so fremd und böse an wie sonst nie. Ich beobachte sie atemlos.

«Anne-Claire...»

Sie sieht mich lange an. Vielleicht möchte sie etwas sagen. Dann schließt sie wieder erschöpft die Augen. Ihre Hände zucken unruhig über die Decke, als wollten sie etwas glattstreichen.

Jetzt sagt sie irgend etwas, ganz leise, einigemal hintereinander. Ich beuge mich über sie, um zu verstehen, welches Wort hinter diesen blutleeren Lippen hervorbricht, hier im weißen Zimmer laut wird, um jemand irgendwo zu erreichen, der nicht mehr lebt, aber es vielleicht hören kann.

«Maman... Mama...»

Plötzlich schlägt sie die Augen auf und sieht mich verwundert an. Ihr Blick ist klar und warm.

«Monpti... der Arzt sagte, daß ich sehr schön bin.»

«Willst du etwas?»

«Gut, daß du da bist.»

Sie schließt die Augen und schläft.

Die Pflegerin tritt leise ein:

«Es ist besser, wenn Sie jetzt nicht länger bleiben.»

«Ja.»

Ich beuge mich herab und küsse ihre Hand.

Sie atmet gleichmäßig. Das blonde Haar fällt ihr gebrochen und glanzlos ins Gesicht.

Im Spitalbüro will man mir nichts über ihren Zustand sagen.

36 Täglich zwischen zwei und drei sind Besuchsstunden im Spital. Schon vor elf Uhr gehe ich im Spitalsviertel spazieren. Ich durchstreife die ganze Gegend, damit die Zeit rascher vergehe.

Bei der Métrostation Glacière strömt die Menge heraus wie aufgescheuchte Ameisen. Es ist zwölf Uhr vorbei. Ich habe noch eine gute halbe Stunde. Das Spital ist zehn Minuten weit von hier. Ich schau die vielen, nach Hause eilenden Leute an, die ich zum ersten und wahrscheinlich zum letzten Male im Leben sehe. Wer von ihnen hat einen so schweren Kummer wie ich? Wer könnte so unglücklich sein wie ich? Die vielen Gesichter verraten nichts. Sie können unmöglich alle glücklich sein. Sie kommen und gehen nur, einer nach dem andern, hin und her — wer weiß, welche Last sie wortlos mitschleppen. Plötzlich bleibe ich wie angewurzelt stehen und mein Herz trommelt wild ...

Anne-Claire kommt mir entgegen. Sie ist es genau. Dieselbe große schlanke Gestalt. Das Haar blond, die Augen blau. Das Gesicht genau dasselbe. Ist denn das möglich? Wenn ich nicht bestimmt wüßte, daß Anne-Claire jetzt im Spital liegt ...

Auch der Gang, die Bewegungen sind unglaublich ähnlich. Nur das Kleid ist anders.

Sie kommt eilig auf mich zu. Als sie in meiner Nähe ist, blickt sie mich an, als wundere sie sich. Das Ganze dauert kaum eine Sekunde und sie geht weiter.

Ich folge ihr wie im Traum.

Bei der Rue de la Glacière biegt sie in eine schmale Gasse ein und bleibt vor einer düsteren Mietskaserne stehen. Bevor sie im dunklen Toreingang verschwindet, dreht sie sich noch einmal um.

Ich stehe vor der riesigen Kaserne und kann nicht weiter, ich weiß selbst nicht, warum.

Eine Wäscherei ist im Haus. Durch die offene Tür sieht man drei junge Mädchen, die eifrig bügeln und Wäsche zusammenfalten.

Ich gehe bis zur Ecke und bleibe wieder stehen.

Komisch. Wie können sich zwei Menschen so ähnlich sehen. Wenn das Gesicht der Spiegel der Seele ist, müssen sie sich auch innerlich gleichen; vielleicht haben sie sogar dasselbe Schicksal.

Es ist erst viertel eins. Ich gehe nochmals durch die schmale Gasse. Im Tor plauscht eine dicke Frau mit einer anderen, die auf der Schwelle der Wäscherei steht.

Plötzlich tritt das blonde Mädel aus dem Haus. Sie sagt ein paar Worte zur Dicken und kommt mir entgegen. Sie trägt eine Milchflasche in Zeitungspapier gewickelt, geht an mir vorüber, als sehe sie mich gar nicht, schaut neben und über mich in die Luft, als ob ich gar nicht existiere.

Dann biegt sie um die Ecke und verschwindet meinen Blicken. Jetzt steht die Dicke allein im Haustor.

«Verzeihung, Madame, wer war die Dame, mit der Sie vorhin gesprochen haben?»

«Sie, junger Mann, diese Dame hat vier Kinder!»

«Nicht möglich! Sie ist ja noch so jung!»

«Es ist meine Schwester. Ich bin die Jüngere. Faites vos excuses, Monsieur. Entschuldigen Sie sich bitte!»

«Diese blonde Dame, die ...»

«Ach so! Ich dachte, Sie fragten nach einer anderen. Die kleine Blonde? Das ist Mademoiselle Lucienne Reboux. Ein sehr anständiges junges Mädchen. Sie lebt allein. Ein sehr braves, solides Mädchen. Tiens, sie zahlt immer pünktlich ihre Miete.»

«Vielen Dank, Madame.»
«Y a pas de quoi, Monsieur. Keine Ursache, mein Herr.»
Mademoiselle Lucienne Reboux... Mademoiselle Lucienne Reboux...

Um dreiviertel eins bin ich bereits vor dem Spitalstor. Es stehen viele hier und warten. Frauen mit verstörten Blicken und schweigende Männer, die Pakete unter ihren Röcken verbergen.

Schlag eins wird das Tor geöffnet, die Besucher strömen hinein und verteilen sich auf den Gartenwegen, eilen den Pavillons zu.

Als ich sie herzklopfend, ängstlich frage, antwortet die Pflegerin: «Sie hat den ganzen Vormittag geschlafen. Wir wissen noch nichts Genaueres.»

Ich mache vorsichtig die Tür hinter mir zu, sie erwacht.
«Bonjour!»
Ihre Stimme ist müde und farblos.
Die Pflegerin stellt einen Stuhl herein.
«Merci!»
Ich rücke ihn nahe an ihr Bett.
«Sprich nur du.... ich will zuhören.»
«Anne-Claire, ich habe jemanden gesehen... es war gar keine Ähnlichkeit mehr, das warst du, ganz genau.»
«Monpti», sagt sie und erhebt sich plötzlich. «Monpti, wenn ich sterbe, kauf mir keine Blumen, denk lieber an dich selber. Du bist so leichtsinnig.»
«Bist du verrückt? Wie fällt dir so etwas ein...?»
«Sag, wird man mich sehr bestrafen?»
«Wer?»
«Der liebe Gott.»
«Rede keinen Unsinn! Wenn du aus dem Spital kommst, reisen wir gleich fort. Du kommst mit mir nach Ungarn und mußt nicht mehr arbeiten... Die Donau ist ein schöner, breiter Strom und Budapest ist eine sehr schöne Stadt. Der Himmel ist immer blau. Es regnet nur selten. Berge gibt's auch. Ein Teil von Budapest ist so romantisch, wie der alte Montmartre um das Sacré-Coeur herum, aber viel schöner. Dort gibt es keine Vergnügungslokale, die Gassen sind still und sauber. Alte Leute leben dort, die sich bekreuzigen, wenn mittags die Kirchenglocken läuten und ihr Klang über die alten Häuschen hinzieht, die alle wie lavendelduftende, weißhaarige Mütterchen in weißen Schürzen aussehen. Im Winter fällt viel Schnee, dann ist die ganze Stadt weiß. Die Luft ist scharf und gut. Das Leben ist schöner, nicht so unstet wie hier. Die Leute gehen viel langsamer. In den Kaffeehäusern kann man sich richtig setzen und bekommt allerlei Zeitungen. Es gibt auch französische Blätter. Man sagt zu den Frauen: ich küsse Ihre Hand, und liebt die Franzosen. Du wirst sehen, alle werden dich sehr gern haben... Die Ungarn sind nett und höflich: auf der Elektrischen machen die Herren den Damen Platz. Alle sind hübsch gekleidet und viele sprechen französisch. Die Frauen küssen sich immer und sprechen über niemanden Böses. Die Ungarn sind alle ehrlich und lieben einander.»

«Dort bist du ein kleines Kind gewesen?»
«Ja.»
Sie schweigt eine Weile.
«Monpti, ich habe Angst, daß ich meinen Posten verlieren werde
... Würdest du ins Büro gehen und sagen, was geschehen ist?»
«Anne-Claire, ich will dich heiraten.»
Sie beginnt zu weinen.
«Warum weinst du?»
«Das sagst du nur... weil ich... weil ich krank bin.»
«Es ist nicht wahr, ich liebe dich... Willst du?»
«Ja... Ich hab's ja gewußt, daß du mich einmal doch fragen wirst
... nur dachte ich mir's nicht so... auf einem Spitalsbett...»
«Wegen einem solchen Unsinn weinst du? Ich gehe nicht ins Büro,
du wirst es ohnedies nicht mehr nötig haben.»
«Du sollst doch gehen... ich will arbeiten, bis du mich mitnimmst
... es wird ein solches Glück sein, die Tage zu zählen. Wir müssen
aber bis dahin ein bißchen Geld zusammenkriegen. Ich werde sparen. Borge mir einen Bleistift, Monpti, und gib mir ein bißchen Papier. Ich werde unser Leben genau einteilen.»
Sie wird ganz lebhaft.
«Gib mir meine Tasche her... bitte...»
Sie holt ein glänzendes Ding heraus.
«Monpti, kaufe nur für dich einen Ehering. Meinen habe ich schon.»
Sie steckt ihn sofort an den Finger.
Sie lächelt.
«Ich hab's immer gewußt, aber nie geglaubt, Monpti. Bringe mir
morgen das Gebetbuch mit, das ich dir zu Weihnachten geschenkt
habe. Bring das Gebetbuch mit. Wenn du mich ein bißchen lieb hast,
bringst du mir das Gebetbuch mit.»

37 Am Ende der Sankt-Jakobs-Strasse stellt sich mir plötzlich jemand in den Weg. Der alte Bettler. Der, dem ich einmal fünfzehn Franken gegeben habe.
Er ist stockbesoffen, riecht meilenweit nach Schnaps, kann sich
kaum auf den Beinen halten.
Ich will ihm wortlos ausweichen, er stellt sich mir aber entgegen.
«Ich war einmal ein Kerl... hick... dem ich eine Ohrfeige gegeben hab'... hick... der hat sie gespürt...»
Er spuckt aus.
«Machen Sie, daß Sie fortkommen!»
«Du... willst du zwanzig Sous... he? Sag nicht... daß ich ein
schlechter Kumpan bin...»
Er torkelt mir nach.
Ich gehe rascher. Er brüllt hinter mir her:
«Du! Espèce de métèque!... Fremder Hund.»
Er ist besoffen...
Erst ging ich ins Spitalsbüro und erkundigte mich nach Anne-Claire.

Auch diesmal gab man mir keinen klaren Bescheid. Warum sind sie hier so geheimnisvoll?

Sie schläft gerade. Aber heute sieht sie viel schlechter aus. Das Gesicht ist so blaß und eingefallen. Die Arme liegen kraftlos auf der Decke. Ich will sie nicht aufwecken, stehe nur still vor ihr.

Die Minuten, die Viertelstunden vergehen, sie macht die Augen nicht auf.

Auf dem Nachttisch, neben ihrer Handtasche, liegt ein Stück Papier vollgekritzelt mit Ziffern, daneben der Bleistift, den sie von mir verlangt hat. Gewiß rechnete sie sich aus, wieviel sie von zwei Franken Stundenlohn ersparen könnte.

Ich werde ihr nicht sagen, daß ich gestern nachmittag in ihrem Büro gewesen bin, und daß man sie nicht mehr zurücknehmen will. Es ist schon eine andere an ihrer Statt aufgenommen worden. Mein Gott, für wen sparst du das Glück auf?

Ich weiß nicht, wie lange ich schon da bin, und fürchte, die Besuchszeit könnte um sein und ich müßte fort, ohne mit ihr gesprochen zu haben.

Ganz leise berühre ich ihre Hand.

«Ma petite! Anne-Claire!»

Ich muß sie lange wecken, endlich schlägt sie die Augen auf.

«Oh! Monpti!»

«Bist du müde?»

«Bist du schon lange hier? Warum hast du nichts gesagt?»

«Wie fühlst du dich?»

«Ich bin ein bißchen müde. Hast du das Gebetbuch mitgebracht?»

«Ja.»

«Gib's her! Warte! Schlage es auf! Irgendwo.»

Sie nimmt ihre Hand vorsichtig unter der Decke hervor und klammert sich mit den Fingern an das Gebetbuch. Sie zerreißt, zerfetzt, zerknüllt die Seiten, wie sie nur kann.

«Bist du wahnsinnig?»

«Schweig! Dieses Gebetbuch mußt du hier sofort zerreißen. Zerreiße es!... Ich hab's von jemandem bekommen... Ich will nicht, daß du es einen Augenblick länger behältst... Zerreiße es... wenn du mich liebst, zerreißt du's!... Ich hab's von einem Mann bekommen... damals kannte ich dich noch nicht... Verzeih... daß ich dir dieses Buch geschenkt habe... aber ich hatte... gar kein Geld...»

«Wein' doch nicht wegen solcher Dummheiten.»

«Ich bin so schlecht...»

«Sprich nicht mehr, sonst wirst du müde...»

«Jetzt hast du kein Weihnachtsgeschenk...»

«Wenn du nicht aufhörst, zu weinen, gehe ich...»

«Gib mir deine Hand.»

«Lächle schön. So. Noch schöner.»

«Monpti... ich werde sterben... bring mir drei rote Orangen...»

«Jetzt?»

«Nein. Morgen früh.»

«Es ist erst um ein Uhr Besuchsstunde.»

«Du sollst aber doch schon in der Früh kommen. Aber verstecke die Orangen geschickt, sonst nimmt man sie dir weg...»

Nachts hatte ich einen merkwürdigen Traum:
Anne-Claire stand auf einem hohen Felsen, ich bemühte mich, zu ihr hinaufzuklettern. Die Felsstücke brachen unter meinen Händen los und fielen mit dumpfem Krach hinter mir in die Tiefe. Ich rutschte jeden Augenblick wieder zurück und konnte mich mit meinen blutenden Händen kaum mehr festhalten. Meine Kräfte ließen immer mehr nach, ich keuchte atemlos. Anne-Claire stand hoch oben und lächelte nur, sah irgendwohin weit weg, als kenne sie mich gar nicht.

Morgens erwache ich und sehe, daß ich weine. Das ist ja fast ein Nervenanfall. Rasch, hastig ziehe ich mich an.

Herrlicher Frühlingssonnenschein strömt durch das Fenster. Auf dem Hof pfeift eine Amsel: tilio... tilio...

Auf der Straße spazieren die Leute ohne Mäntel.

«Enfin, un peu de beau temps. Daß es nun endlich ein bißchen schön ist.»

«Pourvu que ça dure. Wenn's nur anhält.»

Ein kleines Mädchen mit nackten Armen führt einen Hund spazieren und läßt sich von ihm ziehen, denn der Hund will verzweifelt zu einem Baum laufen.

Im Spitalsgarten pflanzen braunhändige Arbeiter Blumen.

«Jules, passe-moi une cigarette. Jules, wirf mir eine Zigarette her.»

Der Himmel ist klar und wolkenlos. Spatzen pfeifen auf den langsam ergrünenden Ästen, was die Kehle hält.

Im Büro des Pavillons spricht eine magere Frau mit einem Mann. Hier muß man um Erlaubnis für eine Extravisite bitten.

«Sie ahnt nichts!» sagt sie zu dem Mann. «Und das ist gut so. Glauben Sie mir, sie kann Gott danken. Sie wird schön sterben.»

Jetzt wendet sie sich zu mir. Ich muß sehr liebenswürdig sein, damit sie mir nichts Böses sagt.

«Sie wünschen?»

Ich erkläre ihr, worum es sich handelt. Ich möchte meine Frau besuchen. Ich will nur ganz kurz bleiben.

«Ja», antwortet sie plötzlich ernst geworden und ordnet Papiere auf ihrem Schreibtisch. Dann dreht sie sich um, sieht mich an und sagt leise:

«Sie ist heute morgen gestorben. Elle est décédée à trois heures du matin.»

Der Mann, zu dem sie vorhin sprach, ist schon fort. Das gilt mir.

«Wollen Sie sie noch einmal sehen?»

Wir gehen über den Spitalshof zu einem düsteren Gebäude neben einer Steinmauer; das ist das Amphithéâtre, die Leichenhalle.

Man öffnet eine Milchglastür. Wir sind auf einem Korridor mit zwei Türen, rechts und links. Ein eigenartiger, süßlicher Geruch erfüllt die Luft.

«Sie, Louis», ruft die Schwester in die Tiefe des Korridors, und ich höre schlurfende Schritte. «C'est pour le 23. Man verlangt die Nummer 23.»

Sie geht, ohne den Mann abzuwarten.

Vom andern Ende des Korridors kommt ein riesiger, muskulöser, häßlicher Mensch in weißem Mantel mit langsamen Schritten auf mich zu.

«Nummer 23?» fragt er fein.

Plötzlich werde ich von einer Schwäche überwältigt, daß ich mich kaum auf den Beinen halten kann.

«Sie wollen sie noch sehen», konstatiert der häßliche Mann mit demütigem Mitleid in den Augen.

Er hat einen gelben Fleck vorne auf dem weißen Mantel. Der zweite Knopf ist lose, er reißt ab, wenn man ihn nicht beizeiten festnäht. Dieser Knopf wird abreißen.

Er öffnet eine Tür.

Wir treten in einen mächtigen, ganz nackten Saal, der von einem großen weißen Vorhang in zwei Teile geteilt wird. Der Mann geht auf Zehenspitzen zum Vorhang und zieht ihn auseinander. Dort liegen die Toten, mit Leichentüchern zugedeckt, ausgerichtet in einer Reihe. Ihre Köpfe und Füße ragen unter den Laken hervor.

Er geht zu einer Leiche und deckt sie sanft auf. Seine ungeschlachten, schweren, großen Hände bilden einen seltsamen Kontrast zu dem weißen Tuch. Er winkt mir mit den Augen, als wolle er jedes Geräusch vermeiden, damit die hier nicht aufwachen.

Hier liegt Anne-Claire, mit verzerrtem Gesicht, unbeweglich. Ihr blondes Haar fällt wirr und zerzaust in ihr Gesicht. Sie hat sich schrecklich verändert.

Das soll Anne-Claire sein? O mein Gott... ich kann sie nicht anschaun...

Der Mann zieht einen zerbrochenen Kamm aus der Tasche und kämmt sie. Er schiebt einen Stuhl vor, geht auf Zehenspitzen hinaus und läßt mich allein.

Die Tür schließt sich knarrend. Langsam schnappt das Schloß ein.

In tiefer Stille liegen die Toten und warten. Es sind elf im Saal, und viele Plätze sind noch leer. Die Anwärter darauf wimmern noch in verschiedenen Pavillons, schmieden Pläne, eventuell gehen sie noch draußen im Leben herum.

Anne-Claire ist die sechste von der Wand, neben ihr liegt eine sehr lange Leiche.

Am Ende der Bank, unter ihrem Kopf, sehe ich ihre Kleider, ihre Strümpfe und ihren Hut. Man hat das Bündel als Kissen unter ihren Kopf geschoben.

Ihr Mund ist leicht geöffnet und zeigt ein bißchen ihre weißen Zähne. Das eine Auge ist spaltweit geöffnet, man sieht den gebrochenen Augapfel in Tränen schwimmen.

Die Tränen begleiten sie bis zuletzt.

Ihre nackten Schultern sind ruhig und starr; diese schönen, runden Schultern, die sie immer lustig hochzog, wenn sie lachte. Eine Hand sieht unter dem Laken hervor. Die schmalen, langen, nervösen Finger sind so eigenartig steif. Ein Finger ragt hoch und bleibt ohne jede Stütze so.

«Anne-Claire... An... ne... Clai... ree...»

Eine Fliege setzt sich summend auf ihre Wange, spaziert den Mund entlang und ruht sich in ihrem Mundwinkel aus. Sie zwirbelt die Vorderbeine, wischt sich den Kopf ab und kost die blutlosen Lippen.

Die Tür wird geöffnet, man bringt mit schweren Schritten einen neuen Bewohner herein.

«Louis, Nummer 14 muß angekleidet werden. Bitte, Sie dürfen hier nicht lange bleiben.»

Ich gehe auf den Korridor hinaus und spüre wieder den süßlichen Geruch von vorhin.

Ich hätte ihre Stirn küssen sollen. Ich hätte um eine Locke von ihrem Haar bitten müssen. Warum habe ich ihr Kleid, ihr Hemd, ihre Strümpfe nicht gestreichelt, die sie durch dieses freudlose, unbegreifliche Leben begleitet haben?

Warum war ich nicht liebevoller zu ihr? Jetzt wird mir etwas Besonderes passieren. Mich soll Gott strafen, nicht sie. Gott... Es gibt gar keinen Gott. Und wenn, dann ist er grausam und alt, viele Millionen Jahre alt... er sitzt auf seinem Thron und schweigt... Wo ist jetzt Anne-Claire? Wo? Vielleicht klammert sich ihre Seele noch an den toten Leib, kann sich aber nicht mehr verständlich machen...

«Monpti, verlaß mich nicht... Man will mich fortführen... die sind so roh...»

«Sie, junger Mann, Sie vergessen ja Ihren Hut!»

Es ist bald zwölf Uhr. Zeit zum Mittagessen... Anne-Claire, Zeit zum Mittagessen... ich habe dir drei Orangen mitgebracht... aber die kann ich dir jetzt nicht geben... die verstehen ja nicht... das sind lauter Schurken und leben... Was machst du heute abend? Ich werde dich anrufen... Schufte... ich werde einschreiten... Gemeinheit... warum sagte man mir nicht, daß sie sterben wird?... Warum konnte ich im letzten Augenblick nicht bei ihr sein?... Sie hat mich bestimmt gerufen... sie wollte mir etwas sagen... vielleicht hat sie etwas geschrieben... für mich... und sie haben's weggenommen... vernichtet ... das weiß ich bestimmt... aber im Wege der Gesandtschaft... auch die Frau, die mir's zuerst sagte... sie hat Angst gehabt... und dieser lange Tote... wozu was das?... Einmal werde ich... das ganze... das alles... zum Teufel!... Und du dort droben, hörst du mich ... ich hasse alles... die Pfaffen... die Kirchen... Verstanden?... Ich werde gegen dich kämpfen... Du bist grausam... du bist ungerecht... du bist herzlos... du...

«Ist Ihnen nicht gut? Wollen Sie ein wenig Wasser?»

«Nein... nein... danke...»

Auf dem Spitalshof berührt jemand meinen Arm. Die Frau im weißen Mantel.

«Sind Sie der Mann von Nummer 23, die heute früh gestorben ist?»

«Ja.»

Sie drückt mir ein kleines Paket in die Hand.

«Hier ist die Tasche Ihrer Frau.»

Vielleicht hat mir Anne-Claire etwas geschrieben, das wird auch in der Tasche sein.

Ich suche fieberhaft unter den Papieren, Briefen und Photographien. Nichts, nichts... Plötzlich bemerke ich den hellblauen Umschlag. Den geheimnisvollen Umschlag. Immer hat sie ihn vor mir versteckt und verborgen, deshalb wollte sie mir nie ihre Tasche zeigen. Ich erkenne ihn sofort, eine Ecke ist abgerissen.

Diesen Umschlag darf ich nicht aufmachen. Anne-Claire wollte es nicht. Ich muß ihn vernichten. Da ich ihn zerreißen will, spüre ich, daß er nicht leer ist.

Eine Brille.

Ich begreife nicht.

Daneben ein begonnener Brief:

Liebe Jeannette!
Ich bitte dich recht sehr, sei so gut und borge mir wieder zehn Franken. Die werde ich pünktlich bezahlen, sobald ich mein Gehalt bekomme. Letzthin habe ich die zwölf Franken nur deshalb verspätet zurückgegeben, weil mir ein Unglück zugestoßen ist. Meine Strümpfe sind zerrissen. Das habe ich Dir ja auch gesagt. Zum Pfand gebe ich Dir mein liebstes Andenken, die Brille meines Vaters. Du kannst Dir denken, daß...»

Weiter geht's nicht... Hilf mir, lieber Gott... Nein, nein... Da ist eine Kirche... Also ich ziehe nicht den Hut... Du, da oben!... Hörst du? Ich ziehe nicht den Hut... erschlage mich... mag geschehen, was will... nein... N e i n!

38

Durch das offene Fenster höre ich das Laub im Wind rascheln.

Es ist Frühling.

Irgendwo zwitschert ein Vogel; ich hör's hier im Bett. Meine Hände liegen abgekämpft auf der Decke. Heute werde ich aufstehen. Seit wann liege ich so? Wo ist mein Anzug? Ohne anzuklopfen, kommt das Stubenmädchen herein.

«Na, ist Ihnen schon besser?»

«Danke. Wo sind meine Kleider?»

«Sie wollen aufstehen? Ich habe sie in den Schrank gehängt. Warten Sie, ich gebe sie Ihnen. Sind die Schwindelanfälle vorüber?»

«Danke, mir ist schon gut.»

Sie legt meinen Anzug aufs Bett und stellt die Schuhe davor.

«Wünschen Sie noch etwas?»

«Danke... Was für ein Tag ist heute?»

«Dienstag.»

«Dienstag?... Ja. Gestern war Montag und morgen ist Mittwoch.»

«Nicht schön von Ihrer Freundin, daß sie sich jetzt gar nicht blicken läßt. Ziehen Sie sich nur an. Das ist viel besser, als im Bett zu liegen. Soll ich helfen?»

«Nein... nein...»

Mir ist noch ganz schwindlig. Im Mädchenpensionat wird geklingelt... Kakao... Normandie-Käse... Maryland-Tabak... Wie alt wohl der Fliegenäugige sein mag? Ob er gesund ist?
Auch er hat sie gekannt.

Ich stehe vor dem Haus Nummer 6 in der Fünf-Diamanten-Straße und schaue zum Balkon im zweiten Stock hinauf, zu den fünf dunklen Fenstern. Eigentlich hat sie hier gelebt und nicht in der Wiesenmühlengasse.
Arme Anne-Claire!
Vor drei Monaten haben wir um Mitternacht zusammen hier hinaufgeblickt, eng aneinandergeschmiegt.
«Monpti, das letzte Fenster gehört mir, im Balkonzimmer steht der Christbaum, er reicht bis zur Decke. Oh, wenn Mama wüßte, daß wir zwei...»
Fast spüre ich den Duft ihres Haares.
Ich glaube an ein Leben im Jenseits. Ich kann mir vorstellen, daß Anne-Claire jetzt neben mir steht und weint, weil ich traurig bin. Wird eines der fünf Fenster jetzt hell, dann gibt es ein Jenseits und dann gibt es Gott.
«Im Mai wird das Haus abgerissen», sagt jetzt jemand hinter mir, «es wohnt schon niemand mehr darin.» Der Greißler sagt's, der vor seinem Laden auf der Straße steht.
Ich starre das Haus an und glaube, daß Anne-Claire neben mir steht, meinen Arm nimmt und mit ihrer angenehmen Altstimme fragt:
«Alors, tu viens, Monpti? Also, kommst du, Monpti?»

Ivry-Bicêtre.
Man fährt mit der Vierundachtzig.
Die Elektrische fährt über die Fortifikationen hinaus. Eine häßliche, trostlose Vorstadt. In der Nähe des Friedhofes ein offenes Restaurant mit langen Holzbänken. Männer und Frauen in Trauerkleidern sitzen da, essen Pommes frites und trinken Rotwein dazu. Eine Frau hat ihren Trauerschleier zurückgeschlagen, ihre Nase glänzt, sie ißt; ihre Augen sind gebrochen vor Schmerz. Der Rotwein steht in großen Pfützen auf dem Tisch.
Draußen riecht es nach Astern.
«Einen Franken der Strauß.»
Links ist die Friedhofskanzlei.
«Mademoiselle Anne-Claire Jouvain.»
«Wann ist sie gestorben?»
«Am neunundzwanzigsten März.»
Man sucht sie in einem großen Buch. Anne-Claire ist eine Rubrik in einem großen Buch geworden. Der Schreiber trägt einen schmutzigen Kragen. Auch der wird einmal hier eingetragen werden.
«5e. Division, 17e. Ligne, 38e. Fosse.»
«Merci.»
Ich gehe die Grabsteinallee entlang. Mausoleen, Ehrengräber, Blumenbeete, Weidenbäume. Die Gräber sind voneinander streng ge-

trennt, durch weiße und silberne Gitter abgeteilt; sie sehen aus wie Käfige. Hier und dort hängt eine Marmortafel:

«Pour sa fête. Pour son Noël. Zum Namenstag. Weihnachtsgruß.»

Ich finde ihr Grab. Der gelbe Lehmboden ist ganz flachgestampft. Vielleicht hat es geregnet. Zwei Stiefelspuren auf dem Grab. Jemand ist darauf getreten, um rascher zum Grab eines lieben Toten zu kommen. Ein merkwürdiger Käfer schwirrt mir unter den Füßen davon.

«Ici gît Anne-Claire Jouvain. Hier ruht Anne-Claire Jouvain. Sie war dreiundzwanzig Jahre alt.»

Die Sonne scheint, und eine lange, haarige Raupe spielt Harmonika mit ihrem Körper, während sie über die Schollen zum Grabkreuz reist.

Ein Aeroplan fliegt surrend hoch am blauen Himmel.

Fünf Fuß tief liegt der Sarg.

Es sind keine Blumen auf ihrem Grab. Es riecht nach Brand, irgendwo werden die vertrockneten Kränze verbrannt, der Wind führt den eigenartigen Geruch her.

Mir fällt ein anderer Frühlingsnachmittag ein.

«Ich hole mir rasch Zigaretten, Anne-Claire. Ich bin gleich wieder da.»

«Die kann ich ja besorgen, warte, ich gehe schon. Willst du?»

«Nein. Warte auf mich.»

Ich komme zurück, nehme drei Stufen auf einmal, trete ins Zimmer.

Anne-Claire liegt auf dem Bett, die Bluse aufgeknöpft, die blonden Locken zerzaust, ich sehe ihre nackte Brust schimmern.

«Was ist mit dir? Was hast du?»

Sie rührt sich nicht.

«Anne-Claire!»

Ich schüttle sie. Sie rührt sich nicht.

Ich bin mit einem Satz bei der Tür.

«Monpti!»

Ich drehe mich um.

Sie sitzt lächelnd auf dem Bett.

«Was ist los?»

«Ich wollte wissen, ob es dir weh täte, wenn ich plötzlich sterben würde...»

Es tut weh, Anne-Claire... Anne-Claire, es tut schrecklich weh... ich halte es nicht aus...

Eine alte Frau holt in einer leeren Kakaobüchse vom Friedhofsbrunnen Wasser, um ein Grab zu begießen. Sie geht vorsichtig, um keinen Tropfen zu verschütten.

Plötzlich verbirgt sich die Sonne, kühle Luft weht über die Grabkreuze.

Es beginnt zu nieseln.

Ein Mann und eine Frau kommen von einem Grab.

Sie umarmt ihn:

«Monpti, du darfst nicht weinen.»

Sie sagt zu ihm: Monpti.

Ich bin allein geblieben. Jetzt sieht mich niemand. Ich knie vor ihrem Grab nieder:

«Vater unser, der du bist im Himmel, geheiliget werde dein Name, zu uns komme dein Reich, dein Wille geschehe...»

Wenn ich zu Fuß nach Hause gehe, kann ich für das ersparte Fahrgeld eine Kerze in der Vaugirard-Kapelle anzünden.

39
«WOLLEN SIE, BITTE, MADEMOISELLE LUCIENNE REBOUX EINEN Augenblick herunterrufen?»

«Wer wünscht sie zu sprechen?»

«Ein Bekannter.»

Die Hausmeisterin geht auf den Hof und ruft hinauf:

«Mademoiselle Reboux! On vous demande en bas. Fräulein Reboux, Sie werden gesucht.»

Sie kommt zurück:

«Bitte hinaufzugehen. Das Fräulein erwartet Sie. Sixième, première porte à gauche. Sechster Stock, links die erste Tür.»

Ein schäbiges Stiegenhaus. Es riecht so komisch nach Petroleum. Im sechsten Stock steht die zweite Anne-Claire, die lebende, und schaut zur Treppe.

Das Ganze ist purer Wahnsinn.

«Sie suchen mich, Monsieur?»

Auch die Stimme ist dieselbe.

«Ja.»

«Ich verstehe nicht. Man sagte, ein Bekannter...»

«Ja...»

«Ich kenne Sie doch nicht... das heißt... warten Sie... es ist doch so sonderbar... Was wünschen Sie?»

«Ich wollte Sie sehen.»

«Mich? Warum?»

«Ich weiß nicht.»

«Das ist sehr eigenartig, mein Herr. Ich mache nicht solche Bekanntschaften... Ich lebe allein... ich weiß nicht, was man jetzt von mir denken wird...»

Sie sagt das nicht abweisend, sondern still und sanft, als wisse sie, wie weh es mir tut.

Allein... auch sie lebt allein.

«... und es hätte auch gar keinen Sinn.»

«Gewiß... es hätte keinen Sinn. Verzeihen Sie.»

Ich drehe mich um und gehe die Treppe hinunter.

Ich höre noch, wie sie zu sich selbst sagt:

«C'est étrange. Merkwürdig.»

Ich stehe an der Ecke der schmalen kleinen Gasse und schaue nach dem alten Haus zurück. Der sechste Stock ist die Mansarde.

In einem Dachfenster steht unbeweglich Mademoiselle Lucienne Reboux und sieht mir nach.

Rechts im Fenster hängt ein Vogelbauer, links steht ein Blumentopf: die ewigen Gefährten alleinstehender Mädchen, dieser kleinen

Französinnen, die um ihre Tugend kämpfen; die vielleicht mit fünf Männern gleichzeitig verlobt, aber von keinem die Geliebte sind.

Verzeih, Anne-Claire, daß ich dich noch immer suche. Nur manchmal, in verzweifelten Augenblicken erwacht in mir das entsetzliche Gefühl, daß du nicht mehr bist.

Anne-Claire, ich gehe jetzt ins Leben zurück und will büßen, auch für dich.

Mademoiselle Lucienne Reboux beugt sich oben zum Käfig und liebkost einen unsichtbaren Vogel.

Ich schlage zu Fuß die Richtung zum Hotel Riviera ein.

GÁBOR VON VASZARY

Sie
338. Tausend · rororo Nr. 53

Wenn man Freunde hat
200. Tausend · rororo Nr. 89

Zwei gegen Paris
225. Tausend · rororo Nr. 99

Mit 17 beginnt das Leben
163. Tausend · rororo Nr. 228

Heirate mich, Chéri!
100. Tausend · rororo Nr. 268

Drei gegen Marseille
63. Tausend · rororo Nr. 277

Adieu mon amour
63. Tausend · rororo Nr. 318

Jeder Band DM 1.90

Zu beziehen nur durch Ihre Buchhandlung
Ausführliche Prospekte verlangen Sie bitte direkt vom

ROWOHLT TASCHENBUCH VERLAG HAMBURG 13

Vladimir Nabokov
PNIN

«Wer ist denn nun dieser Pnin, den alle, die ihn kennen, so empfehlen?» fragt Virgilia Petersen in der New York Herald Tribune Book Review.
«**Er ist** eine der anziehendsten Gestalten unserer Literatur.»
                                        Randall Jarrell
«**Er ist** zum Brüllen komisch, hat aber auch tragische Züge.»
                                        Graham Greene
«**Er ist** ein Mr. Chips mit dickem Fell, der sich fröhlich unter den tragisch Enteigneten unserer Zeit tummelt.»
                                        Charles Poore, New York Times
«**Er ist** eine wahrhaft Gogolsche Figur, aus den ‹Toten Seelen› hervorgetreten. Aber wie sehr der Gegenstand auch an Gogol erinnert, er wird hier durchaus unrussisch behandelt, geistreich, ja fast spitzfindig im Stile des berühmten ‹New Yorker›. Amerikaner erklären dieses Buch als ein Meisterwerk, verwandt denen Prousts, Kafkas und Gogols. Jedenfalls ist **Pnin** aber eine denkwürdig absurde Erscheinung, und seine schwierigen Gedankengänge sind von echter Komik.»
                                        Times, London
«**Er ist** der Held eines Romans, den ein Meister der englischen Prosa schrieb, wie wir ihn seit Joseph Conrad nicht mehr besaßen, die Schöpfung eines Autors, der uns an Proust, Kafka und vielleicht sogar an Gogol erinnert und doch so original und eigenwillig ist, wie alle diese großen Schriftsteller.»   Edmund Wilson

Roman. Aus dem Amerikanischen von Curt Meyer-Clason
1.-10. Tausend. 208 Seiten, Leinen DM 14.—

Ferner erschien:
Vladimir Nabokov, Lolita
Roman. 448 Seiten, Leinen DM 20.-

Rowohlt Verlag Hamburg

Heitere Bücher

JOHN CHEEVER	Die lieben Wapshots *300 Seiten. Leinen DM 14.80*
HEINZ GNADE	Kaust. Von Personen die Rückseitigkeiten *184 Seiten. Leinen DM 8.50*
KURT KUSENBERG	La Botella und andere seltsame Geschichten *184 Seiten. Leinen DM 9.80*
	Wein auf Lebenszeit und andere kuriose Geschichten *160 Seiten. Leinen DM 9.80*
	Der blaue Traum und andere sonderbare Geschichten *268 Seiten. Leinen DM 9.80*
	Die Sonnenblumen und andere merkwürdige Geschichten *152 Seiten. Leinen DM 9.80*
VICTORIA LINCOLN	Ein verlorenes Paradies *316 Seiten. Leinen DM 3.75*
AUBREY MENEN	Der Stein des Anstoßes *340 Seiten. Leinen DM 16.50*
	Das Liebesnest Gründung, Finanzierung und Tagesablauf eines englischen Harems Mitte des 19. Jhs. *208 Seiten. Leinen DM 9.80*
GREGOR VON REZZORI	Maghrebinische Geschichten *Mit 76 Zeichnungen des Verfassers* *192 Seiten. Leinen DM 15.80*
JAMES THURBER	Rette sich, wer kann! *Eine Auswahl Geschichten, Glossen,* *Einfälle und Zeichnungen.* *236 Seiten. Leinen DM 9.80*

Zu beziehen nur durch Ihre Buchhandlung
Ausführliche Prospekte verlangen Sie bitte direkt

im Rowohlt Verlag